HEYNE <

Das Buch

In den Weiten der nordamerikanischen Prärie treffen die schöne Caroline Whitley und der raubeinige Major Zach McCallister zum ersten Mal aufeinander. McCallister will in das Lager der Cheyennes gelangen, denn er glaubt, dass sie seinen Sohn entführt haben. Caroline, die den Cheyenne verbunden ist und in deren Lager reist, um ihnen Medikamente zu bringen, soll ihn begleiten. Während der Reise kommen sich die beiden näher und können schon bald nicht mehr gegen ihre Gefühle ankämpfen. Doch Caroline ist die Frau des mächtigen Cheyenne-Häuptlings Little Wolf und Zach fürchtet dessen Rache.

»Dieser Roman wird allen Leserinnen historischer Liebesromane gefallen.« *Romance Reviews Today*

Die Autorin

Kate Lyon ist eine erfolgreiche Autorin historischer Liebesromane, für die sie bereits mehrere Preise gewonnen hat. Mit ihrem Mann lebt sie im Norden von Alabama. Näheres zu ihrer Person findet der interessierte Leser auf ihrer homepage: www.katelyon.net

KATE LYON

Feuer der Gefühle

Roman

Aus dem Amerikanischen
von Nicole Friedrich

WILHELM HEYNE VERLAG
MÜNCHEN

Die Originalausgabe HOPE'S CAPTIVE
erschien 2006 bei Dorchester Publishing Co., Inc.,
New York

FSC
Mix
Produktgruppe aus vorbildlich
bewirtschafteten Wäldern und
anderen kontrollierten Herkünften

Zert.-Nr. SGS-COC-1940
www.fsc.org

Verlagsgruppe Random House FSC-DEU-0100
Das für dieses Buch verwendete FSC-zertifizierte Papier
Holmen Book Cream liefert Holmen Paper, Hallstavik, Schweden.

Vollständige deutsche Erstausgabe 08/2008

Printed in Germany 2008
Illustration: © Daeni, Pino via Agentur Schlück GmbH
Gestaltung: Nele Schütz Design, München
Satz: IBV Satz- und Datentechnik GmbH, Berlin
Druck und Bindung: GGP Media GmbH, Pößneck
ISBN: 978-3-453-77219-9

www.heyne.de

Prolog

Virginia, Juli 1878

»Wach auf, du Landstreicher!«

Ein jäher Schmerz in den Rippen holte Zach McCallister, der seit einer halben Ewigkeit nicht mehr richtig geschlafen hatte, aus den Träumen. Er riss die Augen auf und versetzte seinen Körper in Alarmbereitschaft.

»Steh auf, verdammt noch mal, und beweg deinen Hintern aus meinem Pferdestall.«

Zach machte einen Satz in die Höhe, schleuderte seinen Widersacher gegen die Holzwand der Pferdebox und presste ihm die schwach schimmernde Klinge seines Dolches an den Hals.

Wie hatte es dazu kommen können? Noch nie war er aus dem Hinterhalt überrumpelt worden. Was war nur los? Er schlief doch sonst nicht wie ein Murmeltier. Jetzt gab es nur noch eins zu tun: den Fremden töten, ehe dieser ihm zuvorkam. Warum in drei Teufels Namen zögerte er noch?

Tief in Zachs Innerem regte sich ein Gefühl, das ihm befahl, zu warten. Irgendetwas stimmte nicht.

»Zachariah?«

Zachs Blick richtete sich auf das Gesicht des Mannes. Das war nun schon die zweite Faustregel, die er gebrochen hatte: *Sieh dem Feind niemals in die Augen.* Wie vom Donner gerührt stellte er fest, dass das aufgebrachte Gesicht, in das er blickte, seinem eigenen sehr ähnlich sah.

Josh!

Er war zu Hause!

Eine Woge der Erleichterung riss ihn mit sich. Er hatte nur deshalb so tief und fest geschlafen, weil er gewusst hatte, dass er in Sicherheit war.

»Nimm endlich das verdammte Messer weg, es sei denn, du hast den Auftrag, deine Sippschaft auszulöschen.«

Zach, der seinen Bruder noch immer vollkommen entgeistert und regungslos anstarrte, riss die Hand nach hinten. »Hallo Josh«, murmelte er, drehte sich weg und steckte den Dolch in das Futteral an seinem Gürtel.

»Eine tolle Begrüßung, wenn man bedenkt, dass du deinen Bruder seit zwei Jahren nich mehr gesehen hast.« Josh lavierte sich mehr schlecht als recht an Zach vorbei und strich das Hemd glatt. »Das mit der Heugabel tut mir leid. Hab dich nich gleich erkannt.« Dann deutete er mit dem Kinn auf den hellgrauen Hengst, der sich begierig über das Heu in der benachbarten Pferdebox hergemacht hatte. »So klapprig, wie der Gaul ist, hätt' ich mir eigentlich denken können, dass du es bist. Der frisst ja, als hätte er sein Lebtag noch kein Heu gesehen.«

»Das ist Dämon. Ich dachte mir, er gäbe später mal einen guten Zuchthengst ab.« Zach ging schnell in die Hocke und rollte das Bettzeug zusammen, damit Josh nicht merkte, wie aufgewühlt er war. »Wie geht es Abby?«, erkundigte er sich so beiläufig wie möglich.

Mit einem aufgebrachten Schnauben ließ Josh die

Hände in die Hosentaschen gleiten. »Dieses verschrobene Weibsstück. Ist mir schleierhaft, was die noch bei mir hält.«

»Das liegt vermutlich an deinem unwiderstehlichen Charme.«

»Wieso kommst du erst jetzt?«, fragte Josh und wechselte damit das Thema. Er sah seinen Bruder mit funkelnden Augen an.

Zach hielt seinem Blick stand, ehe er sich an ihm vorbeischob und durch die geöffnete Stalltür in den rötlichen Schein der Abenddämmerung trat. Die Hände in die Hüften gestemmt, tat er einen tiefen Atemzug und sog die vertrauten und geliebten Gerüche ein. »Sieht alles prächtig aus.«

Während Zach den Blick umherschweifen ließ, angelte Josh sich seine Krücke und gesellte sich halb hinkend, halb hüpfend zu Zach. »Du hast gut reden. Warst ja nich hier, um halb leere Pferdekoppeln nach dem Bürgerkrieg zu hüten«, brummte er.

»Was ist, macht dir dein Bein wieder mal zu schaffen?«, fragte Zach, der am liebsten in die Knie gegangen wäre, um Joshs Stumpf zu untersuchen, der oberhalb des linken Knies endete.

»Meinst wohl den kümmerlichen Rest, der noch übrig is?«, zischte Josh mürrisch. »Nein.«

»Du kannst von Glück reden, dass du lebst.«

»Spar dir deine scheinheiligen Floskeln. An deinen Händen klebt schließlich genug fremdes Blut.«

Zach schleuderte seinem Bruder einen finsteren Blick zu. »Wenn dir irgendetwas nicht passt, dann red nicht um den heißen Brei herum.

»Wo warst du?«

»Das kann ich dir nicht sagen.«

»Kannst du oder willst du nich?«

»Sowohl als auch.«

»Verstehe. Behalt von mir aus deine gottverdammten Geheimnisse für dich«, fuhr Josh ihn an, »aber wunder dich nich, wenn du zu spät kommst.«

Wie so oft schluckte Zach gegen seine Wut an. Er war es leid, mit Josh über Dinge zu diskutieren, die sich nicht ändern ließen. Selbst wenn er wollte, konnte er nicht rückgängig machen, dass er im Krieg getötet hatte. Hastig wischte er sich die verschwitzten Hände an der Hose ab und steckte sie in die Taschen. Der Krieg mochte eine halbe Ewigkeit vorbei sein, doch Zach brachte es noch immer nicht übers Herz, seinem Bruder von den Schreckensbildern zu erzählen, die ihn tagtäglich verfolgten, während er nichts Besseres zu tun hatte, als in Selbsthass und Selbstmitleid zu zerfließen. Doch wie auch immer, er liebte seinen Bruder fast genauso wie seinen Sohn Luke und war, unmittelbar nachdem er Joshs Nachricht erhalten hatte, wie der Teufel losgeritten. Seine Auftraggeber würden sich fürs Erste in Geduld üben müssen, ob es ihnen passte oder nicht. Luke war das Wichtigste in seinem Leben.

Gedankenverloren hob Zach einen Stein auf und schleuderte ihn in der untergehenden Sonne entgegen. »Wann ist Patricia weggeritten?«

Josh rümpfte die Nase. »Ich werd nie verstehen, warum du dieses Weibsbild geehelicht hast.«

»Wann?«, wiederholte Zach genervt, weil Josh haargenau wusste, wie diese ihrer Ehe zustande gekommen war.

»Am selben Tag, an dem ich dir die Nachricht geschickt habe. Vor zwei Monaten.«

Zach hatte das Gefühl, ihn träfe eine Faust in den Magen. Zwei Monate! Die Fährte war längst verwischt.

»Und du bist dir ganz sicher, dass sie nach Westen aufgebrochen ist?« Sein Verstand raste, im Geiste studierte er bereits sämtliche Landkarten der Umgebung.

»So sicher wie das Amen in der Kirche. Früher oder später musste es ja so kommen. Hast dich ja kaum noch um sie gekümmert. Bis dieser Nichtsnutz John ihr schöne Augen gemacht und ihr einen Floh ins Ohr gesetzt hat. Hat ständig was von tausend Hektar Land und Viehzucht gefaselt. Tja, und als wir eines Morgens aufwachten, waren die beiden fort – zusammen mit Luke und zwei unserer besten Pferde.«

Eiskalte Wut streckte die Fühler nach Zachs Herz aus. Patricia würde es noch bitterlich bereuen, dass sie seinen Sohn verschleppt hatte.

Josh blinzelte in den Abendhimmel. »Aber das ist noch nicht alles. Seit letzter Woche wissen wir mehr.«

»Raus mit der Sprache«, zischte Zach und hielt schneidend die Luft an.

Mit heiserer Stimme fuhr Josh fort: »Es gehen Gerüchte um, sie wären den Rothäuten zum Opfer gefallen. Soldaten haben sie und ihren Liebhaber angeblich aufgefunden. Mausetot, splitterfasernackt und von unzähligen Pfeilen durchbohrt.«

»Was ist mit Luke?«

Josh zog die Schultern hoch, ließ sie wieder sinken und räusperte sich. »Von Luke fehlt jede Spur.«

Sogleich brach ein erbittertes Duell zwischen Verzweiflung und Hoffnung in Zachs Innerem los. Er presste die Kiefer aufeinander, ballte die Hände zu Fäusten und schwor sich, jeden gottverdammten Stein im Land umzudrehen, um Luke zu finden. Dann legte er Josh die Hand auf die Schulter. »Ich werde Luke wieder nach Hause bringen. Und wenn es das Letzte ist, was ich tue.«

Erstes Kapitel

Dodge City, Kansas, September 1878

Mit zügigem Schritt durchquerte Caroline Whitley Dodge City und störte sich nicht an der unsichtbaren Grenze, die die achtbaren Einwohner von den Trunkenbolden, Huren und Revolverhelden der Stadt trennte. Vor den frei schwingenden Flügeltüren des Alhambra-Saloons blieb sie stehen und vergewisserte sich ein letztes Mal, dass sie den Geldbeutel bei sich trug.

Dann tat sie einen tiefen Atemzug. Sie würde es schaffen. Für jemanden, der wie sie die Gefangenschaft bei den Kiowa-Indianern überlebt hatte, war das, was nun vor ihr lag, ein Kinderspiel. Sie musste den Cheyenne helfen, das war sie ihnen schuldig.

Begegne deinem Feind stets mit Stolz, schossen ihr Little Wolfs Worte in den Kopf. *Lasse niemals zu, dass sie deine Angst riechen.*

Energisch schob Caroline das Kinn nach vorne, wie er es ihr beigebracht hatte, und trat flink durch die Schwingtüren. Ihr Blick fiel auf kartenspielende, fluchende, trinkende und rauchende Männer, die sich an unzähligen Tischen verteilten. Der beißende Gestank nach Tabak und altem Schweiß trieb Caroline die Tränen in die Augen.

Eine spärlich bekleidete Frau, die auf dem Schoß eines hageren Mannes am Tresen hing, musterte sie träge. Beunruhigt strich Caroline sich das Haar über dem linken Ohr glatt. Die grell überschminkte Frau, die ihre besten Jahre längst hinter sich hatte, flüsterte ihrem Begleiter etwas ins Ohr, woraufhin er sich zu ihr umdrehte. Er zwängte seine Hand in die Korsage der Dirne, die ihre wabbeligen Brüste nach oben drückte, sodass sie beinahe herausquollen.

Aha, dachte Caroline, *so sieht also eine waschechte Hure aus.* Es war nicht fair, dass die ganze Stadt ausgerechnet sie eine Hure schimpfte, obwohl sie sich doch stets korrekt und hochgeschlossen kleidete und ihr Gesicht noch nie mit Rouge oder Lippenstift in Berührung gekommen war.

Von jetzt auf gleich verstummte die Musik, und Caroline spürte die vielen brennenden Blicke, die ihr galten.

»Stinkende Squaw!«, hörte sie ein verächtliches Brummen zu ihrer Rechten.

Zeige niemals Angst. Caroline straffte die Schultern und tat, als wäre es das Normalste auf der Welt, dass sie einen Saloon betreten hatte. Fieberhaft hielten ihre Augen nach einem Mann Ausschau, der einen halbwegs vertrauenswürdigen Eindruck machte, doch es schlugen ihr nur Feindseligkeit und Misstrauen entgegen. Gerade, als sie wieder gehen wollte, sah sie in den hinteren Teil des Saloons, wo vier Männer in eine Partie Poker vertieft waren. Einer von ihnen erregte ihre besondere Aufmerksamkeit, obwohl sein Gesicht kaum zu erkennen war, so tief hatte er sich den Hut ins Gesicht gezogen. Dennoch hatte sie das Gefühl, sie könnte seinen bohrenden Blick spüren.

»Cheyenne-Hure«, raunte ihr eine Stimme ins Ohr,

während ein anderer ihr mit einem geringschätzigen Schnaufen auf den Saum ihres blauen Rocks spie.

Automatisch tasteten Carolines Finger nach dem Messer, das sie stets um den Oberschenkel gebunden trug. Sie hatte Lust, dem Grobian eine Lektion zu erteilen, besann sich aber eines Besseren. Das Einzige, das im Moment zählte, war, dass der mit Decken, Medikamenten und Proviant beladene Planwagen so schnell wie möglich Little Wolf und seinen Stamm erreichte. Und zwar, bevor das Volk der Cheyenne weiter schrumpfte, weil sie wie die Fliegen an der Wand starben.

»Was willste hier, Squaw?«, raunte der Hagere am Tresen und fuhr sich mit der Zunge über die Lippen. »Den Marktwert deines Körpers testen?« Behäbig und lüstern begaffte er Caroline von Kopf bis Fuß. Als er grinste, entblößte er eine Reihe verfaulter Zähne.

Caroline wartete geduldig, bis das Gelächter um sie herum wieder abgeebbt war. »Nein, ich bin hier, weil ich auf der Suche nach einem zuverlässigen Reisebegleiter bin.«

»Wie wär's mit einem Abstecher hinter den Schuppen, Schätzchen?«, riss ein Mann mit tiefer Stimme das Wort an sich. »Wenn ich mit dir fertig bin, weißt du eh nicht mehr, wo Norden oder Süden liegt.«

Caroline schleuderte dem derben Hünen mit den weit auseinanderstehenden Luchsaugen einen vernichtenden Blick zu. Sie kannte Kerle wie ihn, markierten den Starken und quälten Schwächere, bis einer kam, der ihnen überlegen war, und sie sich dann mit eingekniffenem Schwanz trollten.

Brennende Enttäuschung breitete sich in Carolines

Brust aus. Jetzt gab es nur noch eine Möglichkeit, schweren Herzens musste sie ihren letzten Trumpf ausspielen: »Ich zahle auch gut«, rief sie, holte den Geldbeutel hervor und hielt ihn in die Höhe.

Bevor sie sich dessen bewusst war, glitt ihr Blick zu dem anrüchigen Mann in der hinteren Ecke, der den Eindruck machte, als könne er kein Wässerchen trüben. Plötzlich befiel Caroline das Gefühl, einen gravierenden Fehler begangen zu haben. Sie wünschte sich, die Erde würde sich unter ihr auftun und sie verschlingen. Für einen Rückzieher war es jedoch zu spät.

»Es wäre uns eine Ehre, Ihnen zu Diensten zu stehen, Ma'am«, flötete der Hagere an der Theke, stieß die Hure zur Seite, stupste seine beiden Nachbarn mit dem Ellbogen an und wackelte breitbeinig auf sie zu. »Ich und meine Kumpel lesen Ihnen jeden Wunsch von den Augen ab. Darauf haben Sie unser Indianerehrenwort.«

»Einverstanden, folgen Sie mir«, antwortete Caroline resigniert. Ehe sie sich umdrehte, warf sie einen letzten Blick zu dem Fremden. Obschon seine Augen immer noch in Dunkelheit gehüllt waren, glaubte sie eine Warnung ihn ihnen zu lesen.

Zum Teufel! Zach genehmigte sich einen kräftigen Schluck des abgestandenen Biers und nahm die Karten auf. Er hatte nicht damit gerechnet, dass Caroline Whitley so verdammt attraktiv war. Zum ersten Mal regten sich Zweifel in seiner Brust, ob es klug war, sich ausgerechnet mit ihrer Hilfe Zutritt zu den Cheyenne zu verschaffen. Aber es gab keine bessere

Gelegenheit, als in ihrer Begleitung Little Wolf aufzusuchen. Immerhin war sie mit ihm verheiratet. Und er musste den Häuptling der Cheyenne dringend sprechen. Gerüchten zufolge ist in seinem Stamm ein blonder Junge gesichtet worden. Wenn sich das Schicksal gegen ihn verschwor, brachen die Cheyenne tatsächlich aus dem Reservat aus, bevor er sich vergewissern konnte, ob es sich tatsächlich um Luke handelte. Und die Zeit drängte. Sie war seine einzige Chance. Alleine würde er es niemals lebend bis zu Little Wolf schaffen.

»Wer war die alberne Gans?«, fragte er in die Runde.

»Bohnen auf den Ohren, Mister? Das war Little Wolfs Squaw«, brummte der Bärtige rechts von ihm.

»Little Wolf?«, fragte Zach, als hätte er den Namen noch nie zuvor gehört.

»Wo haben Sie denn die letzten Monate gelebt? In einem Erdloch?«, fragte sein linker Nachbar – der Kleidung nach zu urteilen, war er ein Farmer.

»Hab lange im Osten gelebt«, antwortete Zach achselzuckend. »Gehört Little Wolf zu den Sioux, über die in letzter Zeit viel in den Zeitungen geschrieben wird?«

»Sioux?« Der Farmer schüttelte energisch den Kopf und schob seinen Einsatz in die Mitte des Tisches. »Ein Cheyenne. Ein Tunichtgut und Mörder.«

»Leben die Cheyenne denn nicht im Reservat?«

Nun meldete sich der Hüne, der Zach gegenübersaß, zu Wort. »Die Rothäute hassen das Reservat, aber die Regierung lässt sie nicht raus, damit das rote Pack sich nicht mit Red Cloud oder Sittin Bull verbünden kann. Wenn Sie mich fragen, hält der Panther es nicht mehr lang in seinem Käfig aus.«

»Der Panther?« Dieses Mal musste Zach nicht den Überraschten mimen. »Sie meinen, er könnte ausbrechen?«

»Was denken Sie denn, warum die blonde Squaw eine männliche Reisebegleitung sucht? Wahrscheinlich haben die beiden eine Verabredung geplant.«

Zach blickte in die Runde, bis ihm dämmerte, dass sie auf seinen Einsatz warteten. »Wie heißt die Kleine eigentlich?«, erkundigte er sich so beiläufig wie möglich.

»Was interessiert Sie das?«, schoss der Hüne zurück, der sich seit Wochen nicht mehr gewaschen oder gekämmt hatte. »Die meisten nennen sie nur *die Squaw* oder *die Hure*.«

»Caroline Whitley«, antwortete der Farmer.

»Sie kennen sie?«, fragte Zach.

»Wir sind im selben Wagenzug hergekommen. Ihre Familie hatte leider ein bisschen Pech, ihnen ist ein Rad gebrochen, und sie mussten zurückbleiben. Als sie drei Tage später immer noch nicht aufgetaucht waren, haben wir einen Suchtrupp entsandt.«

»Was war geschehen?«, fragte Zach.

»Die Rothäute, die Kiowa, haben die Familie niedergemetzelt. Vater und Bruder haben sie die Augenlider abgetrennt. Die beiden mussten mit ansehen, wie sie ihre Mutter geschändet und dann getötet haben. Anschließend haben sie sie mit Pfeilen durchlöchert und Caroline verschleppt.«

Ein bitterer Geschmack breitete sich in Zachs Mund aus, und ehe er sichs versah, musste er an Patricia denken. Ja, sie hatte ihm das Leben schwer gemacht und nicht mit offenen Karten gespielt, aber so ein grausames Schicksal hatte nicht einmal sie verdient. »Wie kommt es, dass diese Caroline noch lebt und wieder auf freiem Fuß ist?«, wollte Zach wissen.

»White Bear, der Häuptling, wollte sie ursprünglich für sich, als eine Art Sklavin. Wenn Little Wolf ihr nicht zur Hilfe gekommen wäre, hätte White Bear sie vermutlich zu Tode geprügelt. Er hat sie ihm abgekauft.«

Zach legte die Karten verdeckt auf den Tisch. »Und warum hat Little Wolf sie nicht bei sich behalten? Hat er sie verstoßen?«

»Er hat sie gesund gepflegt und dann zu ihrem Onkel geschickt, der den Eisenwarenladen hier in der Stadt besitzt.«

Zach hatte genug gehört und drehte die Karten um. Die anderen taten es ihm gleich. Mit einem Blick erkannte er, dass er gewonnen hatte – das fünfte Mal in Folge. Schnell strich er den Gewinn ein und schob seinen Stuhl nach hinten. »Mir reicht's für heute, Gentlemen. Einen schönen Abend allerseits.«

»Nicht so hastig, Freundchen«, knurrte der Hüne mit einem misstrauischen Blick auf Zachs Karten. »So läuft das nicht. Du bleibst schön hier. Wir fordern eine Revanche.«

Verdammt. Während Zach sich langsam erhob, tasteten seine Finger nach dem Colt.

»Ich glaub nich, dass er betrogen hat«, versuchte der Bärtige die Situation zu retten.

Der Farmer stieß sich ebenfalls vom Tisch ab und stellte sich hin. »Lasst mich bitte aus der Sache raus.«

Zach sah seinem Gegner fest in die Augen. »Ich bin nicht gekommen, um Streit heraufzubeschwören, aber wenn es Ärger gibt, bin ich der Letzte, der davonläuft.«

»Würd ich mir an deiner Stelle gut überlegen.« Der Hüne wollte nach seiner Pistole greifen, doch Zach war schneller. Im selben Augenblick zerriss ein Schuss die rauchgeschwängerte Luft.

Der Hüne riss die Augen auf, schwankte und sackte in sich zusammen. Ein aufgeregtes Raunen ging durch die Reihen, doch Zach schenkte weder den bewundernden noch den furchterfüllten Blicken Aufmerksamkeit. Mit dem Rücken zur Wand schob er sich zum Hinterausgang. Aus dem Lauf seiner Pistole stieg eine dünne Rauchfahne auf.

Die Schwingtüren schwangen auf, und Sheriff Masterston betrat den Saloon. Die Hände des ehemaligen Frontkämpfers, der für seine Gnadenlosigkeit bekannt war, schwebten über den elfenbeinfarbenen Kolben seiner Pistolen, die im Halfter des breiten Ledergürtels steckten, und seine kalten graublauen Augen suchten fieberhaft den Schankraum ab.

Zach stieß einen leisen Fluch aus. Der Sheriff hatte ihm gerade noch gefehlt.

»Der da war's, Sheriff!«, hörte Zach den Farmer rufen. »Aber es war Notwehr.«

Masterston kniff die Augen zusammen und schleuderte Zach einen vernichtenden Blick zu. »Bist du auf dem Weg aus der Stadt?«

Zach wusste, dass es keine Frage war. »Bin schon so gut wie weg.«

»Aber beeil dich mit dem Packen, Freundchen, sonst setzt es was.«

»Geht in Ordnung«, antwortete Zach, als wäre er die Ruhe in Person, und schlüpfte durch den Hinterausgang ins Freie. Nachdem sich seine Augen an die Dunkelheit gewöhnt hatten, lief er um das Gebäude herum und sah die Straße hinunter.

Wo mochte dieses törichte Frauenzimmer nur stecken?

Just, als er sich in Bewegung setzen wollte, drang ein erstickter Schrei aus der Seitengasse des Saloons an sein Ohr.

Verdammt! Steckte dieses Weibsbild etwa jetzt schon in Schwierigkeiten?

Auf leisen Sohlen und mit entsichertem Colt schlich Zach näher. Der Hagere hatte Caroline beim Handgelenk gepackt und drückte so kräftig zu, dass ihr Messer aus den kraftlosen Fingern glitt. Bestürzt beobachtete Caroline, wie ihre Waffe im Staub landete, während ihr Widersacher sein Bein zwischen ihre Schenkel schob. Mit einem wilden Glimmen, wie Zach es noch nie bei einer Frau gesehen hatte, riss sie das Knie in die Höhe und traf seine Männlichkeit.

Mit einem gellenden Schrei taumelte der Hagere rücklings.

Ehe Caroline jedoch die Flucht ergreifen konnte, stürzten sich seine Saufbrüder auf sie und packten sie. Sie kämpfte und wand sich wie eine Wildkatze, hatte aber keine Chance gegen die schwieligen Männerhände, die sie begierig begrapschten und an ihrem Rock zerrten.

»Ihr Dreckskerle«, fauchte Caroline, die Angst um

sich selbst und das Gold hatte. Ohne das Gold war sie aufgeschmissen.

»Haltet die ... Schlampe ... fest«, keuchte der Hagere, stellte sich aufrecht hin, zückte sein Messer und ließ ihn langsam vor Carolines Gesicht rotieren. »Dich mach ich fertig, du stinkende Squaw.« In seinen schmerzverhangenen Augen las Caroline, dass er es ernst meinte. Was sollte sie tun? Warum war sie überhaupt in den Saloon gekommen?

Plötzlich hallte eine tiefe Stimme von den Wänden der Gasse. »Lasst eure dreckigen Finger von der Dame!«

Die Männer erstarrten. Caroline witterte ihre Chance. Jetzt oder nie. Sie entriss dem Hageren das Messer und machte einen Satz nach hinten.

»Ihr Narren!«, tobte der Anführer. »Ich schieß dir die Eier weg, wenn die kleine Hure entkommt, so wahr ich Zeke heiße.«

»Kann es sein, dass den Gentlemen die Situation zu entgleiten droht?«, fragte Zach spöttisch und hielt kurz inne, als räumte er ihnen Zeit zum Nachdenken ein. »Wartet nur ab, bis ihr es mit mir zu tun bekommt.«

Mit fuchtelndem Messer hielt Caroline Zekes beide Handlanger in Schach. »Danke Mister, aber ich komme auch sehr gut alleine zurecht«, rief sie mit lauter Stimme und neuem Mut.

»Das habe ich gesehen, Ma'am«, antwortete Zach höhnisch.

Was um alles auf der Welt hat ein Südstaatler in den Gassen von Dodge City verloren?, schoss es Caroline durch den Kopf.

»Ziehen Sie Leine, Mister. Die Lady hat uns den

Auftrag gegeben«, stieß Zeke zwischen zusammengebissenen Zähnen hervor.

»Wetten, sie hat sich umentschieden?«

»Hauen Sie ab, oder Sie werden es noch bitterlich bereuen, sich eingemischt zu haben. Wir waren zuerst da, und damit basta.«

Zach richtete sich zu seiner vollen Größe auf. Erst jetzt bemerkte Caroline, dass er hochgewachsen war und eine muskulöse Brust hatte. »Gehen Sie!«, rief sie ihm zu. »Entweder sind Sie der größte Narr, dem ich je begegnet bin, oder noch habgieriger als diese drei Idioten zusammen.«

»Obacht!«, rief der Fremde.

In allerletzter Sekunde ging Caroline in Deckung und riss dabei das Messer hoch. Sie konnte deutlich spüren, wie sich die scharfe Klinge in die Eingeweide des Angreifers bohrte, der auf sie zusprang. Mit einem erstickten Schrei auf den Lippen und weit aufgerissenen Augen sank Zekes Kumpan zu Boden. Keuchend ließ Caroline sich gegen die Außenwand des Saloons fallen. Wäre sie nicht zwischen dem anderen Handlanger und dem Anführer Zeke gefangen gewesen, der mit dem breitschultrigen Fremden aus dem Süden kämpfte, hätte sie auf der Stelle das Weite gesucht.

Dann zerriss ein lauter Knall die Luft, gefolgt von einem Schrei aus Zekes Kehle, ehe er auf die Knie fiel und sich das blutüberströmte Handgelenk hielt.

Der Dritte von Zekes kleiner Bande nutzte die Gelegenheit, seine Haut zu retten. Der Fremde schob sich an Zeke vorbei, wenngleich von ihm keinerlei Gefahr mehr ausging, und trat vor Caroline zu. »Alles in Ordnung, Ma'am?«

Caroline versteinerte. »Mir geht es gut«, antwortete sie erschöpft und deutete mit dem Kinn auf Zekes Kumpan. »Im Gegensatz zu dem Schurken dort.«

»Er hatte es nicht anders verdient.« Zach ging in die Knie und sah sich die Wunde an. »Nur eine Fleischwunde.« Als er sie anlächelte, blitzten seine weißen Zähne im Halbdunkel auf und Caroline bemerkte seine tiefen Grübchen. Als würde ihr erst jetzt bewusst, was sich gerade abgespielt hatte, fiel ihr in diesem Moment das Atmen schwer. Oder lag es an seiner Nähe? An seinen grauen und kühlen Augen, die auf ihr ruhten?

»Versuchen Sie beim nächsten Mal, das Handgelenk steifer zu halten und fester zuzustoßen.«

»Danke für den Tipp«, sagte Caroline leicht verlegen, wischte die Klinge ihres Messers am Hemd des Verletzten ab, drehte sich weg und verstaute das Messer in dem Holster am Oberschenkel.

»Was gedenken Sie jetzt zu tun?«

»Ich werde jemand anderes anheuern«, antwortete Caroline und betete, dass ihm die Verzweiflung in ihrer Stimme entgangen sein mochte. Sie konnte sich noch immer dafür ohrfeigen, dass sie ausgerechnet im Saloon nach einem rechtschaffenen Reisegefährten gesucht hatte.

»Wie wär's, wenn Sie mich anheuerten?«

»Warum haben Sie sich nicht vorhin gleich gemeldet? Dann wäre uns beiden eine Menge Ärger erspart geblieben.«

»Zugegeben, das hätte ich tun können«, sagte er und rückte dabei verlegen den Hut zurecht. »Jetzt, da ich irgendwie in Ihrer Schuld stehe, möchte ich es liebend gern wiedergutmachen und Ihnen Geleit geben.«

Caroline beäugte ihn kritisch. Dass sich dieser Fremde förmlich anbiederte, machte sie stutzig. Das konnte nichts Gutes verheißen. »Was macht Sie so sicher, dass ausgerechnet Sie mir helfen können? Was ich brauche, ist ein Führer und niemand, der große Töne spuckt.«

Caroline hatte kaum den Satz beendet, da stand er schon so dicht neben ihr, dass sie das gefährliche Funkeln in seinen kühlen grauen Augen aus nächster Nähe erkannte. Es war jetzt offensichtlich, dass sie es mit einem Mann zu tun hatte, der genau wusste, was er wollte, und der vor nichts zurückschreckte. Ohne dass es ihr bewusst wurde, durchströmte ein entspannendes Gefühl ihren Körper.

»Ich komme deshalb für diesen Job infrage, weil ich die Gegend wie meine Westentasche kenne. Außerdem weiß ich alles über Sie und Little Wolf.« Zach hielt einen Augenblick inne, um Carolines verdutztes Gesicht zu studieren. »Ihr Gatte verabscheut das Leben im Reservat und würde am liebsten seinen malariagebeutelten Stamm in den Norden führen, was General Miles ihm aber nicht erlaubt. Reicht Ihnen das als Begründung oder soll ich weiter ausholen? Vielleicht interessiert es Sie, dass die Behörden täglich mit einem Ausbruch aus dem Reservat rechnen und bereits Kavalleristen entsandt haben. Wenn Sie zu ihm wollen, bevor er sich und den Stamm in Gefahr bringt, sollten Sie keine Zeit verlieren.«

Caroline spürte Wut in sich aufsteigen. Aus dem Mund dieses Fremden klang es, als hätten die Cheyenne keine Chance. Doch da hatte er sich gewaltig getäuscht. Little Wolf war zäh und verfolgte seine Ziele stets mit größter Gewissenhaftigkeit. Er war ein Kämpfer mit einer Vision; ein Mann, der im Dienste seines Stammes stand.

»Woher wissen Sie so viel über meinen Mann?« Sie war erstaunt, wie leicht ihr die Lüge über die Lippen kam. Je länger sie jedoch darüber nachdachte, desto beruhigender empfand sie die Situation. Solange er glaubte, sie sei Little Wolfs Ehefrau, würde er ihr nicht zu nahe treten – das hoffte sie zumindest.

»Jeder in der Stadt weiß davon.«

»Und dennoch stehe ich ohne Hilfe da«, sagte sie mit einem leisen Seufzen. »Wieso wollen ausgerechnet Sie mir helfen?«

»Warum nicht?« Zach setzte den Hut ab und fuhr sich durch das dunkle, leicht wellige Haar, das er an den Seiten kurz trug. »Davon abgesehen, haben Sie kaum eine andere Wahl, als mich zu engagieren, Ma'am. Sie wollen zu den Cheyenne, und ich kann Sie dort hinführen. Alles andere ist unwichtig, finden Sie nicht auch?«

Caroline schien ihm gar nicht richtig zugehört zu haben, sondern hing ihren eigenen Gedanken nach. Zach ließ einige Augenblicke verstreichen, bis er sich räusperte. »Ma'am?«, durchbrach er das Schweigen. »Ich werde Ihnen nichts antun, das verspreche ich Ihnen.«

Caroline war sich nicht sicher, woher sie ihr Vertrauen nahm, spürte aber, dass er die Wahrheit sprach. Mit einem Seufzen glättete sie das zerknitterte Kleid. Schon einige Male hatte sie mit der Idee geliebäugelt, auf eigene Faust loszuziehen, wusste aber, dass eine einsame Frau ein gefundenes Fressen für Herumtreiber und Abenteurer war. Ohne einen männlichen Begleiter würde sie es kaum bis vor die Tore der Stadt schaffen, geschweige denn bis ins Reservat. Und dass er sie im Notfall verteidigen konnte, hatte er ja gerade eindrucksvoll bewiesen. »Einverstanden«, sagte sie, schob sich schnell an ihm vorbei und lief zur Straße. »Abreise ist in einer Stunde. Wir treffen uns am Mietstall im Westen der Stadt. Die Hälfte zahle ich Ihnen jetzt, den Rest, wenn ...«

»Das ist nicht nötig, Ma'am«, unterbrach er sie. »Ich vertraue Ihnen.«

Caroline wunderte sich über seine Haltung, schließlich war es üblich, die Hälfte vor Beginn der Reise auszuzahlen. Vielleicht hatte er genug beim Kartenspiel gewonnen, mutmaßte sie und zuckte mit den Achseln. »Wie Sie meinen. Dann bekommen Sie das Pfund Goldmünzen bei unserer Ankunft im Reservat. Aber eins möchte ich jetzt und hier klarstellen. Sollten die Cheyenne Ihretwegen Schaden erleiden, werde ich Ihnen Little Wolfs Krieger auf den Hals hetzen und nicht eher Ruhe geben, bis Ihr Skalp im Wind flattert.« Mit diesen Worten machte Caroline auf dem Absatz kehrt und lief die Gasse entlang, seinen flammenden Blick im Rücken.

Süffisant grinsend strich sie sich das Haar über dem linken Ohr glatt und stieß einen zufriedenen Seufzer aus. Es schien, als wäre bei ihrem Besuch im Saloon doch noch etwas Gutes herausgekommen.

Zweites Kapitel

Ein leises, melodisches Summen mischte sich unter den salbeigeschwängerten Rauch, der zur Deckenöffnung des Tipis emporstieg. Aus halbgeschlossenen Lidern beobachtete Little Wolf die dünnen Rauchfäden, die danach strebten, sich mit der nächtlichen Brise zu vereinen. Der Häuptling der Cheyenne tat einen tiefen Atemzug, um sich zu sammeln. Erst dann zog er an der langen Pfeife, die auf seinen überkreuzten Beinen gelegen hatte, und hielt sie ehrfürchtig in die Höhe.

»Großer *Heammawihio*, Weise Kraft des Himmels, dein Volk ist arm und benötigt dringend Hilfe. Wache heute Nacht über uns. Möge das feindliche Auge über uns hinwegsehen.«

»*Aktuni'wihio*, Große Kraft der Erde«, betete er und blies den Rauch auf den Boden, »schlucke die Geräusche unserer Schritte und ebne unseren Weg.«

Als Nächstes bot er den vier Himmelsrichtungen die Pfeife dar. »Oh, ihr wunderbaren Winde, tragt die Kunde unserer Reise zu unseren Brüdern, auf dass sie uns helfen mögen, wenn sie können.«

Dann tat Little Wolf einen letzten tiefen Zug, hielt die Luft an, bis der Rauch in seinen Lungen so stark brannte wie die Wut, die sich vor vielen Monden in seinem Herzen eingenistet hatte. Lange war es her, dass sein starker und stolzer Stamm in Freiheit gelebt und mit den Winden gezogen war. Aber eines Tages waren die Bleichgesichter aufgetaucht und hatten sie in ihrer unendlichen Raffgier aus dem Paradies vertrieben. Die Flammen seiner Wut über die *veho*, wie die Cheyenne die Bleichgesichter nannten, züngelten von Tag zu Tag höher und brannten heißer. Die *veho* logen, wenn sie den Mund auftaten, und wurden schneller wortbrüchig, als der beste Pfeil seines gewieftesten Kriegers flog.

Little Wolf verfluchte den Tag, an dem sie ihre Jagdgründe abgetreten hatten und in das Darlington-Reservat im Süden umgesiedelt waren. Noch nie hatte sein Volk unter Hunger oder an Malaria gelitten. Es schmerzte ihn zutiefst, dass ihm seine Brüder und Schwestern unter der Hand wegstarben. Verächtlich dachte er daran, dass der *veho*-Arzt ihnen schon lange keinen Besuch mehr abgestattet hatte. Als wäre das noch nicht genug, hatte General Miles, den sie auch *Kleiner Vater* nannten, ihm untersagt, sein Volk woanders hinzuführen. Um Little Wolf eine Lektion zu erteilen, hatte er ihnen die ohnehin schon kargen Essensrationen gestrichen.

Viele Monde lang hatte Little Wolf versucht, seine innere gereizte Stimme zu verdrängen. Bis heute.

Mit bedächtigen Bewegungen fütterte er das Feuer, legte die Pfeife auf seinen Beinen ab, ließ den Kopf in den Nacken fallen und schloss die Augen. Das Singen wurde lauter, der Rauch des Feuers und der Pfeife vermengten sich und wärmten ihm Brust, Arme, Gesicht und Beine. Er spürte, wie er mit dem Rauch eins wurde und durch das Loch in den abendlichen Himmel emporstieg.

Getragen von den Schwingen der nächtlichen Brise ließ er sich zum Feind wehen, dessen Kanonen wie fette schwarze Kröten auf den Hügeln um ihr Lager hockten. Er stattete jedem *veho* einen Besuch ab, umkreiste ihn und beschwor einen Nebel im Innern des feindlichen Kopfes herauf, der dessen Blick und Verstand trübte. Als er sich von Süden nach Osten tragen ließ, entdeckte er die Silhouetten seiner Brüder und Schwestern, die seiner Order folgten und sich im Schutz der Tipis in Richtung Norden vorarbeiteten.

Mit einem tiefen Seufzen kehrte Little Wolf in seinen Körper zurück, sog an der Pfeife und dachte an die schicksalhaften Worte der Schamanin zurück: *Was möchtest du wissen?*, hatte sie ihn gefragt. *Wie viele auf der Suche nach einer neuen Heimat den Tod finden werden? Wie groß das Leid sein wird? Oder ob du und die deinen am Ende dort leben, wo ihr es möchtet?*

Plötzlich verschwamm das Bild der Schamanin und wurde durch das Antlitz einer blonden Frau mit blauen Augen ersetzt – der *veho*-Frau, die er liebte, als wäre sie seine Schwester. Caroline. Er hatte sie nach Hause geschickt, damit sie in Sicherheit war. Wieso tauchte sie gerade jetzt vor seinem inneren Auge auf? War es möglich, dass sie von den Problemen der Cheyenne gehört hatte? Als er sich auf ihr Gesicht konzentrierte, tauchte hinter ihr wie aus dem Nichts ein Mann mit stechend grauen Augen auf. Er stand dicht neben Caroline, ohne sie jedoch zu berühren, Caroline schien keine Angst vor ihm zu haben. In den Augen des Fremden las Little Wolf Mut und Entschlossenheit. Ihm war, als dränge es diesen *veho* zu den *Tsitsitas*, wie die Cheyenne in ihrer Stammessprache hießen. Little Wolf betete schnell für Carolines Wohl und schwor sich, für sie da zu sein, falls sie in Schwierigkeiten geriet.

Nachdem er das Feuer ein weiteres Mal angefacht hatte, hüllte er sich in den Rauch und schlüpfte ins Freie, um sein Volk sicher nach Hause zu führen.

»Stimmt etwas nicht?«, fragte Zach, der gerade seinen Sattel auf den Planwagen werfen wollte, und hielt inne.

Regungslos starrte Caroline durch die geöffnete Stalltür auf die Straße hinaus. »Ich dachte ... mir war, als würden wir beobachtet.«

Zach stellte sich dicht hinter sie und folgte ihrem Blick. Er konnte nichts erkennen, aber mit einem Mal war ihm, als röche er ein offenes Feuer und Salbei. Seine Nackenhaare stellten sich auf. Doch so schnell der Geruch ihm in die Nase gestiegen war, so schnell hatte er sich wieder verflüchtigt. Verwundert schüttelte Zach den Kopf.

»Was auch immer es war, es ist vorbei«, sagte Caroline und machte einen Schritt zur Seite, um seiner Nähe zu entkommen.

»Wir sollten uns sputen, wenn wir vor Morgengrauen die Stadt hinter uns gelassen haben wollen«, drängte Zach und warf seiner Wegbegleiterin einen kritischen Blick zu. Bereits beim Betreten des Stalls hatte er sich daran gestoßen, dass sie von Kopf bis Fuß wie eine Indianerin gekleidet war. Was dachte dieses Weib sich nur dabei? Egal, wo immer sie einkehren würden, würde sie auffallen wie ein schwarzer Rappe inmitten einer Herde von Schimmeln. Und genau das galt es, zu vermeiden. Sie durften unter keinen Umständen Aufmerksamkeit erregen. Da mochten ihre ebenmäßigen Unterschenkel noch so bezaubernd zwischen den Fransen hervorlugen, wenn sie sich bückte.

»Ma'am, Sie haben doch nicht etwa die Absicht, in dieser Aufmachung aufzubrechen, oder?« Er gab sich die größte Mühe, so unverfänglich wie möglich zu klingen, war aber machtlos, dass sich seine Lippen angewidert verkrampften.

»Doch, so ist es«, antwortete Caroline und schob ihm einen Stapel Decken zu. »Haben Sie ein Problem damit?«

»Ja, habe ich.« Zach legte die Decken zurück. Er würde erst weiterhelfen, wenn sie die Kleiderfrage besprochen hatten.

»Für eine Planwagenfahrt gibt es nichts Bequemeres als Indianerkleider«, verteidigte Caroline sich und schleuderte ihm einen finsteren Blick zu, nahm die Decken wieder und schob sie ihm zu.

»Dann werde ich eben den Wagen lenken«, entgegnete Zach, der sich weigerte, die Decken abermals entgegenzunehmen.

»Wie soll das denn funktionieren? Den Wagen lenken und gleichzeitig Ausschau halten?«

Caroline schob sich an ihm vorbei und legte die Decken selbst auf den Wagen, während seine Blicke ihren Rücken durchbohrten.

»Solange wir nicht die Grenzen des Reservats überschritten haben, verbiete ich Ihnen, sich wie eine Wilde zu kleiden.«

Wie eine Furie schoss Caroline herum und starrte ihn zornig mit eiskalten blauen Augen an, während ihre Wangen und ihre zusammengepressten Lippen in kräftigem Rot erstrahlten. Es war eigenartig, aber ihre Wut unterstrich ihre Schönheit. Ihr Anblick raubte ihm für einen Augenblick den Atem. Es war, als hätte ihm jemand mit einem Tomahawk die Brust gespalten.

Zum Teufel, dachte er, als er wieder normal atmen konnte, *dieses Weib bedeutet nichts als Ärger*.

Zu spät fiel ihm ein, dass sie ein Messer ans Bein geschnallt trug und nicht davor zurückschreckte, es auch einzusetzen. Vielleicht war es nicht sonderlich klug gewesen, sie als *Wilde* zu bezeichnen. »Ich wollte damit lediglich zum Ausdruck bringen, dass wir so wenig Aufmerksamkeit wie möglich auf uns lenken sollten«, schob er schnell hinterher.

Die Hände in die Hüften gestemmt, baute Caroline sich vor ihm auf. »Nur, dass wir uns richtig verstehen, Mister. *Ich* bin hier die Auftraggeberin und gebe den Ton an. Wenn Sie tun, was ich Ihnen sage, werden wir glänzend miteinander auskommen.«

Zach sprang zurück, als schösse jemand auf seine Füße. »Sie haben mich angeheuert, damit ich Sie beschütze, Ma'am, nicht wahr? Wie soll ich das tun, wenn Sie nicht auf mich hören?«

Caroline reckte den Kopf, damit sie ihn ansehen konnte. »Wir sind noch nicht einmal aus der Stadt, und schon geht mir Ihr besserwisserisches Gerede auf den Geist«, sagte sie gedehnt. »Tun Sie mir den Gefallen und hören Sie mit dem ständigen *Ma'am* auf. Ich brauche niemanden, der um mich herumscharwenzelt. Wenn Sie Zeke und den anderen zugehört hätten, wüssten Sie, dass ich keine Dame bin. Ich dulde es nicht, dass Sie mich anfassen, es sei denn, ich schwebe in unmittelbarer Gefahr, haben wir uns verstanden?«

Zach, der sich nur schwer unter Kontrolle hatte, blitzte sie mit einem eisigen Lächeln um den Mund an. »Ich bin untröstlich, wenn meine Manieren Sie aus der Fassung gebracht haben. Aber so bin ich nun einmal, ein absoluter Gentleman. Am besten, Sie machen sich mit dem Gedanken vertraut. Machen wir doch gleich die Probe aufs Exempel. Während Sie sich in einer freien Pferdebox umziehen, drehe ich Ihnen den Rücken zu und verspreche Ihnen, mich nicht umzudrehen.«

»Mister ...«

»Zach«, korrigierte er sie und hätte um ein Haar geschrien.

»Von mir aus können Sie mit dem Gesicht zur Wand stehen bleiben, bis der Hahn kräht. Ich klettere jetzt auf den Kutschbock des Planwagens und verlasse auf direktem Wege die Stadt.« Caroline schickte sich an, ihre Worte in die Tat umzusetzen, drehte sich jedoch noch einmal um und fuchtelte mit dem Zeigefinger vor seinem Gesicht. »Je weniger Sie reden, desto besser kommen wir miteinander aus.«

Freundlich, aber bestimmt schob Zach ihren Finger zur Seite. »Runter mit dem Wildlederkleid.«

»Wenn Sie nicht wollen, dass ich es trage, müssen Sie es mir schon vom Leib reißen.«

»Kein Problem.«

»Das wagen Sie nicht!« Ihre blauen Augen verjüngten sich, und sie streckte das störrische Kinn nach vorne.

Zach, der es nicht gewohnt war, dass ihm jemand

so frech die Stirn bot, entledigte sich seines Mantels, knöpfte die Manschetten auf und rollte die Ärmel hoch. *Wer nicht hören will, muss fühlen,* dachte er, überzeugt davon, dass sie sich fügen würde, sobald sie sah, dass es ihm ernst war. »Ich warne Sie«, zischte er und griff nach seinem Messer. »Legen Sie sich nicht mit mir an.«

Mit weit aufgerissenen Augen wich Caroline zurück. »Kommen Sie mir bloß nicht zu nahe«, fauchte sie und griff hinter sich.

Verflucht! Trug dieses Weibsbild womöglich auch ein Messer im Rücken? Als der blanke Stahl in ihrer Hand aufblitzte, beförderte Zach sie in einen Heuhaufen, packte unsanft ihren Arm, spreizte ihn ab und hielt ihn so lange fest, bis ihr das Messer aus den Fingern glitt. Blitzschnell packte er es bei der Klinge und ließ es durch die Luft segeln, sodass es in dem Holz über ihren Köpfen wippend stecken blieb.

»Warum kompliziert, wenn es auch einfach geht?«, raunte er ihr zu.

»Runter von mir, Sie Wüstling!« Caroline stemmte sich mit aller Kraft gegen seine Brust – ohne Erfolg.

»Runter mit dem Kleid.« Zach tat, als streckte er die Hand nach dem Messer aus.

»Einverstanden.«

Zach kostete seinen Triumph noch ein wenig aus und weidete sich an dem wütenden goldenen Glitzern in ihren tiefblauen Augen, ihren geröteten Wangen und ihren üppigen, feuchten Lippen, die ihn an frisch gepflückte Beeren erinnerten. Wie aus heiterem Himmel spürte er plötzlich einen gleißenden Schmerz in der Flanke. Verdutzt starrte er in ihre Augen, denen nun ein eisiger Schimmer innewohnte. Sie war blass geworden, und ihre Lippen bewegten sich kaum, als sie ihm zuraunte: »Runter von mir. Auf der Stelle.«

Zach drehte den Kopf, um herauszufinden, woher seine Schmerzen rührten. Entsetzt stellte er fest, dass sie ihm die Spitze des Messers unter die Haut gebohrt hatte. Blut sickerte aus der Wunde. Wenn er sich zu hastig oder unkontrolliert bewegte, riskierte er einen tiefen Schnitt. Als er sie ansah, um sich bei ihr zu entschuldigen – sie hatte im Moment eindeutig die besseren Argumente –, entdeckte er unbändige Furcht in ihren Augen. »Finden Sie es nicht ein wenig übertrieben, jemanden abzumurksen, nur weil er Ihre Lippen ein wenig zu lange angestarrt hat?« Zach zuckte zusammen, als Caroline das Messer leicht drehte. »Schon gut, schon gut. Sie haben recht, und ich habe meine Ruhe«, murmelte er, entsetzt darüber, dass er für einen Augenblick seine Manieren vergessen hatte. Mit einem Lächeln, von dem er inständig hoffte, dass es versöhnlich wirkte, sah er sie an: »Ausziehen. Bitte.«

Caroline befreite ihn von der Messerspitze.

Zach zuckte zusammen und spürte, wie ein Schwall warmen Blutes nachsickerte, sprang aber dennoch auf und streckte die Hand aus, um ihr beim Aufstehen zu helfen.

Mit einem giftigen Blick drückte sie ihm das Messer in die Hand und stand aus eigenen Kräften auf. »Ich hatte Sie gewarnt«, zischte sie, schob sich an ihm vorbei und klopfte sich das Heu vom Allerwertesten. »Ich komme auch gut ohne Ihre Hilfe klar.«

Sprachlos stierte er ihr nach. Schlimmer hätte es gar nicht kommen können. Er schickte sich an, die einzige

Stadt im Umkreis von hundert Meilen zu verlassen – und das ausgerechnet mit einer Gewitterziege, wie es sie kein zweites Mal gab.

Plötzlich tauchte Lukes Gesicht vor seinem inneren Auge auf. Wie hatte er ihn vergessen können? Ohne sie würde er seinen Sohn niemals finden. Er musste alles daran setzen, ihr Vertrauen zu gewinnen. Nachdenklich raffte er sein Hemd und presste den Zipfel gegen die Wunde, um die Blutung zu stillen. Sie kannten einander kaum zwei Stunden, und schon hatte er sie so weit, dass sie mit dem Messer auf ihn losging. Angewidert verzog Zach das Gesicht. Kein besonders vielversprechender Auftakt.

»Wir sollten langsam aufbrechen«, sagte Caroline mit tonloser Stimme, während sie die letzte Decke im Wagen verstaute. »Der Morgen wird bald grauen.« Als sie auf den Kutschbock kletterte, erhaschte Zach einen Blick auf ihre Unterschenkel. Mit einem innerlichen Seufzen gestand er seine Niederlage ein. Es blieb ihm wohl oder übel nichts anderes übrig, als sich an den Anblick ihres vermaledeiten Indianerkleides zu gewöhnen.

Mit einer beherzten Bewegung nahm Caroline die Zügel auf und trieb die Maultiere an, während in ihrem Innern ein wahrer Sturm tobte. *Beruhige dich wieder*, sprach sie auf sich selbst ein. Ja, er hatte sie ins Heu geworfen und ihre Lippen angestarrt. Aber er hatte sie nicht auf den Bauch geworfen und sich an ihr vergangen, als wäre sie eine läufige Hündin. Er war nicht White Bear, sondern ein Weißer, der einen halbwegs zivilisierten Eindruck machte. Nichtsdestotrotz nahm sie sich vor, sich vor ihm in Acht zu nehmen, bis sie ihn besser kannte. Je länger sie darüber nachdachte, desto mehr kam sie zu dem Ergebnis, dass sie selbst auch ein wenig Schuld an der Situation traf, schließlich hatte sie ihn darauf hingewiesen, dass sie keine Dame sei. Wäre er noch ein wenig länger in Dodge City geblieben, hätte auch er erfahren, was man dort über sie sprach. Er hatte gesagt, er wüsste, wie man eine Dame behandelt. Sie hätte besser daran getan, auf ihre Instinkte zu hören. Die Art und Weise, wie er sprach, sowie sein Verhalten zeugten von Kultiviertheit, doch zugleich haftete ihm etwas Raues, etwas Grobes an – kurzum etwas Gefährliches. Dies und der Jagdinstinkt, der aus seinen kühlen grauen Augen sprach, gaben ihr die Sicherheit, dass er sie zu schützen imstande war. Aber würde sie sich auch vor ihm schützen können?

Noch war es nicht zu spät, noch konnte sie umkehren, konnte zu ihrem Oheim zurückkehren, der ihr dringend von ihrem Unterfangen abgeraten hatte. Oder sie ging das Wagnis ein und legte ihr Leben in die Hände dieses Fremden?

Nein, sie hatte keine andere Wahl. Die Cheyenne brauchten jede Hilfe, die sie bekommen konnten. Nach allem, was sie für sie getan hatten, musste sie es wenigstens versuchen.

* * *

Von Unruhe getrieben, lief Little Wolf um das niedrige Feuer, das die jungen Krieger auf seine Anweisung hin entfacht hatten. Little Wolf machte sich große Sorgen um alle Frauen mit ihren Kindern, die zu Fuß unterwegs waren. Wo mochten sie nur stecken? Als er innehielt und endlich einen Späher entdeckte, der aber in einiger Entfernung stehen blieb, schwante ihm Übles.

»Die *veho,* haben sie die leeren Tipis gefunden?«, fragte Little Wolf. »Ich muss es wissen.«

»Haben sie, Häuptling«, antwortete der Läufer, dessen Brust sich in schnellem Rhythmus hob und sank. Erst als er in die Knie ging, überbrachte er auch den Rest der Botschaft.

»*Hou*«, murmelte Little Wolf, in dessen Herz ein Sturm der Wut losbrach. American Horse und sein Stamm hatten also beschlossen, sich ihnen nicht anzuschließen. Schön und gut. Aber hätte Horse nicht noch ein wenig warten können, den *veho* von der Abreise der Cheyenne zu berichten? Little Wolf wusste, dass er einen klaren Kopf bewahren musste, und atmete tief ein.

Black Coyote trat auf ihn zu, die Arme vor der Brust verschränkt, und wartete, bis Little Wolf ihm das Wort erteilte. Es war besser, Coyote hier und jetzt anzuhören, um Gerüchten und Missverständnissen vorzubeugen.

»Meine Freunde und ich haben entschieden, dem Trail Richtung Norden zu folgen. Nirgends gibt es so viele Gewehre und Pferde, die wir uns nehmen können.« Als die anderen, meist noch sehr jungen Krieger jubelten, gab Black Coyote ihnen ein Zeichen, ihm zu folgen. Doch Morning Star, Little Wolfs Bruder, der die Krieger und Späher unter sich vereinte, räusperte sich und hielt die faltige Hand in die Höhe. »Ihr wisst genau, dass wir die Marschroute längst festgelegt haben. Wir folgen dem Trail in Richtung Westen. Wir können nicht umschwenken, die Jäger und Pferdehüter sind längst dorthin unterwegs.«

»Wir müssen einen großen Bogen um die Bleichgesichter machen, wenn es geht«, eilte Little Wolf seinem Bruder zur Hilfe. »Wir wollen keinen Krieg anzetteln.«

»Wir werden nicht mit nach Westen ziehen«, wiederholte Black Coyote seine Forderung und deutete in den Norden. Als er sich jedoch in Bewegung setzen wollte, machte Little Wolf einen Schritt nach vorne. Er musste alles daran setzen, dass die Cheyenne nicht auseinanderliefen, bevor die lange Reise richtig begonnen hatte.

»Du hast gehört, was unser Bruder gesagt hat. Uns Älteren gebührt die Loyalität. Vertraut auf unser Wissen und unsere Weisheit.«

»Nein, wir ziehen in den Norden«, johlte einer der Krieger erhitzt und erntete lautstarke Zustimmung.

»Nein!«, dröhnte Little Wolfs tiefe, tonlose Stimme über die Prärie, während er die Decke von seinen Schultern gleiten ließ. »Ich weiß, dass ihr auf einen Kampf brennt, aber wir werden uns nur verteidigen, nicht angreifen. Oder habt ihr schon die Gewehre der *veho* vergessen? Ich für meinen Teil nicht.« Um seinen Worten Nachdruck zu verleihen, strich er sich über das Hemd, unter dem sich alte und neue Wunden verbargen, während sein suchender Blick über die Gesichter am Feuer glitt. Manche von ihnen wandten schamvoll den Kopf zur Seite, weil sie den Zorn ihres Häuptlings heraufbeschworen hatten.

»*Heammawihio* hat schützend seine Hand über mich gehalten, während andere bei dem Scharmützel am Washita-Fluss in die ewigen Jagdgründe absteigen mussten.« Mit einem lauten Schnalzen durchschnitt seine Peitsche die Luft. »Ich werde es nicht zulassen, dass aus Rachelust noch mehr *Tsitsitas* ihr Leben lassen müssen. Wir ziehen nach Westen, wie Morning Star es gesagt hat.«

Mit hängenden Köpfen verließen die jungen Krieger den Feuerplatz – mit Ausnahme von Black Coyote, der seit dem großen Kampf, bei dem Generalmajor Custer ums Leben gekommen war, die Nase hochtrug und sich seither laut und aufständisch benahm. Er bereitete Little Wolf große Sorgen.

Little Wolf begegnete Coyotes sengendem Blick, während er die Peitsche aufrollte – für den Fall, dass Coyote die Beherrschung verlor. Doch seine Sorge war unbegründet. Black Coyote beruhigte sich wieder und gesellte sich zu den anderen Kriegern, die jenseits des Feuers auf ihn gewartet hatten.

»Wir gehen nach Westen«, entschied er tonlos.

Little Wolf und sein Bruder tauschten einen langen Blick aus und bedeckten das Feuer gemeinsam mit Erde.

»Er wird uns Ärger bereiten«, sagte Morning Star und erhob sich.

»Möge der Tag noch in weiter Ferne liegen, mein Bruder.«

Morning Star legte Little Wolf die Hand auf die Schulter. »Lass uns hoffen, dass das Feuer in seinem Innern nur ihn selbst verbrennt.«

Little Wolf nickte stumm und betete, dass sein Bruder recht behielt.

Drittes Kapitel

Zach saß ab, entledigte sich mit ungeduldigen Bewegungen der Handschuhe und schlug sich damit auf die Oberschenkel. Er atmete tief durch, um nicht die Beherrschung zu verlieren. Erst als er sich wieder ein wenig beruhigt hatte, sattelte er Dämon ab. Das Tier konnte schließlich nichts dafür, dass sie nicht halb so weit gekommen waren, wie er gehofft hatte.

»Was ist Ihnen denn über die Leber gelaufen?«

Zach riss den Kopf in die Höhe, als Caroline vom Planwagen sprang. Gerade, als er ihr zur Hilfe eilen wollte, erinnerte er sich an ihre Worte, er solle ihr nicht zu nahe treten.

»War ein langer Tag«, sagte er achselzuckend und rang sich ein Lächeln ab. »Ehrlich gesagt, hatte ich gehofft, dass wir schneller vorankommen.«

Caroline rieb sich die Seite. »Was schätzen Sie, wie viele Meilen wir heute zurückgelegt haben?«

»Nicht annähernd genug.« Zach wusste, dass er besser daran tat, den Mund zu halten, doch seine strapazierten Nerven gewannen die Oberhand. »Entweder sind Ihre Maultiere die langsamsten Kreaturen, die es je gegeben hat, oder der Wagen ist zu schwer. Was ziehen Sie da eigentlich durch die Gegend? Findlinge?« Plötzlich schoss Zach ein entsetzlicher Gedanke durch den Kopf. Caroline war doch nicht so verrückt und brachte den Cheyenne Gewehre und Munition, oder?

»Proviant, Decken, Kleider, Schuhe und dergleichen.«

»Alles Sachen, die nicht viel wiegen«, entgegnete Zach misstrauisch und schob einen Stapel Decken zur Seite.

»Sie dürfen nicht vergessen, dass die meisten Lebensmittel in Dosen oder Flaschen verpackt sind«, belehrte sie ihn und machte sich daran, die Maultiere abzuschirren. »Außerdem ist das meiste in Holzkisten verpackt.«

Zach stocherte noch ein wenig in der Ladung herum, konnte aber nichts Auffälliges entdecken.

»Wenn Sie schon in meinen Sachen herumschnüffeln, wären Sie dann so nett und holen das Kochgeschirr hervor?«

Zach kam ihrer Bitte nach und hievte unter Protest seines geschundenen Rückens die entsprechende Kiste von der Ladefläche. Wenn er schon das Gefühl hatte, der Rücken könnte jeden Augenblick durchbrechen, wie musste es dann ihr erst ergehen? Es grenzte an ein Wunder, dass ihren Bewegungen nach der langen Reise noch so viel Eleganz und Anmut innewohnte.

Neugierig untersuchte Zach den Inhalt der Kiste und stellte erleichtert fest, dass sie an alles gedacht hatte, das zur Ausstattung einer gute Köchin gehörte. Bei dem Gedanken an eine warme Mahlzeit lief ihm das Wasser im Mund zusammen. Wenn er alleine unterwegs war, ernährte er sich hauptsächlich von Dörrfleisch und kalten Bohnen.

Als Zach bemerkte, dass Caroline den Boden mit einem dicken Ast fegte, eilte er zu ihr. »Was tun Sie denn da?«, fragte er aufgebracht und entriss ihr den provisorischen Besen.

»Wonach sieht es denn aus?«, schoss sie zurück und wollte sich den Ast zurückholen. »Erstens möchte ich ein Feuer machen und zweitens schläft es sich nicht gut auf Steinen.«

»Lassen Sie mich das machen«, brummte er. »Der Ast ist doch viel zu schwer für Sie.«

»Danke, aber das wird nicht nötig sein. Ich möchte die Diskussion von heute Nacht nicht noch einmal aufrollen. Und jetzt geben Sie mir den Stock zurück.«

»Nichts da!«, wiedersprach er, fasste sie am Arm, führte sie zu einem großen Stein und bedeutete ihr, sich zu setzen, während er die Wasserflasche holte. »Am besten ruhen Sie sich ein wenig aus und trinken etwas. Im Handumdrehen werden Sie wieder bei Kräften sein.«

Doch statt zu trinken, brach Caroline in schallendes Gelächter aus. Tränen liefen ihr über die Wangen, und sie hielt sich die Oberschenkel, um nicht vom Stein zu fallen.

»Fühlen Sie sich jetzt besser?«, fragte Zach leicht verärgert, nachdem sie sich wieder gefangen hatte. Als er sich verlegen mit dem Hut auf die Hüfte schlug und eine Staubwolke produzierte, die ihm sogleich in die Nase zog und einen Hustenanfall provozierte, prustete sie abermals los. Ihr Lachen klang wie das Wiehern eines Pferdes. Angewidert machte er auf dem Absatz kehrt. So etwas Freches musste er sich nun wahrlich nicht gefallen lassen.

»Herrje«, keuchte Caroline schließlich und hielt sich den Bauch. »Das hat gut getan.«

»Freut mich, dass ich zu Ihrer Belustigung beitragen konnte«, brummte Zach noch immer leicht verstimmt.

»Bitte nehmen Sie es mir nicht übel«, keuchte Caroline. »Meine Reaktion war nicht angemessen. Sie haben es nur gut gemeint. Aber Sie sind nicht der Einzige, den das langsame Tempo zermürbt.«

»Entschuldigung angenommen. Wie wär's, wenn Sie Ihre Enttäuschung morgen an den Maultieren ausließen und sie zur Eile antrieben?«

»Wird gemacht«, versprach sie, kletterte auf die Ladefläche des Planwagens und holte den nötigen Proviant und das Bettzeug hervor. »Wären Sie so nett, zum Bach dort drüben zu gehen, um mir einen Eimer Wasser zu holen?« Ehe Zach wusste, wie ihm geschah, hatte er einen leeren Eimer in der Hand. »Ach ja, bei der Gelegenheit sollten Sie sich gleich ein wenig frisch machen.«

»Soll ich Ihnen nicht doch lieber beim Kochen zur Hand gehen?«

»Nicht nötig«, antwortete Caroline gelangweilt.

»Ganz sicher?« Als sie nichts erwiderte, schnappte er sich Seife und Rasiermesser sowie ein sauberes Hemd und stapfte mit schweren Schritten davon.

* * *

Caroline, die auf der anderen Seite des Kutschbocks stand, sah Zach nach, bis er zwischen den Büschen am Bach verschwunden war.

So, so, dachte sie und rümpfte die Nase, *er vertraut we-*

der mir noch meinen Kochkünsten. Sie hatte nicht schlecht Lust, das Essen absichtlich anbrennen zu lassen. Naja, genau genommen fürchtete sie, dass ihr das sowieso passierte. Sie war alles andere als eine begnadete Köchin. Dennoch machte sie sich frohen Mutes an die Vorbereitungen. Während sie den Teig für die Maistaler anrührte, kreisten ihre Gedanken immer wieder um ihren Begleiter. Es war ihr schleierhaft, warum es ihr wichtig war, was er über sie dachte.

Als Zach vom Bach zurückkehrte, hatte sie ein prasselndes Feuer geschürt und das Bettzeug ausgebreitet. Es roch köstlich nach gebratenem Hasen, würzigen Kartoffelspalten und frischen Maistalern. Dennoch gab Zach sich misstrauisch. »Was ist das alles?«

»Abendessen«, antwortete Caroline, die mehr als zufrieden war mit ihrer Leistung. »Jetzt sagen Sie bloß nicht, Sie hätten keinen Hunger.«

»Doch, doch.« Er schleuderte die dreckigen Kleider neben sein Nachtlager und beäugte das Essen, als wäre es vergiftet.

»Ich dachte mir, dass Sie genauso müde sind wie ich und dass uns beiden eine warme Mahlzeit gut tun würde, bevor wir uns aufs Ohr hauen. Vorher werde ich noch Ihre Kleider waschen«, zwitscherte sie und verschluckte sich fast bei dem Versuch, angesichts seines bestürzten Gesichts ein Lachen zu unterdrücken. Fürchtete er etwa, sie könnte ihn seiner Kleider berauben?

»Danke, aber darum kümmere ich mich lieber selbst.« Zach füllte einen Teller, den er anschließend Caroline reichte. »Wollen wir mal hoffen, dass der Duft nicht sämtliche Herumtreiber und Abenteurer in der Umgebung anlockt.«

»Danke für das Kompliment«, brummte Caroline und rief sich in Erinnerung, dass sie ihm nicht über den Weg trauen konnte, und fragte sich zum wiederholten Mal, was er ihr vorenthielt. Sie wurde das Gefühl nicht los, dass er nie etwas ohne Hintergedanken tat. Warum wollte er Little Wolf kennenlernen?

Sie aßen, ohne ein Wort zu wechseln. Nachdem Zach seine anfängliche Skepsis überwunden hatte, machte er sich wie ein Verhungerter über seinen Teller her. Caroline hingegen stocherte nur ein wenig in ihrem Essen herum. Ihr war der Appetit vergangen.

Zach wollte sich gerade den letzten Maistaler in den Mund schieben, als das Donnern von Hufen an sein Ohr drang. »Gehen Sie in Deckung«, raunte er Caroline zu, zückte seinen Colt und entsicherte ihn.

Caroline hechtete unter den Wagen, aber nicht, ohne sich vorher das geladene Gewehr zu holen, das sie unter dem Kutschbock versteckt hielt. Mit pochendem Herzen zielte sie in die Richtung, aus der die Geräusche kamen.

»Wir können Sie hören«, brüllte Zach in die Finsternis hinein. »Treten Sie langsam in den Schein des Feuers, sonst schießen wir los.«

Um Zachs Worte zu untermalen, entsicherte Caroline das Gewehr und sicherte es noch einmal. In der Stille der Nacht wirkte das mechanische Klicken wie ein Kanonenschuss.

Mit zusammengekniffenen Augen beobachtete Zach den Fremden, der mit seinem schäumenden Pferd am Zügel näher kam. Caroline meinte, ein nervöses Zucken in Zachs Gesicht zu bemerken, als er den Fremden musterte.

»Runter mit dem Hut«, brummte er.

»Ich komme mit friedlichen Absichten«, versicherte der Reiter ihm und nahm den Hut ab. »Ich benötige dringend ein Ersatzpferd.«

»Da muss ich Sie enttäuschen. Wir verkaufen nicht.«

»Genau genommen wollte ich Ihnen Ihr Pferd auch nicht abkaufen«, sagte der Reiter und sprach schneller, als Zach einen Schritt auf ihn zukam. »Mir schwebt vielmehr eine Art Tauschgeschäft vor.«

»Keine Chance. Ihr Klepper macht es ohnehin nicht mehr lange«, sagte Zach und starrte dem Reiter fest in die Augen.

Caroline hingegen musterte das abgemagerte Pferd, dem die Zunge aus dem Maul hing. Sie spürte, dass Zach den Fremden über den Haufen schießen würde, wenn er Anstalten machen sollte, ihm seinen Vollbluthengst abzunehmen. Genau wie er war auch sie nicht gewillt, ihr Pferd herzugeben, das sie für die Reise gekauft hatte. Selbst wenn er versuchte, ihnen eines der Maultiere abzunehmen, würde sie ihm eine Kugel durch den Leib jagen.

»Sie müssen verstehen, Mister«, sagte der Reiter, dessen Stimme mit jeder Silbe schriller wurde. »Ich habe die Order von Bat Masterson, dem Sheriff von Dodge City, alle Siedler wegen der Wilden zu warnen.«

Caroline hielt den Atem an.

»Soll das heißen, die Cheyenne sind aus dem Reservat geflohen?«, stieß Zach hervor.

»Ja, verdammt noch mal«, rief der Fremde. »Jetzt sagen Sie bloß nicht, Sie wissen es noch gar nicht, Mister. Letzte Nacht sind die Rothäute ausgebüchst. Vielleicht verstehen Sie jetzt, warum ich auf den Gaul keine Rücksicht nehmen kann. Was ist jetzt, bekomme ich Ihr Pferd, oder nicht?« Er benetzte sich die Lippen und schielte zum Feuer. »Mein Magen könnte übrigens auch eine Kleinigkeit vertragen.« Überzeugt davon, dass er nun willkommen war, nachdem er sich erklärt hatte, ließ er sich am Feuer nieder. Nach einem Schritt erstarrte er.

Zach hatte den Arm ausgestreckt und zielte mit dem Colt auf ihn. »Nicht so schnell, Mister. Woher weiß ich, dass Sie mir kein Lügenmärchen auftischen? Führen Sie irgendeine Art von Beweis mit sich?«

»Aber sicher doch«, entfuhr es dem Reiter, der sich in die Westentasche greifen wollte.

»Whitley!«, rief Zach, woraufhin Caroline dem ungebetenen Gast über den Kopf schoss, der sogleich einen gellenden Schrei ausstieß und in Deckung ging.

»Was sollte das denn? Ich wollt doch nur den Brief vom Sheriff hervorholen.«

»Aber bitte nur mit zwei Fingern«, wies Zach ihn an und sah zu, wie seine Order ausgeführt wurde. »Werfen Sie mir den Brief zu.« Der unbekannte Reiter tat, wie ihm geheißen. Ehe Zach jedoch in die Knie ging, um das Schreiben aufzuheben, rief er: »Whitley?«

Als Antwort entlockte Caroline ihrem Gewehr ein weiteres Mal ein mechanisches Klicken. Der Reiter musste kräftig schlucken. »In Ordnung, ich glaube Ihnen. Drehen Sie sich um und laufen Sie zurück in die Richtung, aus der Sie gekommen sind.«

»Laufen?«, entfuhr es dem Reiter, dem die Röte ins Gesicht schoss und der panisch nach den Zügeln seines ermüdeten Pferdes griff, das daraufhin den Kopf hob. »Was soll das denn heißen?«

»Sie haben mich genau verstanden. Das Pferd ist am Ende seiner Kräfte. Gönnen Sie ihm ein wenig Ruhe und laufen Sie neben ihm her. Wenn Sie glauben, ich gäbe Ihnen mein Pferd, nachdem ich gesehen habe, wie Sie mit Ihrem Tier umgehen, sind Sie ein größerer Trottel, als ich angenommen hatte. Und jetzt Abmarsch!«

Mit verkniffenem Gesicht wollte der Reiter das Pferd wegführen, das sich jedoch standhaft weigerte, als wüsste es, dass ihm nichts Gutes blühte.

Laut fluchend machte Zach einen Satz nach vorne. Ehe er jedoch wusste, wie ihm geschah, machte der Reiter einen Schritt auf ihn zu, trat ihm den Colt aus der Hand und schlug ihm ins Gesicht. Zach taumelte. Als der Unbekannte zu einem Tritt in den Magen ausholen wollte, nutzte Zach die Chance und schlug ihm mit voller Wucht auf die Nase. Der Kopf des Reiters flog in den Nacken und ihm spritzte eine Blutfontäne aus der Nase. Tränen schossen ihm in die Augen, er sank auf die Knie und schlug sich die Hände vors Gesicht. Blut sickerte durch die Finger.

Aus Angst, Zach verletzen zu können, hatte Caroline nicht geschossen. Stattdessen war sie ein Stück nach vorne gerobbt, um besser sehen zu können.

Zach hatte den Fremden bei den Haaren gepackt und riss seinen Kopf in den Nacken. »Fertig?«

Als der andere versuchte zu nicken, ließ Zach von ihm ab und erleichterte ihn um seine Pistole und das Messer, das er in seinem Stiefel versteckt trug. »Ist das alles?«, knurrte Zach. »Entweder sind Sie leichtgläubig oder naiv.«

Der Reiter schleuderte ihm einen giftigen Blick zu.

»Whitley!«, schrie Zach.

»Hier!«, antwortete Caroline und lächelte, als Zach sichtbar zusammenzuckte. »Ich plädiere auf leichtgläubig«, brummte sie, den Gewehrlauf noch immer auf den Eindringling gerichtet. Sie kannte den Kerl. Er gehörte zu jenen, die ihr Leben in der Stadt mehr als einmal zur Hölle gemacht hatten.

Als der Reiter auf Carolines Indianerkleidung starrte, verzog er angewidert das Gesicht. »Wen haben wir denn hier? Die kleine Indianerhure. Bestimmt steckst du mit der Rothaut unter einer Decke. Wann und wo seid ihr denn verabredet?«

»Halt's Maul«, zischte Zach und brachte ihn mit einem derben Faustschlag zum Schweigen.

»Ein Schuss. Mehr benötige ich nicht«, sagte Caroline.

»Die Vorstellung, ihm eine Kugel durch den Kopf zu jagen, gefällt mir«, antwortete Zach mit einem eisigen Lächeln. Sogleich wich der Reiter stöhnend zurück. »Könnte nur sein, dass Sie es bitter bereuen, falls Sie eines Tages nach Dodge City zurückkehren.«

Seufzend ließ Caroline das Gewehr sinken.

»Los. Runter zum Bach und waschen«, befahl Zach dem Reiter.

Caroline blickte ihm nach, wie er mit hastigen Schritten in Richtung Bach lief. »Sie sind ja doch ein Mann der knappen Worte, wenn Ihnen der Sinn danach steht.«

Zach ließ Carolines Bemerkung unkommentiert und

befreite stattdessen das erschöpfte Pferd von Sattel und Saumzeug. »Vielleicht sollten wir ihm doch eine Kleinigkeit zu essen geben. Ich habe nämlich keine Lust, die ganze Nacht Wache zu stehen.«

»Werden Sie ihm denn Ihr Pferd geben?«

»Ich denke nicht im Traum daran. Wir geben ihm stattdessen Ihr Pferd.«

»Wie bitte?«, stieß Caroline hervor und ließ um ein Haar den Teller fallen, den sie gerade füllte. »Sie können doch nicht einfach über das Schicksal meines Pferdes bestimmen.«

»Das hatte ich auch nicht vor. Deshalb habe ich unseren Freund ja auch weggeschickt, um Ihre Zustimmung einzuholen.« Mit eisigem Gesichtsausdruck warf er den Sattel des Reiters über den Rücken von Carolines Pferd.

»Nennen Sie mir einen Grund, warum ich das tun sollte«, erwiderte Caroline, stellte den halb vollen Teller auf einem Stein ab und stapfte, die Hände zu Fäusten geballt, auf ihn zu.

»Ich nenne Ihnen gleich drei gute Gründe«, antwortete Zach gelassen, ohne sie eines Blickes zu würdigen. Caroline spürte deutlich, dass er den Moment auskostete. »Sie haben diese Stute auf dem Viehmarkt in der Stadt gekauft, kann das sein?«

»Ja«, antwortete Caroline wahrheitsgemäß, legte den Kopf auf die Seite und betrachtete das Tier. »Warum?«

»Weil ihre Knie entzündet sind und sie Würmer hat. Mit anderen Worten, jemand hat sie kräftig über den Tisch gezogen«, erklärte er und deutete mit dem Kopf auf das andere Pferd. »Der da mag erschöpft sein, wenn er sich aber erst einmal erholt hat, wird er Ihnen bessere Dienste leisten als dieses arme Geschöpf.«

»Der Punkt geht an Sie«, räumte Caroline zähneknirschend ein. »Was ist mit den anderen beiden Gründen?«

»Zweitens, weil das Schreiben, das er mir gezeigt hat, echt ist. Der Sheriff hat ihn angesichts der Flucht der Cheyenne zum Deputy, sprich zum stellvertretenden Sheriff ernannt. Die Behörden und die Armee gehen davon aus, dass sie in Richtung Norden unterwegs sind und haben bereits erste Maßnahmen ergriffen.«

Caroline spürte, wie ihr die Farbe aus den Wangen wich. Sie hatte gewusst, dass die Cheyenne unter unmenschlichen Umständen im Reservat lebten, dass viele von ihnen bereits qualvoll wegen Krankheiten und Hunger sterben mussten. Und dass die Behörden im Norden ihnen versprochen hatten, sie könnten zurückkehren, wenn ihnen das Reservat im Süden nicht gefiele.

Es erfüllte sie mit unbändiger Wut, wenn sie daran dachte, dass ihre Freunde in Angst und Schrecken gelebt hatten und nun einer unsicheren Zukunft entgegensahen. Eine Flut von Fragen strömte auf Caroline ein. Hatten sie Pferde oder waren sie gezwungen, sich zu Fuß fortzubewegen? Die Cheyenne-Frauen brachte nichts so leicht aus der Ruhe, aber es brach Caroline das Herz, sich vorzustellen, dass vor allem die Frauen und Kinder den Strapazen einer Flucht ausgesetzt waren. Ein Seufzen entwich ihren Lippen. Was würde wohl aus den Cheyenne werden? Was hatte Little Wolf ausgerechnet jetzt zu diesem drastischen Schritt bewogen? Sein Volk riskierte Tod und Gefangenschaft und würde am Ende vielleicht doch zurück ins Reservat geschickt.

»Wenn Sie nicht für den Tod der Siedler verantwortlich sein wollen, die dieser Mann nicht erreicht, sollten Sie ihm lieber Ihr Pferd geben, meinen Sie nicht auch?«, fragte Zach. »Sie wissen genauso gut wie ich, dass die Cheyenne quasi dazu gezwungen sind, auf dem Weg nach Norden zu plündern. Wollen Sie etwa die Schuld auf sich nehmen, dass Unschuldige den Tod finden?«

»Nein, natürlich nicht«, antwortete Caroline zerknirscht. Sie liebte Little Wolf und die *Tsitsitas*, würde es aber niemals gutheißen, wenn ungescholtene Siedler Schaden nahmen. »Einverstanden. Von mir aus kann er die Stute haben.«

»So ist's brav«, lobte Zach.

»Das waren zwei Gründe. Was ist mit dem dritten?«, fragte sie und war ihm beim Satteln der Stute behilflich.

»Ich hatte gehofft, Grund Nummer drei gar nicht erst ins Feld führen zu müssen.«

»Weshalb?«, fragte Caroline und ließ vor Schreck das Halfter fallen.

»Na ja, wenn die ersten beiden Gründe Sie nicht überzeugt hätten, hätte ich Ihnen die Stute abgekauft und ihm gegeben«, sagte er und grinste sie über die Nüstern der Stute hinweg an.

»Einmal Zocker, immer Zocker«, bemerkte Caroline trocken und hob misstrauisch eine Braue. O nein, sie würde weder auf sein charmantes Lächeln, geschweige denn auf das silbrige Funkeln in seinen Augen hereinfallen.

»Zocker ist mein zweiter Vorname. Wäre ich sonst hier?«

»Tun Sie mir einen Gefallen und sparen Sie sich Ihre Sprüche, Mister McCallister. Sie sind aus ganz anderen Gründen hier, das spüre ich«, entgegnete sie, in der Hoffnung, ihm damit sein selbstgefälliges Lächeln aus dem Gesicht zu wischen.

Nachdenklich sah Zach dem Deputy nach, der das Pferd anspornte und sich im gestreckten Galopp entfernte. Glücklicherweise hatte er Zach die aufgeplatzte Lippe und die blutige Nase nicht nachgetragen. Aber Zach wusste aus eigener Erfahrung, dass dies am nächsten Tag schon wieder vollkommen anders sein konnte. Ein weiterer Grund, so vorsichtig wie nie zuvor zu sein. Er tastete nach seinem Colt. Am liebsten hätte er den Kerl nachträglich über den Haufen geschossen, weil er sich Caroline gegenüber im Ton vergriffen hatte. Noch nie hatte er den brennenden Wunsch verspürt, das Leben eines anderen kaltblütig auszuhauchen. Bis dieser unsägliche Deputy aufgetaucht war.

Was hatte diese Caroline nur an sich, dass er nach einem Tag schon bereit war, einen Menschen umzubringen, der sie beleidigt hatte? Zugegeben, sie war hübsch, aber das sagte noch lange nichts über ihr Wesen aus. Seine Mutter war ebenfalls eine erlesene Schönheit gewesen, aber mit einem Herz aus Stein, und seine verstorbene Frau hatte nur an sich gedacht. Zach war mittlerweile zu der Überzeugung gekommen, dass sie Luke nur deshalb mitgenommen hatte, damit er ihr nachreiste und ihn gegen ein hübsches

Sümmchen auslöste – was er zweifelsohne auch getan hätte.

Es war traurig, aber das Leben hatte ihn gelehrt, schönen Frauen nicht zu trauen. Meist taten sich hinter der hübschen Fassade menschliche Abgründe auf. Sie benutzten ihr liebreizendes Äußeres, um ihren Willen durchzusetzen. Hatten sie erreicht, was sie wollten, ging das Spiel von vorne los. Ein Teufelskreis, aus dem es kein Entrinnen gab. Ein Schaudern rieselte durch Zachs Körper.

Es war ratsam, ein Auge auf Caroline zu haben. Doch das war nicht das Einzige, das ihn beschäftigte. Was bedeutete die Frage des Deputys? Steckte sie mit Little Wolf unter einer Decke? Nachdem er eine Weile darüber nachgedacht hatte, schüttelte er den Kopf. Nein, das Erstaunen in ihrem Gesicht, als sie von der Flucht der Cheyenne erfahren hatte, war echt gewesen.

Zach hatte gehofft, dass sie ihn in das Lager einschleusen würde, wo er in Ruhe nach Luke suchen konnte, oder, sollte er ihn nicht finden, Nachforschungen anzustellen, die ihn seinem Ziel näher brachten. Nun, da die Cheyenne auf der Flucht waren, wusste er nicht, was er tun sollte. Wenn er Caroline ihrem Schicksal überließ und die Cheyenne auf eigene Faust suchte, brachte er sich nur in Gefahr. Sie würden ihn erschießen, sobald er in Sichtweite kam. Was würde dann aus dem Jungen werden? Blieb er hingegen bei Caroline, würden sie den Kurs ändern müssen. Die Vorstellung, mitten in der Einöde ausgehungerten, aufgebrachten Cheyenne gegenüberzustehen, war alles andere als erbaulich. Wenn er sie schon außerhalb des Reservats treffen musste, dann am liebsten in der Nähe eines Forts.

Das Beste war, wenn sie gen Norden zogen, in Richtung Fort Dodge. Außerdem musste er alles daran setzen, Carolines Vertrauen zu gewinnen, was alles andere als leicht werden würde. Aber Lukes Leben hing von seinem Erfolg ab. Er wollte dem Jungen endlich ein guter Vater sein – was man bislang nicht gerade behaupten konnte.

Nachdem Zach sich sicher war, dass der Deputy nicht zu ihnen zurückkehren würde, gesellte er sich wieder zu Caroline, die vor dem Feuer hockte und gedankenverloren darin herumstocherte, wie sie es auch mit ihrem Essen getan hatte. So vehement Zach sich auch dagegen wehrte, sein Blick blieb wieder an ihrer Wildlederbekleidung hängen, die um ihr Gesäß ein wenig eng saß. Bei diesem Anblick ergoss sich eine Lawine flüssigen Feuers in seine Lenden. Warum hatte es ihm ausgerechnet ein Frauenzimmer angetan, das mit einem Indianerhäuptling liiert war? Zu allem Übel auch noch ein besonders herrschsüchtiges und engstirniges Exemplar in einem Indianerkleid. Oh, wie er dieses Kleid hasste!

Mit ungeduldigen Bewegungen entledigte er sich seiner Stiefel, legte sich neben das Feuer und wickelte sich in eine Decke. Als er das Wort an sie richtete, tat er es weniger taktvoll, als ihm eigentlich lieb war. »Wir müssen morgen nach Norden reiten.«

»Was?« Caroline sank auf die Knie und starrte ihn über das Feuer hinweg an. »Warum?«

Zach seufzte, in der Befürchtung, dass ihm eine schlaflose Nacht bevorstand. »Wir können nur vermuten, welchen Weg die Cheyenne eingeschlagen haben. Ich an ihrer Stelle würde einen großen Bogen um jede Siedlung machen, dem Old-Kansas-Trail in nördlicher Richtung folgen und Dodge City links liegen lassen.«

»Mag sein«, antwortete Caroline, »aber ich verstehe nicht, warum Sie glauben, sie würden nach Norden ziehen.«

»Denken Sie nach. Die Cheyenne wollen doch bestimmt möglichst schnell vorwärtskommen, um die Soldaten abzuhängen. Sie dürften kaum genug Pferde für alle haben, und selbst wenn wir heute noch zu ihnen aufschlössen, hätten sie keinerlei Verwendung für den Planwagen. Er wäre wie ein Klotz am Bein.«

»Daran habe ich auch schon gedacht«, antwortete Caroline und legte die Stirn in Falten. »Was sollen wir Ihrer Meinung nach jetzt tun?«

Zach richtete sich auf, nahm den Stock, mit dem Caroline im Feuer gestochert hatte, strich den Boden vor sich glatt und bedeutete ihr, näher zu kommen. »Hier ist Dodge City, hier sind wir und hier der Trail Richtung Westen«, erklärte er und malte eine Karte in den Staub. »Hier ist es am gefährlichsten für Ihre Freunde.« Zach malte ein X westlich von Dodge City. »Die Cheyenne müssen erst den Arkansas-Fluss überqueren und dann die Eisenbahntrasse. Vorausgesetzt, die Kavallerie kann sie nicht aufhalten, werden sie sich genau hier postieren.«

»Warum sind Sie sich da so sicher?«

»Bin ich nicht«, räumte er ein, »aber so würde ich vorgehen, wenn ich auf der Flucht wäre. Wenn wir in Richtung Fort Dodge weiterfahren, weiß ich in ein paar Tagen mehr. Für den Fall, dass ich mich geirrt habe, befinden wir uns immerhin in der Nähe des nördlichen Trails und können zur Not umschwenken.«

»Fort Dodge?« Caroline erhob sich und verschränkte die Arme vor dem Bauch. »Was machen wir, wenn die Soldaten uns in die Quere kommen und meinen Planwagen beschlagnahmen?«

»Vertrauen Sie mir«, besänftigte Zach sie. »Ich werde dafür sorgen, dass es nicht so weit kommt. Wir kampieren außerhalb des Forts, und ich kundschafte die Lage aus.«

Caroline sah ihn skeptisch an. »Und wie genau stellen Sie sich das vor? Und erzählen Sie mir ja nicht, Sie hätten zufällig eine Uniform bei sich.«

»Wie kommen Sie denn darauf?«, entgegnete er pikiert und wandte dezent den Blick ab. Es behagte ihm nicht, sie anzulügen, aber er fürchtete, dass sie ihm keinen Zoll mehr über den Weg traute, wenn sie von seinem militärischen Rang erfuhr. »Ein Fort ist doch wie ein Taubenschlag. Ständig kommen und gehen Männer, die ihre Dienste als Späher und dergleichen anbieten.«

»Auch Scharfschützen?«, fragte sie misstrauisch.

»Keine Angst, ich bin kein Scharfschütze«, entgegnete er und wandte sich wieder der provisorischen Landkarte zu. »Ich schlage vor, wir halten uns in westlicher Richtung und versuchen, vor den Cheyenne dort zu sein.« Er zeichnete ein weiteres X in den Sand, einen fingerbreit nördlich des Arkansas. »Hier werden wir kampieren und versuchen, mit ihnen ein Treffen zu arrangieren. Wenn sie es bis dahin schaffen, werden sie sich über die Ladung des Planwagens freuen.«

»Was schätzen Sie, wie lange sie brauchen werden?«, wollte Caroline wissen und starrte auf die Karte, als könnte sie die Cheyenne tatsächlich sehen.

»Mal sehen, ihre Freunde haben das Reservat am neunten verlassen«, rekapitulierte Zach und markierte einen Punkt im Süden. »Schätzungsweise zwölf Tage bis zwei Wochen, je nachdem, wie oft sie in Kämpfe verwickelt werden.«

»Und wenn wir sie nicht antreffen?«

»Vergessen Sie nicht, dass sie mit Frauen, Kindern und Alten unterwegs sind.«

»Das schaffen sie nie.« Caroline sank in die Knie und folgte mit dem Finger dem Trail, den er in den Staub gezeichnet hatte, bis sie mit entschlossenem Gesichtsausdruck aufsah. »Die Cheyenne haben mir das Leben gerettet. Ich werde alles tun, was in meiner Macht steht, um ihnen zu helfen.«

Beeindruckt von Carolines Offenheit half er ihr auf. »Heute Nacht können wir ohnehin nicht mehr viel für Ihre Freunde tun. Am besten, wir gönnen uns etwas Schlaf.« Gemeinsam errichteten sie Carolines Nachtlager unter dem Planwagen. »Vor uns liegt ein weiterer, langer Tag.«

Zach kroch wieder unter die Decken und tat so, als schlösse er die Augen. In Wahrheit musterte er Caroline durch die Wimpern hindurch. Es dauerte eine Weile, bis der Schlaf sie übermannte.

Verwundert beobachtete Zach, wie Caroline sich im Halbschlaf das Haar über das linke Ohr strich – eine Geste, über die er sich nicht zum ersten Mal wunderte. Mit dem Vorsatz, sie am nächsten Tag danach zu fragen, sank er in den Schlaf.

Viertes Kapitel

Little Wolf lief im Kreis umher und sprach mit leiser Stimme auf seine erschöpften Stammesbrüder ein, die sich nach einem langen Marsch stärkten. Sie waren jetzt seit drei Tagen unterwegs und legten lediglich Rast ein, um die Pferde zu tränken und auf die Nachhut zu warten.

Little Wolf gab einem seiner treuesten Stammesbrüder namens Black Crane ein Zeichen, ihm zu folgen. Gemeinsam durchquerten sie eine Aue, die sich zwischen zwei Canyons unweit von Turkey Springs erstreckte. Little Wolf und Morning Star hatten sich an einem strategisch günstigen Platz niedergelassen, für den Fall, dass sie von den Soldaten überrascht wurden, die ihnen auf den Fersen waren. Sein Herz drohte mittlerweile vor Sorgen zu zerspringen, doch er ließ sich nichts anmerken. Im Geiste betete er, dass die Frauen und Kinder bald eintreffen mögen. Wenn aber die Soldaten sie eingeholt hatten? Nein, entschied er. Die Stille um sie herum deutete nicht darauf.

»Es ist zu still«, durchbrach Black Crane das Schweigen. »Wenn sie gewollt hätten, hätten die Soldaten uns bereits vorgestern angegriffen, als wir die kleine Herde Büffelkühe gejagt und uns gestärkt haben.«

»*Hou*«, sagte Little Wolf ruhig und nickte. Wie so oft dachte Black Crane, dem das Wohl des Stammes mehr am Herzen lag als das seiner Familie, dasselbe wie er.

»Ich gehe jede Wette ein, dass die Frauen und Kinder sich vor den Soldaten versteckt haben und nachkommen, sobald die Luft rein ist.«

Als in der Ferne ein Späher auftauchte, wappnete Little Wolf sich gegen schlechte Nachrichten. Und er sollte recht behalten. Leider.

»Soldaten im Anmarsch«, rief der Späher, als er in Hörweite war, und deutete auf eine Staubwolke am Horizont, die mit jedem Lidschlag größer wurde.

Mit starrer Miene drehte Little Wolf sich zu den Kriegern um. »Holt die Pferde und eure Gewehre, aber schießt nicht. Der Gegner soll das Feuer eröffnen.«

Dann sagte er an Black Crane gewandt: »Schick alle, die zu schwach sind, zum Felsufer jenseits des Baches.«

Während Black Crane davoneilte, prüfte Little Wolf das Terrain noch einmal und nickte. Sein Herz erfüllte sich mit Zuversicht, als er beobachtete, wie ein Teil seiner berittenen Krieger zwischen Bach und der nahenden Kavallerie umherjagte, um ihr Blut für den bevorstehenden Kampf in Wallung zu bringen. Andere hatten sich in Gräben versteckt. Es gehörte zu ihrem Plan, die Soldaten nicht in die Nähe des frischen, klaren Wassers zu lassen.

Stirnrunzelnd beobachtete Little Wolf, wie die Soldaten näher rückten. Sie wirkten abgekämpft. Aber warum waren es nur so wenige? Dann dämmerte es dem Häuptling der Cheyenne. Die *veho* glaubten, sie hätten es mit einer Herde kranker Rinder zu tun, die sich leicht einfangen und zurücktreiben ließ.

Entschieden machte er einen Schritt nach vorne, sodass das Ehrenabzeichen, das ihm der Große Weiße Vater in Washington verliehen hatte, das Sonnenlicht reflektierte. Es sollte den Anführer der Soldaten daran erinnern, dass er ein Freund des Bleichgesichts war – bevor die Lügen und das Töten begonnen hatten.

Little Wolf hörte, wie die jüngeren Krieger hinter ihm sich auf die Brust trommelten und in lautes Kriegsgeschrei verfielen. Er erkannte, dass die erschöpften Soldaten gar nicht auf einen Kampf eingestellt waren. Auf Befehl des Anführers saßen die Bleichgesichter ab. Etwa dreißig von ihnen zogen sich mit den Pferden in den Hintergrund zurück. Jetzt war Little Wolf sich sicherer denn je, dass sie als Sieger aus dieser Schlacht hervorgingen.

Ein Späher löste sich aus den feindlichen Reihen und trat auf Little Wolf zu, blieb aber in sicherer Entfernung stehen. Little Wolf kannte ihn. Ein Arapaho von den Blue Clouds. Little Wolf schnaubte innerlich. Jetzt war es also schon so weit, dass die Cheyenne gegen einstige Freunde kämpfen mussten.

Nachdem der Kundschafter all jene begrüßt hatte, die er kannte – Little Wolf, Morning Star, Wild Hog, Tangle Hair –, tat er seine Nachricht kund. »Sie fordern, dass ihr euch ergebt und ins Reservat zurückkehrt. Es wird genug zu essen geben, und man wird euch gut behandeln.« Er sprach mit lauter und gehetzter Stimme.

Als Little Wolf nicht umgehend antwortete, wiederholte der Späher seine Botschaft noch einmal. *So so*, dachte Little Wolf, *auf einmal ist Kleiner Vater bereit, uns das Essen zu geben, das er uns vorenthalten hat, um uns zum Bleiben zu zwingen.*

»Kehr um«, befahl er dem Späher. »Richte ihnen aus, dass wir nicht kämpfen wollen, es aber tun werden, wenn sie uns zur Rückkehr ins Reservat zwingen wollen.«

Der Kundschafter wollte gerade etwas sagen, als Wirres Haar sein Pferd an die Seite von Little Wolf dirigierte. »Kehr um und sag ihnen, dass wir in unsere ehemaligen Jagdgründe zurückkehren.«

Es dauerte nicht lange, nachdem der Späher die Kunde überbracht hatte, bis sich der erste Schuss aus den feindlichen Gewehren löste. Im selben Moment gab Little Wolf seinen Kriegern das Zeichen, das Feuer zu erwidern.

Wenig später war ein erbitterter Kampf entfacht. Wie es schien, war das Glück den Cheyenne hold, die die besseren Waffen besaßen.

Als sich ein Teil der Soldaten auf einen Hügel zurückzogen, schossen die Krieger, die sich bis dahin versteckt gehalten hatten. Als sie ihren Späher tödlich verwundeten, feierten sie dies mit lautem Gebrüll.

Bei der zweiten Angriffswelle verloren die Cheyenne jedoch zwei Krieger. Kurze Zeit später zog Little Wolf die Männer vom Hügel ab.

Kurz vor Sonnenuntergang traf Little Wolf sich mit Morning Star am Bach. »Es kann jetzt nicht mehr lange dauern«, rief er gegen den ohrenbetäubenden Lärm an. »Die Soldaten leiden großen Durst, und ihre Munition geht zur Neige.«

»Sobald die Sonne untergegangen ist, werden sie

versuchen, sich zum Wasser durchzuschlagen, mein Bruder«, sagte Little Wolf.

»Dann werden sie ihr blaues Wunder erleben«, entgegnete Morning Star mit einem Leuchten in den Augen, das Little Wolf schon lange nicht mehr gesehen hatte. Beim Anblick seiner Krieger, die sich tapfer schlugen, wurde er von einer Woge des Stolzes erfasst. Die *veho* lernten gerade eine wichtige Lektion, nämlich, dass die Cheyenne ernst zu nehmende Gegner waren. Doch das selige Gefühl sollte nicht lange währen. Ein weitaus weniger erfreulicher Gedanke schoss ihm durch den Kopf. Beim nächsten Mal würden die Bleichgesichter noch mehr bewaffnete Soldaten schicken. Ihr Weg nach Hause würde sich als beschwerlicher erweisen als angenommen.

Als Black Coyote einen Soldaten niederschoss, verkündete er seinen Triumph mit lautem Geheul und scharte die anderen jungen Krieger um sich, die ihn feierten.

Little Wolfs Blick verdüsterte sich. Ein Sieg über die Soldaten war lobenswert, nährte aber zugleich Coyotes aufbrausendes Temperament. Die jungen Wilden sahen zu Coyote auf, und Morning Star, der allmählich alt und gebrechlich wurde, entglitt mehr und mehr die Kontrolle über die Jüngeren. Er fürchtete, dass Coyotes Bande, wenn sie erst einmal Blut geleckt hatte, eines Tages auf eigene Faust loszog – um zu plündern, rauben, morden und schänden.

Black Crane, der sich zu ihm gesellte, riss ihn aus den Gedanken. »Sie sind nun doch noch gekommen«, verkündete er freudestrahlend und deutete auf die andere Seite des Wasserlaufs.

Little Wolf seufzte tief vor Erleichterung. Endlich waren die Frauen und Kinder zu ihnen gestoßen waren.

Furcht geht mit einem abscheulichen Geruch einher, dachte Caroline, als sie endlich Fort Dodge erreichten. Das Fort und die dazugehörige Stadt, die wie ein Pilz aus dem Boden geschossen war, lagen am Ufer des Arkansas-Flusses. Die Stadt war in heller Aufregung. Wo das Auge auch hinsah, liefen Soldaten, Männer, Frauen und einige Kinder umher. Die Fenster der meisten Häuser waren vernagelt, und vor dem Eisenwarenladen hatte sich eine lange Schlange gebildet. Gierige Augen musterten Caroline und Zach, während sie die Stadt passierten. Auch wenn Caroline es nie zugeben würde, sie war heilfroh, dass sie nach einer schier endlosen Auseinandersetzung doch noch auf Zach gehört hatte und jetzt statt der Indianerkluft ein hochgeschlossenes Kleid trug.

»Halten Sie den Blick stur nach vorne gerichtet«, raunte Zach ihr zu und trieb die Maultiere an.

»Geht es in einem Fort immer so zu?«, fragte Caroline, strich sich das Haar über dem linken Ohr glatt, bevor sie nach dem Griff ihres versteckten Messers tastete.

»Die Menschen hier haben Angst. Entsetzliche Angst.« Zach sprach leise auf die sichtlich nervösen Esel ein, die die Köpfe schüttelten. »Sie fürchten, die Cheyenne könnten sie überfallen.«

»Ausgemachter Blödsinn«, murmelte Caroline vor sich hin. Laut sagte sie: »Ein Fremdenzimmer bekommen wir hier jedenfalls nicht.«

Sie fuhren gerade am einzigen Gasthof vorbei, an dem ein großes Schild darauf hinwies, dass alle Zimmer belegt seien.

»Vielleicht hätten wir doch nicht mit dem Planwagen herkommen sollen«, zweifelte Caroline und klammerte sich an Zachs Arm. »Die Soldaten werden ihn uns wegnehmen.«

»Seien Sie unbesorgt, die sind viel zu beschäftigt, als dass sie Zeit fänden, sich um uns zu kümmern«, versuchte er sie zu besänftigen und deutete auf die Vorratslager, wo Soldaten Karren beluden.

Verzweifelt biss Caroline sich auf die Lippe. Ihr Plan, den Cheyenne zu helfen, gestaltete sich zunehmend schwieriger. Gar nicht auszudenken wäre es, wenn jetzt noch die Soldaten in Alarmbereitschaft versetzt wurden. Sie dachte fieberhaft nach und kam zu dem Schluss, Zach für seine Hilfe auszubezahlen und zu ihrem Onkel zurückzukehren. In dieser Situation konnte sie nichts für die Cheyenne tun. Selbst, wenn sie sie finden sollte, würde sie ihnen mehr zur Last fallen, als ihnen zu nutzen. Sie war beinahe überzeugt, dass es das Beste wäre, als sich eine kleine Stimme in ihrem Inneren meldete: Aber was wird dann aus den Cheyenne? Sie brauchen die Medikamente. Vergiss nicht, dass du ohne sie nicht mehr leben würdest. Du musst es wenigstens versuchen. Nein, entschied sie. Sie würde nicht bei der ersten Herausforderung die Flinte ins Korn werfen, egal, welche Strapazen sie auch auf sich nehmen musste.

»Wohin fahren wir eigentlich?«, fragte sie Zach mit neu gewonnenem Mut.

»Zu den Stallungen. Wir brauchen Futter für die

Maultiere und die Pferde, vorausgesetzt, es gibt noch welches. Und wenn wir schon mal hier sind, sollten wir die Gelegenheit nutzen und den Schmied einen Blick auf die Hufe Ihres neuen Pferdes und die Hinterachse des Wagens werfen lassen.«

»Mit der Achse ist alles in Ordnung.«

Zach schnitt eine Grimasse. »Ja, aber das weiß er ja nicht.«

»Verstehe«, antwortete Caroline und hob anerkennend eine Braue. Der leere Stall gegenüber der Schmiede, vor der sie gehalten hatten, würde den Wagen vor neugierigen Blicken schützen und Caroline gleichzeitig als Schlafstätte dienen. Nichtsdestotrotz wurmte es sie, dass Zach sie nicht früher in seine Pläne eingeweiht hatte. Schließlich war sie die Auftraggeberin.

»Wenn ich in einer Stunde nicht zurück sein sollte, warten Sie vor dem Saloon auf mich.« Er deutete zum Saloon, vor dem eine Gruppe Männer stand, die wild gestikulierend in ein Gespräch verwickelt waren.

»Dort?« Caroline verzog das Gesicht und hätte sich ohrfeigen können, weil sie plötzlich so weinerlich klang. »Könnte ich nicht woanders warten?«

»Seien Sie unbesorgt. Die Männer werden Sie in Ruhe lassen.«

Caroline wünschte, sie könnte Zachs Zuversicht teilen, und strich sich über das linke Ohr, während Zach ein kurzes Gespräch mit dem Besitzer des Mietstalls führte und dann zur Schmiede schlenderte.

Herrje, wo bleibt er denn nur?, dachte Caroline und gab sich größte Mühe, nach außen hin einen gelassenen Eindruck zu machen.

Als Zach endlich aus der Schmiede kam und bemerkte, dass die Männer vor dem Saloon Caroline mit giftigen und verächtlichen Blicken durchbohrten, ging er mit langsamen und schweren Schritten auf sie zu. Einer nach dem anderen verstummte und drehte sich weg.

Erleichtert löste Caroline die Hand vom Messergriff und blickte Zach nach, wie er mit tief ins Gesicht gezogenem Hut die Straße entlanglief. Es hatte fast den Anschein, als ging er in Fort Dodge ein und aus. Hier und da wurde er gegrüßt, Männer wichen ihm aus, und Frauen warfen ihm verstohlene Blicke zu.

Ein Lächeln stahl sich auf Carolines Lippen. Sie schüttelte den Kopf. Was für ein hervorragender Schauspieler er doch war. Ohne, dass sie etwas dagegen unternehmen konnte, verwandelte sich ihr Lächeln in ein breites Grinsen. Wenn sie allerdings geahnt hätte, was ihr als Nächstes blühte, hätte sie sich lieber die Zunge abgebissen.

»Sir!« Zach salutierte. »Major Zachary L. McCallister, Sir.«

»Sind Sie hier, um sich zum Dienst zu melden?«, erkundigte sich Lieutenant Colonel William H. Lewis und lehnte sich mit dem Stuhl nach hinten, sodass die Vorderbeine des Stuhls in der Luft schwebten. »Sagen Sie mir, Major, was führt Sie zu mir?«

Zach zog ein Bündel Papiere hervor und überreichte es ihm. Lewis nahm es entgegen und bedeutete ihm, auf der anderen Seite des Pultes Platz zu nehmen. »Setzen Sie sich. Mir schwant, unsere Unterredung wird ein wenig länger dauern.«

Zach war erstaunt, Lewis so gelassen zu sehen. Obwohl Hunderte von aufgebrachten Cheyenne über die Prärie zogen. Den Blick auf die Papiere geheftet, öffnete Lewis seine Zigarrenkiste und schob sie zu Zach hinüber. »Hier steht, ich soll Ihnen die nötige Unterstützung geben und Ihnen freie Hand lassen.«

»Jawohl, Sir.« Zach erwiderte Lewis' ernste Miene. »So ist es.«

»Sie sind schon eine ganze Weile in der Gegend«, bemerkte Lewis und vertiefte sich wieder in die Papiere. »Wie kommt es, dass Sie uns erst heute mit Ihrer Anwesenheit beehren?«

»Weil es bisher keine Veranlassung für mich gab, hierherzukommen.«

»Aha.« Lewis hob den Blick und kniff die Augen zusammen. »Sie sind der Mann, der in Begleitung von Little Wolfs Squaw in die Stadt gekommen ist?«

»Caroline Whitley«, korrigierte Zach sein Gegenüber, der ihm zunehmend unsympathischer wurde. »Wenn alles nach Plan verläuft, wird sie mich zu den Cheyenne führen.«

»Dann passen Sie mal gut auf Ihren Skalp auf«, murmelte Lewis und schielte auf das glimmende Ende seiner Zigarre. »Wer weiß, vielleicht ist es das Risiko sogar wert. Schlecht sieht die Kleine ja nicht aus, finden Sie nicht auch?«

»Ich bitte um Entschuldigung.« Zach straffte die Schultern und schleuderte Lewis einen giftigen Blick zu.

»Vorausgesetzt, es macht Ihnen nichts aus, Ihr bestes Stück in demselben Loch zu versenken, das Little Wolf schon erobert hat«, fügte Lewis mit einem anzüglichen Feixen hinzu.

»Mit Verlaub, aber Ihre Art von Humor gefällt mir nicht, Sir«, knirschte Zach und drückte die Zigarre in dem Aschenbecher vor sich aus. »Miss Whitley wurde verschleppt und ist frei von jeglicher Schuld.«

»Das mag ja alles seine Richtigkeit haben«, antwortete Lewis mit einem lässigen Nicken. »Schade nur, dass sie für diese verdammte Lederhaut auch noch die Beine breit gemacht hat.«

Jetzt hielt es Zach nicht mehr auf dem Stuhl. Er sprang auf und beugte sich über das Pult. »Nehmen Sie das sofort zurück!«

»Für wen halten Sie sich eigentlich, Mister? Es ist mir einerlei, welchen Auftrag Sie haben. Sie kommen mit einer Hure am Arm in die Stadt hereingeschneit und erwarten allen Ernstes, dass ich Ihnen den Schlüssel zu meinen Vorratslagern aushändige, damit Sie sich nach Belieben bedienen können?«

»Allerdings! Oder ist Ihnen die Unterschrift auf meinen Papieren entgangen?«

»Ich pfeife auf General Sheridan.«

»Wenn Sie sich mir in den Weg stellen, werden Sie sich vor ihm verantworten müssen«, zischte Zach.

Mit einem lauten Knall landeten die Vorderbeine von Lewis' Stuhl wieder auf dem Boden. Zach, der gehofft hatte, dass es nicht zu einem Machtgerangel kommen würde, drückte abermals das Rückgrat durch. Wenn Lewis ihm nicht die Erlaubnis erteilte, das Gebiet zu durchqueren, konnte Zach genauso gut den Planwagen auf offener Straße abstellen, damit sich alle Siedler aus der Umgebung nach Herzenslust an seiner Ladung bedienen konnten. Er zwang sich, eine entspannte Pose einzunehmen, und streckte die Hände in die Höhe, als wollte er sich ergeben. »Ich habe Grund zur Annahme, dass mein Sohn noch lebt, und solange ich nicht vom Gegenteil überzeugt bin, werde ich meine Suche fortsetzen.«

»So so, würden Sie das als Ihre oberste Priorität beschreiben?«, fragte Lewis und schob den Stuhl nach hinten.

Zach zögerte. Es wäre töricht, die Frage zu bejahen, auch wenn das die Wahrheit war. »Natürlich nicht. Die Belange des Staates haben Vorrang. Meine Aufgabe ist es, Little Wolf davon zu überzeugen, sich zu ergeben.«

»Weiß Miss Whitley von Ihrem Dilemma?«, wollte Lewis wissen, wobei er es sich nicht nehmen ließ, Carolines Namen besonders zu betonen.

»Nein, Sir. Wüsste sie, dass ich Major bin, würde sie mich niemals zu den Cheyenne führen. Sie ist ziemlich eigensinnig, müssen Sie wissen.«

Lewis stieß ein Glucksen aus. »Eine ziemliche Zwickmühle, würde ich sagen.« Dann erhob er sich und lief auf und ab. Mit jedem Schritt, so schien es, verlor sich seine lockere Fassade. »Little Wolf befindet sich auf dem Weg hierher. Er und einhundert bewaffnete und berittene Krieger sowie hundertfünfundsiebzig Frauen und Kinder, die meisten von ihnen zu Fuß.«

»Dann lag ich mit meiner Schätzung gar nicht so falsch«, murmelte Zach und nickte. »Die Zustände im Reservat müssen entsetzlich gewesen sein. Aber er hat keine Chance.«

»Zustände? Ha! Der Kerl ist nicht ganz bei Sinnen. Die Einwohner von Dodge City und die umliegenden

Farmer und Siedler sind bewaffnet. Wir haben alle verfügbaren Männer in Alarmbereitschaft versetzt, und Captain Rendlebrock aus Fort Reno ist ihnen bereits dicht auf den Fersen. Ich erwarte jeden Augenblick die Nachricht, dass die Cheyenne gefangen genommen wurden und zurück zur Darlington-Agency gebracht werden.«

»Ihr Wort in Gottes Ohr. Mir wäre es auch lieber, die Cheyenne im Reservat zu besuchen.« Zach schüttelte den Kopf. »Allerdings schwinden unsere Chancen, sollte Rendlestock versagen. Es wäre fatal, Little Wolf und seine Männer zu unterschätzen. Er hat exzellente Schützen und Späher mit Adleraugen. Außerdem ist er ein brillanter Stratege. Und sehr intelligent.«

Lewis stieß ein hässliches Lachen aus. »Er ist und bleibt eine Rothaut. Sein Volk steht kurz vor dem Hungertod, seine Männer leiden an Malaria. Meine Sorge gilt in erster Linie den Siedlern und den Bewohnern des Forts, die allmählich überschnappen. Gestern ist das Haus eines Farmers in Flammen aufgegangen, der vor den Cheyenne geflüchtet ist. Später hat sich herausgestellt, dass die Familie einen der Öfen nicht richtig geschlossen hatte. Jetzt verlangt der Kerl Schadensersatz, weil er vor den Cheyenne flüchten musste. Und das ist erst der Anfang, glauben Sie mir. Stündlich erreichen mich Telegramme vom Bürgermeister von Dodge City. Er verlangt Gewehre und Munition.« Lewis verstummte kurz, ergriff dann abermals das Wort. »Ich schlage vor, Sie schnappen sich die Squaw und verlassen noch heute wieder das Fort. Im Gegenzug gebe ich meinen Offizieren die Anweisung, Sie unbehelligt Ihrer Wege ziehen zu lassen.« Er hielt Zach die Hand hin, der umgehend einschlug.

»Sie ist keine Squaw.«

Lewis verstärkte den Druck seiner Finger. »Wachen Sie auf, Major. Lassen Sie sich von ihren hübschen blauen Augen nicht täuschen. Sie ist mit einer Lederhaut *verheiratet*.« Mit diesen Worten gab er Zach die Papiere zurück.

Zach salutierte, schob sie in seine Hemdtasche zurück und betete, dass Little Wolf am Fort vorbeizog. Dieser widerliche Lewis hatte einen Denkzettel verdient.

Zurück auf der Straße, drangen plötzlich laute Rufe und die erstickten Schreie einer Frau an sein Ohr. Mit zusammengekniffenen Augen erkannte er, dass sich vor der Schmiede eine Menschentraube gebildet hatte. Von einem unguten Gefühl geleitet, sprintete Zach los. Zwischen den Beinen der Schaulustigen blitzte etwas Blaues auf. Caroline! Sie trug das blaue Kleid.

Verdammt! Er lief jetzt, so schnell er konnte. *Kann man dieses Weibsstück denn nicht einmal fünf Minuten aus den Augen lassen, ohne dass es gleich in Schwierigkeiten gerät?*

Der Farmer, der gerade in gemächlichem Tempo an Zach vorbeiritt, kam ihm wie gerufen. Er packte die Stute am Zaumzeug, zog den Reiter mit einer gemurmelten Entschuldigung vom Sattel, sprang auf den Rücken des Pferdes und presste ihm die Knie in die Flanken. Die Stute machte einen Satz nach vorne, und Zach galoppierte hinüber zur Schmiede. Er dachte gar nicht daran, das Tempo zu drosseln. Als wäre es eine seiner leichtesten Übungen, sprang er aus dem Sattel, machte einen Hechtsprung über die Menge hinweg und riss im Flug den Schurken mit sich, der sich an Caroline vergreifen wollte. Er war sich nicht sicher, glaubte aber, aus den Augenwinkeln heraus ihre entblößten Brüste gesehen zu haben. Im selben Moment ließ er seinen Colt sprechen und gab einen Warnschuss ab.

Wie aufgescheuchte Hühner stoben die Männer auseinander.

»Wehe, einer macht auch nur eine falsche Bewegung«, zischte Zach. »Mein Colt und ich sind heute nicht besonders guter Laune.«

Mit einem derben Fluch auf den Lippen rappelte Carolines Widersacher sich hoch. Caroline hielt sich das zerrissene Kleid fest an ihren Körper gepresst und holte, so weit es ging, mit dem Fuß aus und trat ihm mit voller Kraft von hinten in die Kniekehle, woraufhin er abermals in sich zusammensackte.

»Alles in Ordnung?«, erkundigte sich Zach und musste schmunzeln, als er ihr Messer aufblitzen sah.

»Mir geht es gut. Einigermaßen zumindest«, keuchte Caroline ungehalten.

»Habt ihr das gehört, Jungs?«, rief Zach in die Runde und wechselte den Colt von einer Hand in die andere und zurück. »Macht keine Dummheit. Wenn es sein muss, macht sie von ihrem Messer Gebrauch, dafür lege ich meine Hand ins Feuer.«

Ein breitschultriger Mann, die Hände in die Höhe haltend, trat hervor, deutete auf den Verletzten am Boden und schickte Zach einen fragenden Blick. Als dieser ihm zunickte, ging der Hüne neben Carolines Angreifer in die Knie.

»Komm schon, Igor, du Rindvieh«, sagte er. »Du bringst uns noch alle in Gefahr.«

»Aber sie hat mich angelächelt«, krächzte Igor, als der Hüne ihn sich wie einen Sack Hafer über die Schulter warf.

»Sei still«, raunte der Hüne und lächelte Zach schief an. »Die Dame hat bestimmt nur gelächelt, weil das Wetter heute so schön ist.« Dann wand er sich ab. Alle anderen Männer folgten seinem Beispiel, aber nicht ohne Zach und Caroline einen letzten verächtlichen Blick zuzuwerfen.

Erst, als sie wieder alleine waren, steckte Zach seinen Colt weg. »Und jetzt zu Ihnen. Was soll das heißen, Sie haben ihn angelächelt?«

Caroline schleuderte ihm einen frostigen Blick zu, bevor sie das Messer wieder in die Scheide steckte. »War bloß ein Versehen«, verteidigte sie sich, stand auf und lief mit gestrafften Schultern zur Ladefläche des Wagens, um sich ihre Reisetasche zu angeln.

»Gab es einen bestimmten Grund, warum Sie gelächelt haben?«, fragte Zach, der ihr gefolgt war.

Als Caroline herumwirbelte, hätte sie um ein Haar das zerfetzte Oberteil des Kleides losgelassen. »Wollen Sie mir etwa die Schuld dafür in die Schuhe schieben, dass dieser Kerl über mich hergefallen ist?«, fauchte sie ihn an.

Zach war froh, dass Caroline das Messer bereits aus der Hand gelegt hatte.

»Wo denken Sie hin? Sie sollten in Zukunft einfach besser darauf achten, wem Sie Ihr liebreizendes Lächeln schenken.« Fürsorglich streckte Zach die Hand aus und berührte das zerrissene Kleid. »Sind Sie verletzt?«

»Nein. Aber wenn Sie mich nicht auf der Stelle loslassen, werden Sie es bitterlich bereuen.«

Zach riss die Hände in die Höhe. »Ich vergaß. Sie können sich ja auch gut selbst verteidigen.« Eigentlich hatte er erwartet, dass sie sich für seine Hilfe bedanken würde, doch stattdessen kniff Caroline den Mund zusammen und funkelte ihn an. »Sind Sie sicher, dass alles in Ordnung ist?«

Sie nickte steif.

»Am besten, Sie kleiden sich schnell um«, sagte Zach hastig, ehe er das geliehene Pferd an den Zügeln packte. »Es wäre das Klügste, direkt weiterzufahren, bevor es noch mehr Verletzte gibt.«

In der Sekunde, in der Zach Caroline den Rücken zugedreht hatte, trat ein erboster Ausdruck in seine Augen, der den Männern vor dem Saloon galt. Er war seinem Ziel viel zu nahe, als dass er sich von einem Haufen hitziger Hohlköpfe alles kaputt machen ließ.

Fünftes Kapitel

Die Tasche fest unter den Arm geklemmt, betrat Caroline eine leere Pferdebox. Den Tränen nahe, stellte sie sich in die Ecke, presste die Stirn gegen die Wand und versuchte, dass Zittern, das ihren Körper ergriffen hatte, unter Kontrolle zu bringen. Wie hatte sie nur so dumm sein können? Um ein Haar wären ihre schlimmsten Träume abermals wahr geworden.

Angewidert betrachtete sie ihre geröteten Brüste. Dieser Fiesling hatte sie überall angefasst, sie mit den Zähnen und der Zunge bearbeitet. Sein Speichel klebte noch an ihr. Sie musste sich waschen. Schnell lief sie zu der Tränke vor der Tür, beugte sich darüber und wusch sich mit hektischen Bewegungen. Das eklige Gefühl blieb jedoch an ihr haften. Genau wie die Striemen.

Durch den Schleier der Verzweiflung hindurch spürte Caroline, wie Hände sie sachte vom Trog wegzogen, und hörte eine tiefe Stimme, die leise auf sie einsprach. Dann befreiten dieselben Hände sie von dem zerrissenen und verdreckten Oberteil, trockneten sie ab und legten ihr eine wärmende Decke um die Schultern. Als Caroline die Lider hob, blickte sie in Zachs besorgtes Gesicht. Was mochte er jetzt von ihr denken? Sie war dreckig, beschmutzt. Jeder Mann, jede Frau und jedes Kind sah auf sie hinab und machten sich einen Spaß daraus, ihren Namen durch den Dreck zu ziehen.

Während die Frauen für gewöhnlich einen großen Bogen um sie machten, meinten die Herren der Schöpfung, sie wäre Freiwild und allzeit bereit, für sie die Beine breit zu machen.

Und jetzt auch noch das. Erst die anzüglichen Kommentare im Saloon, die Zach nicht entgangen sein dürften, dann das Gerangel in der Seitengasse und jetzt der Übergriff auf offener Straße, der deutlich zeigte, dass Männer sie für eine Hure hielten. Es war ihr schleierhaft, weshalb er sich noch mit ihr beschäftigte, ihr Trost spendete. Vermutlich spielte er so lange den barmzerigen Samariter, bis sie sich wieder beruhigt hatte, um sie dann mit sich und ihren Problemen zurückzulassen. Was in Gottes Namen sollte sie dann tun? Ohne seine Hilfe würde sie nicht weit kommen, würden die Cheyenne niemals in den Besitz des Proviants und der Medizin kommen.

Verzweifelt stieß sie ihn von sich. Sie wollte alleine sein, wollte in Ruhe darüber nachdenken, wie sie ihr Ziel doch noch erreichen könnte. Ihr ganzer Körper schrie vor Schmerz, und brennende Tränen hatten sich unter ihren Lidern gesammelt. Aber es galt, keine Schwäche zu zeigen. Wenn sie jetzt weinte, würde sie so schnell nicht wieder aufhören können.

»Es ist vorbei«, tröstete Zach sie leise und sah ihr tief in die Augen. »Sie sind in Sicherheit.«

Als Zach ihr eine Strähne aus dem Gesicht streichen wollte, wich Caroline zurück. »Rühren Sie mich nicht an. Bitte«, flehte sie und zog die kratzige Decke enger um ihren blanken Busen.

»Brauchen Sie jemanden, um zu reden? Vielleicht hilft es, wenn Sie mir erzählen, was sich zugetragen hat.«

»I-ich weiß nicht genau«, stammelte sie und rang nach den richtigen Worten. »Er kam auf mich zugeritten, nachdem Sie dem Saloon den Rücken gekehrt hatten. Ich hatte nur deshalb gelächelt, weil ich es bewundernswert gefunden hatte, wie Sie mit den Gaffern fertig geworden waren. I-ich wollte diesen Kerl gar nicht anlächeln. Er hatte es in den falschen Hals bekommen.«

Zachs markanter Kiefer zuckte und ein finsterer Ausdruck trat in seine Augen. »Das war's? Sie haben ihn nur angelächelt?«

»Das Nächste, an das ich mich erinnern kann, ist, dass er mich bei der Hand gepackt hatte. Ich wollte mich losreißen und habe mich mit der freien Hand gegen seine Brust gestemmt. Kann sein, das er das als Aufforderung aufgefasst hat. Er hat versucht, mich zu ... k-küssen.« Caroline war sich bewusst, dass sie ohne Punkt und Komma redete, aber die Worte purzelten ihr nur so aus dem Mund. »Dieser widerliche Kerl hat mir seine Zunge in den Mund geschoben. Und obwohl ich würgen musste, hat dieses Schwein einfach weitergemacht. Als ich mir nicht mehr zu helfen wusste und ihn getreten habe, ist er durchgedreht. Und dann kamen die Männer vom Saloon herüber und haben ihn angefeuert. Je heftiger ich um mich geschlagen und getreten habe, desto lauter wurde ihr Lachen.« Caroline schauderte. »Plötzlich wurde ich von unzähligen Händen betatscht. Einer von ihnen hat mir das Kleid zerrissen.« Als Caroline die Augen schloss, sah sie die boshaften Fratzen der Männer vor sich. Plötzlich hatte sie das Gefühl, als müsste sie alles noch einmal durchleben.

»Caroline«, sagte Zach, umfasste ihre Schultern und rüttelte sie kräftig. »Tun Sie sich das nicht an. Es ist vorbei.«

Verstört und mit verschleiertem Blick sah sie ihm in die Augen, deren Farbe sie an Raureif erinnerte. Seine Gesichtszüge wirkten verhärtet, seine Stirn lag in Falten, und sein Mund war nur noch eine dünne Linie. Vermutlich nervte ihn ihr Gerede, und er wünschte sich, er hätte ihr niemals geholfen.

»Sie haben vollkommen recht.« Mit einer ruckartigen Bewegung wand Caroline sich aus seinem Griff. »Es ist vorbei«, sagte sie und flehte darum, einen gefassten und starken Eindruck zu machen. »Ich habe volles Verständnis dafür, wenn Sie von unserem Arrangement zurücktreten möchten.«

Zach starrte sie aus weit aufgerissenen Augen an. Es verstrichen einige Augenblicke, ehe er das Wort an sie richtete. »Warum sollte ich das tun? Sie haben sich nichts zuschulden kommen lassen.«

»Die Leute halten mich für eine Hure«, erwiderte Caroline mit leiser, aber fester Stimme, »meiner Vergangenheit wegen. Weil ... weil Little Wolf mein Ehemann ist.« Dieses Mal kamen ihr die Worte nicht so leicht über die Lippen.

»Sie trifft keine Schuld«, beharrte Zach und packte sie abermals am Arm. »Ich hätte Sie mit diesen Aasgeiern niemals alleine lassen dürfen.«

Es war zum Auswachsen. Hatte er ihr etwa nicht zugehört?

Caroline atmete tief ein, um es ihm noch einmal begreiflich zu machen. Ihre Finger krallten sich in die Decke, bis ihre Knöchel weiß hervortraten, und sie zwang sich, ihm in die Augen zu blicken. »Sie haben mich anscheinend nicht richtig verstanden. Vor einigen Jahren wurde ich von den Kiowa verschleppt ...«

»Das weiß ich doch alles«, schnitt er ihr das Wort ab und begegnete ihrem Blick mit derselben Schärfe, mit der sie ihn bedachte.

Carolines Augen weiteten sich. *Er wusste davon*? »Wie lange wissen Sie das schon?«

Zach zögerte, als müsste er seine Worte erst abwägen.

»Wie lange?«, wiederholte Caroline, als er noch immer nicht geantwortet hatte.

Zach schoss die Röte ins Gesicht, und sein Adamsapfel begann unruhig auf und ab zu hüpfen. »Einer der Männer im Saloon erwähnte so etwas.«

»Sie wussten also davon, *bevor* Sie mein Angebot angenommen haben?«, entfuhr es ihr verblüfft, und sie kräuselte die Stirn. Er hatte es gewusst und sich dennoch bereiterklärt, sie zu begleiten? Plötzlich breitete sich ein unbehagliches Gefühl in ihrer Magengrube aus.

»Jetzt verstehe ich. Sie kannten die Kerle, die mich in der Gasse überfallen haben?« Sie lief nervös umher. »Wie viel haben Sie ihnen bezahlt, damit Sie den Helden markieren durften?«

»Wo denken Sie hin?«, rief er mit schriller Stimme, sodass Caroline erstarrte. »So etwas Hinterhältiges käme mir nie in den Sinn.«

»Ach nein?« Caroline blieb unmittelbar vor ihm stehen. »Sie würden die Verzweiflung einer Frau also nie ausnutzen? Auch nicht, wenn sie Mittel zum Zweck wäre?«

Zach lehnte sich ein Stück nach vorne, bis sich ihre Nasenspitzen fast berührten. »Ich würde niemals etwas tun, womit ich Sie verletzen könnte.«

»Wieso geben Sie sich eigentlich mit mir ab, Mister McCallister? Das frage ich mich schon die ganze Zeit. Irgendwie werde ich den Verdacht nicht los, dass Sie einen triftigen Grund haben, die Cheyenne zu besuchen«, fuhr Caroline ihn an. »Sind Sie womöglich auf Rache aus? Weil die Cheyenne jemandem etwas angetan haben, der Ihnen nahesteht?«

Zach drehte sich blitzschnell um, doch Caroline entgingen weder sein mahlender Kiefer noch der Anflug von Furcht, der in seinen Augen aufblitzte. »Ich kann nicht darüber reden«, knurrte er und stemmte die Hände in die Hüften.

»Und ausgerechnet Sie wollen, dass ich Ihnen vertraue?«, fragte sie in einem giftigen Tonfall und durchbohrte seinen Rücken mit giftigen Blicken. Was auch immer ihn zu den Cheyenne führte, es musste um Leben und Tod gehen, das spürte sie ganz deutlich.

»In einem Punkt täuschen Sie sich«, entgegnete Zach über die Schulter. »Ich gebe mich nicht mit Ihnen ab. Sie sind eine der mutigsten Frauen, denen ich je begegnet bin.«

Caroline war so benommen, als hätte sie einen Schlag vor den Kopf bekommen. Sie war wie benommen. So etwas hatte noch nie jemand zu ihr gesagt. Sie war ratlos und wusste beim besten Willen nicht, was sie nun sagen oder tun sollte.

Zach machte auf der Stelle kehrt und deutete auf ihr zerrissenes, verdrecktes Kleid. »Wir müssen so schnell wie möglich aus diesem Rattennest. Soll ich Ihnen beim Umziehen helfen?«

»Nein!«, sagte sie hitziger, als ihr selbst lieb war. Schließlich hatte er ihr gerade ein ziemlich großes Kompliment gemacht. Caroline tat einen tiefen Atemzug, um einen klaren Kopf zu bewahren. »Nein danke«, sagte sie um einiges freundlicher und nestelte verlegen an ihrem Kleid, um seinen Blick zu meiden. »Ich komme schon alleine klar.«

»Ich habe noch etwas Dringendes zu erledigen, bin aber gleich wieder zurück. Versprochen«, sagte Zach und setzte sich schwungvoll den Hut auf. »Bitte bleiben Sie so lange im Stall.«

»Tun Sie mir den Gefallen und beeilen Sie sich«, sagte sie und wünschte, sie hätte ihm etwas an den Kopf werfen können. »Ich habe nämlich keine Lust, hier lange zu warten.«

Caroline war sich nicht sicher, meinte aber so etwas wie »bockiges Weibsbild« gehört zu haben, als er den Stall verließ. Mit zitternden Händen entledigte sie sich des Kleides und der Unterröcke. *Schade um den schönen Stoff,* dachte Caroline. Jetzt blieben ihr nur noch ihr bestes Indianerkleid, ihr Sonntagskleid und das alte Musselinkleid, das bestenfalls für die Hausarbeit geeignet war. Und natürlich das normale Wildlederkleid. Mit mehr Druck als nötig zerknüllte sie das kaputte Kleid und stopfte es in eine Ecke des Wagens. Sie würde es später waschen und in Streifen reißen, mit denen sie im Notfall Verbände legen konnte. Nachdem sie eine Weile mit sich selbst debattiert hatte, entschied sie sich für das Wildlederkleid. Als sie die kühle Tierhaut auf ihrem Körper spürte, stieß sie einen wohligen Seufzer aus.

Schon besser, dachte sie, als sie ihr Messer justierte und sich das Haar über das linke Ohr strich. Jetzt fühlte sie sich wieder wohl in ihrer Haut.

Nachdem Zach und Caroline einige Meilen vor den Toren von Fort Dodge ihr Lager aufgeschlagen hatten, ritt Zach im gestreckten Galopp noch einmal zurück.

Mit schlitternden Hufen und einem lauten Schnauben kam das Pferd vor dem Saloon zum Stehen. Zach tat das nicht etwa, um Aufmerksamkeit auf sich zu ziehen. Es war vielmehr ein Ausdruck seiner Wut, die sich seit dem Vorfall vor der Schmiede angestaut hatte. Er zwang sich zur Ruhe, zog sich die Handschuhe aus und klemmte sie unter den Sattel, bevor er die Zügel an einem Haltebalken befestigte. Er wusste, dass ihm nicht viel Zeit blieb. Er hatte eine Handvoll Soldaten gesehen, die zu Lewis' Quartier geströmt waren, um ihm von seiner Rückkehr zu berichten.

Die Männer vor dem Saloon beäugten ihn misstrauisch, während er die Stufen zum Saloon erklomm, die Flügeltüren aufstieß und von Lärm, Licht und Qualm verschluckt wurde. Es dauerte einen Augenblick, bis er entdeckt hatte, wonach er suchte. Seine Beute stand inmitten einer Gruppe kräftiger, bärtiger Riesen – alle russische Mennoniten, denen die flüchtigen Cheyenne einen Strich durch die Siedlungspläne gemacht hatten und die jetzt ihretwegen in der Stadt festsaßen.

Mit zusammengekniffenen Augen nahm Zach Carolines Peiniger Igor ins Visier und bahnte sich seinen Weg durch die bierschlürfende Menge. Das Murren und die vielen feindlichen Blicke, die er erntete, ließen ihn kalt. Als er endlich hinter Igor stand, platzte ihm fast der Kragen, so wütend war er.

»Mann hatte die Titten«, sagte Igor und stellte sein Bierglas mit so viel Schwung auf dem Tisch vor sich ab, dass er die Hälfe vergoss. »Riesentitten«, grölte er, spreizte die Hände auf Brusthöhe und drehte sich zu beiden Seiten, damit alle es sehen konnten. »Und geschmeckt hat die Kleine wie Erdbeeren.«

Als Zach ihm auf die Schulter tippte, schoss er herum. Er riss die Augen auf und ihm fiel die Kinnlade herunter.

Zach ballte die Hand zur Faust. Auch wenn es lange nicht so befriedigend werden würde, wie er gehofft hatte, er musste es tun. Ihretwegen schon. Als Zach Igor die Nase zertrümmerte, legte er seine ganze Kraft in den Schlag. Zufrieden sah er mit an, wie der Russe nach hinten fiel, einen Tisch mitriss und auf dem Schoß jenes Hünen landete, der ihn nach dem Zwischenfall vor der Schmiede geschultert und weggetragen hatte. Im Saloon war es jetzt so leise, dass man eine Stecknadel hätte fallen hören können. Der Hüne starrte Zach hasserfüllt an und half dem blutenden, sabbernden Igor auf. Als der Hüne merkte, dass einige der jüngeren Männer sich bereits die Ärmel hochkrempelten und in die Hände spuckten, schüttelte er den Kopf und schrie: »Nein! Das ist Igors Kampf.«

»Raus«, brüllte der Wirt Zach an und feuerte einen Warnschuss ab. »Hier drinnen wird nicht gekämpft.«

Er ließ das Gewehr sinken und zielte auf Zach. »Das ist mein Ernst.«

Zach nickte und lief rücklings in Richtung Tür. Tische und Stühle scharrten über den Boden, als die Männer den beiden Streithähnen ins Freie folgten, wo sie einen Ring bildeten. Es dauerte nicht lange, da wurden bereits die ersten Wetten abgeschlossen.

Im Schein der Laternen, die die Männer von den benachbarten Gebäuden geholt hatten und in die Höhe hielten, musterte Zach seinen Gegner. Er hoffte, dass sich sein Geschick und seine Schnelligkeit gegen den angetrunkenen Igor als Vorteil erwiesen – schließlich wog Igor rund dreißig Pfund mehr als er und war größer. Ein Blick in die wutverzerrten Gesichter der Umstehenden verriet ihm, dass Igor womöglich nicht sein einziger Gegner blieb. *Mir soll's recht sein,* dachte er.

Mit diesem Gedanken verpasste er Igor einen Kinnschlag, der sich gewaschen hatte, und sah genüsslich zu, wie er auf dem Hintern im Dreck landete. Als der Russe keine Anstalten machte aufzustehen, wühlte Zach mit der Schuhspitze Dreck auf und trat ihn in seine Richtung. »Steh auf. Die Dame, die du heute mit deinen schmutzigen Flossen besudelt hast, hat mehr Kampfgeist im kleinen Finger als du in deinen klobigen Gliedern.«

»Aufhören«, stöhnte Igor zur Enttäuschung seiner Kameraden, die ihm aufhalfen.

»Was soll der Aufstand eigentlich?«, rief einer der Umstehenden.

»Oder stehen Sie etwa auf Indianerbräute?«, grölte ein anderer und erntete lautstarke Zustimmung.

Doch dann drohte die Laune der Menge zu kippen.

Der Kreis um Zach wurde enger. Ehe sie ihm jedoch zu nah kommen konnten, holte Zach mit der Faust aus. Er traf einen der Männer, der vorgetreten war, am Kinn, kassierte aber gleichzeitig einen kräftigen Hieb in den Magen. Dann wurden die Laternen gelöscht und Zach musste gegen eine Armee aus Schatten kämpfen. Manche Schläge erahnte er und konnte sie abwehren, andere trafen ihn ohne jegliche Vorwarnung.

Schüsse zerrissen die Luft. Von einem Moment auf den nächsten ließ die Meute von Zach ab. Lieutenant Colonel Lewis und seine Männer bahnten sich ihren Weg durch die Menge. »Habe ich mir doch gedacht, dass ich Sie hier finde«, sagte Lewis und half Zach auf die Füße, während die Soldaten einen Kreis um ihn bildeten und die Menge zurückdrängten.

Erst, als Zach beinahe nach hinten umgefallen wäre, aber aufgefangen wurde, entdeckte er, dass der mennonitische Hüne ihm mit Erlaubnis der Soldaten zu Hilfe geeilt war. »Sie kämpfen gut, Mister, aber einer gegen hundert ist nich fair.«

Zach nickte grinsend. »Danke für die Blumen. Zach McCallister.«

»Peter Stanislovskaya.«

»Freut mich, Ihre Bekanntschaft zu machen.« Zach zuckte ein wenig zusammen, als Peter ihm kräftig die rechte Hand schüttelte.

»Ich bringe Igor jetzt besser ins Bett«, sagte Peter, nickte Lewis zu, legte sich seinen Kameraden über die Schulter und stapfte davon.

»Sieht aus, als hätten Sie gerade einen neuen Freund gefunden«, sagte Lewis und legte Zachs Arm um seine

Schulter. »Kommen Sie mit, ich werde Sie verarzten lassen. Außerdem gibt es Neuigkeiten.«

Zach blieb stehen. »Wie lauten sie?«

»Nicht hier«, murmelte Lewis. »Zu viele Lauscher.«

Nachdem ein Arzt Zach die Wunden ausgewaschen und verarztet hatte, machte Zach es sich in einem Lehnstuhl gemütlich und genehmigte sich einen kräftigen Schluck Whisky. »Also, was gibt es?«, fragte er und erfreute sich an dem erlesenen Tröpfchen.

Lewis zog an seiner daumendicken Zigarre und blies einen formvollendeten Rauchkringel in die Luft. Er beugte sich nach vorne, um die Ellbogen auf den Knien aufzustützen. »Die Cheyenne sind unseren Männern entkommen. Little Wolf hat Rendlebrock in eine Falle bei Turkey Springs gelockt. Ich sag's nur ungern, aber dieser Little Wolf ist ein wahres Schlitzohr. Rendlestock hatte gar keine andere Wahl, als zum Rückzug zu blasen.«

»Gab es viele Verletzte?«, erkundigte Zach sich, der damit gerechnet hatte, dass die Cheyenne Rendlestock und seine Männer in die Flucht geschlagen hatten. Zu groß war ihre Wut und ihr Bestreben nach Freiheit.

»Little Wolf hat ihnen den Weg zum Wasser abgeschnitten. Unsere Männer waren gezwungen, Pferdepisse zu trinken.«

Um ein Haar hätte Zach sich an seinem Whisky verschluckt. »Pferdepisse?«

»Das werden diese Rothäute mir büßen«, raunte Lewis, der jede Silbe mit einem Schlag auf sein Pult untermalte. »Und diesem Hurenbock Rendlebrock reiße ich den Kopf von den Schultern, damit niemand diese Wilden je wieder unterschätzt.«

»Was werden Sie nun tun? Weitere Truppen aussenden?«, fragte Zach, der innerlich den Hut vor Little Wolf zog.

»Ich werde dafür sorgen, dass alle fünf Forts in der Umgebung ihre Truppen mobilisieren. Vermutlich laufen die Cheyenne jetzt mit stolzgeschwellter Brust durch die Nacht«, sagte er verächtlich. »Es wird ein Blutbad geben, darauf gebe ich Ihnen mein Wort. Am besten, Sie verschwinden jetzt. Es ist nur noch eine Frage von Minuten, bis sich der Sieg der Cheyenne herumspricht. Unter diesen Umständen kann ich nicht für Ihre Sicherheit, geschweige denn für die Ihrer Begleiterin garantieren.«

Zach spülte den Rest des Whiskys hinunter und ging zur Tür. »Danke für die Erfrischung und die Warnung«, verabschiedete er sich und salutierte mit der bandagierten Hand.

Erst, als Zach die äußeren Wachen des Forts passiert hatte, lehnte er sich mit dem Oberkörper so weit nach vorne, dass er auf dem Hals des Pferdes auflag. Seine Gedanken rasten und sein Herz trommelte im selben Takt wie die Hufe.

Warum um Gottes willen hatte er es nicht über sich gebracht, Lewis viel Glück im Kampf gegen die Cheyenne zu wünschen? Was war nur los mit ihm? Hatte er schon vergessen, wem seine Loyalität gebührte? Hatte sein Angebot, einer schönen Frau zu helfen, ihm so gehörig die Sinne getrübt, dass er sich seiner Pflichten nicht mehr bewusst war?

Zur Hölle mit den Pflichten, schalt Zach sich. Es gab nichts Wichtigeres als Lukes Sicherheit. Und nichts und niemand – selbst diese verführerische Caroline –

würde ihn davon abhalten, seinen Sohn zu finden und zu retten.

Als Caroline Zachs Signal hörte – eine bestimmte Abfolge von Pfiffen –, entsicherte sie das Gewehr. Erst dann merkte sie, dass sie jeden einzelnen Muskel in Alarmbereitschaft gesetzt hatte. Sie kroch unter dem Wagen hervor, schürte das kleine Feuer, das sie in der Zwischenzeit in Gang gebracht hatte, und beobachtete, wie Zach sich aus dem Schatten löste. »Sie beherrschen das fast so gut wie die Cheyenne.«

»Was meinen Sie damit?«, fragte er, schälte sich aus seinem Staubmantel und ließ ihn auf sein Bettzeug fallen, das sie bereits am Feuer ausgerollt hatte. Seinen Hut behielt er vorsichtshalber auf und zog sich die Krempe tiefer ins Gesicht. Sie sollte nicht seine Verletzungen sehen. Aus demselben Grund hatte er sich auch des Verbandes an der Hand entledigt.

»Dass Sie es meisterhaft verstehen, sich heranzupirschen«, sagte sie.

»Scheint mir in die Wiege gelegt worden zu sein«, brummte er.

Als Caroline ein seltsames Flackern in seinen Augen bemerkte, lief es ihr kalt den Rücken hinunter. Er sah aus wie ein ... Jäger. Ein Jäger, der fette Beute witterte. »Hunger?«, fragte sie schnell und tat ihm etwas von dem Essen auf, das sie warm gehalten hatte. Sie wollte nicht, dass er merkte, wie verstört sie war.

»Und wie«, antwortete er mit einer tiefen, rauchigen Stimme. Ihre Hände zitterten wie Espenlaub. Der Lappen, mit dem sie den Griff der schweren Guseisenpfanne hielt, verrutschte, die Pfanne fiel hinunter und verbrannte ihre Hand. Das Wissen darum, dass es viele Männer gab, die mit veränderter Stimme sprachen, bevor sie die Beherrschung über sich verloren, hatte sie unsicher werden lassen.

»Alles in Ordnung?« Im Bruchteil einer Sekunde war Zach bei ihr, schlang den Arm um ihre Taille und zog sie vom Feuer weg. Als ihr der Geruch nach Alkohol in die Nase stieg, erstarrte sie.

»Geht schon.« Sie sah ihn argwöhnisch an. Er machte nicht den Eindruck, als wäre er betrunken, aber die Tatsache an sich, dass er trank, während sie hier draußen alleine auf sich gestellt war, machte sie ärgerlich. Sie wand sich aus seinem Griff und lief zum Planwagen, um den Tiegel mit der lindernden Salbe zu holen, die Old Bridge, Little Wolfs Medizinmann, ihr seinerzeit für die Narben auf ihrem Rücken gegeben hat. Sie wusste, dass Zach sie beobachtete, spürte seine Blicke.

»Haben Sie etwas herausgefunden?«, erkundigte sie sich, während sie sich die Hand einrieb und verband.

»Die Soldaten und die Cheyenne haben sich ein Gefecht bei Turkey Springs geliefert«, sagte Zach kauend.

»Und?«, fragte Caroline voller Ungeduld und hätte ihm am liebsten den Teller aus der Hand gerissen.

»Die Soldaten haben den Kürzeren gezogen.«

»Ja!«, jubelte sie. »Sind viele Cheyenne umgekommen?«

»Nein«, antwortete Zach kopfschüttelnd. »Little Wolf hat sich so postiert, dass die Soldaten keinen Zugang zu frischem Wasser hatten. Die Burschen mussten Pferdepi... Pferdeurin trinken.«

»Ach du meine Güte«, flüsterte Caroline und schlang die Arme um den Bauch. »Kein schlechter Schachzug, aber damit dürften sie die Soldaten erst recht gegen sich aufgebracht haben.« Sie drehte sich zu Zach um.

Die Sorge um ihre Freunde wuchs, und bei der Vorstellung, wie sie wie Vieh von den Soldaten gejagt wurden, stieg ein Gefühl der Hilflosigkeit in ihr auf, und ihr wurde übel.

»Trotzdem sollten wir an unserem ursprünglichen Plan festhalten«, schlug Zach vor und ließ den Blick in alle Richtungen schweifen. Als Caroline das stählerne Gleißen in seinen Augen bemerkte, wandelte sich die Hilflosigkeit in Panik. Ein Blick in seine Augen, und Little Wolfs Krieger würden ihn ohne mit der Wimper zu zucken über den Haufen schießen oder es zumindest versuchen.

Mit dem leeren Teller in der Hand erhob Zach sich. »Wir werden in der Nähe des Cimarron-Bahnhofs am Fluss kampieren und darauf warten, dass sie uns finden.«

»Aber was ist mit den Soldaten?«

»Wir werden ihnen einfach aus dem Weg gehen.«

»Wie denn? Am Fluss wird es nur so von ihnen wimmeln und Verstecke gibt es auch so gut wie keine.« Sie wollte Zach den schmutzigen Teller abnehmen, doch dieser winkte ab.

»Ich übernehme den Abwasch, damit Ihr Verband nicht nass wird.«

Störrisch, wie Caroline nun einmal war, griff sie abermals nach dem Teller, wobei ihre Fingernägel seine Hand aufschürften. Zach unterdrückte einen Kraftausdruck, der ihm in den Sinn kam, und ließ den Teller ins Feuer fallen.

»Zeigen Sie mir mal Ihre Hand«, sagte Caroline, als stünde sie einer Kompanie vor, drehte Zach zum Feuer und zog ihn in die Hocke. »Beim Allmächtigen!«, flüsterte sie, als sie erst seine aufgeschürften Handknöchel und dann die dunklen Ringe um sein rechtes Auge entdeckte.

»Sie haben getrunken und sich geprügelt?«, entfuhr es ihr. »Kann es sein, dass Sie nur deshalb in die Stadt geritten sind, um einem bestimmten Holzkopf eine Abreibung zu verpassen?« Sie riss ihm den Hut vom Kopf, packte ihn am Kinn und untersuchte ihn nach weiteren Verletzungen.

»Lassen Sie das«, brummte er. »In ein paar Tagen sieht man nichts mehr davon.«

»Was haben Sie sich eigentlich dabei gedacht?«, schalt sie ihn. »Ihnen hätte wer weiß was zustoßen können.« Sie spürte plötzlich einen Kloß im Hals vor Angst, sie könnte alleine mitten in der Prärie festsitzen. »Hinsetzen«, befahl sie ihm, nachdem sie ihn zu seinem Bettzeug dirigiert hatte. Anschließend holte sie abermals den Salbentiegel und einen Verband hervor, kniete sich hin und ließ beides in seinen Schoß fallen. Mit einem gewissen Maß an Genugtuung bemerkte sie, dass er zusammenzuckte.

»Mir geht es gut«, sagte er und wollte aufstehen, doch Caroline legte ihm die Hand auf die Brust und durchbohrte ihn mit finsteren Blicken. Zach erstarrte, als sie sein Hemd aufknöpfte. Beim Anblick dessen, was sich darunter verbarg, musste sie unwillkürlich nach Luft schnappen.

Die schwarze, lockige Behaarung auf seiner muskulösen Brust verjüngte sich zu einer Linie, die unterhalb seiner Taille verschwand. Ihr Mund wurde trocken, und ihre Augen weiteten sich. Es war nicht das erste Mal, dass sie eine nackte Männerbrust sah, aber diese strotzte nur so vor Kraft. Leider waren die Prellungen, die er sich zugezogen hatte, nicht so harmlos. Vorsichtig strich sie mit dem Finger über eine Stelle, wo es ihn besonders schlimm getroffen hatte.

»Verdammt noch mal! Wollen Sie mich umbringen?«, fauchte Zach und bestätigte damit Carolines Verdacht, dass er sich eine Rippe gebrochen hatte.

»Lassen Sie es gut sein«, brummte er ungehalten und schob sie von sich. »Nur ein paar blaue Flecken.«

»Sie haben mindestens eine gebrochene Rippe. Tut es sehr weh beim Atmen?«, fragte sie. Als sie die Hand nach ihrem Messer ausstreckte, zuckte Zach zusammen. »Männer«, murmelte sie abfällig. »Sie tun ja gerade so, als wollte ich Ihnen Pfeffer in die Abschürfungen streuen.«

»Ich bin nicht sonderlich erpicht darauf, noch einmal mit Ihrem Dolch auf Tuchfühlung zu gehen, das ist alles.« Angewidert schob er den Tiegel von sich und wollte aufstehen, als ein stechender Schmerz ihn durchzuckte und ihn zwang, sich wieder hinzusetzen. »Aber beeilen Sie sich bitte.«

Als Caroline den Tiegel öffnete, füllte sich die Luft mit dem Geruch nach ranzigem Bärenfett, und Zach zog eine Grimasse.

»Aber sie hilft, glauben Sie mir«, sagte Caroline und trug vorsichtig eine dünne Schicht auf seinem Bauch auf. Anschließend half sie ihm beim Aufstehen, rieb seinen Rücken ein und legte ihm einen Verband an.

»Jetzt rieche ich wie ein toter Grizzlybär«, beschwerte er sich bitterlich. »Wie lange muss ich den Verband denn tragen?«

»Na ja, mit einigen Wochen müssen Sie rechnen«, antwortete sie und nestelte an ihrem eigenen Verband, damit er nicht merkte, wie aufgewühlt sie war. Durch den Anblick seiner entblößten Brust und die Berührung seiner Haut wurde sie von Gefühlen überflutet, die sie nicht einzuordnen vermochte. Am meisten verwirrte sie jedoch, dass sie ein eigenartiges Kribbeln ausgerechnet an jenen Körperteilen spürte, wo sie bereits großes Leid erlitten hatte. Ein Gefühl der Beklemmung stieg in ihr auf. Sie wusste, wie sie diesen Mann einzuschätzen hatte. Er würde sich nehmen, was er brauchte, und dann auf Nimmerwiedersehen verschwinden.

Damals in Maryland, bevor ihr Vater die Familie eingepackt und sie von all dem, was ihnen lieb und teuer war, weggerissen hatte, war sie voller Träume gewesen. Sie war noch so jung gewesen, hatte gerade erst die Welt der Bälle und Tänze kennengelernt und erste zaghafte Kontakte mit dem anderen Geschlecht geschlossen. Nur zu gut konnte sie sich daran erinnern, wie es sich anfühlte, wenn ein Mann ihren Arm nahm, ihr die Türen öffnete und ihr nach einem Tanz ein Glas Punsch anbot.

Caroline rief sich zur Ordnung und verwarf die Erinnerungen. Das Leben war weitergegangen. Die junge Frau von damals gehörte der Vergangenheit an. Erloschen waren Unschuld und Naivität.

Als Caroline die Lider hob, entdeckte sie, dass Zach sie mit ernstem Gesicht und dunklen, stürmischen Augen beobachtete. Hatte er ihre Gedanken gelesen und ihre Verwirrung sowie ihre Unsicherheit gespürt?

»Caroline«, durchbrach Zach die Stille. Wieder klang seine Stimme tief und rau, doch Caroline stellte erleichtert fest, dass sie sich nicht mehr so fürchten musste. Sie war sich jetzt sicher, dass er keine Gefahr für sie war, dass er sich unter Kontrolle hatte. Mit wild klopfendem Herzen stellte sie sich auf die Zehenspitzen, legte die Hände auf seine breite Brust und presste die Lippen auf seinen Mund.

Sie spürte, wie sich ihr Körper verkrampfte, und wartete vergebens darauf, dass eine Stimme in ihrem Kopf zu schreien begann. Erleichtert schmiegte sie sich an seine Brust. Seine Lippen waren fest und warm, und seine Bartstoppeln kitzelten gegen die weiche Haut um ihren Mund. Sie spürte seinen Atem auf ihrem Gesicht, inhalierte ihn tief ein und hielt die Luft für einige Augenblicke in den Lungen gefangen, um ihm ganz nah zu sein. Nur zu gerne erwiderte sie den Druck seiner Lippen. So, als wünschte sie sich mehr, glitten ihre Finger durch sein Nackenhaar und zogen ihn näher zu sich. Zach stöhnte an ihren Lippen, bevor er sie so drehte, dass ihr Kopf auf seinem Arm lag.

Als Caroline spürte, dass ihre Knie weich wurden, klammerte sie sich an seinen Arm. Doch das Gefühl, von seiner Leidenschaft übermannt zu werden, war überwältigend. Seinen Körper so nah zu fühlen, verwirrte ihr für einen Augenblick die Sinne. Mit wild pochendem Herzen riss sie den Kopf zur Seite, um den Kuss zu lösen, und taumelte einige Schritte nach hinten, den Handrücken gegen die pulsierenden Lippen gepresst.

»E-es tut mir leid«, flüsterte sie. »Ich kann nicht.« Mit hastigen Schritten ließ sie sich von der Dunkelheit schlucken und stolperte zu dem kleinen Wasserlauf ganz in der Nähe. Dort angekommen, lehnte sie sich keuchend gegen einen Baum. Die schartige Rinde, die sich in ihre Finger bohrte, erinnerte sie daran, dass sie eine Frau mit Gefühlen war. Gefühle, die sie an diesem Abend zugelassen hatte, um die Sprache ihres Körpers zu verstehen. Eine Sprache, die sie nur dann verwendete, wenn sie in seiner Nähe weilte. Doch das Experiment war fehlgeschlagen. Es hatte keinen Sinn. Sie war zu einem Leben in Furcht verdammt und täte gut daran, dieser Tatsache endlich ins Auge zu sehen. Mit diesem Gedanken stieß sie sich vom Baum ab und spritzte sich frisches, klares Quellwasser ins Gesicht. Anschließend setzte sie sich ans Ufer und sah dem Mond auf seiner nächtlichen Reise zu. Sie stieß einen Seufzer aus. Ihre Angst mochte den Kuss ruiniert haben, aber ... sie seufzte abermals. Für die Dauer eines Lidschlags war es wunderbar gewesen. Lächelnd legte sie sich die Finger auf den Mund und durchlebte noch einmal die Erregung und die Leidenschaft, die ihr geschenkt worden waren. Erinnerungen, die ihr nie wieder jemand nehmen konnte.

Sechstes Kapitel

Zach wollte Caroline nacheilen, blieb aber nach wenigen Schritten stehen. Ihm wurde schwarz vor Augen, und in seinen Ohren sauste es. In dem Wissen, dass er die Spätfolgen des Kampfes nicht auf die leichte Schulter nehmen sollte, beschloss er, ihr ein wenig Zeit zu geben, um sich zu sammeln. Er konnte von Glück reden, wenn er morgen imstande war, wieder zu reiten.

Am liebsten hätte er sich geohrfeigt, weil er Caroline verängstigt hatte – und das nicht zum ersten Mal. Was hatte diese Frau nur an sich, dass er so schnell die Beherrschung verlor? Er kannte eine ganze Reihe hübscher Frauen, war mit einer von ihnen sogar verheiratet gewesen. Patricia. Patricia mit ihrem strohblonden Haar, ihren großen braunen Augen, ihren vollen Lippen und ihrer formvollendeten Nase. Ihre erlesene Schönheit war aber nur ein Teil der Wahrheit, warum er sie zur Frau genommen hatte. Er hatte seinem Vater endlich einen Erben präsentieren wollen. Außerdem gab es ja noch Josh und Abby, die er nicht vergessen durfte. Die Tatsache, dass Josh seit seinem Unfall kein Kind mehr zeugen konnte, hing wie ein Damoklesschwert über der Familie. Hätte Patricia sich nicht als Xanthippe entpuppt, wäre vielleicht alles gut geworden. Zach hatte ihr vor der Hochzeit klargemacht, dass er nicht vorhatte, mit ihr in Richmond zu bleiben und in der Bank ihres Vaters zu arbeiten. Sie hatte seinen Worten keinen Glauben geschenkt, hatte angenommen, dass sie ihn wie die anderen vor ihm um den kleinen Finger wickeln konnte. Hätte er geahnt, welche Ausmaße ihre Enttäuschung annehmen würde, hätte er sich vielleicht eines Besseren besonnen. Als sie endlich guter Hoffnung war, spielte sie die Rolle der werdenden Mutter aus und rührte keinen Finger mehr. Im Gegenteil, sie verlegte sich schnell darauf, mit Geld um sich zu werfen, und kaufte halb Lexington leer.

Als Zach dem Ganzen einen Riegel vorgeschoben hatte, hatte sie ihrem Vater einen herzzerreißenden Brief geschrieben und ihn angefleht, er möge sie nach Hause zurückholen. Doch ihr Plan war nicht aufgegangen. Als er erfahren hatte, welches Verhalten seine Tochter an den Tag legte und sie Nachwuchs erwartete, hatte er sich ihrer Bitte gegenüber verschlossen. Vermutlich zum ersten Mal in Patricias wohlbehütetem Leben hatte er ihr eine Standpredigt über ihre Pflichten als Ehefrau gehalten.

Zach musste unwillkürlich schnauben, als er an die Zeit danach dachte. Er konnte von Glück reden, dass er kurz darauf wegbeordert worden war und in den darauffolgenden sechs Jahren nur Zeit für Stippvisiten erübrigen konnte. Wäre Luke nicht gewesen, wäre er gar nicht mehr nach Hause gekommen. Eigentlich hatte er sich geschworen, sich nur noch mit erfahrenen Frauen einzulassen, die keinerlei Ambitionen hegten. Und jetzt machte ihm ausgerechnet diese Wildkatze Caroline einen Strich durch die Rechnung.

Bevor er wusste, was er tat, dachte er wieder einmal darüber nach, was Caroline veranlasst haben mochte, den Bund der Ehe mit Little Wolf einzugehen. Es erfüllte ihn mit unbändiger Wut, dass sich die meisten das Maul über sie zerrissen. Zugleich empfand er eine gewisse Bewunderung für sie, weil sie sich den Cheyenne gegenüber so verpflichtet fühlte. Caroline war das genaue Gegenteil von Patricia. Aber egal, was immer er auch tat, er musste um Himmels willen die Finger von Caroline lassen. Wenn die Cheyenne erfuhren, dass er mit der Gemahlin des Häuptlings angebändelt hatte, würden sie nicht davor zurückschrecken, Luke oder Caroline etwas anzutun. Und ohne Luke war sein Leben nutzlos.

Wie aus heiterem Himmel wusste Zach, was er als Nächstes zu tun hatte. Er würde sich bei Caroline für sein rüpelhaftes Verhalten entschuldigen und ihr schwören, dass er sie nie wieder küssen würde. Er musste alles daransetzen, ihr Vertrauen zu gewinnen. Ohne sie hatte er keine Chancen, Luke zurückzuholen.

Gerade, als Zach sich stark genug fühlte, ihr nachzugehen, vernahm er ihre leichtfüßigen Schritte. Schwankend kam er in den Stand und beobachtete, wie sie mit verquollenen Augen und roter Nase ans Feuer trat.

»Ich bin untröstlich, Caroline«, entschuldigte er sich und hätte sie am liebsten in die Arme geschlossen. »Es ist unverzeihlich, dass ich Ihnen zu nahe gekommen bin. Dergleichen wird nicht wieder vorkommen, das verspreche ich Ihnen. In Zukunft werde ich mich von Ihnen fernhalten.«

»Lassen Sie es gut sein«, antwortete Caroline unterkühlt und drehte ihm den Rücken zu. »Ich werde es schon überleben. Sie sollten jetzt schlafen gehen.«

Mit dem Hut über dem Gesicht lag Zach auf seiner Decke und tat, als schliefe er. Er beobachtete jedoch, wie Caroline neben dem Planwagen in die Hocke ging und sich der Haarklammern entledigte. Als sie das Haar schüttelte, erhaschte er einen kurzen Blick auf ihre linke Kopfhälfte und musste unwillkürlich nach Luft ringen.

* * *

Little Wolf ließ sich neben dem niedrigen Feuer nieder, das Feather entfacht hatte, und sog den Duft von Rauch und geröstetem Fleisch ein. Nach zwei Tagen Kampf hatte er seinen Leuten erlaubt, kleinere Feuer zu entzünden, um das Rindfleisch zu rösten, das die jungen Krieger erledigt hatten.

Mit einem Lied auf den Lippen, das ihm – ihrem Gemahl – gebührte, in dem es darum ging, dass das Volk der Cheyenne ehrfürchtig zu ihm aufblickte, gesellte sich Feather zu Little Wolf. Er schenkte ihr ein Lächeln, nahm das Stück Fleisch entgegen, das sie ihm auf einer Kelle reichte, und hielt es zum Himmel, zur Erde und in die vier Himmelsrichtungen. »*Napeheve'ata*.«

Während des Essens beobachtete der Häuptling der Cheyenne, wie sich die übrigen Stammesmitglieder für die Nacht vorbereiteten. Jene, die keine Decken hatten, bedeckten sich mit Zweigen und Laub. Hier und da wurde gesungen, aus Dankbarkeit darüber, dass keiner der Krieger beim Kampf von Turkey Springs sein Leben lassen musste. Die Verletzten schliefen bereits, darunter auch Lame Girl, dessen Fußgelenk von einer feindlichen Kugel zersplittert worden war.

Der gewonnene Kampf hatte den *Tsitsitas* Mut gemacht. Little Wolfs Krieger hatten sich die Soldaten zwei Tage lang vom Leib gehalten. Little Wolf war froh darüber, dass die jungen Krieger, die noch nie zuvor in einen Kampf verwickelt gewesen waren, auf ihre Kosten gekommen waren.

Den Blick in die züngelnden Flammen gerichtet, lauschte er den Klängen von Small Fingernails Flöte, und sein Geist ging auf der Suche nach Caroline auf Wanderschaft. Wenige Herzschläge später sah er Caroline, die unter einem Planwagen schlief, in dem er Lebensmittel und Decken für seine Leute vermutete. Neben dem Feuer entdeckte er den Fremden, den er schon zuvor neben ihr gesehen hatte. Statt zu schlafen, schickte er Caroline sehnsüchtige Blicke. Little Wolf entspannte sich erst, als der Fremde die Augen schloss und in einen unruhigen Schlaf verfiel.

Am Steilufer oberhalb des Arkansas River brachte Caroline den Planwagen zum Stehen und stellte mit einem tiefen Seufzer die Bremse fest.

Beim Allmächtigen! Sie war hundemüde und sehnte sich nach einem heißen Bad und einem weichen Bett. Sie zückte das Fernrohr und blickte gen Norden, wo Zach sein Pferd außerhalb des Cimarron-Bahnhofs festgebunden hatte, der an der Santa-Fe-Trasse lag. Es war die erste von drei Bahnlinien, die die Cheyenne auf ihrem Weg in die ehemaligen Jagdgründe überqueren mussten.

Erschöpft stieg Caroline vom Kutschbock und schirrte die Maultiere ab. Durch den Regen der letzten beiden Tage – Caroline hatte zwischendurch das Gefühl gehabt, sie würde nie wieder trocken werden – wollte Zach beim Überqueren des Arkansas kein Risiko eingehen und sich Hilfe suchen. Sie hatten ursprünglich vorgehabt, unweit des Bahnhofs zu übernachten und sich am nächsten Tag einen geschützteren Ort ein wenig abseits zum Kampieren zu suchen. Caroline suchte den Horizont ab und schnaubte. Weit und breit gab es keinen Sichtschutz. Wenn Zach an seinem Plan festhalten und sich samt Planwagen verstecken wollte, würden sie weiter nach Südwesten ziehen und bangen müssen, dass die Cheyenne es überhaupt so weit schafften.

Bei dem Geräusch näher kommender Hufe zuckte Caroline unwillkürlich zusammen, hastete zum Wagen und schnappte sich ihr Gewehr. Just, als sie es geschultert hatte, kam Zach in Sicht.

»Ich hätte Sie schon sechs Mal erwischt, bevor Sie das Gewehr zur Hand hatten«, rief er und schwang sich aus dem Sattel. »Was haben Sie denn gemacht? Geschlafen?«

»Schön wär's gewesen.« Caroline, der nicht der Sinn nach einer Auseinandersetzung stand, stellte sich zu den Maultieren und rieb ihnen die Nüstern. »Was haben Sie herausgefunden?«

»Es gibt gute und schlechte Neuigkeiten«, sagte Zach, der sich augenscheinlich wieder ein wenig gefangen hatte. »Wenn die Nachrichten stimmen, geht es Ihren heiß geliebten Freunden gut.«

Caroline stieß einen leisen Seufzer der Erleichterung

aus und senkte den Blick. »Was stimmt an den Gerüchten, es hätten weitere Kämpfe stattgefunden?«

»Nichts als heiße Luft«, antwortete Zach, zog den Sattel vom Pferd und legte ihn neben den Planwagen auf den Boden. »Sollen wir hier das Feuer machen?«, fragte er und deutete auf eine Stelle, an der nichts wuchs.

Sie nickte. Seit dem folgenschweren Kuss gingen sie und er sichtlich auf Abstand, stets darauf bedacht, den anderen nicht zu lange anzusehen. Caroline begrüßte die Distanz, doch seine Höflichkeit war sie langsam leid.

»Was ist mit den Berichten, es hätte Tote unter den Cheyenne gegeben?« Caroline erhob sich mit langsamen Bewegungen und rieb sich die Lenden.

Zach, der gerade die Kiste mit dem Kochgeschirr holte, hielt kurz inne und sah sie an. »Ein Toter. Ein Mann. Die Zeitungen nennen keinen Namen, aber es war nicht Little Wolf.«

»Ach du meine Güte.« Caroline presste die Hand gegen das Herz, das für den Bruchteil einer Sekunde aus dem Takt kam, und erstarrte. »Was ist mit den Soldaten?«, fragte sie und sank auf seinen Sattel.

»Sie mussten derbe Verluste hinnehmen«, antwortete er, leerte die Kiste, stellte sie neben ihr ab und sah ihr in die Augen. »Verstehen Sie, was das bedeutet?«

»Mehr Truppen«, antwortete sie mit einem langsamen Nicken. »Was soll nur aus den Cheyenne werden? Sie haben noch nicht einmal die erste Eisenbahnstrecke überquert und waren schon in drei Schlachten verwickelt.«

»Es waren keine wirklichen Schlachten, eher bewaffnete Auseinandersetzungen. Nun ja, der Kampf bei Big Sandy letzte Nacht kann schon als etwas heftiger eingestuft werden. Immerhin waren mehrere Hundert Soldaten und Zivilisten daran beteiligt.«

Caroline hielt schneidend die Luft an. »Mehrere Hundert? Wie schaffen die Cheyenne das nur?« Sie rieb sich das Gesicht. Die Nachricht stimmte sie fröhlich und traurig zugleich. »Woher nehmen sie bloß die Kraft?«

Zach schüttelte den Kopf. »In den Zeitungen steht, die Soldaten seien im Nachteil, weil sie die Gegend nicht so gut kennen und die Cheyenne im Besitz guter Waffen sind. Die Wahrheit ist, dass Little Wolf ihnen immer einen Schritt voraus ist. Ein brillanter Stratege.«

Caroline, die das Feuer schürte, wechselte abrupt das Thema: »Unser Holz geht zur Neige. Vielleicht sollten wir Rinderfladen sammeln. Ich werde das Feuer klein halten, damit wir keine ungebetenen Gäste anlocken.«

»Dafür sorgt schon der Duft Ihrer Maistaler«, entgegnete Zach mit einem trockenen Glucksen.

»War das ein Kompliment oder eine Beleidigung?«

»Ein Kompliment, das sich aber schnell in eine Beleidigung verwandelt, wenn ich meine Maistaler mit jemandem teilen muss.«

Lächelnd beugte Caroline sich nach vorne, um den kleinen Flammen Leben einzuhauchen, und legte ein wenig Reisig nach. Vor lauter Freude über seine schmeichelnden Worte entschied Caroline, die Maistaler ausnahmsweise mit getrockneten Kräutern zu verfeinern. »Wann haben Sie eigentlich vor, mir die schlechten Nachrichten mitzuteilen?«

Aus Zachs beharrlichem Schweigen schloss Caroline, dass es einen Grund haben musste, warum er ihr noch nichts erzählt hatte. Sie setzte sich auf den Boden, zog die Beine seitlich an und wartete. Überhaupt war er eher der schweigsame Typ. Immer, wenn sie das Gespräch auf seine Familie, seine Arbeit oder seinen Werdegang zu lenken versuchte, tat er, als hätte er sie nicht gehört oder wechselte schnell das Thema. Caroline blieb also nichts anderes übrig, als zu hoffen, dass er ihr im Laufe der Reise zu vertrauen lernte.

»Ab sofort übernimmt Lieutenant Colonel Lewis, ein erfahrener Mann und Befehlshaber von Fort Dodge, das Kommando. Er soll gesagt haben, dass man ihn tot vom Schlachtfeld tragen müsse, bevor er den Kampf gegen die Cheyenne aufgibt.«

»Oje«, murmelte Caroline. »Ist dieser Lewis wirklich so entschlossen, wie er sich gibt?«

»Ja, und wenn er Erfolg hat, dürften all Ihre Anstrengungen umsonst gewesen sein, fürchte ich.«

Caroline fütterte das Feuer mit größeren Stöcken und sah zu, wie die Flammen an Kraft gewannen. Ein entsetzlicher Gedanke durchzuckte sie. Konnte es sein, dass er die Cheyenne ausliefern und Little Wolf als Geisel nehmen würde?

»Wie sicher sind Ihre Informationen?«, fragte sie, bemüht darum, sich ihre Aufregung nicht anmerken zu lassen.

Mit einem betrübten Ausdruck um die Augen nickte er. »Ich habe sie quasi aus erster Hand. Aber ich werde nicht tatenlos herumsitzen.«

Caroline blinzelte, so überrascht war sie. »Ich fürchte, ich verstehe Sie nicht ganz.« Ihre Augen tasteten sein Gesicht ab. Ahnte er, dass sie ihm üble Absichten unterstellte?

»Ich bin überzeugt davon, dass Lewis sich nicht einschüchtern lassen wird«, sagte er und fuhr sich sichtlich nervös durch das Haar. »Ich ertrage den Gedanken nicht, dass Frauen, Kinder und Alte in Mitleidenschaft gezogen werden.« Er drehte ihr den Rücken zu und stemmte die Hände in die Hüften.

»Machen Sie sich wegen der Kinder keine Sorgen«, versuchte sie ihn zu beruhigen, woraufhin er ihr einen kalten Blick über die Schulter zuwarf. Es erstaunte sie, dass er sich um die Frauen und Kinder sorgte. »Glauben Sie mir, die Cheyenne tun alles, um die Familie zu beschützen.«

Caroline trat hinter ihn und legte ihm die Hand auf die Schulter. »Vielleicht kann ich Ihnen helfen. Das setzt jedoch voraus, dass Sie mit mir sprechen.«

Zach schoss herum und funkelte sie an. »Sind Sie überzeugt, dass vor allem den Kindern nichts zustößt?«

»Little Wolf würde sich eher ergeben, als zuzulassen, dass ihnen etwas geschieht«, versicherte sie ihm mit ruhiger Stimme.

Verwundert nahm sie zur Kenntnis, dass Zach ihr eine Antwort schuldig blieb und sich auch für den Rest des Tages in Schweigen hüllte.

Konnte es sein, dass er nach einem Kind suchte? Nein, das schien ihr ein wenig weit hergeholt. Sie konnte sich nicht daran erinnern, dass während ihrer Zeit ein weißes Kind bei den Cheyenne Zuflucht gefunden hatte. Das einzige Kind, für das sich die Bleichgesichter interessieren könnten, war Yellow Swallow, halb Cheyenne, halb Weißer. Sein Vater war niemand anderes als der berühmte General George Armstrong Custer, der bei der Schlacht am Little Wolf Big Horn den Tod gefunden hatte. War es möglich, dass Zach den Auftrag hatte, Swallow zu finden?

Siebtes Kapitel

Zach erwachte, weil ihm die Morgensonne ins Gesicht schien und ihm der Geruch nach frisch gebrühtem Kaffee in die Nase stieg. Gähnend setzte er sich auf, rieb sich den Schlaf aus den Augen und ließ den Blick durch das Lager schweifen. Als er Caroline nirgends entdecken konnte, sprang er hastig auf und suchte in der näheren Umgebung nach ihr. Wo mochte sie stecken? Dann entdeckte er Fußspuren im taunassen Gras. Sie war zum Fluss gegangen. Wie oft musste er ihr eigentlich noch sagen, dass sie das schwere Wasserfass nicht alleine tragen sollte? Kopfschüttelnd lief Zach ihr nach. Dieses verrückte Frauenzimmer dachte wohl immer noch, sie würde bei den Cheyenne leben.

Als Zachs Augen fanden, wonach sie suchten, kam er aus dem Tritt, seine Füße rutschten unter ihm weg und er schlitterte den nassen Grashügel hinunter. Nur wenige Meter von ihm entfernt stand Caroline – wie Gott sie erschaffen hatte – und badete im Bach. Sie hatte ihm den Rücken zugewandt und wusch sich die Seife aus dem Haar. Zach rappelte sich mühsam hoch und erstarrte vor Entsetzen. Carolines alabasterfarbener Rücken war vom Steiß bis zu den Schultern mit unzähligen, teils wulstigen Narben verunstaltet. Als wäre sie ausgepeitscht worden, bis ihr die Haut in Fetzen hing. Siedend heiße Wut schoss ihm durch die

Glieder, ein roter Schimmer legte sich vor seine Augen. Rot wie das Blut, das sie in Strömen vergossen haben musste. Wenn er konnte, würde er sich die Bestie, die ihr das angetan hatte, schnappen und langsam zu Tode foltern. Die Schmerzen in seiner Brust waren so stark, dass er keine Luft mehr bekam. In den Tiefen seines Körpers braute sich ein animalisches Grollen zusammen, das sich seinen Weg nach draußen bahnte, als Zach einen Schritt auf sie zuging.

Erschrocken wirbelte Caroline herum und versuchte verzweifelt, sich das nasse Haar aus dem Gesicht zu streichen. Als sie die Balance zu verlieren drohte, fing Zach sie auf.

»Wer hat Ihnen das angetan?«, fragte er mit ruhiger Stimme, wenngleich es innerlich noch immer bei ihm brodelte. Als er merkte, dass Caroline wieder alleine auf eigenen Beinen stehen konnte, ließ er von ihr ab und betrachtete ihren Rücken. »Lebt das Schwein noch?«

»Gehen Sie fort!«, fuhr Caroline ihn an und strich sich das Haar über das linke Ohr, bevor sie ihre Brüste und ihr Schamhaar mit den Armen bedeckte. »Lassen Sie mich alleine!«

»Was verheimlichen Sie mir noch?«, wollte Zach wissen und stellte sich auf ihre linke Seite.

»Nein!«, schrie sie und wollte sich abwenden. Doch Zach war schneller, packte sie am Arm, zog sie zu sich und streckte die Hand nach ihrem Haar aus. Das Herz hämmerte in seiner Brust. Mit zittrigen Fingern legte er ihr Ohr frei.

Ein gellender Schrei zerriss die morgendliche Stille. Voller Entsetzen blickte Zach auf die wulstige Stelle, wo sich normalerweise eine Ohrmuschel befand. Sein Magen rumorte, und er zwang sich, tief und ruhig zu atmen, während er Caroline das Haar über dem Ohr glatt strich. Er könnte sich dafür ohrfeigen, weil er ihre Privatsphäre verletzt hatte. Erst jetzt wurde ihm bewusst, dass Caroline stocksteif dastand mit weit aufgerissen Augen, die sie so verdrehte hatte, dass nur noch das Weiße zu sehen war. Sie schrie wie am Spieß. Das durchdringende Geräusch brachte eine Saite tief in seinem Innersten zum Klingen. Was konnte er tun, um ihr zu helfen? Es hatte fast den Anschein, als zögen die furchtbaren Erinnerungen sie in die Tiefe. Was hatte er nur getan?

Mit dem festen Vorsatz, ihr Leiden zu lindern, drehte er sich behutsam zu ihr um und schloss sie in die Arme. »Es ist alles in Ordnung«, flüsterte er ihr ins rechte Ohr und kniff die Augen zusammen, als er an die wulstige Narbe auf der linken Seite dachte. »Beruhigen Sie sich, Caroline. Es ist vorbei, Darling. Niemand wird Ihnen je wieder etwas antun.« Er strich mit der Hand über ihren Rücken, um sie zu besänftigen. Als er sich der vernarbten Hügellandschaft bewusst wurde, zog er die Hand zurück, ließ die zittrigen Finger in ihr helles Haar gleiten und sprach einfühlsam auf sie ein und küsste ihr zärtlich Stirn und Wangen, während sein Körper ihr Wärme spendete. Die ganze Zeit über betete er, dass sie sich von dem Schock erholte und ihre ohrenbetäubenden Schreie bald versiegen mochten. Und dann, von einer Sekunde auf die nächste, schloss sie den Mund.

»So ist es gut«, raunte er und küsste sie auf die Wange. »Es ist vorbei. Sie sind in Sicherheit.«

Caroline tat einen tiefen Atemzug und sank kraftlos gegen seinen Körper. Wenige Augenblicke später löste sie sich jedoch aus seiner Umarmung und blinzelte mit blassem Gesicht und geröteten Wangen zu ihm auf. »Ich möchte jetzt lieber alleine sein«, bat sie mit kehliger, zittriger Stimme und einem leeren Ausdruck in den Augen.

»Sind Sie sicher, dass ich Sie alleine lassen kann?«, erkundigte sich Zach besorgt. Er hatte Angst, dass sie einen weiteren Schwächeanfall erleiden und sich womöglich verletzen könnte.

Das Kinn weit nach vorne geschoben – eine Geste, die Zach unter normalen Umständen ein Dorn im Auge war, an der er sich jetzt aber erfreute –, wich Caroline zurück. »Wenn Sie nichts dagegen haben, würde ich jetzt gerne mit der Morgentoilette fortfahren.«

Erstaunt über Carolines plötzlichen Gefühlswandel, entschied Zach, sie sich selbst zu überlassen. Aber eins schwor er sich. Eines Tages würde es ihm gelingen, die Mauer zu durchbrechen, hinter die sie sich verschanzt hatte. Zurück im Camp, schwang er sich auf den ungesattelten Dämon und preschte davon, als wäre ihm ein tausendköpfiges Heer von Konföderierten auf den Fersen. In Wahrheit ritt er jedoch vor allem vor sich selbst fort.

Bis zu diesem Tag hatte er sich für einen starken Mann gehalten, der jedweden Konflikten und Herausforderungen gewachsen war, die sich ihm präsentierten. Beim Anblick von Carolines verstümmeltem Ohr war ihm jedoch bewusst geworden, dass diese Frau weitaus mehr Stärke in sich trug, als er jemals aufbringen würde. Er hatte großen Respekt vor ihr, auch wenn er nicht genau wusste, was sie durchlitten hatte.

Bislang hatte er den Gerüchten, dass Indianer ihre weißen Gefangenen folterten und verstümmelten, nur wenig Aufmerksamkeit gezollt, er hatte sie stets für übertrieben gehalten. Doch die heutigen Ereignisse hatten alles verändert. Wie sollte er Caroline je wieder unter die Augen treten? Sie lehnte jegliches Mitleid ab, das wusste er. Sie war zu stolz. Auch wenn es ihm das Herz brach, es blieb ihm letzten Endes nichts anderes übrig, als sie zu behandeln, so wie er es die ganze Zeit über schon getan hatte. Sie durfte unter keinen Umständen etwas davon merken, dass er voller Bewunderung für sie war. Sobald sie bei den Cheyenne waren, so schwor er sich, würde er Little Wolf fragen, wer ihr dieses Leid zugefügt hatte.

Die Bilder an die schlimmste Zeit ihres Lebens verfolgten sie noch eine Weile, sosehr sie sich auch Mühe gab, sie zu vergessen. Besonders geschmerzt hatte sie Zachs Rückzug. Als er den Hügel erklommen hatte, entstand für sie der Eindruck, als könnte er es gar nicht abwarten, sich von ihr zu entfernen. Und dann war er auch noch einfach davongeritten. Sie hatte stets vermutet, dass der Anblick ihres Rückens nicht sehr angenehm war. Dass es jedoch so schlimm um sie bestellt war, hatte sie nie gedacht. Unter normalen Umständen, wenn er sie mit seiner Anwesenheit nicht überrumpelt hätte, hätte sie ihn nie und nimmer so nah an ihr linkes Ohr herangelassen. Dabei war das verbrannte Ohr nur die Spitze des Eisberges. Zach hatte ja keine Ahnung, was ihr widerfahren war, was *er* ihr angetan hatte.

Caroline war mittlerweile wieder im Camp und trocknete sich am offenen Feuer die Haare – routinierte Handgriffe, die ihr Sicherheit gaben. Es war ihr wichtig, dass ihr Haar trocken und wie gewohnt frisiert war, bevor Zach zurückkehrte. So konnte sie ihm selbstsicherer entgegentreten, wenn er sie davon in Kenntnis setzte, dass sie von nun an getrennte Wege gingen. Sie würde ihn ausbezahlen und ihm alles Gute auf seinen weiteren Wegen wünschen. Irgendwo würde sie schon Ersatz für ihn finden. Gerade, als sie die letzte Haarnadel festgesteckt hatte, hörte sie das Donnern von Hufen. Mit einer letzten nervösen Geste überprüfte sie, dass ihr linkes Ohr auch ja nicht zu sehen war.

»Da am Feuer steht noch ein Teller für Sie«, informierte sie Zach, nachdem er das Pferd am Planwagen festgebunden hatte.

»Danke«, antwortete Zach, sank auf den Sattel am Boden und machte sich über das deftige Frühstück her. »Ich habe einen Bärenhunger.«

Caroline nahm all ihren Mut zusammen und warf ihm einen verstohlenen Blick zu, nur um festzustellen, dass er sie keines Blickes würdigte. Mit angehaltenem Atem wartete sie darauf, dass er ihre Zusammenarbeit für beendet erklärte.

»Ich habe einen guten Lagerplatz für heute Nacht entdeckt, ganz in der Nähe des Flusses. Es müsste schon mit dem Teufel zugehen, wenn Little Wolf uns übersähe.« Nachdem Zach mit dem Essen fertig war, wusch er den Teller ab und trocknete ihn ab. Anschließend sattelte er sein Pferd, rollte sein Bettzeug zusammen und zurrte es hinter dem Sattel fest. Obzwar er das alles mit steifen und ungeschickten Bewegungen tat, ging alles seinen gewohnten Gang.

Er hat gar nicht vor, das Weite zu suchen, schoss es ihr durch den Kopf und ihr Körper entspannte sich. Es dauerte einige Augenblicke, bis sie ihre Stimme wiedergefunden hatte. »Sie bleiben?«, krächzte sie und warf ihm einen Blick über die Schulter zu. Würde sie es merken, falls er sie anlog?

»Natürlich«, antwortete er und sah sie aus zusammengekniffenen Augen an. »Für was für einen Mann halten Sie mich eigentlich?«

Sosehr Caroline sich auch anstrengte, sie konnte nichts in seinen Gesichtszügen entdecken, das darauf deutete, dass er ihr eine Lüge auftischte.

»So leicht werden Sie mich nicht los«, frohlockte er und half ihr beim Aufsitzen auf den Kutschbock, nachdem sie alles zur Abreise vorbereitet und das Feuer bedeckt hatten. »Der Platz ist nicht weit von hier. Das gibt Ihnen die Gelegenheit, sich ein wenig auszuruhen.«

Caroline wickelte sich die Zügel, die er ihr gab, fest ums Handgelenk und ließ sie auf den Rücken der Maultiere knallen. »Ich muss mich nicht ausruhen«, knurrte sie. Sie konnte auf sein Mitleid verzichten.

Es war auffällig, dass Zach dichter am Wagen als gewöhnlich ritt. Caroline entging auch nicht sein durchdringender Blick, ließ sich aber nichts anmerken. Was mochte ihm wohl durch den Kopf gehen, wenn er sie ansah? Dachte er an ihren entstellten Rücken, ihr verstümmeltes Ohr? Insgeheim betete sie darum, dass es nur noch wenige Tage waren, bis sie auf die Cheyenne trafen. Wenn alles so verlief, wie sie es sich wünschte, würde Little Wolf sie wieder bei sich aufnehmen. Sie konnte die ständigen Blicke, das Gerede und die Anfeindungen nicht mehr ertragen. Vor allem wollte sie nicht, dass Zach auch den Rest ihrer Geschichte erfuhr.

Zach wünschte sich nichts Sehnlicheres, als aus dem Albtraum zu erwachen, in dem Luke ausgepeitscht wurde und er hilflos zusehen musste. Ihm war, als schlüge ihm jemand mit geballter Faust in den Magen und raubte ihm den Atem.

»Aufhören!«, rief eine Stimme. Eine Frauenstimme. Zach riss die Augen auf und tastete nach seinem Gewehr. Es war nicht an seinem angestammten Platz. Er versuchte, sich aufzurichten, doch das Messer, das ihm im Traum an die Kehle gesetzt worden war, war nicht seiner Einbildung entsprungen. Genauso wenig wie das schwarz angemalte Gesicht mit den gleißend weißen Zähnen, das über ihm schwebte. Zach lag regungslos da, die Hände in die Luft gestreckt. Er musste nachdenken. Was sollte er jetzt tun? Schließlich war es nicht das erste Mal, dass er dem Tod ins Auge blickte.

Eine tiefe Stimme schrie etwas. Es klang wie ein Befehl, doch der personifizierte Teufel kümmerte sich nicht darum. Zach sah seinem Peiniger in die Augen und erkannte, dass er noch nicht über Leben oder Tod seines Opfers entschieden hatte.

Zach hatte keine Angst vor dem Tod, egal, ob er auf der Seite des Täters oder des Opfers stand. Sein Angreifer schien seinen gleichgültigen Blick bemerkt zu haben, riss die bewaffnete Hand zurück und trabte wortlos davon.

Sofort griff Zach nach dem Messer, das er in seinem Stiefel versteckte. Es war fort. Der bittere Geschmack der Angst ärgerte ihn. Noch nie war er im Schlaf seiner Waffen beraubt worden, hatte es immer rechtzeitig gespürt und entsprechend agiert. Ausgerechnet jetzt musste ihm so ein Malheur passieren. Jetzt, wo gleich drei Leben auf dem Spiel standen. Seins, Carolines und Lukes.

Mit langsamen Bewegungen richtete Zach sich auf, die Arme hingen schlaff an den Seiten herunter. Vor ihm stand ein älterer, drahtiger Mann in abgewetzten Wildlederhosen und einem nicht minder mitgenommenem Hemd aus Tierhäuten, eine mottenzerfressene Decke um die Taille gebunden und ein großes silbernes Kreuz auf der Brust. Ein Krieger, der bereits so manchen Kampf erlebt hatte, entschied Zach. Es musste Little Wolf sein. Zach war sich sicher.

Mit einer schnellen Handbewegung wies der Häuptling der Cheyenne die Krieger an, sich zurückzuziehen. Im selben Augenblick trat Caroline neben ihn.

»Little Wolf, das ist Zach McCallister«, stellte sie vor und wies mit einem Lächeln auf Zach. »Ohne seine Hilfe wäre es mir niemals gelungen, euch zu finden.«

Little Wolf, der noch immer Zachs Gesicht studierte, nickte. »Ich habe ihn gesehen.«

Als eine Bö, die aus dem Nichts zu kommen schien, den Duft nach Salbei in seine Nase stiegen ließ, richteten sich Zachs Nackenhaare auf. Er musterte das schmale, wettergegerbte und fast schon aristokratisch anmutende Gesicht des Cheyenne, das von zahlreichen Narben überzogen war – Ehrenabzeichen, die er sich hart erkämpft hatte. Er war älter, als Zach ihn sich vorgestellt hatte, seine Augen dunkel und geheimnisvoll. Er gehörte zu jenen Menschen, denen nichts entging, die aber im Gegenzug nichts preisgaben. Ein Mann, den man niemals unterschätzen durfte.

Little Wolf nickte behäbig und wandte sich an Caroline. »*Nepevomotahehe*?«

Caroline nickte. »Müde, aber gut.«

Mit wachsamen Augen verfolgte Zach das Gespräch der beiden. Sie machten in keiner Weise den Eindruck, als seien sie ein Ehepaar, das eine Weile voneinander getrennt gelebt hatte. Nein, die beiden berührten einander nicht einmal. Misstrauen regte sich in Zachs Brust.

Little Wolfs Blick glitt mehrmals zwischen Zach und Caroline hin und her. Hatte Little Wolf bemerkt, dass er sie beobachtete? Wie viel mochte der Mann gesehen haben? Wusste oder ahnte er, dass sich an diesem Morgen etwas Einschneidendes zugetragen hatte?

Little Wolf hielt seinen Blick gefangen. Zach fühlte sich wie eine Motte, die mit einer Nadel aufgespießt worden war und ausgestellt werden sollte. Ihm war, als könnte der Indianer in ihn hineinblicken, ihm seine Geheimnisse entlocken und selbst in die dunkelsten Ecken seiner Selbst sehen. Dem durchdringenden Blick des Häuptlings wohnte Menschenkenntnis und Erfahrung inne. Nein, es war noch viel mehr als das. Hinzu kamen Gerissenheit, Weisheit und Verständnis. Irgendwann hatte Zach das Gefühl, den prüfenden Augen des Cheyenne nicht mehr Stand halten zu können, und wünschte sich, die Erde täte sich unter ihm auf und verschlänge ihn – eine Taktik, die er selbst gerne anwandte. Zu seiner Erleichterung nickte Little Wolf schließlich. »Es ist gut.«

Caroline sah Zach fragend an, woraufhin dieser nur mit den Achseln zuckte und sich wieder ein wenig entspannte, wenngleich Little Wolfs Augen ihn noch immer nicht freigegeben hatten. Erstaunt darüber, woher er die Kraft nahm, hörte Zach sich sagen: »Ja, es ist gut.«

Little Wolf klopfte ihm auf die Schulter, bevor er Caroline am Arm nahm. »Komm, gib uns die Medizin. Viele sind krank, und Bridge ist erschöpft.«

Während Caroline zum Planwagen eilte, drehte Little Wolf sich noch einmal zu Zach. »Sie halten Ausschau nach den Gehern. Sie müssten bald da sein.« Mit diesen Worten führte er Caroline fort.

Zach starrte in die Dunkelheit. »Geher?« Zach sah sich um und zählte an die sechzig bewaffnete Männer und Jungen, manche von ihnen mit Kriegsbemalung. Aber keiner von ihnen war bemalt wie der Teufel, den Little Wolf fortgerufen hatte. Keiner von ihnen sah so grausam aus und rief in seinem Innern ein Gefühl der Kälte wach. War dieser Teufel womöglich der Mann, der Patricia ermordet und seinen Sohn entführt hatte? Wenn er die Cheyenne aushorchen wollte, setzte das voraus, dass er ihr Vertrauen gewann. Aber wie sollte er das anstellen?

Als Zach den Blick abermals umherschweifen ließ, entdeckte er hier und da sogar Frauen, vornehmlich ältere, die ein Gewehr im Arm trugen. Viele von ihnen nagten an dünnen Streifen Dörrfleisch, andere nahmen aus eigenartigen Trinkgefäßen Wasser zu sich. Mit einem Schaudern erkannte er, dass es Tierblasen waren.

Nur wenige Cheyenne waren Little Wolf und Caroline gefolgt, die meisten saßen jedoch im Schneidersitz auf dem Boden. Viele von ihnen trugen durchgewetzte Mokassins, aus denen blutverkrustete Zehen herausschauten.

Plötzlich hatte er eine Idee. Er wollte den Cheyenne die Extraration Maistaler anbieten, die Caroline vor lauter Vorfreude auf die Cheyenne gebacken hatte? Von vielen misstrauischen Blicken begleitet, sprang Zach auf, holte eine Vorratskiste aus dem Wagen und reichte sie dem Mann, neben dem er gesessen hatte.

Dieser warf ihm einen befremdlichen Blick zu und nahm nach anfänglichem Zögern die Kiste, angelte sich einen Taler und reichte sie weiter. Als er in den Keks biss, hörte Zach ein Stöhnen. Der Cheyenne hob die Lider und sah mit einem Lächeln zu Zach. »*Nia'ish*«, sagte er und rieb sich den Magen. Zach erwiderte das Lächeln und nickte.

Einer Eingebung folgend, holte Zach das Kochgeschirr hervor und hatte wenig später Bohnen und frischen Kaffee zubereitet. Als einer der Krieger den Sack mit Zucker entdeckte, stieß er einen Freudenschrei aus, benetzte seinen Finger, tauchte ihn in die weiße Köstlichkeit und lutschte ihn genüsslich ab.

Schmunzelnd verteilte Zach das Essen unter den ausgehungerten Kriegern. Die Freude der Cheyenne über eine so karge Mahlzeit berührte ihn zutiefst. Erst jetzt konnte er sich ungefähr vorstellen, wie entbehrungsreich das Leben im Reservat und ihre bisherige Flucht gewesen sein mussten.

Sosehr es Zach auch versuchte, er konnte diesen Stamm, der seine Frau umgebracht und seinen Sohn verschleppt hatte, nicht hassen. Es lag nicht im Wesen der Cheyenne, zu töten und zu schänden. Vermutlich war es die Tat eines Einzelnen oder einer kleineren Gruppe. Zach blickte in die glücklichen Gesichter der Krieger und spürte, dass ihr Misstrauen ihm gegenüber längst nicht mehr so groß war. Trotzdem, so schwor er sich, würde er an seinem Plan festhalten, den Entführer seines Sohnes dingfest zu machen.

Als ein junger Krieger, er war noch ein halbes Kind, in die Dunkelheit jenseits des Feuers deutete, kniff Zach die Augen zusammen. Nach und nach erkannte er Schatten, die sich auf sie zubewegten, darunter auch ein blonder Junge, der unweit des Feuers vollkommen erschöpft zusammenbrach.

»Luke?«, stieß Zach aus, sprang auf und streckte mit pochendem Herzen die Hände nach dem Jungen aus, der ihn verwirrt ansah. Zach erstarrte. Die Enttäuschung war groß, denn es war nicht Luke, und dennoch kam ihm das Gesicht des Jungen, das von hellen Locken eingerahmt war, bekannt vor. Und dann traf ihn die Erkenntnis wie ein Blitz aus heiterem Himmel: Custer. Vor ihm kniete Custers Fleisch und Blut.

Immer mehr Kinder und Frauen stießen zu ihnen, die meisten von ihnen waren am Rande der Erschöpfung. Zach schüttelte die Enttäuschung ab, holte die zweite Kiste mit den Maistalern hervor und verteilte sie unter den rund hundertfünfzig Frauen und Kindern. Die Kekse reichten hinten und vorne nicht, aber immerhin bekam jeder einen stärkenden Bissen und einen Schluck Kaffee ab, bevor sie sich auf der nackten Erde zusammenrollten und schliefen.

Wenngleich Zach nicht der Stammessprache der Cheyenne mächtig war, entging ihm nicht, dass einige der Krieger über den blonden Jungen sprachen und ihn misstrauisch beäugten. Vermutlich war ihnen der Junge ein Dorn im Auge, erinnerte er sie doch an ihren Todfeind, weil er seinem berühmten Vater wie aus dem Gesicht geschnitten war. Sie hatten Custer nie verziehen, dass er das Dorf von Morning Star am Washita so rücksichtslos überfallen und dem Erdboden gleichgemacht hatte.

Zach hatte große Mühen, dem Drang zu widerstehen, sich das schlafende Kind zu schnappen und es an einen sicheren Ort zu bringen. Er hatte Custer nicht gut gekannt, fand aber, dass der Junge Besseres verdient hätte. Schließlich konnte er nichts für seinen berühmten Vater.

Zum wiederholten Mal glitten Zachs Augen über die schlafenden Kinder, doch wo er auch hinsah, entdeckte er im schwachen Schein des Feuers nur Kinder mit schwarzem Haar. Mit jedem Atemzug, den er tat, schwand seine Hoffnung, Luke bei den Cheyenne zu finden. Doch er würde nicht aufgeben. Sollte sich seine Suche bei den Cheyenne als fruchtlos erweisen, blieben ihm noch immer die Sioux.

Er würde Luke finden. Und wenn er bis an das Ende seiner Tage suchen musste.

Achtes Kapitel

Ächzend richtete Caroline sich auf und massierte sich den Rücken. Sie lockerte den Kiefer, entspannte die Hände und tat einen tiefen Atemzug. Sie hatte alles in ihrer Macht Stehende getan, um den Kranken und Verwundeten zu helfen. Mit Entsetzen hatte sie feststellen müssen, dass die meisten von ihnen – selbst jene, die nicht von Krankheit gezeichnet waren – nur noch ein Schatten ihrer Selbst waren. Was gäbe sie darum, fünf Minuten mit dem Befehlshaber der Darlington-Agency zu verbringen. Unter vier Augen. Ein Treffen, das er sein Lebtag nicht vergessen würde.

Nachdem sie die Medikamente eingesammelt hatte, machte sie sich auf die Suche nach Little Wolfs Ehefrauen und Old Bridge, dem sie erklärte, wie er das Chinin dosieren sollte.

Mit einem Nicken nahm der Medizinmann die Schatulle mit den Heiltinkturen und Salben entgegen. »*Nia'ish.*«

»Keine Ursache«, antwortete Caroline. »Ich wünschte nur, ich könnte mehr tun.«

»Du hast schon mehr als genug für uns getan«, sagte er und sah mit einem Lächeln auf, als Quiet Woman und Feather zu ihnen stießen und Caroline mit freundlichen, aber bestimmten Mienen wegzogen.

»*Hena'háane*«, sagte Feather und Quiet Woman nickte. »Es reicht. Wir müssen reden. Komm. Setz dich und iss.« Feather gab ihr ein Stück Dörrfleisch.

Glucksend schlug Caroline das Angebot aus. »Wie soll ich denn reden, wenn ich den Mund voll habe? Wie geht es euch? Seid ihr wohlauf?« Sie drehte beide Frauen nach einander um die Achse, warf einen kritischen Blick in ihre Gesichter und schloss eine nach der anderen in die Arme. »Ich habe euch vermisst.«

Die drei setzten sich im Schneidersitz auf den Boden und hüllten sich zum Schutz gegen die nächtliche Kälte in Decken ein. Caroline ahnte, warum sie mit ihr reden wollten, sie las es in ihrem Schmunzeln.

»Er sieht gut aus, dein *hetan*«, durchbrach Quiet Woman die Stille, nahm Carolines Hände und drückte sie fest.

»Verbringt ihr viel Zeit in seinen Fellen?«, fragte Feather und streckte den Kopf in die Höhe, um in Zachs Richtung zu blicken. »Er sieht sehr männlich aus.«

»Er ist nicht mein Mann«, erklärte Caroline, die nicht den Mut aufbrachte, den beiden zu erzählen, dass sie und Zach nicht miteinander schliefen. Sie erinnerte sich noch gut daran, wie die beiden ihr seinerzeit klarzumachen versucht hatten, dass es nicht schmerzte, wenn eine Frau sich mit einem Mann vereinte, sondern dass es sogar Spaß machte und man gar nicht genug davon bekommen konnte. Während der Zeit, in der sie mit Little Wolf und seinen Frauen in einem Tipi gewohnt hatte, hatte Caroline miterlebt, wie sowohl Feather als auch Quiet Woman nach dem Liebesspiel mit glückseligen Gesichtern aus Little Wolfs Fellen gekrochen waren. Ganz zu schweigen von den tiefen, wohligen Seufzern und den spitzen Schreien, die kaum zu überhören gewesen waren. Sie war erstaunt gewesen, dass die beiden immer wieder Little Wolfs Nähe suchten, und zwar ohne, dass er sie in irgendeiner Weise drängen musste. Sie hatte die beiden um ihr Seelenglück beneidet. Vor allem, weil sie wusste, dass ihr diese Freuden nicht vergönnt waren, weil ... Caroline schüttelte sich kurz, sah ihren Freundinnen ins Gesicht und antwortete: »Naja, wir sind, wie soll ich sagen, einfach nur gute Freunde.«

Wie nicht anders erwartet, sahen Feather und Quiet Woman sie mit strengen Blicken an. Bevor Caroline sich jedoch erklären konnte, trat Short One zu ihnen, Morning Stars Ehefrau. »Macht er dich glücklich?«, fragte sie, ging in die Knie, tätschelte Caroline die Wange und umarmte sie. »Er wird dich wärmen, wenn die ersten Schneeflocken den Boden berühren.«

Als niemand etwas sagte, blickte Short One in die Gesichter der anderen. »Verstehe«, sagte sie und nahm Carolines Hand.

Caroline spürte die tiefe Anteilnahme ihrer Freundinnen, weil sie ihre Ängste nicht überwinden und sich einem Mann hingeben konnte. Als sie Caroline mit Zach gesehen hatten, hatten sie gehofft, sie hätte ihr Glück gefunden. Jetzt waren sie sicherlich entsetzt, dass Caroline es seit ihrer gemeinsamen Zeit nicht geschafft hatte, ihre Furcht hinter sich zu lassen. Sie spürte, wie ihr die Tränen in die Augen schossen und ihr über die Wangen kullerten.

»Ich habe euch alle so schrecklich vermisst«, flüsterte sie mit erstickter Stimme. »Ich habe mir entsetzliche Sorgen um euch gemacht und freue mich, dass es euch trotz der schweren Zeit gut zu gehen scheint. Das ist alles, was im Moment zählt.«

Short One stieß ein verächtliches Schnauben aus – eine Geste, die so gar nicht zu ihr passte. »*Nápévomóta*. Mir geht es gut, uns geht es gut, und wir fürchten uns nicht vor dem Weg, der vor uns liegt.« Sie sah Caroline tief in die Augen. »Du musst deine Ängste endlich überwinden, *navéѕ'é*, damit du ein glückliches und zufriedenes Leben führen kannst. Ich habe diesen *veho* beobachtet. Sein begieriger Blick folgt dir überall hin.«

»Er scheint dir wohlgesinnt«, fügte Feather mit eifrigem Nicken hinzu. »Er hätte dich nicht zu uns gebracht, wenn er Schlechtes im Schilde führen würde.«

»Ihr habt etwas falsch verstanden. Ich habe ihn für seine Begleitung bezahlt«, erklärte Caroline und schluckte gegen den Kloß in ihrem Hals an. Sie wollte nicht, dass ihre Freundinnen einen falschen Eindruck bekamen. Zach und sie verband nichts. Außer vielleicht der Wunsch, zu den Cheyenne zu gelangen, was nun geschehen war. »Ich weiß nicht viel über ihn und vertraue ihm nicht. Er verheimlicht mir etwas. Es war fast so, als könnte er es gar nicht erwarten, zu euch zu stoßen. Allerdings will er einfach nicht den Grund dafür nennen.« Sie beugte sich ein wenig nach vorne und fragte mit leiser Stimme: »Habt ihr in letzter Zeit fremde Kinder im Stamm aufgenommen?«

Die Frauen schüttelten stumm den Kopf. »Nein«, antwortete Short One.

»Vielleicht solltest du genau deshalb seine Nähe suchen und dich ihm hingeben«, riet Quiet Woman ihr, woraufhin die anderen beiden losprusteten. Quiet Woman errötete, ließ sich aber nicht aus der Ruhe bringen. »Ich sag dir, wie du's machen musst. Du krabbelst zu ihm unter die Decke, streichelst ihm die Brust und arbeitest dich langsam nach unten zu seinem Speer vor und nimmst ihn in die Hand. Ungefähr so«, erklärte sie, nahm Carolines Hand und zeigte ihr, was sie meinte. »Und ganz nebenbei fragst du, was du wissen möchtest. Er wird dir ganz bestimmt antworten. Und das Beste ist, hinterher weiß er es nicht mehr. Um sicherzugehen, schlingst du das Bein um ihn und nimmst ihn in dir auf.«

Feather und Short One starrten Quiet Woman mit verwunderten Augen an und lachten schallend.

Und selbst Caroline war machtlos gegen das Lächeln, das sie auf ihre Lippen stahl. »Das Bein um ihn schlingen?«, fragte sie Quiet Woman.

»Wenn du dein Gesicht sehen könntest!«, röchelte Short One und lachte so laut, dass sie sich an Caroline festhalten musste.

»Es reicht! Ich kann nicht mehr!«, keuchte Feather, schüttelte die Decke ab, sprang auf und hüpfte mit zusammengepressten Knien davon.

Short One erholte sich als Erste, und Caroline entging nicht, wie sie ihrem Ehemann einen liebevollen Blick zuwarf, der von ihm nicht minder innig erwidert wurde. Beschämt senkte sie den Blick, doch Short One legte sogleich den Arm um sie. »Du hast großes Leid erlitten, aber jetzt ist es an der Zeit, zu lernen, dass nicht jeder Mann eine Bestie ist.«

»*Hou*!«, stimmte Quiet Woman ihr zu. »Lass dich von ihm in die Kunst der Liebe einführen. Frag ihn, ob er ...«

»Weib!«, unterbrach Little Wolfs Stimme sie. »*Nehetéa'a*. Es reicht. Wir gehen.«

Quiet Woman erhob sich anstandslos und ging zu ihrem Ehemann. »Was habe ich denn falsch gemacht? Sie muss endlich begreifen, dass ...«

Little Wolf legte seiner Frau den Finger auf die Lippen, damit sie schwieg, und flüsterte ihr etwas ins Ohr. Caroline ahnte, worum es ging, und ertappte sich, wie sie die beiden um ihre Beziehung und ihr Liebesleben beneidete. Als sie aufschaute, fing sie Zachs Blick auf, der ihr Gesicht abtastete und an ihren Lippen hängen blieb. Der Hunger in seinen Augen ließ sie nach Luft ringen.

Short One musterte Zach kurz, bevor sie sich wieder zu Caroline drehte. Sie zog sie in ihre Arme und gab ihr einen dicken Kuss auf die Wange. »Hab keine Scheu, dich einem Mann hinzugeben, liebste Freundin. Löse dich von seinen Sorgen und koste, was das Leben zu bieten hat.«

»Nicht mit ihm. Nicht, bis ich mehr über ihn weiß. Wenn er nun verheiratet ist?« Caroline atmete unregelmäßig. »Ich wünschte, ich könnte bei euch bleiben. Es schmerzt mich, dass sich unsere Wege bald schon wieder trennen müssen.«

Feather nahm sie ebenfalls in den Arm und wünschte ihr alles Gute. Quiet Woman, die wieder bei ihnen stand, öffnete den Mund, um etwas zu sagen, doch Feather stieß ihr mit dem Ellbogen in die Seite und deutete mit dem Kinn auf Little Wolf, der nicht ohne sie gehen wollte. »Sei still, *navés'é*, oder ich wende deinen Trick bei ihm an.«

Wenig später musste Caroline sich schon wieder

von ihren drei Freundinnen verabschieden. Mit verschwommenem Blick schaute sie ihnen nach, bis sie von der Dunkelheit geschluckt wurden.

Zach schätzte, dass ungefähr eine Stunde vergangen sein musste, seitdem Little Wolf die Cheyenne in kleinen Gruppen zum Fluss entsandt hatte. Caroline hatte indes die restlichen Mitbringsel unter den Cheyenne verteilt.

Als zwei junge Krieger an Zach vorbei zum Fluss liefen, hörte er eine tiefe, donnernde Stimme hinter sich. »Meine Söhne.« Das musste Dull Knife, Little Wolfs Bruder, sein, der aber von den meisten nur Morning Star genannt wurde. Er führte gemeinsam mit Little Wolf den Stamm der Cheyenne an. Sein Gesicht war zerfurcht und um seine müden Augen lag ein Ausdruck tiefer Sorge.

Zach, der nicht wusste, was er antworten sollte, sagte verlegen: »Sie haben starke und mutige Söhne.«

»*Nia'ish.*« Der alte Mann lächelte besonnen und legte Zach die knorrigen Finger auf die Schulter. »Vielen Dank für Ihre Hilfe, auch wenn Sie Soldat sind. Aus diesem Grund haben meine Männer Ihnen auch die Waffen und das Pferd gelassen.«

Zach erstarrte. Woher wusste Morning Star, dass er Soldat war? Sein Blick glitt zu Caroline, die den Frauen des Stammes zur Hand gegangen war. Er spürte, dass der Alte seinen Griff verstärkte und sich zu ihm herüberlehnte. »Mein Bruder und ich sehen viele Gesichter im Wind und im Rauch der Erkenntnis.«

»Ich bin mit guten Absichten gekommen«, entgegnete Zach, dem die eigene Stimme fremd klang.

»Das wissen wir«, antwortete Morning Star mit einem Achselzucken und zog sich die Decke enger um die Schultern. »Wäre dem nicht so, wäre Ihr Körper längst kalt. Tun Sie mir den Gefallen und behalten Sie die Cheyenne in guter Erinnerung, wenn Sie Sheridan unter die Augen treten.«

»D-das w-werde ich«, stammelte Zach und nickte unbeholfen.

»Möge Ihre Suche bald erfolgreich sein«, wünschte der Alte, warf einen vielsagenden Blick in Carolines Richtung und verschwand.

Als zwei Pferde Zachs Aufmerksamkeit erregten und er sie sich ein wenig näher ansehen wollte, trat Little Wolf vor ihn.

»Yellow Swallow!« Kaum hatte er den Namen gerufen, stand der Junge auch schon mit gesenktem Blick an seiner Seite. »Kennen Sie seinen Vater? Ist Ihnen aufgefallen, welche Blicke meine Männer ihm zuwerfen?«

Zach war so verblüfft über Little Wolfs Offenheit, dass er nicht wusste, was er sagen sollte.

»Ich mache Ihnen einen Vorschlag. Gemeinsam mit Caroline und dem Jungen werden sie den *Tsitsitas* folgen. Wenn alles klappt, treffen wir uns im Winter wieder, wenn wir unser Winterlager erreicht haben.« Little Wolf ging in die Hocke und zeichnete schnell eine Landkarte in den Staub.

Zach nickte, als er sich alles eingeprägt hatte. Das schmale Tal, das Little Wolf meinte, lag nicht weit vom nördlichen und östlichen Trail entfernt. »Ich werde den Ort finden, aber ...«

»*Hou*! Das ist gut.« So schnell wie Little Wolf die

Karte mit den Fingern gemalt hatte, so schnell hatte er sie mit dem Fuß verwischt. »Ihre Aufgabe ist es, uns in gebührendem Abstand zu folgen. Ich möchte verhindern, dass Swallow oder Caroline in einen Kampf verwickelt werden.« Dann machte er auf dem Absatz kehrt.

»Warten Sie«, bat Zach, griff Little Wolf am Arm und beugte sich zu ihm hinüber. »Wo kann ich den Mann finden, der Caroline so viel Leid zugefügt hat?«

Little Wolf spannte den Arm an und Zach sah, dass er die Hände zu Fäusten geballt hatte.

»Er ist tot«, antwortete Little Wolf, in dessen Augen ein wütender Sturm tobte. »Leider.«

»Warum haben Sie sie nicht gerächt? Sie ist schließlich Ihre Ehefrau, verdammt noch mal.«

Little Wolf sah Zach tief in die Augen. Zach erkannte, dass der Häuptling große Schwierigkeiten hatte, seine Wut im Zaum zu halten. »Caroline kennt meine Felle nicht«, sagte Little Wolf mit tonloser Stimme und ließ Zach stehen.

»Verdammt.« Verdutzt starrte Zach in die Tiefen der Dunkelheit. Einerseits war er froh, dass diese Bestie tot war, andererseits war er enttäuscht, dass er nun nicht mehr Hand an ihn legen konnte. Zu allem Überfluss verstand er noch immer nicht, warum ihn ihr Schicksal so vehement mitnahm. Sicher, es war traurig, dass sie misshandelt worden war, aber ... seine oberste Priorität sollte Luke gelten, das durfte er nicht vergessen.

Doch schon im nächsten Augenblick kreisten seine Gedanken um eine Bemerkung, die Little Wolf gemacht hatte. Was meinte er damit, sie hätten nie das Lager geteilt? Hatte sie ihm als seine Ehefrau den Beischlaf verwehrt? Hatten sie sich bei der Begrüßung deshalb nicht berührt? Fragen über Fragen stürmten auf ihn ein. Er wusste auch, dass er die Antworten darauf nur bekommen würde, wenn er das Gespräch mit Caroline suchte. Aber wie sollte er das anstellen, ohne sich ihren Zorn zuzuziehen?

Als die letzte Gruppe der Geher sich anschickte aufzubrechen, riss sich ein kleiner Junge von der Hand seiner Mutter los und rannte mit verweinten Augen auf Zach zu und klammerte sich stumm an sein Bein. Ehe Zach wusste, wie ihm geschah, tauchte der Teufel auf, der Zach bedroht hatte, packte den Jungen unwirsch am Arm und zerrte ihn fort. Als der Junge sich losreißen und zu Zach zurücklaufen wollte, versetzte der Teufel ihm einen kräftigen Tritt gegen den Oberschenkel.

»Aufhören!«, rief Zach entsetzt.

In dem Moment schob Little Wolf sich zwischen den Mann und den Jungen, unterhielt sich kurz mit ihnen und schickte beide fort. Anschließend wandte er sich Zach zu. »Offensichtlich erinnern Sie den Jungen an einen Weißen, einen Freund seines Sioux-Vaters«, erklärte er. »Seine Mutter war eine Cheyenne, eine Cousine von der Frau von Schwarzer Coyote. Als sie starb, haben Black Coyote und sie den Jungen zu sich genommen.«

Zach hatte Mitleid mit dem Jungen und schwor sich, dass er, sobald sie zum Winterlager der Cheyenne stießen, ein Auge auf Black Coyote und den Jungen haben würde.

Nachdem auch die letzte Gruppe der Cheyenne verschwunden war, klammerte sich der Custer-Junge an Caroline und stieß einen unglücklichen Laut aus.

Ein wenig unsicher ging Zach in die Hocke und nahm die zierliche Hand des schmalen Jungen. »Hallo, ich bin Zach. Es freut mich, dich kennenzulernen.« Es war ihm wichtig, von Anfang an ein gutes Verhältnis zu dem Jungen aufzubauen. Mit ein wenig Glück konnte er ihm etwas über Lukes Verbleib oder die Herkunft der beiden Pferde berichten, die er sich nun doch nicht näher hatte ansehen können. Er hätte schwören können, dass ihm die Pferde bekannt vorkamen. »Was hältst du davon, wenn du erst einmal eine kleine Stärkung zu dir nimmst?«

Der Junge schien Zachs Worte verstanden zu haben, rieb sich den Bauch und machte sich wenig später über eine randvoll gefüllte Schüssel Hafergrütze her, die Caroline ihm zubereitet hatte. Anschließend richtete Zach dem Jungen ein Lager aus Decken am Feuer ein und schlenderte zu Caroline, die auf der Ladefläche des Planwagens saß und Ordnung schaffte.

»Können Sie damit leben?«, fragte sie mit leiser Stimme. »Ein Junge kann eine große Verantwortung bedeuten. Vor allem dieser.«

»Custers Sohn«, sagte Zach kopfschüttelnd. »Wie alt mag er sein? Sechs?«

»Neun«, antwortete Caroline. »Little Wolf hat mir erzählt, Custer hätte nach dem Kampf am Washita befohlen, dass sich die Jungfrauen in einer Reihe aufstellten, und daraufhin eine von ihnen, Swallows Mutter, zu seiner Sommerfrau gemacht. Als er erfuhr, dass sie sein Kind unter dem Herzen trug, hat er sie verstoßen. Er hat den Jungen nie zu Gesicht bekommen.«

»Sind Ihnen die Blicke der Krieger aufgefallen?«, wollte Zach wissen. »Es war eine weise Entscheidung von Little Wolf, ihn in unsere Obhut zu geben. Bei uns ist er sicher.«

»Die meisten Cheyenne haben Angst, er könnte ihnen Unglück bringen. Sie sind zuweilen ein wenig abergläubisch, müssen Sie wissen«, erklärte Caroline und strich über einen Stapel Decken. »Ist Ihnen aufgefallen, wie wenig die Cheyenne nur genommen haben? Lediglich einen Teil der Lebensmittel, die Medizin und einige Decken.« Ihre Stimme zitterte. »Die meisten von ihnen werden das Ziel der Reise nicht mehr erleben, das spüre ich.«

Doch Zach hatte ihr gar nicht richtig zugehört. Ihn plagten ganz andere Dinge: »Little Wolf hat vorhin etwas gesagt, das ich nicht ganz verstehe.«

»Was denn?« Caroline hielt inne und sah ihn neugierig an.

»Er meinte, Sie hätten seine Felle nie besucht.«

Carolines Augen weiteten sich, ihr Mund öffnete sich, aber sie brachte keinen Ton heraus.

»Was hat er damit gemeint?«, hakte er noch einmal nach, in dem Wissen, dass er kein Recht auf eine Antwort hatte.

»Es heißt so viel wie, dass wir uns nie vereint haben.« Sie blinzelte und faltete mit einem Achselzucken die obere Decke neu.

»Aber Sie sind doch mit ihm verheiratet, nicht wahr?«

»Nein, und das waren wir auch nie. Er hat mich White Bear abgekauft, um einen Kampf zu stoppen, der zwischen ihm und einem Comanchenhäuptling entbrannt war. White Bear hatte eine Schamanin der Comanchen schlagen wollen, die mir zu Hilfe geeilt war. Little Wolf hat mich zu seinen Frauen gebracht, Feather und Quiet Woman. Die beiden haben sich um mich gekümmert und mir das Leben gerettet. Ich habe fortan mit den dreien in ihrem Tipi gewohnt, und alle nahmen an, ich wäre seine dritte Frau. Aber er hat nie ... Er ahnte, dass ich es nicht ertrug, berührt zu werden.«

»Sie haben mit ihm und seinen Ehefrauen gelebt, und er hat Ihnen keinerlei Avancen gemacht?«

Sie schüttelte den Kopf. »Meine äußeren Narben sind irgendwann verheilt, aber die Angst vor White Bear begleitet mich jeden Tag, wie Ihnen auch nicht entgangen sein dürfte.«

Zach freute sich über ihre Offenheit, noch mehr aber erfreute ihn, dass sie nie verheiratet gewesen war. Plötzlich sah er Little Wolf in einem völlig anderen Licht. Mit einem innerlichen Grinsen lehnte er sich in gelassener Manier gegen den Wagen. »Warum haben Sie den Menschen in Dodge City, die Sie wie eine Aussätzige behandelt haben, nicht gesagt, dass Sie gar nicht mit Little Wolf verheiratet waren?«

Caroline schleuderte ihm einen bitterbösen Blick zu. »Meinen Sie allen Ernstes, ich hätte mir einen Gefallen getan, wenn jeder gewusst hätte, dass ich niemals die Frau eines bekannten Cheyenne-Häuptlings, sondern die Sklavin eines brutalen Kiowa-Häuptlings war?«

»Nein, natürlich nicht«, stimmte er ihr kleinlaut zu.

»Egal, wie man es dreht und wendet, mein Leben wäre zerstört gewesen. Also habe ich mich hinter dem Mythos versteckt.« Mit diesen Worten sprang sie von der Ladefläche und verschränkte die Arme vor der Brust. »Jetzt, da ich all Ihre Fragen beantwortet habe, bin ich an der Reihe.« Mit einem selbstsicheren Blick in den Augen ging sie auf ihn zu.

Zach wich zurück. »Ich weiß Ihre Aufrichtigkeit zu schätzen, bin mir aber nicht sicher, ob ich so offen über mich reden kann.«

»Warum?«, wollte sie mit erstaunter Stimme wissen. »Habe ich nicht das Recht auf eine ehrliche Auskunft?«

»Na gut, schießen Sie los«, gab er sich geschlagen. Sie hatte ja recht. »Ich werde es versuchen, das bin ich Ihnen schuldig.« Insgeheim plante er, Caroline im richtigen Moment abzulenken, bevor sie die entscheidenden Fragen stellte.

»In Ordnung. Heißen Sie wirklich Zach McCallister?«

Er lachte erleichtert. Mit einer so einfachen Frage hatte er gar nicht gerechnet. »Ja.«

»Sind Sie verheiratet?«, fragte sie, mied aber bewusst seinen Blick.

Ihre Worte schmeichelten ihn zutiefst und zauberten ein Lächeln auf sein Gesicht.

»Meine Freundinnen haben mich das gefragt«, sagte sie hastig und zerstach seine mit Stolz gefüllte Seifenblase.

»Ich ... ich bin Witwer«, antwortete er. Es war das erste Mal, dass ihm das Wort über die Lippen kam.

»Wie lange ist Ihre Ehefrau schon tot?«

»Einige Monate.«

»Mein herzliches Beileid«, flüsterte sie und betrachtete sein Gesicht.

»Wir hatten uns auseinandergelebt«, erklärte er ihr in dem Bewusstsein, dass es nicht sonderlich aussagekräftig war. Vielleicht gelang es ihm, Caroline von ihrer Fährte abzubringen – sie wollte bestimmt wissen, warum er so darauf gebrannt hatte, die Cheyenne kennenzulernen –, wenn er ihr Einblicke in seine Beziehung zu Patricia gewährte. »Meine Frau war von erlesener Schönheit, äußerlich betrachtet. Sie wusste stets ihren Charme einzusetzen und andere zu manipulieren, um ihren Willen durchzusetzen. Leider ist mir das erst viel zu spät bewusst geworden.«

»Sind Sie womöglich erleichtert, dass sie nicht mehr lebt?« Caroline kniff die Augen zusammen und wartete auf Zachs Antwort.

Ihre Frage überraschte ihn. Er hielt inne und horchte in sich hinein. War er froh über Patricias Tod? Konnte das wirklich möglich sein? Sie war eigensüchtig, gereizt und zänkisch gewesen, aber auf der anderen Seite noch sehr jung und unerfahren. Wenn er geblieben wäre, statt sie und seinen Sohn zu verlassen, wäre es ihm vielleicht gelungen, aus ihr einen umsichtigeren Menschen zu machen. »Ich habe ihr nie den Tod gewünscht, aber ich bin erleichtert, mein Leben nicht mehr mit ihr teilen zu müssen.«

Als Zach Carolines schockierten Blick auffing, glaubte er, seine Antwort wäre zu schroff ausgefallen. »Ich bitte um Verzeihung.« Er riss sich den Hut vom Kopf und fuhr sich nervös durchs Haar. »Mir war nicht bewusst, dass es mir noch immer schwerfällt, über dieses Thema zu sprechen. Wenn Sie mich bitte entschuldigen, ziehe ich mich jetzt zurück.«

Zach ließ sich auf sein Nachtlager fallen und legte

den Arm über die Augen. Er hätte nie damit gerechnet, dass sie solch tiefgründige Fragen stellen würde, die ihn um ein Haar einknicken ließen. Oder lag es vielleicht gar nicht an den Fragen, sondern vielmehr an der Frau, die sie stellte? Zach schloss die Augen und versuchte einzuschlafen.

Neuntes Kapitel

Caroline schwirrte der Kopf. Als sie merkte, dass sie nicht einschlafen konnte, beobachtete sie Zach und Yellow Swallow, die beide tief und fest schliefen.

Das kurze Zusammentreffen mit den Cheyenne – so schön es auch gewesen war – hatte in ihr ein Gefühl der Verzweiflung hervorgerufen und einen schalen Nachgeschmack zurückgelassen. Deutlicher denn je hatte sie gespürt, wie sehr ihr die Cheyenne am Herzen lagen. Sie wünschte ihnen mit jeder Faser ihres Körpers, dass sie ihre Kultur und ihre Traditionen retten konnten und sich woanders ein neues Leben aufbauten. Dann wanderten ihre Gedanken in viele verschiedene Richtungen – zu Little Wolf, warum er Zach erzählt hatte, dass sie nie ein Liebespaar waren, zu Zach, ob er ihn womöglich geradeheraus danach gefragt hatte, zu ihren Freundinnen und ihren liebevollen Worten und schließlich zu sich, was es für ihr Leben bedeutete, dass Zach Witwer war. Irgendwann schwirrte ihr der Kopf so sehr, dass ihr vor lauter Nachdenken die Augen zufielen.

Als sie erwachte, schien ihr die Sonne freundlich ins Gesicht, und der Duft nach frisch gebrühtem Kaffee stieg ihr in die Nase.

Yellow Swallow, der unmittelbar neben dem Wagen saß, schien nur darauf gewartet zu haben, dass sie endlich aufwachte. »Neue Sonne«, sagte er in der Sprache der Cheyenne. »Dein Mann und ich haben schon gebadet.« Mit einem Kopfschütteln fügte er hinzu: »Steh lieber schnell auf. Wenn du faul bist, wird er dich nicht behalten wollen.«

Caroline warf Zach einen verstohlenen Blick zu und fragte sich, was er wohl von dem frühmorgendlichen Bad in eiskaltem Wasser hielt – einer uralten Tradition der Cheyenne, der sie selbst im tiefsten Winter nachkamen. Bei der Vorstellung, wie er nackt in seichtem Gewässer watete, setzte Caroline sich auf ... und stieß sich mit voller Wut den Kopf. Ächzend ließ sie sich wieder auf den Rücken fallen.

Yellow Swallow kicherte, nickte aber eifrig. »Es ist gut, dass du dir Sorgen machst. Viele der Cheyenne-Frauen haben ihn verführerisch angesehen. Aber du musst dir keine Sorgen machen, er hat nur Augen für dich. Warum schläfst du eigentlich nicht bei ihm?«

Verdutzt über Swallows Frage setzte Caroline sich abermals auf. Und stieß sich zum zweiten Mal den Kopf. Dieses Mal entschied sie, mit vorsichtigen Bewegungen unter dem Gefahrt hervorzukrabbeln, und untersuchte ihren Kopf. »Das geht dich gar nichts an, junger Mann. Außerdem möchte ich von nun an, dass du englisch mit mir sprichst. Hast du geübt, wie wir es damals besprochen haben?«

»*Veho*-Worte schmecken wie Dreck«, raunte Swallow verächtlich und rollte sein Bettlager zusammen.

»Immer noch besser, als zu verhungern.« Sie nickte Zach zu, der gerade einen Maistaler in eine heiße Pfanne warf. »Sonst läufst du Gefahr, dass er dir nichts zu essen macht. Du bist ohnehin viel zu dürr«, sagte sie und nahm eine Bauchfalte zwischen Daumen und Zeigefinger.

»Er sagen, ich darf nennen Zach«, stotterte Yellow Swallow in gebrochenem Englisch.

»Das stimmt«, antwortete Zach schnell, aus Angst, Caroline könnte mit dem Jungen schimpfen.

»Er sagte, ich könnte ihn Zach nennen«, berichtigte Caroline ihn mit einem Seufzer, weil noch viel Arbeit vor ihr lag, bis der Junge fließend englisch sprach.

»Dir auch?«, fragte der Junge verschmitzt, stieß sie in die Seite und raunte ihr zu: »Vielleicht er dich doch behalten lange Zeit.«

»Du kleiner ...« Caroline wollte ihn am Arm packen, doch Swallow flitzte weg und lief lachend zum Feuer, wo er sich auf einen großen Stein setzte. Als sein Blick zum Horizont glitt, versteinerte sich seine Miene.

Liebevoll strich Zach ihm über das zerzauste Haar. »Wer macht denn da so ein trauriges Gesicht an einem so schönen Morgen?«

Yellow Swallow blinzelte einige Male und deutete in die Richtung, in die die Cheyenne aufgebrochen waren. »Wir sie sehen wieder?«

»Ganz bestimmt«, versprach Zach und sah zu Caroline, der die Zweifel in seinem Blick nicht verborgen blieben. »Wenn alles nach Plan läuft, dann treffen wir Little Wolf und die Cheyenne in ihrem Winterlager wieder.«

»Wann?«, wollte der Junge wissen, den Blick noch immer nach Nordosten gerichtet.

»In wenigen Monden«, versicherte Caroline ihm. »Und in der Zwischenzeit werden wir dich neu einkleiden. Was hältst du von einem schicken Hut? Wie

Zach einen hat?«, fragte sie und hob die Brauen. Sie und Zach waren übereingekommen, dass es das Beste wäre, wenn der Junge in der Öffentlichkeit einen Hut trug, weil er seinem Vater so ähnlich sah und sie keine unnötigen Blicke auf sich ziehen wollten.

Zach reichte Yellow Swallow einen Teller mit Spiegeleiern und bedeutete Caroline, ihm zur Ladefläche des Planwagens zu folgen. »Wie wäre es, wenn wir ihm auch noch die Haare schnitten?«

»Lieber nicht. Wenn er zu sehr wie ein weißer Junge aussieht, wird er es bei den Cheyenne noch schwieriger haben, sobald wir ihn bei ihnen abliefern. Aber vielleicht könnten wir ihm einen Zopf flechten?«, schlug Caroline vor, den Blick auf den Jungen gerichtet, der das Essen in sich hineinschaufelte, als gäbe es erst am nächsten Tag wieder etwas. »Zum Glück ist er zu jung, um sich einen Dreitagebart stehen zu lassen.«

Zach wusste, wem diese Bemerkung galt, tat sie aber mit einem breiten Grinsen ab. »Da haben Sie ausnahmsweise einmal recht. Es liegt mir fern, den Jungen völlig zu verunstalten, ich wollte ihm lediglich das Leben ein wenig leichter machen.«

»Was schlagen Sie vor, wie es weitergeht?«

»Am besten, wir brechen so schnell wie möglich auf«, antwortete Zach und ließ den Blick um das Lager schweifen. »Zu viele Spuren. Ein geübtes Auge weiß sofort, was sich hier abgespielt hat. Was halten Sie davon, wenn wir den Fluss überqueren? Der Bahnwärter kennt einen Mann, der den Wagen lenken würde.«

Mit skeptischem Blick sah Caroline zum Fluss und spürte den starken Wind aus Südwesten, der ihr das

Haar ums Gesicht wehte. Hastig bedeckte sie sich das linke Ohr.

»Was haben Sie denn da gemacht?«, fragte Zach und deutete auf die rote Stelle auf Carolines Stirn.

»Das kommt dabei heraus, wenn Yellow Swallow mir schon am frühen Morgen Löcher in den Bauch fragt.«

»Da sind Sie nicht die Einzige«, sagte Zach und stöhnte.

»O nein, was hat er denn alles von Ihnen wissen wollen?«, fragte Caroline.

»Mal sehen ...« Zach zählte die Fragen an den Fingern ab. »Wie lange Sie schon meine Frau sind? Warum wir nicht unter einer Decke schlafen? Wie wir Kinder haben wollen, wenn wir getrennt schlafen? Ob ich vorhabe, Sie zu verlassen? Ob ich eine der Cheyenne-Frauen besonders hübsch fand? Ob ich Bogen oder Speer bevorzuge? Und ob er mal mit meinem Gewehr schießen dürfte?«

»Wir sollten ihn Schwätzer statt Swallow rufen«, merkte Caroline trocken an. »Ich werde mal ein ernstes Wörtchen mit ihm reden.«

»Lassen Sie es gut sein«, sagte Zach mit einem Glucksen. »Er meint es nicht böse. Wir sollten uns lieber Gedanken darüber machen, wie wir ihn rufen, wenn wir unter Weißen sind. Bei Swallow werden die Leute gleich hellhörig.«

»George Armstrong kommt schon mal nicht infrage«, sagte sie und unterdrückte ein Kichern. »Wie wäre es mit dem Namen meines Bruders? Samuel, in der Kurzform Sam.«

»Hört sich gut an. Meinen Sie, Ihr Bruder hätte etwas dagegen?«

»Sam ist tot«, sagte Caroline und war selbst überrascht, wie leicht ihr die Worte über die Lippen kamen. »Er hätte Yellow Swallow gemocht. Vielleicht gelingt es mir auf die Art und Weise, die schmerzhaften Erinnerungen an seinen Tod etwas einzudämmen.«

Zach streckte die Hand aus und strich ihr mit dem Zeigefinger über die linke Wange und dann über die Unterlippe.

Ein sanftes Schaudern durchströmte Caroline bei der sachten Berührung, ihr Hals zog sich zu. Als ihr der Ratschlag durch den Kopf schoss, den Short One ihr gegeben hatte, konzentrierte sie sich darauf, die Anspannung aus ihrem Körper weichen zu lassen. Doch so recht wollte ihr das nicht gelingen. Vor allem deshalb nicht, weil er sie zu sich zog. Mutig hob sie den Blick und sah ihm in die Augen, deren Farbe heute an einen heranziehenden Sturm erinnerte und in denen sie eine Vielzahl von Fragen las. Zum Beispiel, ob sie es ihm gestatten würde, sie noch einmal zu küssen?

Zach bewegte sich auffallend langsam. Vermutlich, um ihr genügend Zeit zu geben, zu entscheiden, ob sie seine Absichten zuließ oder nicht. Sie war ihm unendlich dankbar für sein Einfühlungsvermögen, wenngleich er die ganze Wahrheit nicht kannte. Das Blut rauschte ihr mittlerweile so laut in den Ohren, dass sie keinen klaren Gedanken mehr fassen konnte. Eine Situation, die ihr Körper schamlos ausnutzte und seine Nähe ersehnte. Ihr Blick streifte seine Lippen, und er suchte ihre Augen. Ihre Zungenspitze glitt über die Unterlippe.

Zach legte den Arm um sie.

»Ich gehen Hasen jagen. Lass euch alleine.«

Caroline erstarrte und blinzelte zu Zach auf. Dieser drehte sich zu Yellow Swallow, um ihm zu antworten. Wäre sie bei klarem Verstand gewesen, hätte sie sich aus seiner Umarmung gewunden. Doch sie tat es nicht.

»Warum willst du auf Hasenjagd gehen?«

»Hasen schnell. Schwer zu fangen. Ich werden weg sein lange.«

Caroline legte die Stirn auf Zachs Brust, damit Swallow nicht merkte, dass ihre Wangen glühten. Unter ihren Fingern, die ebenfalls auf seiner Brust ruhten, konnte sie seinen pochenden Herzschlag spüren. Als sein Arm von ihrer Schulter zur Taille glitt, hielt sie den Atem an und kämpfte gegen die aufwallende Panik an. Wie schön wäre es, wenn sie sich ein wenig entspannen und herausfinden könnte, wohin der Augenblick sie trieb.

Doch dann geschah etwas, dass Carolines gute Vorsätze sofort zunichtemachte. Zach zog ihr Becken zu sich, und sie spürte die harte Männlichkeit zwischen seinen Beinen. Mit weit aufgerissenen Augen wich sie zurück und packte ihn fest an den Handgelenken. Wie hatte sie nur so naiv sein und annehmen können, er wollte sie nur küssen?

»Caroline?«, murmelte Zach und sah ihr besorgt in die Augen.

»Was?«, fauchte sie, den Blick auf den obersten Knopf seines Hemdes gerichtet.

»Sie brauchen keine Angst zu haben. Ich möchte Sie einfach nur küssen.« Ohne ihre Antwort abzuwarten, küsste er ihre Wangen, ihre Nasenspitze und ihre Lippen. Erst als ihr Puls sich wieder beruhigt hatte, lockerte sie den Griff um seine Handgelenke.

»Schon besser«, raunte er und knabberte an ihrer Unterlippe, bis er sie ausgiebig liebkoste, daran sog und sie mit der Zungenspitze nachfuhr. Als er merkte, dass sie sich ein wenig entspannt hatte, zog er sie näher zu sich, achtete aber tunlichst darauf, nicht in die Nähe seiner Erektion zu kommen. Freudig stellte er fest, dass sie sich an seinen Oberkörper schmiegte und ihre Arme um seine Schultern legte. Erst jetzt presste er seine Lippen mit sanftem Druck auf ihren geschlossenen Mund, der sich zunehmend verkrampfte, bis Zach sich entschied, den Kuss zu lösen. Das Glucksen, das Zach unterdrücken musste, entlockte Caroline ein Lächeln, das sie ihm schenkte.

»Es war doch gar nicht so schlimm, oder?«, fragte er.

»Nein«, murmelte sie. »Höchstens ein wenig seltsam.«

»Seltsam?« Zach tat, als wäre er maßlos empört, doch sein Grinsen verriet, dass dem nicht so war. »Nur damit Sie es wissen, bisher hat sich noch keine Frau über meine Küsse beschwert. Außerdem war das ja noch gar kein richtiger Kuss.«

»Nicht?«, entfuhr es Caroline überrascht. »Wenn das kein Kuss war, was war es dann?«

Mit einem Schmunzeln bat Zach: »Öffnen Sie ihn für mich.«

»Öffnen? Was meinen Sie damit?«

»Ihren Mund, Darling«, sagte Zach, dessen sonore Stimme tief in seinem Brustkorb vibrierte.

Als Caroline den Mund aufriss und ihn fragend ansah, warf Zach den Kopf in den Nacken und stieß ein lautes Lachen aus. »Nicht so weit. Sie tun es erst, wenn ich mit der Zunge über ihre Lippen streiche.«

Caroline nickte und stellte sich noch ein wenig auf die Zehenspitzen. Erst jetzt wurde ihr bewusst, dass sie ihr Becken gegen ihn gepresst hatte. Es wunderte sie, dass sie seinen geschwollenen Speer nicht mehr spürte. Es machte sie neugierig, was er tun würde, wenn sie wie besprochen während des Kusses den Mund öffnete.

Sie schloss die Augen. »Ich wäre dann so weit«, sagte sie und wartete. Doch es geschah nichts. Als sie die Lider hob, musste sie feststellen, dass er sie mit einem breiten Grinsen musterte. Empört stampfte sie mit dem Fuß auf. »Was ist denn jetzt?«

»Wenn es Sie nicht gäbe, müsste man Sie erfinden. Wissen Sie das eigentlich?«, fragte Zach glucksend.

Als Caroline lautstark protestieren wollte, umschloss er mit dem Mund ihre geöffneten Lippen.

Am Anfang empfand sie es fremd, als Zachs Zunge erst an ihren Zähnen entlangfuhr und er den Kopf neigte, um ihre Mundhöhle zu erforschen. Und dann passierte etwas Merkwürdiges. Er zog die Zunge zurück und ließ sie wieder nach vorne schnellen. Erst einmal, dann zweimal. Vor und zurück. Mal sanft, mal fordernder. Mal tiefer, mal weniger tief. Als es Caroline dämmerte, dass seine Zunge den Beischlaf imitierte, krabbelten ihr die kalten Finger der Angst über den Rücken.

»Nein«, raunte sie und stieß ihn unsanft von sich. »Wozu soll das denn gut sein? Um die Frau auf die Schmerzen vorzubereiten, die sie erwarten?«, zischte sie und presste die Hand aufs Herz, als eine Flut von schmerzlichen Erinnerungen erbarmungslos auf sie hereinprasselte. »Das hat doch alles keinen Sinn. Ich weiß, was als Nächstes kommt, und kein Kuss der Welt kann mich dazu bringen, es zu vergessen.«

Zach schnitt eine Grimasse, tat einen tiefen Atemzug und schloss die Augen. »Wenn man es richtig angeht, kann ein Kuss sehr stimulierend sein. Ich vergesse immer wieder, dass Sie die körperlichen Freuden, die Mann und Frau einander bescheren können, einzig mit Schmerzen verbinden. Aber glauben Sie mir, es geht dabei nicht darum, dem anderen Leid zuzufügen.« Zaghaft rieb er ihr die Arme, wie man es bei einem fröstelnden Menschen tat. »Ich bin nicht mehr ich selbst, wenn ich Ihnen zu nahekomme. Es ist einzig meine Schuld, dass Sie den Kuss nicht genießen konnten. Sie wissen, dass ich Sie nie verletzen würde.« Als Caroline ihm nicht antwortete, weiteten sich seine Augen, die noch stürmischer als zuvor wirkten. »Das wissen Sie doch, oder?«

Caroline schickte ein Stoßgebet zu Gott, dass er ihr die nötige Kraft schicken möge, um ihrer Ängste zu überwinden. Der Wunsch, endlich frei zu sein und wie eine Frau zu empfinden, drohte sie von innen heraus zu verbrennen. Doch ehe sie sichs versah, hatten die alten Gefühle sie wieder im Griff, und sie flüsterte: »Ja.«

»Ich könnte Ihnen alles Nötige beibringen, Caroline, vorausgesetzt, Sie lassen es zu«, bot Zach ihr mit belegter Stimme und atmete tief durch. »Haben Sie vorhin nicht davon gesprochen, Sie würden gerne einen positiven Gegenpol zu den schlimmen Erinnerungen schaffen? Sie dürfen nicht zulassen, dass Ihre Erinnerungen Ihr Leben beherrschen. Wollen Sie denn gar nicht wissen, wie es zwischen einem Mann und einer Frau sein kann, die einander ...«

Sie fuhr hoch. »Die was?«, schoss sie zurück. »Einander lieben?«

»Nein.« Zach starrte sie mit glänzenden Augen an. »Wir wissen beide, dass das hier nicht der Fall ist und niemals sein wird. Ich wollte sagen, *zwischen einem Mann und einer Frau, die einander Freude bereiten wollen*.«

Bei seinen Worten sog Caroline scharf den Atem ein. »So werden Sie mich also in Erinnerung behalten? Als jemanden, der Ihnen irgendwann mal eine Freude bereitet hat?«

»Aber das ist doch nichts Schlimmes. Im Gegenteil. Wenn Sie wüssten, wie selten so etwas ist ...« Zach griff nach Carolines Hand, doch sie wich zurück.

»Dann behalte ich lieber meine Erinnerungen«, entgegnete sie und rümpfte die Nase. »Sie mögen brutal sein, aber wenigstens sind sie ehrlich.«

»Ehrlich?«, spottete er, und ehe Caroline wusste, wie ihr geschah, fand sie sich in seinen Armen wieder und spürte seinen brennenden Blick auf ihren Lippen. Im selben Moment suchte sein Mund den ihren und ließ sich wie ein Schmetterling auf einer kostbaren Blüte nieder.

Zachs Zärtlichkeit überraschte Caroline, die vielmehr mit einem Übergriff gerechnet hatte. Seine Lippen waren warm und fest, und als seine Zunge ihren Mund nachfuhr, gruben sich ihre Hände in seine Schultern. Den Kopf in den Nacken gelegt, öffnete sie sich für ihn, hieß ihn willkommen, zog ihn näher zu sich. Sie wollte ihn so nah wie möglich spüren. Das Verlangen, sein Hemd aufzureißen und mit den Fingern über seine entblößte Brust zu gleiten, war überwältigend. Sie selbst war am meisten erstaunt, dass sie sich auf das Spiel mit seiner Zunge einlassen konnte und auch noch Gefallen daran fand. So sehr, dass sie gar nicht merkte, wie seine Hand an ihre Taille hinabglitt und sich auf ihre Hüfte legte.

Er drehte sie leicht, sodass ihr Rücken auf seinem Arm auflag, während seine freie Hand sanft über ihre Brust strich. Erst langsam, dann etwas fester. Caroline umfasste Zachs Kinn, während zwischen ihren Zungen ein Kampf darum entbrannte, welche von ihnen den Ton angab. Caroline genoss das Kitzeln seiner Bartstoppeln auf ihrer Hand und ihrem Gesicht. Als sie ihre Lungen mit seinem markanten Duft füllte, wurde ihr für den Bruchteil einer Sekunde schwindelig. Als sie spürte, dass er mehr begehrte, erschrak sie. Was war nur los mit ihr? Sie erkannte sich kaum wieder.

Als es ihr zu unheimlich wurde, legte sie ihm die Hände auf die Brust und stieß ihn keuchend von sich. Es dauerte einen Augenblick, bis sie wieder klar denken konnte, sich ihr Atem beruhigt hatte und sie sich sicher sein konnte, dass ihre Beine sie trugen.

Zach, der Angst hatte, sie könnte ihm vollends entgleiten, sprach leise auf sie ein. »Es tut nicht weh, glauben Sie mir!«

»Sie lügen«, sagte sie niedergeschlagen, wandte sich von ihm ab und lehnte sich gegen den Wagen. Erst als sich die Kälte wie eine Decke um ihre Schultern legte, merkte sie, wie wunderbar er sie die ganze Zeit gewärmt hatte.

»Wenn Sie mir die Gelegenheit geben, werde ich Sie eines Tages vom Gegenteil überzeugen.«

»Dazu wird es nicht kommen. Ich könnte es nicht ertragen, wenn Sie mit mir ...« Ein Schaudern ließ sie verstummen.

Nach und nach trat ein sanfter Ausdruck in seine Augen, und er fuhr sich nachdenklich durchs Haar. »Ich werde jetzt gehen.«

Ein eigenartiger Schmerz durchzuckte Caroline, als er ernst machte und sich abwandte. Niedergeschlagen und verwirrt richtete sie sich ihr Indianerkleid, benetzte ihr Gesicht und kümmerte sich wieder um den Wagen. Sie hatte es versucht, genau wie sie es ihrer Freundin versprochen hatte. Mehr konnte sie nicht tun, oder?

»Lauft! Schneller!«, rief Little Wolf den letzten Gehern zu, die an ihm vorbeieilten. »Es gibt keine Verstecke. Haltet nach den Soldaten Ausschau. Sie müssten bald kommen.«

Die Frauen nahmen die Beine in die Hände und liefen ohne Murren weiter. Die kurze Rast und das gute Essen hatten ihre Glieder, der gewonnene Kampf des Vortages am Sand Creek ihre Herzen gestärkt.

Little Wolf schüttelte den Kopf. Den ganzen Tag hatte er damit gerechnet, von den Soldaten angegriffen zu werden, doch dann hatte die Dunkelheit ihr schützendes Tuch über sie geworfen.

Die Freude darüber, dass sie Caroline begegnet waren, erwärmte noch immer sein Herz. Genau wie der

Umstand, dass sie sich guter Gesundheit erfreute und einen Beschützer an ihrer Seite hatte. Er hatte in das Herz ihres Begleiters gesehen und vieles entdeckt – einiges, das ihn mit Freude erfüllte, doch er hatte auch Besorgniserregendes gesehen. Er hatte im Krieg gekämpft, an seinen Händen klebte das Blut vieler Toter. Dennoch wusste er, dass Caroline und Swallow fürs Erste bei ihm in Sicherheit waren. Um alles Weitere würde er sich kümmern, wenn die Zeit reif war.

Little Wolf lenkte seine Gedanken wieder auf seinen Stamm und dessen Sicherheit. Er konnte die Soldaten spüren; als wäre ihm ein Strick um den Hals gelegt worden, der sich nun immer mehr zusammenzog. Er wusste, dass es längst nicht mehr darum ging, die *Tsitsitas* in das Reservat zurückzubringen. Nein, es ging vielmehr um die Ehre der Armee, nachdem die Cheyenne sie vernichtend geschlagen hatte. Sie wollten ihren Ruf wiederherstellen, koste es was es wolle. Little Wolf war vor allem wegen der Frauen und Kinder in Sorge. Wenn die Soldaten den Befehl bekamen, sie nicht zu schonen? Was gäbe er darum, wenn er seinen Stamm doch schon zu den warmen und trockenen Höhlen geführt hätte, die ihnen für den Winter Schutz boten. Doch das Schicksal wollte es, dass sich zwischen dem rettenden Tal mit den Sandhügeln und ihnen die Prärie erstreckte, die kaum Versteckmöglichkeiten bot. An die vielen Farmen und Siedlungen, die nach der Vertreibung der Büffel wie Pilze aus dem Boden geschossen waren, wollte er gar nicht denken. Was ihm blieb, war die Hoffnung, dass seinen Spähern nichts entging, und die Kraft der Gebete.

»Und wieder ist ein Tag vorbei«, murmelte Zach, nachdem er und Caroline versucht hatten, ein behelfsmäßiges Zelt hinter dem Planwagen zu errichten. Die Überquerung des Arkansas-Flusses hatte sich als weniger problematisch entpuppt als angenommen. Wenige Meilen später jedoch waren sie gezwungen gewesen, ihre Reise wegen starker Winde und schlechter Sichtverhältnisse zu unterbrechen.

Caroline nutzte die Zeit, um Yellow Swallow ein Hemd zu nähen, auch wenn dieser alles andere als begeistert davon war. »Aber es muss sein«, redete sie auf den Jungen ein. »Es dient deiner Sicherheit. Wir werden in den nächsten Tagen vielen Siedlern begegnen. Es ist besser, wenn du wie einer von ihnen aussiehst. Wir wollen doch keinen Ärger, oder?«

»Und dein Indianerkleid?«, erwiderte der Junge.

»Das werde ich gegen ein Stoffkleid austauschen«, versicherte sie dem Jungen, woraufhin er sich ein wenig entspannte.

Zach versuchte, sich gelassen zu geben, doch Caroline spürte deutlich, dass er lieber die Nacht unter freiem Himmel verbringen würde, als mit einer Frau und einem Kind in einem Zelt zu schlafen.

»Finden Sie diesen Wind nicht auch seltsam?«, fragte er und blickte sie aus seinen durchdringend grauen Augen an. »Man könnte fast meinen, jemand hätte ihn heraufbeschworen.«

»Sie wollen damit doch nicht etwa andeuten, Little Wolf hätte ... nein ... das ist unmöglich.« Carolines Blick flog zu Yellow Swallow. »Was sagst du denn dazu?«

Der Junge zuckte die Achseln.

»Nein, das kann ich mir nicht vorstellen«, entfuhr es Caroline. »Niemand kann das Wetter beeinflussen. Ich schlage vor, wir unterhalten uns über etwas anderes.«

»Und was genau schwebt Ihnen da so vor?«, fragte Zach höhnisch und blickte zum Horizont, hinter dem er die Cheyenne wusste.

»Ich hätte noch einige Fragen gut«, antwortete sie und schob schnell hinterher: »Wo sind Sie eigentlich aufgewachsen, Mister McCallister?« *Wollen doch mal sehen, ob ich dich nicht doch noch aus der Reserve locken kann.*

»Nein, das ist langweilig«, antwortete er mit einem halbherzigen Lächeln. »Warum erzählen Sie uns nicht lieber etwas über Ihre Familie? Ich wette, Sie sind in einem großen Haus mit noch größerem Garten aufgewachsen.«

»Familie meines Vaters auch reich«, riss Yellow Swallow das Wort an sich und löste damit ein betretenes Schweigen aus.

»Ach, Swallow«, ergriff Caroline schließlich das Wort und schloss den Jungen in die Arme. »Wir freuen uns auf jeden Fall riesig, dass du jetzt bei uns bist.«

»Mir auch«, antwortete der Junge, ehe er trotzig das Kinn nach vorne schob. »Meine Tante sagen, mein Vater ein Narr. Als Sioux ihn getötet in großer Kampf, die Frauen ihm Löcher in Ohren gestecht, mit Nähnadeln.«

Caroline blickte den Jungen mitleidig an, fand aber nicht die richtigen Worte, um ihn zu trösten. Es gab so vieles, das er nicht verstand.

Zach hatte sich in der Zwischenzeit gegen einen

Stein gelehnt, der eine Seite des Zeltes bildete, und sich den Hut tief ins Gesicht gezogen, als wollte er ein Nickerchen machen: »Aus ihrer Sicht mag deine Tante sicherlich recht haben.« Mit den Armen auf dem Bauch gefaltet, fügte er hinzu: »Dein Vater war ein großartiger Krieger.«

»Aha«, bemerkte Yellow Swallow, der einen dünnen Ast schälte und tat, als interessiere ihn das Thema nicht. Doch Caroline entging nicht, dass seine Finger zitterten.

»Ja«, sagte Zach mit einem Gähnen. »Er war ein guter Soldat, ein tapferer Soldat, der hart gekämpft hat und schon bald zum Captain befördert wurde, eine Art Anführer. Gegen Ende des Krieges war er ein großer Häuptling und hatte viele Krieger unter sich.«

»Ein Soldatenhäuptling«, flüsterte Yellow Swallow sichtlich beeindruckt. »Er umgebracht viele *Tsitsitas*, sagt Morning Star. Und Morning Star nie lügen.«

Zach schob den Hut in die Höhe und warf dem Jungen einen strengen Blick zu. »Dein Vater hat getan, was der Präsident, der Große Vater im Osten, ihm aufgetragen hat. Er ist gestorben, weil er seiner Pflicht nachgekommen ist. Mehr kann ein Mensch nicht tun. Das ist nichts, für das man sich schämen muss.«

Yellow Swallow nickte und zerstückelte den Ast. Dann wandte er sich Caroline zu, die gerade eine Naht beendet hatte. Nach einer langen Pause fragte er mit leiser Stimme: »Ich auch Stiefel?«

Caroline nickte. »Ja, aber jetzt ist erst einmal Schlafenszeit.« Sie bedachte Zach mit einem verstohlenen Blick, in der Hoffnung, der Junge möge sich ein Beispiel an ihm nehmen. Zu ihrer Überraschung streckte

Zach den Arm nach dem Jungen aus. So schnell, wie Yellow Swallow es sich in Zachs Armbeuge gemütlich machte und den Kopf auf seiner Schulter ablegte, konnte sie gar nicht gucken.

Äußerlich tat Caroline, als prüfte sie die fertige Naht, doch innerlich tobte ein Sturm in ihr. Dieser Zach McCallister war immer wieder für eine Überraschung gut. Sie hätte nie vermutet, dass er ein Herz für Kinder hatte. Oder hatte er lediglich Mitleid mit diesem Waisen, der seinen berühmten Vater niemals kennenlernen würde? Was mochte sich noch so alles hinter Zachs rauer Fassade verbergen? Wonach suchte er eigentlich? Schließlich hatten sie die Cheyenne bereits getroffen.

Caroline musterte ihre beiden Gefährten. War er vielleicht auf der Suche nach Yellow Swallow gewesen? Sie sah, wie Zach den schlafenden Jungen näher zu sich zog. Nein, entschied sie. In dem Fall hätte er sich nicht einverstanden erklärt, sich mit den Cheyenne im Winterlager zu treffen. Er hätte sich den Jungen geschnappt und wäre wie der Wind davongeritten. Nein, er hatte sein Ziel noch nicht erreicht. Die Begegnung mit Yellow Swallow war nur zufälliger Natur gewesen. Sie freute sich daran, dass der Junge einen Narren an ihrem Begleiter gefressen hatte, aber Caroline entschied dennoch, ein Auge auf Zach zu haben. Sie wollte nicht, dass dem Jungen noch mehr Leid widerfuhr.

Zehntes Kapitel

Träge zog ein großer schwarzer Vogel seine Kreise am Horizont. Es dauerte nicht lange, da gesellten sich noch weitere zu ihm.

Mit einem derben Fluch gab Zach seinem Pferd die Sporen. Geier. Er hasste Aasgeier, verhießen sie nichts Gutes. Das Kribbeln in seinem Magen wurde mit jedem Zoll, den er zurücklegte, stärker.

Selbst im gestreckten Galopp konnte Zach erkennen, dass der Boden aufgewühlt war. Es waren eindeutig Kampfspuren. Überall Hufabdrucke und Mokassinspuren. Als die Spuren sich verjüngten, drosselte Zach das Tempo. Vor ihm lag ein mit Dampf gefüllter Canyon, der von steilen Felswänden flankiert wurde und von dem weitere kleine Canyons abzweigten. Ein Teil des Hohlweges zwischen den Felswänden war verbarrikadiert worden.

Als Zach der beißende Geruch von Schwarzpulver, Blut und Verwesung in die Nase stieg, stellten sich ihm Nackenhaare auf. Hier und da erspähte er hastig gegrabene und verlassene Schützenlöcher, in denen angetrocknete Blutlachen von Gräueltaten zeugten. Am Steilufer entdeckte er eine Reihe flacher Gräber, die ausgehoben und mit Steinen bedeckt worden waren, um Aasfresser fernzuhalten.

Zach betrachtete das Umfeld sehr aufmerksam,

konnte aber weit und breit nichts von den Cheyenne entdecken. Stattdessen stieß er auf diverse Überbleibsel der Soldaten – Handschuhe, Hüte, Knöpfe und sogar ein einsames Jagdhorn. Je mehr er sich dem Canyon näherte, über dem die Geier kreisten, desto stechender wurde der Geruch, und desto nervöser wurde sein Pferd.

»Komm schon, Dämon«, trieb er den Hengst an und klopfte ihm aufmunternd auf den Hals. »Was ist denn los? Den kleinen Anstieg schaffst du doch sonst mit links.« Der Hengst legte die Ohren an, doch als Zach ihm die Knie in die Flanken stieß, machte er einen Satz nach vorne und erklomm problemlos die kleine Anhöhe. Als Zach oben ankam und in die Schlucht unter sich sah, wäre er um ein Haar aus dem Sattel gekippt. Wo er auch hinsah, lagen die Pferde und Maultiere der Cheyenne – tot und teilweise bis zur Unkenntlichkeit verkohlt. Zwischen den Kadavern entdeckte er das Hab und Gut der Cheyenne.

Die Soldaten hatten ganze Arbeit geleistet, das musste man ihnen lassen. Um sich nicht in hohem Bogen zu übergeben, presste Zach sich sein Taschentuch vor den Mund, während ihm unzählige Fragen durch den Kopf schossen.

Was hatte sich hier zugetragen? Wo waren die Cheyenne jetzt? Wer hatte die Soldaten angeführt? Waren die beiden Pferde, von denen er glaubte, sie könnten aus der McCallister-Zucht stammen, mit unter den toten Tieren?

Es deutete alles darauf hin, dass Little Wolfs Strategie dieses Mal nicht aufgegangen war. Fast überall überlagerten die Fußabdrücke der Soldaten die der

Cheyenne, mit Ausnahme der höher gelegenen Schützenlöcher, was bedeutete, dass die Soldaten hier nicht vorbeigekommen waren. Little Wolfs Falle hatte zugeschnappt, bevor die Maus den Käse erreicht hatte. Zach dachte kurz darüber nach, dass er, hätte er die Truppe angeführt, seinen Männern niemals erlaubt hätte, den Spuren in den Canyon zu folgen, ohne vorher die äußeren Klippen abzusuchen.

Als Dämon zu tänzeln begann, lenkte Zach ihn aus der Dunstglocke der Verwesung. Little Wolf hatte letzten Endes die Soldaten zwar an der Nase herumgeführt, dafür aber einen enorm hohen Preis bezahlt. Ohne Pferde waren sie leichte Beute. Panik breitete sich in seiner Brust aus, und er wäre den Cheyenne am liebsten direkt nachgeritten. Wenn die Soldaten sie niedermetzelten, war Luke womöglich für immer verloren. Sein Schicksal hing am seidenen Faden.

Lieber Gott, beschütze meinen Sohn, wo auch immer er sein mag, und hilf mir, ihn bald zu finden.

Zachs einzige Spur waren die Pferde, die vermutlich von der Farm seines Bruders stammten und mit denen Patricia losgeritten war.

Doch Zach brachte es nicht übers Herz, Caroline und den Jungen im Stich zu lassen. Mit hängendem Kopf wendete er Dämon, ritt auf eine kleine Anhöhe, nahm sein Fernglas und hielt in südlicher Richtung nach dem Planwagen Ausschau.

Mithilfe eines kleinen Spiegels, den er in das Sonnenlicht hielt, signalisierte er Caroline, sie solle die Richtung ändern. Er wollte den beiden den entsetzlichen Anblick ersparen. Es reichte, dass sie die Aasgeier sahen und ahnten, dass sich etwas Fatales zugetragen hatte. Zach trieb Dämon an und ließ sich den Wind um die Ohren wehen, während er sich Mühe gab, Caroline und Yellow Swallow nicht als unnötigen Ballast, sondern als unschuldige Schutzbefohlene zu empfinden, die ohne ihn in der Wildnis sterben würden.

Gott im Himmel, leg deine schützende Hand über uns, bis dieser Spuk vorbei ist.

»Guck mal!«, rief Yellow Swallow und zeigte auf Zachs Spiegelsignal. »Da entlang.«

Es dauerte nicht lange, da setzte Zach sich in Bewegung. Als Caroline sah, dass er zügig ritt, sein Pferd aber nicht quälte, durchströmte sie ein Gefühl der Erleichterung. Mit anderen Worten: Es war keine unmittelbare Gefahr im Verzug.

Caroline bedachte ihren jungen Reisebegleiter mit einem liebevollen Blick. Wie anders er mit seinen neuen Kleidern und dem Strohhut aussah. »Worauf hättest du denn heute Abend Hunger? Bohnen oder Maistaler?«

Yellow Swallow lachte. »Lieber Bohnen«, sagte er und fuhr sich mit der Zunge über die Lippen. »Bohnen und Maistaler.«

»Die sollst du haben.«

»Du machen so viele Pfannen?« Er hielt zwei Finger in die Luft. »Mister Zach lieben Maistaler.«

»Einverstanden, und nach dem Abendessen bringe ich dir lesen und schreiben bei, Sam«, sagte Caroline und tat, als hörte sie sein Grummeln nicht, »damit du eines Tages Zeitungen und Bücher lesen kannst. Klingt das nicht verlockend?«

»Bücher und Zeitungen langweilig«, murmelte

Swallow. »Mir nicht helfen bei Fangen von Hasen und Truthahn. Nichts gut.« Er drehte den Kopf weg und trat mit seinen neuen Stiefeln gegen den Planwagen und fing sich prompt einen Kratzer ein, der auch nicht verschwand, als er sich die Stiefelspitze an der Wade des Hosenbeins rieb. »Weiß sein nicht gut sein. Immer alles falsch.« Zum Beweis hielt er den Fuß in die Höhe.

»Zach hat etwas, mit dem du den Kratzer unsichtbar machen kannst«, beruhigte Caroline ihn. »Ich finde, du machst dich prächtig, Sam. Und sag jetzt nicht, du hättest bei deiner ersten Truthahnjagd schon einen Truthahn erlegt.«

»Nein«, murmelte der Junge, verschränkte die Arme vor der Brust und sah sie herausfordernd an. »Jagen besser als Bücher. Jagen machen satt. Bücher nicht. Lesen langweilig.«

»Schade, dann wirst du niemals über die Heldentaten deines Vaters nachlesen können«, sagte Caroline mit einem Seufzer und trieb die Maultiere an, weil sie einen kleinen Aufstieg vor sich hatten.

»Mein Vater in Büchern?«, fragte der Junge mit einem neugierigen Funkeln in den Augen.

»O ja«, antwortete Caroline und tat geheimnisvoll. Sie winkte Zach zu, der nicht mehr weit entfernt war. »Viele Menschen haben schon über ihn geschrieben und viele werden es noch, da bin ich mir sicher.«

Als Zach wieder in Hörweite war, stieß Swallow einen Freudenschrei aus. Mit einem frechen Grinsen raunte er Caroline zu: »Ich lesen, aber nicht schreiben. Ich *Tsitsitas*, nicht weiß.«

»Du bist ein ganz schön ausgekochtes Schlitzohr«,

antwortete Caroline und wickelte sich eine seiner Locken um den Finger. »Aber tu mir den Gefallen und schrei beim nächsten Mal ein bisschen leiser.« Caroline herzte ihn und musste lachen, als er sich anschließend das Hemd richtete. Dasselbe hatten auch ihr Vater und ihr Bruder immer getan, wenn ihre Mutter sie in den Arm genommen hatte. *Männer sind doch alle gleich*, dachte Caroline, die Gott für jeden Tag dankte, den sie mit Yellow Swallow verbringen durfte. Ihr graute schon jetzt davor, ihn eines Tages wieder in die Obhut seiner Tante zu geben.

Zach lenkte Dämon neben den Planwagen, setzte den Hut ab und schlug ihn auf dem Oberschenkel aus. Wie jedes Mal entfachte er eine Staubwolke. Als Caroline erst hustete und dann nieste, prustete Swallow los. »Schön, Sie wiederzusehen«, sagte sie zwischen zwei Niesattacken. »Wäre nett, wenn Sie Ihren Hut das nächste Mal hinter dem Wagen ausschlagen könnten.«

»Ich habe doch gar nichts gemacht«, versicherte Zach ihr und vertuschte sein Grinsen, indem er sich den Hut wieder aufsetzte.

»Tja, Sam, das heißt dann wohl nur eine Pfanne Maisbrot, die wir beide uns genüsslich teilen werden«, sagte Caroline streng.

»Was muss ich da hören?«, fragte Zach mit gespielter Empörung und schleuderte Swallow einen düsteren Blick zu. »Kann es sein, dass ihr beide euch gegen mich verschworen habt?

»Das haben wir.« Caroline blinzelte Swallow zu, der sich daraufhin den Hut tiefer ins Gesicht zog, wie Zach es gerne tat. »Was halten Sie davon, wenn wir hier rasten? Die Maultiere hätten es verdient.«

Wie aufs Stichwort rumpelte das rechte Rad über einen großen Stein, der Wagen geriet ins Schlingern und die Maultiere tänzelten nervös.

»Nein, das ist keine gute Idee«, entgegnete Zach. »Ich habe kein gutes Gefühl. Der Canyon dort drüben ist mir nicht geheuer.«

»Hat das etwas mit dem eigenartigen Geruch zu tun, den Sie verströmen?«, fragte Caroline und verzog das Gesicht. »Riecht, als hätten Sie sich mit einer Horde Stinktiere angelegt«, sagte sie kichernd. »Und verloren.«

Zach überging ihre Bemerkung und fragte: »Halten Sie es noch ein paar Meilen aus?«

»Klar doch«, antwortete Caroline, die deutlich spürte, dass etwas nicht stimmte. Zach wirkte verändert. »Soll ich die Peitsche nehmen, um schneller voranzukommen?«

»Nein, das wird nicht nötig sein«, antwortete Zach und dirigierte Dämon noch ein wenig näher an den Planwagen. »Es reicht, wenn wir ein wenig nach rechts abdrehen.«

Caroline kam seiner Bitte nach und tat, als merkte sie nicht, dass er die ganze Zeit dicht an ihrer Linken blieb. So, als wollte er sie und den Jungen vor dem Canyon beschützen.

Kurz nachdem Swallow eingeschlafen war, lotste Zach Caroline vom Feuer weg.

»Jetzt raus mit der Sprache. Warum haben Sie uns vom Canyon weggeführt? Was hatten die Aasgeier zu bedeuten?«, platzte es aus ihr heraus, bevor Zach etwas sagen konnte.

»Nicht das, was Sie denken«, sagte er schnell und

wischte sich mit dem Taschentuch über das Gesicht.

»Woher wollen Sie wissen, was ich denke?«, schoss Caroline zurück. »Seitdem Sie vom Canyon zurück sind, sitze ich auf heißen Kohlen und frage mich, warum Sie sich ständig das Gesicht abwischen.«

»Um endlich diesen elenden Geruch loszuwerden«, raunte er genervt, gefolgt von einem tiefen Seufzer, mit dem er das Taschentuch in der Gesäßtasche verschwinden ließ. Dann führte er Caroline noch ein wenig weiter vom Lager weg, beugte sich zu ihr und flüsterte ihr ins Ohr: »Wenn ich die Zeichen richtig deute, wäre es Little Wolf um ein Haar gelungen, ein ganzes Bataillon Soldaten in einen Hinterhalt zu locken.«

Carolines Herz machte einen Satz. »Ist das etwa Leichengeruch, der an Ihren Kleidern haftet? Leichen, die darauf warten, begraben zu werden? Wie viele Cheyenne hat es erwischt?«

»Die Toten sind bereits begraben.«

Caroline schnappte hörbar nach Luft und schlug sich mit der Hand auf die Brust. »Little Wolf?«

»Würden Sie wohl endlich still sein, damit ich Ihnen alles der Reihe nach erzählen kann?«, fuhr Zach sie mit düsterem Blick an.

»Schon gut«, flüsterte Caroline kleinlaut. »Ich bin ganz Ohr.«

»Pferde!« berichtete Zach, den Blick auf Swallow gerichtet, bevor er sich wieder nach vorne lehnte und mit gesenkter Stimme fortfuhr. »Irgendwie ist es den Soldaten gelungen, sich zwischen die Cheyenne und ihre Pferde und Lasttiere zu schieben. Erst haben sie die Tiere erschossen, sie dann in den Canyon geworfen und angezündet.« Zach machte einen Schritt nach hinten, riss sich den Hut vom Kopf und drehte sich weg. »Einige wenige Pferde haben überlebt, das habe ich aus der Fährte gelesen, die vom Canyon wegführt. Vermutlich sind es aber nicht mehr als zehn oder zwölf. Sie müssen von den anderen getrennt gewesen sein.«

»Wann hat sich das alles zugetragen?«, fragte Caroline mit brüchiger Stimme.

»Vor drei oder vier Tagen«, sagte Zach leise und packte sie bei den Schultern. »Es wird ihnen nichts übrig bleiben, als einen Teil der fehlenden Pferde zu ersetzen. Und die einzige Möglichkeit, an Pferde zu kommen, ist ...«

»Diebstahl«, fuhr Caroline ihm ins Wort und spürte, wie sie erblasste. »Was ist eigentlich mit den Reisebündeln der Frauen? Sind die auch verbrannt?«

»Ich vermute ja, konnte es aber nicht genau erkennen«, sagte Zach und ließ von ihr ab. »Wir müssen so schnell wie möglich dafür sorgen, dass die Cheyenne in den Besitz der restlichen Decken und Gerätschaften kommen, die noch im Wagen sind.«

Eisige Kälte umfing Carolines Herz. Gerade, als sie sich die Hände reiben wollte, legte Zach ihr den Arm um die Schulter und führte sie zum Feuer zurück. Sie war überrascht, wie wohl und geborgen sie sich in seiner Nähe fühlte.

»Ich bin mir nicht sicher, ob wir ihnen wirklich helfen können, aber wir werden tun, was in unserer Macht steht und morgen vor Sonnenaufgang aufbrechen.« Zach wartete noch, bis Caroline unter den Planwagen gekrochen war, bevor er sich sein Nachtlager neben Swallow einrichtete. Als der Junge spürte, dass

Zach sich hingelegt hatte, robbte er näher an ihn heran. Noch waren die Nächte mild, doch bald würden sie gezwungen sein, sich gegenseitig zu wärmen.

Als Caroline sich Zachs Worte noch einmal durch den Kopf gehen ließ, krampfte sich ihr Herz zusammen. Wo sie wohl gerade steckten? Besonders große Sorgen machte sie sich um die Schwachen und die Kranken, die sie noch vor wenigen Tagen versorgt hatte. Als Morning Star Little Wolf überzeugt hatte, sich zu ergeben, hatte der Stamm der Nördlichen Cheyenne zweitausend *Tsitsitas* gezählt. Und heute? Gerade mal hundert Kämpfer und dreimal so viele Frauen, Kinder und Alte.

Es wollte ihr einfach nicht in den Kopf, warum die Regierung die friedliebenden Cheyenne am Powder River leben ließ. In ihrer Heimat gab es kein Gold oder andere Bodenschätze, auf die die Weißen es abgesehen haben könnten. Caroline zermarterte sich das Gehirn, wie sie Little Wolf helfen könnte. Sollte sie zu ihm gehen und ihm raten, sich doch zu ergeben? Selbst wenn sie es bis zum Powder River schafften, war das noch lange keine Garantie dafür, dass sie auch dort bleiben durften.

Caroline wusste, dass Little Wolf sich an die Worte der Comanchen-Schaminin klammerte. Mit einem Stirnrunzeln erinnerte sie sich an Little Wolfs Version der Ereignisse. Die Auseinandersetzung zwischen Little Wolf und White Bear hatte sie nicht vergessen. Die Schamanin war mit ihr zusammengestoßen und hatte sie zu Fall gebracht. Die Leine, die White Bear ihr um den Hals gelegt hatte, war ihm aus der Hand gerissen worden, woraufhin er außer sich vor Wut war. Seine

Bestrafung hatte nicht lange auf sich warten lassen. Mit blutverschmiertem Gesicht durch die kraftvollen Peitschenhiebe hatte sie auf dem Boden gekauert. Als die Medizinfrau eingeschritten war, hatte White Bear seinen Zorn auf sie gerichtet und zu einem Hieb ausgeholt, der ihr den Schädel gespalten hätte, wenn der Häuptling der Comanchen ihm nicht die Peitsche aus der Hand gerissen hätte.

Little Wolf hatte White Bear angeboten, ihm Caroline abzukaufen, damit er sein Gesicht wahren und einem Kampf aus dem Weg gehen konnte. Er hatte es getan, um die Allianz zwischen den Cheyenne, Kiowa und Comanche – die erste ihrer Art – zu erhalten. Als er Carolines Verletzungen gesehen hatte, hatte ihm der Sinn danach gestanden, White Bear auszupeitschen, damit er am eigenen Leib spürte, was er ihr angetan hatte. Wie dem auch sei, sie hatte ihm und der Medizinfrau ihr Leben zu verdanken. Zu dem Zeitpunkt war sie bereits so geschwächt gewesen, dass sie einen weiteren Wutausbruch seitens White Bear nicht überlebt hätte. Als Little Wolf sich nach der Schamanin erkundigt hatte, hatte der Häuptling ihm gesagt, dass sie eine Gesandte des Großen Geistes war und geschickt worden war, um den Comanchen zu helfen, ihre Feinde zu besiegen. Von Neugierde getrieben, hatte Little Wolf die Schamanin danach gefragt, was die Cheyenne noch durchstehen mussten. Sie hatte ihm großes Leid vorhergesagt, aber auch, dass sie eines Tages in Freiheit leben konnten. Caroline schauderte. Diese Vorhersage lag drei Jahre zurück, und die Cheyenne hatten bereits genug gelitten. Angesichts der Tatsache, dass die Comanchen ihre Feinde nicht hatten bezwingen können, bezweifelte Caroline die Macht der Schamanin. Konnte es sein, dass Little Wolf noch immer die Worte der Schaminin im Herzen trug und seinem Volk deshalb eine so große Bürde auferlegte?

Mit einem verzweifelten Seufzen wickelte Caroline die Decken enger um sich. Das erste Mal seit dem Tag, an dem sie aus den Klauen von White Bear gerettet worden war, wünschte sie sich, sie wäre der Schaminin nie begegnet. Wenn sie den Cheyenne diese gefährliche Reise ins Nichts hätte ersparen können, wäre sie gerne gestorben.

Elftes Kapitel

Beim Anblick seiner erschöpften, hungrigen, kranken und verängstigten Stammesmitglieder blutete Little Wolf das Herz. Was gäbe er darum, wenn er ihnen die Erlaubnis geben könnte, ein Feuer zu entzünden, wenn er frisches Büffelfleisch zum Essen für sie hätte oder wenn er wenigstens die richtigen Worte fände, um ihnen Mut zu machen.

Als er Woodenthigh mit sechs bis auf die Knochen abgemagerten Pferden im Schlepptau in das Lager reiten sah, blieb er stehen.

»Aus denen kann man nicht mal eine schmackhafte Suppe zubereiten, Vater«, rief Woodenthigh und warf Little Wolf das Seil zu. »Aber immer noch besser als nichts. Und das einzig brauchbare Pferd ist noch nicht zugeritten.« Er deutete auf eine braune Stute, die das Ende der Tierkolonne bildete. »Sobald ich mich ein wenig ausgeruht habe, werde ich sehen, ob das Tier zu etwas zu gebrauchen ist.«

»*Hou,* mein Sohn«, sagte Little Wolf und legte ihm anerkennend die Hand auf die Schulter. »Du hast gute Arbeit geleistet. Was ist mit den anderen? Haben sie ebenfalls etwas erreicht?«

Verlegen wandte sein Sohn den Blick ab. »Frag mich lieber nicht, Vater. Das möchtest du gar nicht wissen.« Mit diesen Worten machte er sich auf die Suche nach

Feather und Quiet Woman. Traurig darüber, dass sein Sohn in solch harten Zeiten groß wurde, sah Little Wolf ihm nach.

Als Woodenthigh sich noch einmal umdrehte, um seinem Vater zuzulächeln, riss er die Augen auf und rief: »*Veho*!« Little Wolf fuhr herum und erspähte eine Truppe weißer Männer, die sich im gestreckten Galopp näherten. »In Deckung!«, rief Little Wolf und riss jene, die in seiner unmittelbaren Umgebung waren, zu Boden.

Eine Sekunde später surrten Pistolenkugeln wie aufgeregte Bienen durch die Luft, als ein Teil der Cheyenne-Krieger das Feuer der weißen Männer erwiderten, während die anderen zu den wenigen Pferden liefen, darunter auch Woodenthigh. Er sprang auf sein Pferd, zog sein Gewehr und führte seine berittenen Stammesbrüder an, um die *veho* zu vertreiben. Sollte ihm das nicht gelingen, würden sie den Feind wenigstens von den Frauen und Kindern weglotsen. Doch mit einem Mal spornten die *veho* ihre Pferde an, drehten ab und flohen. Die Cheyenne verfolgten sie noch eine Weile lang, bis das Brüllen von Rindern und Schusssalven an Little Wolfs Ohren drang.

Mit einem triumphierenden Grinsen und einer warmen, blutigen Rinderleber in der Hand kehrte Woodenthigh zurück. Er überreichte sie Little Wolf, der sie sofort an Feather weiterreichte.

»Rinder, Vater. Eine riesige Herde. Heute Abend werden wir endlich mal keinen Hunger leiden müssen«, keuchte Woodenthigh mit glänzenden Augen. Wenig später machten sich die Cheyenne auf den Weg, um die Rinder zu schlachten und auseinanderzunehmen.

Nachdem Little Wolf seinen Frauen geholfen hatte, eine junge Kuh auszunehmen, machte er sich auf die Suche nach seinem Bruder. »Vor uns liegt eine gute Nacht«, sagte er, nachdem er Morning Star gefunden hatte, der an einer fetten und fast noch rohen Rippe nagte. »Unsere Brüder und Schwestern werden heute Nacht gut schlafen und mit neuer Kraft in den nächsten Tag gehen.«

»Wir sollten hierbleiben, damit die Frauen das Fleisch räuchern können, während wir Männer auf die Suche nach Pferden gehen.«

Little Wolf schüttelte verständnislos den Kopf. »Was ist bloß los mit dir, Bruder? Spürst du denn nicht den Atem des weißen Mannes in unserem Nacken?«

»Du verlangst zu viel von ihnen«, knurrte Morning Star und stellte sich so dicht vor ihn, dass sich ihre Mokassins berührten. Little Wolf zeigte sich unbeeindruckt, verfluchte Morning Star aber zugleich, weil er in aller Öffentlichkeit seine Autorität untergrub. »Was mag dich dazu bringen, deinen Bruder mit brennendem Hass im Herzen anzusehen? Und warum tust du es vor den Augen aller?«

Mit einem frostigen Lächeln ging Morning Star weg. Little Wolf hatte keine andere Wahl, als ihm zu folgen, wenn er eine Antwort wollte. »Wir sind sehr weit gekommen«, sagte Morning Star mit sanfter Stimme.

Doch Little Wolf ließ sich nichts so leicht vormachen. Sein Bruder war gerissen wie ein Fuchs, wenn es darum ging, andere auf seine Seite zu ziehen.

Little Wolf blieb stehen. Der Blick seines Bruders erfüllte ihn mit Unbehagen. »Sag mir, was dein Herz belastet.«

»Wir sollten uns ergeben. Unsere Flucht steht unter keinem guten Stern.«

Little Wolf sah ihn mit einem regungslosen Gesichtsausdruck an und wartete, dass sein Bruder zu Ende sprach.

»Wir sollten zur Pine-Ridge-Agency gehen und uns ergeben. Red Cloud und unsere Verwandten werden uns mit offenen Armen empfangen.«

Morning Star wandte sich ab, um zu gehen, doch Little Wolf hielt ihn zurück und sagte mit leiser Stimme: »So war es nie geplant, Bruder. Wir waren uns doch einig, zum Powder River zurückzukehren. Was lässt dich plötzlich zweifeln?«

Morning Star löste sich aus Little Wolfs Griff. »Unsere Brüder und Schwestern sind am Rande ihrer Kräfte. Wir sollten uns ergeben, solange wir noch leben.«

Little Wolf schluckte gegen die Wut an, die sich wie Blei in seinem Inneren ausbreitete. »Wir haben bislang nur einen einzigen Toten zu beklagen. Es stimmt, viele sind krank und werden vermutlich sterben, noch bevor wir unser Ziel erreicht haben. Aber dieses Risiko war uns immer bewusst. Alle waren einverstanden und bereit, für die Freiheit ihr Leben zu riskieren.«

»Aber jetzt sehe ich es eben anders«, hielt Morning Star dagegen. »Wir haben keine Pferde mehr, und unsere Füße haben blutige Blasen. Es ist Zeit, sich zu ergeben. Wir haben nicht einmal Schleppbahren für die Schwächsten.«

»Das Rindfleisch wird uns neue Kräfte schenken, bis wir neue Pferde haben. Bis dahin packen wir die Jüngsten in Säcke und binden sie auf die neuen Pferde.«

»Unsere Brüder und Schwestern brauchen vor allem Ruhe«, protestierte Morning Star schwach. »Wir sollten ihnen zwei oder drei Tage Rast gönnen.«

»Das können wir nicht! Denk an die Soldaten. Wir dürfen ihnen nicht in die Hände fallen!«

Als Little Wolf bemerkte, dass Morning Star schwankte, stützte er ihn.

»Wir machen es so, wie du meinst, Bruder«, gab Morning Star seinen Widerstand auf. »Aber das heißt noch lange nicht, dass ich mich geschlagen gebe«, raunte er mit einem eisigen Blick, der Little Wolf noch eine Weile im Gedächtnis haftete.

Als Morning Stars Söhne zu ihnen stießen, um ihrem Vater zu helfen, richtete er sich auf und rief: »Esst und schlaft, so viel ihr könnt. Wenn mein Bruder sagt, wir brechen morgen wieder auf, dann werden wir das auch tun.«

Als ein Raunen durch die Menge ging, hoffte Little Wolf, dass es nicht zu einem Aufstand kam. Doch es blieb alles ruhig, und er konnte aufatmen. Für den Moment zumindest.

Nachdem Zach sein Pferd abgesattelt und gestriegelt hatte, setzte er sich auf einen Stein in Carolines Nähe.

»Alles in Ordnung?«, fragte Caroline, ohne den Blick von der Hose zu nehmen, die sie gerade für Swallow nähte.

»Ja«, antwortete Zach und schlug sich mit dem Hut gegen das Schienbein.

»Warum sind Sie denn dann so nervös?«, fragte Caroline.

Schlagartig richtete Zach sich auf. »Ich bin gar nicht nervös.«

»Ihr Hut spricht eine ganz andere Sprache«, bemerkte Caroline trocken.

Er hätte eigentlich wissen müssen, dass er Caroline nichts vormachen konnte. »Hätten Sie Lust, sich die Beine ein wenig zu vertreten?«, fragte er, erhob sich und streckte ihr die Hand entgegen.

Caroline warf einen hastigen Blick auf Swallow, der bereits schlief.

»Nur ein paar Schritte«, versuchte Zach sie zu überzeugen. »Ich möchte verhindern, dass der Junge aufwacht.«

Sobald sie den Lichtkegel des Feuers verlassen hatten, umfingen sie die Geräusche und Gerüche der Nacht – Grillenzirpen, Eulenrufen und das Rascheln ihrer potenziellen Beute. Der silbrige Schein des Mondes hüllte sie ein. Als der Wind auffrischte, zog Caroline das Schultertuch eng um sich und knotete es vor der Brust zusammen, damit sie die Hände frei hatte. Von der Stelle aus, an der sie standen, konnten sie bis zum Horizont über das dunkle Grasmeer sehen, das sich sanft im Nachtwind wog.

»Als ich im Osten gelebt habe, habe ich mir nicht vorstellen können, dass es so etwas Schönes auf Erden gibt«, sagte Caroline ergriffen. »Es hat eine Weile gedauert, bis ich diese Weite zu schätzen wusste und sie nicht mehr als beängstigend empfand. Anfangs gab sie mir das Gefühl, ich wäre ...«

»Klein und unbedeutend?«, fragte Zach. »Winziger als ein Floh vor dem Herrn?«

Caroline lächelte. »Sie verstehen mich.«

Zach streckte die Hand nach ihr aus. »Würden Sie mir erlauben, Sie in den Arm zu nehmen?«

Die Enden ihres Schultertuchs fest umklammert, sah sie mit verunsichertem Blick zu ihm auf.

Zach schenkte ihr ein freundliches Lächeln. »Im Gegensatz zu Ihnen habe ich kein Schultertuch, das mich gegen den Wind schützt.«

»Armer Zach«, spottete Caroline. »Jetzt sagen Sie bloß, Ihr Staubmantel würde Sie nicht warm halten.«

Zach machte einen beherzten Satz nach vorne, machte auf der Stelle kehrt und stand vor ihr. »Ganz und gar nicht, das ständige Herumflattern macht alles nur noch schlimmer«, seufzte er und sah ihr tief in die Augen, die im Schein des Mondes an saphirfarbene Seen erinnerten – tief und geheimnisvoll.

»Was ist los, Zach?«, wollte Caroline wissen und rieb sich die Arme. »Es fällt mir schwer, mir vorzustellen, dass Sie mich nur wegen der musizierenden Grillen hergebracht haben.«

»Nein, Sie haben recht«, seufzte Zach. »Ich habe heute sechs kleine Gräber neben dem Pfad der Cheyenne entdeckt. Sie waren gut versteckt, aber jemand, vermutlich eine Mutter, hat auf einem etwas liegen lassen, das meine Aufmerksamkeit erregt hat.« Zach zog sie sachte an seine Seite und legte ihr den Arm um die Schultern.

»Kinder?«, entfuhr es Caroline überrascht.

Zach nickte und wandte den Blick ab, damit sie nicht sah, wie aufgewühlt er wegen der Gräber war. »Was mich ein wenig verwundert ist, dass es so viele so dicht beieinander sind.«

»Vielleicht handelt es sich um den alten Brauch der Cheyenne, das sogenannte *Bündeln*. Meines Wissens jedoch praktizieren sie ihn aber schon lange nicht mehr.«

»Bündeln?«, fragte Zach erstaunt. »War das nicht eine Art Werbungsritual, damals in den Kolonialzeiten?«

»Das Prinzip ist dasselbe. Eine Person wird in einen Sack eingenäht, sodass nur noch der Kopf herausschaut. Die ersten Siedler haben sich dieses Rituals bedient, um sicherzugehen, dass Mann und Frau keusch blieben.«

»Männer, die sich freiwillig in Säcke einnähen lassen?« Zach schauderte.

»Damals mussten Männer weite Strecken zurücklegen, um einer Frau den Hof zu machen, und mussten oft bei ihnen übernachten. Das Bündeln sollte sie daran hindern, zu ... Sie wissen schon, was ich meine.«

Selbst im Schein des Mondes blieb es Zach nicht verborgen, dass Caroline errötete. »Das mag ja alles schön und gut sein, aber was hat es nun mit den sechs toten Kindern auf sich?«

»Für lange Reisen nähen die Cheyenne zuweilen die Kinder in Säcke und verbinden zwei Säcke miteinander, die dann über den Rücken eines Pferdes gehängt werden, das noch nicht zugeritten ist. Auf die Art und Weise müssen die Mütter die Kinder nicht tragen und die Pferde können sinnvoll eingesetzt werden.«

»Warum spannen sie keine Schleppbahren hinter das Pferd, damit sie die Kinder ziehen können?«, fragte Zach, den die Vorstellung von eingenähten Kindern, die von Pferderücken baumelten, mit Grausen erfüllte.

»Was würde geschehen, wenn die Pferde ausbrechen oder buckeln? Oder gar fliehen?«

»Unfälle passieren immer wieder, aber meist ist ein Krieger bei dem Pferd, der es an der Leine führt und darauf achtgibt.«

Mit einem nachdenklichen Blick sah Zach in die Ferne. »Verstehe. Trotzdem haben sechs von ihnen ihr Leben lassen müssen. Der Anblick der Gräber beschäftigt mich noch immer.« Einige Augenblicke standen sie regungslos nebeneinander. Als Caroline von einem starken Zittern erfasst wurde, zog er sie in seine wärmenden Arme. Zach war machtlos gegen das wohlige Seufzen, das nach außen drängte. Als Caroline sich versteifte, wusste er, dass es falsch gewesen war.

»Caroline, ich ...«, hob er an, doch Caroline ließ ihn nicht ausreden.

»Sie haben mir Ihr Wort darauf gegeben, sich von mir fernzuhalten«, raunte sie mit funkelnden Augen und stieß ihn sanft, aber bestimmt von sich. »Ich kann Ihnen nicht geben, wonach Sie sich sehnen, und das wissen Sie.«

»Sie könnten es, wenn Sie sich einen Ruck gäben. Wenn Sie mir Ihr Vertrauen schenkten«, flüsterte er und hatte das Gefühl, sein Herz würde sich verkrampfen, so stark war sein Verlangen, sie zu berühren. Doch noch im selben Moment fanden seine Lippen ihre Stirn und ihre Nasenspitze, als hätten sie ihren eigenen Willen.

»Zach, bitte. Hören Sie auf«, flehte Caroline tonlos. Doch das hauchzarte Seufzen, das ihr von den Lippen perlte, als er ihr einen Finger auf den Mund legte, verriet ihm, dass sich ihr Verstand einem Kuss im Mondschein verweigern mochte, ihr Körper aber gänzlich anderer Meinung war. Er nahm den Finger weg und knabberte an ihrer Unterlippe, bevor er seinen Mund auf eine Reise zu ihrem gesunden Ohr schickte und ihr Ohrläppchen mit den Lippen einfing.

Mit einem Stöhnen legte Caroline den Kopf in den Nacken. »Das ist nicht fair.«

»O Darling«, hauchte Zach ihr ins Ohr und genoss das leichte Beben, das durch ihren Körper lief. Mit zarten Küssen erkundete er ihren Hals, strich hin und wieder mit der Zungenspitze über ihre weiche Haut und labte sich an dem salzigen Geschmack. Schließlich glitten seine Lippen zu ihrem Schlüsselbein und liebkosten es, bis sie kraftlos gegen ihn sank. Als ihre Arme an seiner Brust nach oben und über seine Schultern wanderten, konzentrierte er sich wieder auf ihren lieblichen Mund, bis sie ihren Kopf leicht zur Seite legte und ihre Lippen sich teilten.

Ein wohliges Schaudern lief ihm durch die Glieder, als ihre Zunge nach vorne schnellte. Jetzt war er derjenige, der aufstöhnte, und als er sie in die Höhe hob, um es ihr leichter zu machen, spürte er, wie sich seine Männlichkeit in eine steinerne Rute verwandelte, gab jedoch darauf acht, dass Caroline mit seiner Erektion nicht in Berührung kam.

»Das reicht, liebste Caroline«, raunte er und lehnte seine Stirn an ihre, bevor er sie vorsichtig wieder hinstellte. »Sie haben Ihre Grenze erreicht und ich habe nicht vor, sie zu überschreiten, obwohl mein Körper danach schreit.« Es lag ihm fern, ihre Aufmerksamkeit auf seinen erregten Zustand zu ziehen, aber er musste einen Schlussstrich ziehen, zumal die Schmerzen unerträglich wurden. »Seien Sie unbesorgt, ich habe alles unter Kontrolle«, beruhigte er sie, als er ihre weit aufgerissenen Augen bemerkte.

Zu seinem Erstaunen stellte Caroline sich auf die Zehenspitzen, hauchte ihm einen Kuss auf die Wange, warf einen letzten Blick auf seinen zum Bersten gespannten Schritt und lief hastigen Schrittes zurück zum Lager.

Zach entledigte sich mit ungeduldigen Bewegungen seines Gürtels, faltete ihn zusammen, legte ihn sich in den Mund und erleichterte sich.

Es verging eine Weile, bis er zum Lager zurückkehrte. Erst stattete er Dämon noch einen Besuch ab, legte ihm den Arm um den Hals und spielte in Gedanken den Augenblick durch, in dem Caroline nicht nur einen Kuss zulassen würde. Wie gerne würde er ihr zeigen, wie schön das Liebesspiel sein konnte, sehnte sich danach, die Kurven ihres Körpers zu erforschen, und malte sich in schillernden Farben aus, wie er in sie eindrang und sie in eine Welt entführte, die ihr fremd war. Er wollte der Mann sein, der sie heilte. Er wollte derjenige sein, der sah, wie ihre blauen Augen vor Überraschung funkelten, wenn sie ihn spürte, wenn sie vom Kelch der Ekstase trank, bevor er ihr seinen feurigen Samen schenkte.

Im selben Atemzug fürchtete er, dass er nicht wollte, dass er der einzige Mann war, dem dieses Vergnügen zuteil wurde.

Die Sonne schlummerte noch hinter den Hügeln im Osten, als Little Wolf und seine Männer den Frauen halfen, die Kinder in die Säcke zu verfrachten, die sie aus den frischen Tierhäuten der geschlachteten Rinder hergestellt hatten. Dann hievten sie die paarweise zusammengebundenen Säcke über die Rücken der jungen Pferde. So manche Mutter vergoss Tränen, als sie zusehen musste, wie ihre Söhne und Töchter im Dunst der Morgendämmerung verschwanden. Sie hatten Angst, sie könnten die Strapazen nicht überleben.

Nachdem Woodenthigh die hässliche braune Stute die Nacht durch geritten hatte, um sie mürbe zu machen, führte er sie an einer Leine zu Little Wolf. Mit einem Kopfschütteln besah sich sein Vater das Tier, dem der Speichel von den Lippen hing, und schüttelte den Kopf. »Keine Angst, Vater. Sie ist zu müde, um auch nur ans Buckeln zu denken.«

Little Wolf umfasste die Unterlippe des Pferdes und sah ihm in die Augen. Seine Lider hingen tief und sein Kopf wog schwer in seiner Hand. Dann nickte er den beiden Kriegern zu, die bereits die nächsten beiden Säcke mit Kindern bereithielten.

Bevor sie die Kinder über den Rücken der Stute hängen konnten, stießen Morning Star und seine Söhne zu ihnen. Sie schoben Short One vor sich her. »Ich habe entschieden, dass meine Frau auf diesem Pferd reiten wird. Es sieht stark und ruhig aus.«

»Das täuscht, weil es gerade ...«, setzte Woodenthigh an, doch Morning Star legte sich die Hand über den Mund – das Zeichen dafür, dass er augenblicklich schweigen möge. Woodenthigh gehorchte und blickte zu Little Wolf, der mit den Achseln zuckte. »Wenn das Pferd ruhig genug ist, um Kinder zu tragen, wird es auch mit einer zierlichen Frau fertig.«

Woodenthigh hielt die Stute am Zügel fest, als Morning Stars Söhne ihre Mutter auf den Rücken des Pferdes hoben, die sofort die Finger in der Mähne vergrub und nickte. »Alles wird gut, Mann. Du machst dir zu viele Gedanken über eine alte Frau.«

Little Wolf lächelte und tätschelte ihr den Arm. Er mochte seine Schwägerin.

»Möge dir kein Leid widerfahren, *nha'i.* Wir brauchen dich noch.«

»Wenn du meinst, ich falle auf deine Schmeicheleien herein, dann hast du dich getäuscht«, sagte Short One lachend. »Du kommst auch gut ohne mich zurecht.«

Zur Erleichterung aller stand das Pferd wie angewurzelt da. Doch gerade, als Woodenthigh sich umdrehte, um die Zügel dem Krieger zu überreichen, der das Pferd führen würde, schlug es wie wild mit den Hinterhufen aus und buckelte, als ginge es um sein Leben. Woodenthigh versuchte noch, die Arme um den Hals des Pferdes zu legen, damit es sich wieder beruhigte, doch da stellte es sich auf die Hinterhufe, in dem verzweifelten Versuch, die ungebetene Last abzuwerfen. Short One, deren Finger sich in der Mähne verheddert hatten, rutschte zur Seite. Die Umstehenden mussten tatenlos mit ansehen, wie sie ein ums andere Mal von den Vorderhufen getroffen wurde. Erst, als Short One, der Blut aus dem Mund sickerte, bewusstlos auf dem Boden aufschlug, beruhigte sich das Tier wieder. Die Frauen schrien, die Männer und Kinder starrten ungläubig auf Short One.

Old Bridge sank neben ihr in die Knie, schüttelte aber sofort den Kopf. »Ich kann nichts mehr für sie tun.«

Little Wolf stellte sich neben Morning Star und seine fassungslosen Söhne, während der Geist von Short One die Reise in die ewigen Jagdgründe antrat.

Gemeinsam luden sie den Leichnam, nachdem sie ihn in eine Decke geschlagen und verschnürt hatten, auf eine provisorische Bahre, die sie schnell aus Ästen bauten, die ursprünglich für eine Schleppbahre vorgesehen waren. Sie brachten es nicht über das Herz, Short One in der Erde zu begraben, weil sie stets Angst vor der Dunkelheit gehabt hatte. Geistesgegenwärtig verbot Morning Star seinen Brüdern und Schwestern, sich als Ausdruck ihrer Trauer in die Haut zu ritzen. Sie waren ohnehin schon geschwächt. Deshalb beschränkten sich die Cheyenne darauf, sich die Haare abzuschneiden, Schmutz ins Gesicht zu reiben und Totengesänge anzustimmen.

Mit schmerzendem Herzen warf Little Wolf einen letzten Blick auf den aufgebahrten Leichnam und betete, dass die Soldaten genug Anstand besaßen, die sterblichen Überreste seiner Schwägerin in Ruhe zu lassen. Dann gesellte er sich zu seinem Bruder. Er wollte in dieser schweren Stunde bei ihm sein, ihm Trost spenden.

»Kommt, meine Freunde«, rief er seinen Brüdern und Schwestern zu. »Short One hätte nicht gewollt, dass wir ihretwegen von den Soldaten eingeholt werden. Lauft!«, rief er. »Lauft für Short One. Sie würde euch dasselbe sagen, wenn sie noch unter uns wäre. Lauft für sie, für die Hoffnung, für das Leben. Lauft!«

Köpfe flogen in die Höhe und Tränen flossen schneller, als die Cheyenne die Beine in die Hände nahmen, wie sie es noch nie zuvor getan hatten. Denn das waren sie Short One schuldig.

Wenn das der einzige Weg war, um sie zu betrauern, so würden sie laufen, so weit ihre Füße sie trugen. Und so liefen sie, so schnell sie konnten.

Von einer düsteren Vorahnung ergriffen, starrte Caroline aus zusammengekniffenen Augen auf die Bahre in der Ferne. Wer mochte darauf liegen? Von einem Kampf oder einem Hinterhalt hatten sie in den letzten Tagen nichts gehört. Vermutlich lag einer der Alten darauf, dahingerafft von der Malaria, mutmaßte sie. Aber das erklärte noch lange nicht das bedrückende Gefühl in ihrer Brust. Nur zu deutlich spürte sie, dass etwas nicht stimmte.

»Ich muss herausfinden, wer von den Cheyenne gegangen ist«, sagte sie zu Zach.

»Nein, nicht!« Swallow rutschte an den Rand des Kutschbocks, als wollte er abspringen.

»Du bleibst, wo du bist, Junge«, befahl Zach ihm mit einem strengen Blick, ehe er sich an Caroline wandte. »Wir werden noch früh genug herausfinden, wer dort aufgebahrt liegt. Wenn die Person an einer ansteckenden Krankheit gestorben ist, dürfen wir nichts berühren.«

»Ich bitte Sie«, setzte Caroline sich zur Wehr. »Erst vor wenigen Tagen hatte ich mit jedem kranken Cheyenne Kontakt, und keiner von uns ist krank geworden. Mein Gefühl sagt mir, dass etwas ganz besonders Schlimmes geschehen ist. Sie müssten nichts weiter tun, als den Planwagen neben die Bahre zu lenken, damit ich ...«

»Nein«, protestierte Zach und stieß einen Seufzer aus.

Als Caroline merkte, dass er ihrer Bitte doch nachkam, wich ein Teil der Anspannung von ihr.

»Es ist nicht Little Wolf«, sagte sie und wunderte sich, woher sie die Gewissheit nahm.

»Kann es sein, dass zwischen Ihnen beiden so etwas wie eine spirituelle Verbindung besteht?«, fragte Zach mit einem herausfordernden Blick. »Wenn Sie mich fragen, kennen Sie einander doch nur oberflächlich.«

»Stimmt, aber trotzdem geht es Sie nichts an«, entgegnete Caroline, den Blick starr auf die näher kommende Bahre gerichtet. Das ungute Gefühl in ihrem Magen wurde mit jedem Lidschlag stärker. Sie faltete die Hände im Schoß, merkte aber erst, dass sie sie nervös rang, als Zach nach ihnen griff.

»Sie können jetzt sowieso nichts mehr tun«, sprach er auf sie ein und tätschelte ihr die Hände. »Es hat keinen Sinn, sich den Kopf über etwas zu zerbrechen, das Sie nicht mehr ändern können.« Mit leicht schräg gelegtem Kopf und zusammengekniffenen Augen betrachtete er die Bahre. »Ich dachte, die Cheyenne würden ihre Toten begraben?«

Caroline klammerte sich an seinen Arm, als sie von Schwindel ergriffen wurde. »Ruhig Blut, Darling«, sagte Zach und legte ihr den Arm um die Schulter.

Caroline verdrehte die Augen, bevor ihr Blick wieder in Richtung Bahre wanderte. »Könnten Sie ein bisschen schneller fahren?«

Statt die Zügel knallen zu lassen, hielt er den Wagen an und reichte ihr die Zügel. »Hier«, sagte er ungeduldig, sprang vom Kutschbock hinunter und sah sie durchdringend an. »Ich reite voran, um das Terrain zu sondieren. Sie kommen mit dem Wagen nach.«

»Nein«, sagte Swallow und griff nach Carolines Arm. »Er nicht dürfen aufwecken Toten.« Angst spiegelte in den Augen des Jungen.

»Sorg dich nicht, Swallow«, sprach sie mit leiser Stimme auf ihn ein, schälte sich aus seinem Griff und legte den Arm um seine Schulter. »Wir werden ihn oder sie nicht wecken. Wir werden uns die Habseligkeiten ansehen, die ihr mit auf den Weg ins Reich der Toten gegeben worden sind. Sie werden uns sagen, wer sie oder er ist. Oder besser gesagt war.«

»Du vorsichtig«, warnte Swallow, der nun am ganzen Körper zitterte und Zach zunickte.

Zach machte sich nicht die Mühe, Dämon zu satteln, schwang sich auf seinen blanken Rücken und stieß ihm mit dem Absatz seiner Stiefel in die Flanken.

Caroline trieb die Maultiere an und als sie bei Zach ankam, hatte dieser längst die Bahre inspiziert. Mit betretenem Gesichtsausdruck kam er ihr entgegen, nahm Caroline die Zügel ab und lenkte den Wagen weg von der Bahre, bevor er Swallow die Zügel gab.

»Wer ist es?«, fragte Caroline mit erstickter Stimme. Warum hatte er sie weggeführt? »Haben Sie den Leichnam identifizieren können?«

»Steigen Sie ab«, sagte er und wollte ihr vom Kutschbock helfen.

Caroline schlug seine Hilfe aus und kletterte ein wenig unbeholfen hinunter. »Jetzt sagen Sie schon«, raunte sie mit belegter Stimme. »Ich werde schon nicht zusammenbrechen. Raus mit der Sprache.«

»Es ist Short One«, sagte er, ohne den Blick von ihr zu wenden. »Mein herzliches Beileid.«

»Wie können Sie sich sicher sein?«, fragte sie tonlos, die Bahre fest im Visier. *Nein! Nicht Short One!*, rief eine schrille Stimme in ihrem Kopf.

»Ich habe ihre Decke erkannt, sie ist unverwechselbar.«

»Das stimmt«, flüsterte Caroline. »Die Decke war ein Geschenk von einer Pawnee-Frau. Zu ihrer Vermählung mit Morning Star. Jeder hatte sie gern.« Caroline hatte das Gefühl, ersticken zu müssen. »Würden Sie mich einen Augenblick entschuldigen? Ich möchte jetzt gerne alleine sein.«

Zach nickte stumm und sah ihr nach, wie sie einen Strauß Wildblumen pflückte. Als er zu Yellow Swallow blickte, sah er, dass dem Jungen dicke Tränen über die Wangen kullerten.

Zach nahm Swallow die Zügel aus der Hand und band sie um die Handbremse. Er setzte sich neben den Jungen und legte den Arm um seine schmalen Schultern. Er war froh, dass er wenigstens ihm Trost spenden konnte. »Mein Beileid, Swallow.«

»Was passieren?«, wollte der Junge mit verwirrtem Gesichtsausdruck wissen. »Sie wohlauf, glücklich wenn wir sie sehen. Nicht krank.«

»Ich glaube nicht, dass sie an einer Krankheit gestorben ist«, sagte Zach einfühlsam und tat einen tiefen Atemzug. Er betete darum, dass er die richtigen Worte fand. »Ich glaube, etwas hat sie verletzt. Ein Arm und ein Bein lagen quer.«

»Wieso sie verletzt?« Swallows Unterlippe zitterte. Zach spürte, dass der Junge mit sich kämpfte, um nicht die bisherige Beherrschung zu verlieren.

Mit einem Seufzen und dem Wunsch, er könnte ihm Genaueres sagen, zog er ihn zu sich. »Es ist nicht wichtig, wie sie gestorben ist. Jetzt zählt nur noch, dass sie keine Schmerzen mehr leidet.«

Swallow schluckte und nickte. Wenige Augenblicke später reichte er Zach seine Flöte. »Ich wollen ihr das geben, damit sie denken an mich. Du legen zu ihr?«

Zach, der zu bewegt war, als das er hätte sprechen können, nickte wortlos.

Swallow beugte sich nach vorne und zog ein Messer aus seinem Stiefel. Erstaunt sah Zach ihn an. »Wo hast du das denn her?«, fragte er, nachdem er die Sprache wiedergefunden hatte.

Swallow warf ihm einen vielsagenden Blick zu. Er wirbelte das Messer durch die Luft und fing es an der Klinge auf. Dann reichte er es Zach. »Ich dir geben Messer, damit du schneiden mein Haar. Dann Short One wissen, dass Geschenk kommen von mir. Du mir geben zurück, ja?«

»Aber nur, wenn du mir hoch und heilig versprichst, dass du dir damit keine Schnittverletzungen an Armen und Beinen zufügst.« Zach wusste von dem Brauch der Cheyenne.

»Ich versprechen.«

Nachdem Zach ihm eine Locke abgeschnitten hatte, gab er ihm das Messer zurück und verfolgte mit einem unbehaglichen Gefühl, wie der Junge es mit einem Selbstverständnis, die einem Kind in seinem Alter eigentlich fremd sein sollte, in den Stiefel schob.

Nachdem Yellow Swallow Locke und Flöte verbunden und Zach sie dem Leichnam unter die Hand geschoben hatte, bereiteten sie gemeinsam ein warmes Mittagessen zu. Wenig später stieß Caroline zu ihnen, einen Blumenstrauß in der Hand, den sie mit einem Stoffstreifen zusammenband und Zach übergab, damit er ihn zur Flöte legte.

»Hunger?«, fragte Zach sie, nachdem er wieder zum Planwagen zurückgekehrt war.

»Nein«, erwiderte sie. »Es gibt etwas, das ich vorher tun muss.«

»In Ordnung«, antwortete er. »Ich werde ein Auge auf Swallow haben.«

»Aber ich brauche Sie«, sagte Caroline und sah ihm das erste Mal in die Augen, seitdem sie vom Blumenpflücken zurück war. Ihre Augen waren gerötet, ihr Gesicht tränenbenetzt und leicht aufgedunsen. »Ich habe Short One ein Versprechen gegeben, und es wird höchste Zeit, dass ich es einlöse. Würden Sie mich mal in den Arm nehmen? Ein wenig Trost käme jetzt genau richtig.«

»Nichts leichter als das«, antwortete Zach, fühlte sich plötzlich höchst unbehaglich. Wie zur Salzsäule erstarrte, wartete Zach darauf, dass sie sich ihm näherte. Als sie vor ihm stand, legte sie die Wange auf seiner Brust ab und schlang die Arme um seine Taille.

Das erste Mal, seitdem er sie kannte, reagierte sein Körper nicht mit Erregung auf ihre Nähe. Stattdessen fühlte er mit ihr und spürte, wie sich bleiernes Mitleid in seiner Brust breitmachte. Er freute sich, dass er ihr ein wenig Trost spenden konnte.

Ein Lufthauch verfing sich in ihrem Haar und lüftete

die Strähne über ihrem linken Ohr. Verwundert beobachtete Zach, dass Caroline keinerlei Anstalten machte, sich das Haar glatt zu streichen, so wie sie es sonst immer tat. Eine Gewohnheit, die er schon liebgewonnen hatte. Er genoss die Stille und erfreute sich an Carolines Duft, den der Wind ihm in die Nase trieb. Ein Geruch, der eine tiefe Sehnsucht in ihm weckte.

Und trotz des Windes hatte Zach das Gefühl, als spielte irgendwo in der Ferne eine einsame Flöte.

Zwölftes Kapitel

Mit einem ungeduldigen Schnalzen und einem kräftigen Peitschenhieb trieb Caroline am nächsten Morgen die Maultiere an. Sie hatte eine unruhige Nacht verbracht und viel an ihre tote Freundin und ihre letzten Worte an sie gedacht, bis sie vollkommen gerädert und schlecht gelaunt aufgestanden war. Dass sie gereizter war als sonst hatte auch der arme Swallow gespürt, als sie ihm am Morgen eine Standpauke gehalten hatte, weil er nicht schnell genug seine Sachen zusammengepackt hatte. Zach hatte die einzige Gelegenheit genutzt, die er hatte, um Carolines schlechter Laune zu entkommen. Er war vorangeritten, um das Terrain zu erkunden.

Caroline wusste, dass sie sich am Riemen reißen musste. Weder Zach noch der Junge konnten etwas für ihre Aufgewühltheit. Seufzend ließ sie den Blick über das Meer aus verdörrten Grashalmen schweifen, das sich bis zum Horizont erstreckte. Dort, wo sich Bäume dem Wind frech in den Weg stellten, sang dieser ein anderes Lied, wickelte sich dankbar um die Stämme und verfing sich mit einem majestätischen Rauschen in den Kronen. Hier und da entdeckte Caroline Wildblumen, die wie kleine Boote auf dem wogenden goldenen Meer schaukelten.

Plötzlich flößten die weitläufigen Ebenen Caroline

Furcht ein und rief in ihr den Wunsch nach Holzwänden, Teppichen, dem Duft nach Rosen und frisch gebackenem Brot wach. Genauso würde sie sich aber auch mit einer Rückenstütze aus Weide und einem Stück Leder in der Hand zufriedengeben, aus dem sie etwas Nützliches nähte, während ihr der Duft nach geröstetem Wild in die Nase stieg und sich der Rauch durch das geschwärzte Loch im Dach des Tipis schlängelte. Das monotone Leben auf und unter dem Planwagen gab ihr das Gefühl, als wäre sie eine Ameise auf einer Picknickdecke, die jeden Augenblick erschlagen werden könnte.

Den Kopf in den Nacken gelegt, sah sie in den klaren blauen Himmel empor, der dem Wind nur wenige Wolken bot, die er vor sich hertreiben konnte. »Sieh mal, Swallow!«, sagte sie und deutete nach oben. »Ein Pferd.«

Swallow folgte ihrem Finger und schnaubte. »Nicht Pferd. Beine zu kurz. Stinktier. Da, zwei Stinktiere und ein Bär.«

»Ha!«, rief Caroline. »Ich finde, es sieht aus wie Huhn.«

»Huhn?«

»Ja. Was weißt du eigentlich über Hühner?«, fragte sie und warf ihm einen ernsten Blick zu. Die Cheyenne hielten schließlich keine Hühner.

»Schmeckt wie Hase«, sagte er. »Da! Du!«

»So rund ist mein Gesicht nun auch wieder nicht«, sagte Caroline, die sich vornahm, ihm ein anderes Mal etwas über Hühner zu erzählen, und stieß ihm freundschaftlich in die Seite. Seitdem er zu ihnen gestoßen war, hatte er glücklicherweise ein wenig zugenommen, er war nicht mehr ganz so mager. Caroline wusste, dass es mit jedem Gramm, das ihm neue Kraft schenkte, umso schwieriger für ihn war, den ganzen Tag auf dem Kutschbock zu verbringen. Ständig lag er Zach in den Ohren, er möge ihn mit sich reiten lassen. Die ein oder zwei Mal, die Zach nachgegeben hatte, hatte sich herausgestellt, dass er ein geschickter und wendiger Reiter war. Es erwärmte ihr Herz, dass die beiden sich gut verstanden, fürchtete aber sogleich den Tag, an dem sich ihre Wege wieder trennen würden.

Als sie einige Stunden später auf der Kuppe eines Hügels ankamen, brachte Caroline den Wagen zum Stehen und stellte die Bremse fest.

»Ah! Schön!«, rief Swallow und meinte damit das idyllische Tal, das sich unter ihnen erstreckte.

»Sehr schön«, stimmte Caroline ihm zu und betrachtete die kleinen, adrett aufgereihten und begrünten Farmhäuser, die von großen, bis unter das Dach mit Heu gefüllten Scheunen flankiert wurden. Zu den Häusern gehörten gepflegte Gärten und junge Obstbäume. Dünne Rauchfahnen entstiegen den Schornsteinen und Schafe grasten auf einer Weide. Je länger Caroline sich die kleine Siedlung jedoch ansah, desto schwerer wog das Gefühl, dass etwas nicht stimmte. Sie sah keine Menschen. Niemanden, der auf den Feldern arbeitete oder die Wäsche aufhängte, die in Körben vor den Häusern standen. Warum spielten keine Kinder draußen?

»Wo die Menschen?«, fragte Swallow, als er auf das letzte Haus deutete. »Dort Zach.«

Sofort löste Caroline die Bremse und sie ließ die Zügel auf die Rücken der Maultiere knallen, die vor lauter Schreck einen Satz nach vorne machten.

Als Caroline an den Häusern vorbeifuhr, verstärkte sich das eigenartige Gefühl in ihrer Magengrube. Sie entdeckte weit offen stehende Türen, ein umgeworfenes und ausgelaufenes Butterfass und Kleider im Dreck.

»Was ist passiert?«, fragte sie, als sie Zach erreichte. Vorsichtshalber hielt sie die Zügel in der Hand und dachte nicht daran, abzusteigen. Selbst die Maultiere schienen die eigenartige Atmosphäre zu spüren und schnaubten unruhig.

»Ganz ruhig«, sagte Zach und strich den beiden vorderen Maultieren über die geblähten Nüstern, ehe er Caroline die Zügel abnahm und die Bremse feststellte. »Swallow«, sagte er und hob den Jungen vom Planwagen. »Ich möchte, dass du dich um die Maultiere kümmerst, ihnen Weizen und Wasser gibst. Sprich mit ihnen, damit sie sich beruhigen. Schaffst du das?«

Swallow nickte und lief los, um einen Eimer Weizen und die Futtersäcke zu holen.

»Jetzt mache ich mir erst recht Sorgen«, flüsterte Caroline angestrengt. »Was ist los?«

»Ich glaube, Sie können diesen Menschen helfen«, sagte er und packte sie sanft bei den Schultern. »Aber nur, wenn Sie all Ihre Stärke aufbringen.«

»Von welcher Art von Hilfe sprechen wir hier?« Caroline verabscheute es, dass ihre Stimme so dünn und zerbrechlich klang.

»Kommen Sie«, bat er, umarmte sie kurz und heftig und führte sie dann in das Haus.

Es dauerte einen Augenblick, bis sich ihre Augen

an das schummerige Licht gewöhnt hatten. Sie befand sich in einem ärmlich eingerichteten Zimmer, in dem es nach Dreck und Schimmel roch. Erst als Zach mit dem Kinn auf die Ecke gegenüber des Herdes deutete und sie einen Schritt nach vorne machte, entdeckte Caroline eine Frau mittleren Alters und ein Mädchen, das ungefähr siebzehn Lenze zählen mochte. Die beiden standen zitternd und zusammengekauert mit verängstigten Augen in einer Ecke. Die Kleider waren ramponiert und teilweise zerrissen.

Als es Caroline dämmerte, was sich zugetragen hatte, drohten ihre Knie nachzugeben, und ein eisiger Schauer lief ihr über den Rücken. Sie hatte die schrecklichen Ereignisse in den Augen der Frauen gelesen. Sie waren geschändet worden. Es dauerte einen Augenblick, bis sie sich wieder gefangen hatte. Dann wandte sie sich zu Zach um. »Ich brauche einen Eimer mit frischem Wasser, Seife und Handtücher.«

Zach nickte. »Ich werde alles vor die Tür stellen. Und falls Sie mich brauchen, ich bin immer in Rufweite.«

Caroline sah Zach nach und schloss die Tür, die offensichtlich eingetreten worden war, so gut es ging. Dann tat sie einen tiefen Atemzug und drehte sich um.

»Ich heiße Caroline Whitley«, stellte sie sich mit ruhiger Stimme vor, während sie mit langsamen, kontrollierten Bewegungen weiter in den Raum ging. Jetzt, da Zach nicht mehr anwesend war, wirkten sie gleich um einiges entspannter. »Vor drei Jahren nahmen mich die Kiowa gefangen und haben mich …« Caroline war nicht imstande, den Satz zu Ende zu führen.

Die entscheidenden Worte wollten ihr einfach nicht über die Lippen kommen. »Kann ich Ihnen irgendwie helfen?«

* * *

Nach Stunden trat Caroline abgekämpft und traurig ins Freie. Zach hatte die ganze Zeit vor dem Haus auf sie gewartet. Der Wagen war in der Zwischenzeit auf einem Feld ganz in der Nähe abgestellt und Zach und Swallow hatten ein Lager errichtet. Vor einem Feuer entdeckte sie Farmer, Frauen und kleine Kinder, die über Tellern gebeugt saßen und mit langsamen und schwerfälligen Bewegungen aßen. Swallow hatte sich an einem kleinen Feuer etwas abseits niedergelassen.

»Wasser?«, fragte sie mit einem rauen Flüstern.

»Haben Sie die ganze Zeit geredet?«, erkundigte sich Zach und reichte ihr eine volle Kelle. »Ihre Stimme klingt so rau.«

»Ich habe getan, was in meiner Macht stand. Der Rest braucht Zeit. Wie viele Tote hat es denn gegeben?« Nachdem Caroline getrunken hatte, fuhr sie sich mit dem Handrücken über den Mund. Gemeinsam gingen sie zum Planwagen.

»Fünf oder sechs«, sagte Zach mit einem Kopfschütteln. »Es könnten aber auch mehr sein, einige von ihnen sind noch nicht von der Arbeit auf den Feldern zurückgekehrt und einer der Männer war auf dem Weg in die Stadt.«

»Wann ist das passiert? Wie viele Räuber waren es denn?« Caroline sprach mit gedämpfter Stimme, damit die Farmer sie nicht hören konnten.

»So leid es mir tut, aber es waren zweifelsohne die

Cheyenne, die hier gewütet haben. Sie müssen ein paar Stunden vor uns hier gewesen sein.« Zach riss sich den Hut vom Kopf und schlug ihn auf dem Oberschenkel aus. »Wo sind nur die verfluchten Soldaten, wenn man sie braucht?«, brummte er und setzte sich den Hut wieder auf. »Erst nehmen sie den Cheyenne die Pferde weg, verbrennen ihren Proviant und jetzt glänzen sie auch noch durch Abwesenheit. So weit hätte es nie kommen dürfen. Vermutlich sind sie zu sehr damit beschäftigt, Lewis' Leichnam nach Fort Dodge zu überführen. Und wer muss dafür bezahlen? Unschuldige Zivilisten.«

»Lewis ist tot?«, entfuhr es Caroline. »Wann? Haben die Cheyenne etwas mit seinem Tod zu tun?«

»Er fiel ihnen im letzten Gefecht zum Opfer.« Zach wandte den Blick ab, um seine Bestürzung zu verbergen. Er hatte Lewis nicht sonderlich gemocht, aber nicht vergessen, dass er ihm das Leben gerettet und seinen Whisky mit ihm geteilt hatte. »Ich weiß es seit ein paar Tagen. Eine Kugel hat ihn in der Hüfte getroffen. Er ist verblutet.«

»Das sind ja entsetzliche Nachrichten«, keuchte Caroline. »Haben Sie die Pfähle gesehen, die vor der Scheune liegen? Sie gehörten einst zu der Siedlung am Washita, die die Weißen so hinterhältig überfallen und dem Erdboden gleichgemacht haben. Ich will das, was sich hier zugetragen hat, nicht gutheißen, aber in gewisser Weise kann ich ihre Empörung verstehen. Hätten die Soldaten ihnen nicht die Pferde genommen, wäre diese Grausamkeit hier nicht geschehen.«

Zach funkelte sie an. »Wie können Sie es wagen, die Missetäter auch noch zu verteidigen? Und das nach allem, was Sie am eigenen Leib durchlebt haben? Sie müssten doch am besten wissen, wie furchtbar es ist, wenn ein Indianer sich an einer unschuldigen Frau ...«

Carolines Seufzen unterbrach ihn. »Sie verstehen mich nicht.«

»Da haben Sie ausnahmsweise einmal recht«, zischte er und schürzte die Lippen. »Dann will ich Ihnen mal die ganze Geschichte erzählen, wie sie mir einer der Farmer zugetragen hat. Einige Cheyenne sind auf einen seiner Freunde zugeritten, haben ihm die Freundschaft angeboten und ihm ins Gesicht geschossen, als er einschlagen wollte. Und Sie haben Verständnis für die Cheyenne? Wachen Sie auf, Mädchen!«

Caroline straffte die Schultern und schleuderte ihm einen vernichtenden Blick zu. »Ich lege meine Hand dafür ins Feuer, dass das hier nicht auf Little Wolfs Geheiß hin geschehen ist. Die Cheyenne sind kein mordendes Volk. Das waren sie nicht, und das werden sie auch nie sein. Vermutlich haben einige Krieger die alten Pfähle wiedererkannt und sind von ihrer brennenden Wut übermannt worden.«

»Mit Verlaub, aber Sie irren«, zischte Zach, der sie am liebsten gepackt und kräftig geschüttelt hätte. »Was glauben Sie eigentlich, warum ich Sie fernab von der Zivilisation durch das Land bringe? Weil *Ihre Freunde* auch anderswo ihr Unwesen getrieben haben. Sie plündern, schänden und zerstören, seitdem sie wieder in dem Land sind, das einst ihnen gehört hat.«

Caroline starrte Zach ungläubig an. »Das glaube ich nicht«, krächzte sie. »Little Wolf würde so etwas niemals zulassen.«

»Ich weiß nur eins, die Beschreibungen passen alle auf Black Coyote und seine jungen Krieger, die …« Er hielt inne, biss die Zähne aufeinander, um Herr seiner Wut zu werden, und wandte den Blick ab.

»Die was? Kann es sein, dass es genau das ist, was sie jagen? Eine Horde junger und wütender Krieger? Wem haben sie etwas angetan? Jemandem, der Ihnen nahesteht? Ihrer Schwester? Ihrer Nichte? Ihrem Vater, Ihrem Bruder, Ihrer *Mutter*?« Mit jeder Frage wurde ihre Stimme schriller. »Hinter wem oder was jagen Sie eigentlich her?«

»Ich suche meinen Sohn!«, schrie er ihr ins Gesicht. »Diese Bastarde haben *meine Frau* geschändet und ermordet und mir meinen Sohn weggenommen.« Ehe er wusste, was er tat, hatte er sie unsanft bei den Armen gepackt und sich mit wutverzerrtem Gesicht so weit nach vorne gebeugt, dass sie das Feuer seines Schmerzes in seinen Augen flackern sah. »Sie haben meinen Sohn.« Mit diesen Worten ließ er von ihr ab, schob sich an ihr vorbei, sprang auf den nackten Rücken seines Pferdes und ritt davon. Verblüfft und sprachlos sah Caroline ihm nach.

Kaum hatte Zach die Siedlung hinter sich gelassen, kehrte er auch schon wieder um. Er konnte Caroline und den Jungen nicht mit den aufgebrachten Siedlern alleine lassen. Es war nicht auszudenken, was sie tun würden, wenn sie herausfänden, dass in Swallows Adern das Blut der Cheyenne floss. Bevor er zu Caroline zurückkehrte, musste er sich erst jedoch ein wenig beruhigen und sich sammeln.

Wieso hatte er sich dazu hinreißen lassen, Caro-line

von Patricia und Luke zu erzählen? Dadurch hatte er das Leben seines Sohns unnötig in Gefahr gebracht. *Verdammt*! Eine Woge aus Schuldgefühlen und Furcht begrub ihn unter sich. Er saß ab, stapfte auf den nächstbesten Baum zu und drosch mit der Faust auf den Stamm. Den stechenden Schmerz, den er nun in seinen Fingerknöcheln spürte, ignorierte er und schlug ein zweites Mal zu. Beim dritten Mal entfuhr ihm ein gellender Schrei, in dem sich seine Verzweiflung, sein Zorn und seine Trauer vereinten.

Was sollte er nun tun? Welchen Weg sollte er einschlagen? Wie konnte er Caroline und Swallow beschützen und gleichzeitig Luke finden? Gedankenverloren untersuchte er seine blutenden Handknöchel, löste sein Halstuch, verband sich die Hand, saß wieder auf und trabte zurück zur Siedlung.

Narr, dachte Caroline bei sich, als sie seine Wunden auswusch und neu verband. »Wieso haben Sie das getan?«, fragte sie. »Sie können von Glück reden, wenn sich die Wunde nicht entzündet.«

Als Zach nichts erwiderte, richtete Caroline abermals das Wort an ihn. »Was hat Sie so rasend gemacht? Der Ärger darüber, dass Sie sich Ihrem Feind gegenüber verplappert haben? Oder dass ich diese *Bastarde* verteidigt habe?«

Zach hob wütend den Kopf und starrte sie mit flammendem Blick an. »Jeden Tag, jedes Mal, wenn ich ein Opfer sehe, muss ich unweigerlich daran denken, dass mein Sohn irgendwo da draußen ist. Ich weiß nicht, ob ich dafür beten soll, dass er noch lebt oder dafür, dass er bereits tot ist, damit ihm die Grausamkeit der Gefangenschaft erspart bleibt. Sie sind ein lebendes Beispiel dafür, was ihm zustoßen kann, während mir die Hände gebunden sind, weil ich auf Sie und den Kleinen aufpassen muss, statt meine Suche endlich voranzutreiben.«

Erschrocken ob seines unermesslichen Zorns wich Caroline ein Stück zurück. »Ich bin untröstlich«, flüsterte sie und machte den letzten Knoten in den Verband. Mit gesenktem Blick packte sie ihre Arzneitasche. »Ich kann verstehen, dass Sie auf heißen Kohlen sitzen. Gleichzeitig bin ich verärgert, dass Sie mich dafür benutzen.« Nachdem sie das Verbandszeug wieder verstaut hatte, erhob sie sich und drehte sich zu ihm um. »Wie alt ist Ihr Sohn denn?«

»Er ist fünf, also einige Jahre jünger als Swallow.«

»Ist er auch blond?« Caroline sah auf Zachs dunkles Haar, das im Widerschein des Feuers leicht rötlich schimmerte. »Welche Haarfarbe hatte Ihre Frau?«

»Dunkelblond, wie mein Sohn«, sagte Zach und sah zu Swallow, dessen Schopf unter einer Decke hervorlugte. Er schlief. »Nein Gelblich, eine Art Silberblond.«

»Wann haben Sie ihn das letzte Mal gesehen? Wann wurde er verschleppt?«

Zach sah sie aus zusammengekniffenen Augen an. »Warum?«

»Nur so«, antwortete sie und ging im Geiste die Gesichter der Cheyenne durch. Hätte sie früher davon gewusst, dass Zach seinen Sohn suchte, hätte sie nach ihm Ausschau gehalten. »Viele Kinder haben helles Haar, wenn sie jung sind. Hatten Sie früher auch helles Haar?«

»Nein.« Zachs Ton war unwirsch und feindselig.

»Glauben Sie, auf den Gedanken, dass es nachgedunkelt sein könnte, bin ich nicht schon selbst gekommen?«

Caroline sah ihn fragend mit hochgezogenen Augenbrauen an.

Er seufzte. »Mein Bruder und ich haben dieselbe Haarfarbe. Wir sind beide dunkel.«

»Welche Haarfarbe hatte Ihre Mutter?«

»Meine Eltern hatten beide dunkle Haare, meine Mutter rotbraun und mein Vater so wie ich.« Er folgte ihr zum Planwagen und schlug sich bei jedem Schritt mit dem Hut auf die Oberschenkel.

»Warum suchen Sie ausgerechnet bei den Cheyenne nach ihm? Nein, lassen Sie mich raten? Weil Ihnen zu Ohren gekommen ist, dass Little Wolf einen kleinen blonden Jungen bei sich aufgenommen hat?«

Zach nickte.

»Wie kommen Sie darauf, dass er ausgerechnet bei den Cheyenne ist?«

»Weil die Soldaten, die den Ort, an dem man« – er musste schlucken, um weiterreden zu können – »die Leiche meiner Frau gefunden und Pfeile der Cheyenne entdeckt hat. Sie steckten in den Leichen. Außerdem trug der Überfall auf eine nahe gelegene Farm ebenfalls die Handschrift der Cheyenne.«

Während Caroline den Arzneikasten verstaute, dachte sie über Zachs Dilemma nach. »Sie waren bestimmt ziemlich enttäuscht, als sich herausstellte, dass der blonde Junge Swallow ist.«

Zach stieß einen tiefen Seufzer aus. »Das können Sie laut sagen.«

»Was hält Sie noch bei den Cheyenne?« Sie sah zu

ihm auf, beobachtete, wie sein Gesichtsausdruck sich von einem Moment auf den nächsten veränderte. Er runzelte die Stirn und verjüngte die Augen. »Ich war so weit, dass ich fortwollte, als ich zwei Pferde entdeckte, die mir bekannt vorkamen. Es könnten die Pferde sein, auf denen Patricia und ihr Liebhaber geritten sind. Es ist die einzige Spur, die ich habe, und ich bete, dass sie nicht mit den anderen Tieren im Canyon verendet sind.«

»Waren es gute Pferde? Wie Dämon?«

Er nickte. »Zuchtstuten.«

»Dann ist es wahrscheinlich, dass die Cheyenne sie immer dicht bei sich hatten, um im Notfall schnell wegreiten zu können«, erklärte Caroline ihm. »Aber sie dürfen nicht vergessen, dass es unter den Cheyenne Sitte ist, Pferde zu verschenken. Derjenige, der sie also besitzt, muss noch lange nichts mit dem Mord an Ihrer Frau zu tun haben«

»Das gedenke ich alles in Erfahrung zu bringen, sobald wir wieder zu ihnen stoßen«, sagte Zach entschlossen.

Caroline machte beim Anblick seines versteinerten Gesichts einen Schritt nach hinten und ihr Puls schoss in die Höhe. Ehe sie sichs versah, hatte Zach die beiden Arme rechts und links von ihr abgestützt, sperrte sie zwischen sich und dem Wagen ein. »Wie geht es jetzt eigentlich weiter?«, fragte er mit einer Stimme, die Caroline eine Spur zu tief und zu kontrolliert erschien. »Werden Sie mir helfen oder bei nächstbester Gelegenheit zu Little Wolf rennen und ihm alles erzählen?«

Caroline streckte trotzig das Kinn nach vorne. »Ich bin doch kein Waschweib.«

Das Antlitz zu einer Fratze verzerrt, lehnte er sich nach vorne. »Es geht um Leben und Tod, vergessen Sie das nicht. Um das Leben meines Sohnes!«

»Sie wissen genau, dass ich Ihnen helfen werde«, entgegnete Caroline entrüstet, duckte sich unter seinem Arm hinweg und baute sich vor ihm auf. »Und zwar freiwillig. Sie können sich Ihre Einschüchterungsversuche also getrost sparen.«

»Es war nicht meine Absicht, Ihnen Angst einzujagen.« Als Zach gluckste, wehte sein warmer Atem über ihr Haar. Er hob die Hand und strich es wieder glatt, wobei seine Fingerkuppen einen brennenden Pfad auf ihrer Wange und ihrem Kinn hinterließen. »Wollen Sie noch immer, dass ich Sie nicht berühre, Caroline? Ich habe mir größte Mühe gegeben, Ihren Wünschen nachzukommen, aber ich muss ständig an Sie denken. Der Kuss im Mondlicht geht mir einfach nicht aus dem Kopf.«

Caroline war erstaunt, wie schnell er das Thema gewechselt hatte, und wusste gar nicht, was sie sagen sollte. Wenn sie jedoch ehrlich war, hatte auch sie ihre Begegnung im Mondschein noch nicht vergessen. Gerade, als sie die Flucht ergreifen wollte, blockierte er ihr den Weg, fing ihre Taille mit dem Arm ein und zog sie zu sich.

»Zach, das ist weder der richtige Zeitpunkt noch der richtige Ort«, raunte sie und ließ den Blick über seine Schulter zu den Farmern gleiten.

»Heißt das, es gibt irgendwann einen richtigen Zeitpunkt und einen richtigen Ort?« Sein Blick tastete ihr Gesicht ab, während er auf ihre Antwort wartete.

Caroline wusste, dass sie ihre Worte sorgsam abwägen musste, wenn sie ihn nicht vergrätzen oder verletzen wollte. Dann holten sie die Erinnerungen an den letzten Kuss wieder ein. Wie sehr sie in seinen Berührungen geschwelgt hatte. Wie wundervoll und aufregend es war, mit einem Mann einen Kuss auszutauschen. Niemals hätte sie das für möglich gehalten. Ehe sie wusste, was sie tat, hatte sie ihm zugenickt.

»Ich will es hören«, sagte Zach, fing ihr Kinn ein, hob ihr Gesicht in die Höhe und sah ihr tief in die Augen.

»Ja! Irgendwann erlaube ich Ihnen vielleicht noch einmal, mich zu küssen«, hörte sie sich sagen und wäre am liebsten vor Scham im Boden versunken. Es war ihr peinlich, dass sie schon wieder errötete. »Aber mehr nicht ... ich kann nicht ...«

»Kein Wort mehr, Darling. Alles ist in Ordnung.« Zach gab ihr einen flüchtigen Kuss auf die Wange und entließ sie mit einem sonnigen Lächeln.

Caroline blinzelte. Ihr war, als badete sie in einem gleißenden Sonnenstrahl, der sich durch eine Lücke zwischen zwei Gewitterwolken gestohlen hatte. »Aber tun Sie mir einen Gefallen und reißen Sie sich zusammen, vor allem in Swallows Gegenwart. Er neigt zu ... Neugierde.«

Nickend machte Zach einen Schritt nach hinten und wechselte abermals das Thema: »Sind Sie einverstanden, wenn wir morgen das Tempo anziehen?«

Caroline nickte, schlang die Arme um den Bauch und sah ihm nach. Ein seltsames Gefühl breitete sich in ihrer Brust aus. Sie hatte das Gefühl, am Abgrund einer dunklen Erdspalte zu stehen, aus der säuselnde Stimmen emporstiegen und ihr zuflüsterten, sie solle die Augen schließen und springen.

Auf der Suche nach ein wenig Zerstreuung – sie spürte, dass es keinen Sinn hatte, sich schlafen zu legen – räumte sie den Planwagen auf. Irgendwann schweiften ihre Gedanken zu den Cheyenne. Sie wusste, dass ihre Chancen recht gut standen, es unbehelligt bis in die Sandhügel von Nebraska zu schaffen, solange Lewis' Tod die Armee beschäftigte und sie die Cheyenne in Ruhe ließen.

Die Luft roch bereits nach Winter. In wenigen Wochen würden erbarmungslose Schneestürme über das Land hinwegfegen. Bei dem Gedanken fröstelte es Caroline und sie schickte ein Stoßgebet zum Himmel, dass sie bis dahin im Warmen und Trockenen saß – und wenn auch nur in einem beheizten Erdloch in einer Sanddüne von Nebraska. Bei dem Gedanken, mit jenen Männern zusammenzusitzen, die sich an den Siedlerinnen vergangen hatten und womöglich Zachs Frau getötet und seinen Sohn verschleppt hatten, griff eine Kälte nach ihrem Herzen, die kein Feuer der Welt vertreiben konnte. Wie hatte Little Wolf das zulassen können? Hatte er die Kontrolle über die jungen Wilden verloren oder war er seiner Verzweiflung erlegen und wandte den Blick ab, als Black Coyote und seine Bande sich wie eine Horde Bestien benahm?

Doch das war nicht das Einzige, das sie an diesem Abend beunruhigte. Welcher Teufel hatte sie geritten, sich indirekt gegen die Cheyenne zu stellen, indem sie Zach versprochen hatte, ihm bei der Suche nach seinem Sohn zu helfen?

Dreizehntes Kapitel

»Little Wolf! Little Wolf!« Cranes schrille Stimme zerriss die kühle und stille Morgenluft des Waldes und zwang Little Wolf, sein morgendliches Bad eher als geplant zu beenden. Wenn Crane die Gebote der Stille durchbrach, verhieß das nichts Gutes. Im Nu hatte Little Wolf sich angekleidet. Sein Verstand raste mit seinem Herzen um die Wette. Hatten die Späher Soldaten gesichtet? Wie viel Zeit mochte ihnen bleiben? Würden die *Tsitsitas* es noch bis zu dem Tal der Sanddünen schaffen oder mussten sich seine Männer Schießlöcher ausheben? Wo sollte er seine Männer positionieren? Wo sollten sich die Frauen und die Kinder verstecken?

Little Wolf antwortete Crane mit einem Vogellaut, um ihn daran zu erinnern, dass Stille ihr oberstes Gebot war. Als er sich gerade die Mokassins anzog, stieß Crane zu ihm.

»Komm schnell«, drang er vollkommen außer Atem.

»Wie viele sind es?«, fragte Little Wolf.

»Wie viele was?«, kam Cranes verdutzte Gegenfrage.

»Soldaten«, antwortete Little Wolf ein wenig genervt. Er wollte wissen, woran er war. Ohne Fakten konnte er keinen Schlachtplan machen. »Aus welcher Richtung kommen sie?«

»Keine Soldaten. Viel schlimmer«, keuchte Crane, drehte sich in Richtung Lager um und bedeutete Little Wolf ihm zu folgen. »Dein Bruder ist *loco.*« Er verdrehte die Augen und wackelte mit dem Kopf.

Mit einem bleiernen Gefühl im Herzen machte sich Little Wolf auf den Weg. Er hatte geahnt, dass Morning Star etwas plante. Seit dem Tod seiner Frau lag er ihm Tag für Tag in den Ohren, sie sollten sich ergeben, sobald sie die Lachenden Gewässer erreicht hatten – und das hatten sie. Seit gestern.

»*Ahatóneste*!«, hörte Little Wolf Morning Star mit lauter Stimme rufen, als er sich mit langen Schritten dem Lager näherte. »Hört mir zu! Packt eure Sachen, Schwestern. Wir müssen uns ergeben. So schnell wie möglich. Bevor die Soldaten kommen. Wir laufen zur Pine-Ridge-Agency, dort sind wir in Sicherheit. Unsere Freunde und Verwandten werden uns zu essen geben, sich um uns kümmern.« Als sein Blick auf Little Wolf fiel, fügte er hinzu: »Beeilt euch.«

»*Hena'hánehe*«, donnerte Little Wolfs Stimme durch das Lager. »Es reicht. Und sieh Black Crane nicht so feindselig an, weil er mich gewarnt hat. Im Gegensatz zu dir denkt er nämlich an die Sicherheit seiner Brüder und Schwestern.« Little Wolf bedeutete dem keuchenden Crane, er möge sich unter das Volk mischen und beruhigend auf sie einwirken. Das Letzte, was sie jetzt brauchten, war eine Massenpanik.

»Sorgt euch nicht, meine Freunde«, rief Little Wolf seinem Stamm zu. »Uns ist nichts davon bekannt, dass uns die Soldaten auf den Fersen sind. Wir sind vorerst in Sicherheit. Die Sanddünen werden uns den Winter über schützen. Morning Star hat sich geirrt.

Hámestoo'e. Setzt euch und schweigt, während ich mit ihm rede.« Er gab seinem Bruder ein Zeichen, das Lager zu verlassen, damit sie sich unter vier Augen unterhalten konnten.

»Warum versetzt du unsere Brüder und Schwestern in Angst und Schrecken, Bruder? Wir sind in Sicherheit. Das war keine Lüge und das weißt du.«

Morning Star funkelte ihn an. »Ich bin es leid, dass du immer bestimmst, was das Beste für die *Tsitsitas* ist und wo wir hingehen sollen. Die Zeit der Entscheidung ist gekommen, und ich bin entschlossen, mich zu ergeben. Glaubst du allen Ernstes, die Soldatenhäuptlinge werden dir ihr Gehör schenken, nachdem was deine Männer den unschuldigen und hilflosen Siedlern angetan haben, auf dein Geheiß hin?«

»Meine Männer?«, erwiderte Little Wolf und gab sich größte Mühe, sich nicht aus der Reserve locken zu lassen. Genau darauf hatte es sein Bruder nämlich abgesehen. »Die Männer, die den Überfall geplant und durchgeführt haben, unterstehen dir. Du bist der Anführer der Krieger und ich habe dir vertraut. Glaubst du denn wirklich, der Befehlshaber der Agency würde euch mit offenen Armen empfangen, euch zu essen und Kleider geben und euch Tipis gegen den Winterwind bauen?«

»Ja!«, schrie Morning Star mit brennendem Blick. »Ich will nicht mehr ständig auf der Flucht sein. Was hat es mir gebracht? Nichts! Eine Frau habe ich schon verloren, das möchte ich nicht noch einmal durchmachen. Weißt du eigentlich, wie viele Kinder durch das Bündeln ums Leben gekommen sind? Wir schrumpfen von Tag zu Tag, ach was, von Stunde zu Stunde.

Viele können nicht einmal mehr auf eigenen Füßen stehen.«

»Ich weiß, dass wir große Verluste erlitten haben«, wehrte Little Wolf sich gegen seinen Bruder und die quälenden Schuldgefühle in seiner Brust. »Mein Herz blutet deshalb, das musst du mir glauben. Was blieb mir anderes übrig, als die anderen anzutreiben? Wir durften keine Zeit verlieren. Hier in den Dünen werden sie uns niemals finden, und es gibt genug Wild, das wir jagen können – Antilope, Elche und vielleicht sogar Büffel, wenn uns das Glück hold ist.« Er hielt kurz inne und legte seinem Bruder die Hand auf die Schulter. »Sobald das neue Gras das Licht der Sonne erblickt, laufen wir nach Fort Keogh. Unsere Freunde dort, Two Moons und sein Stamm, werden für uns ein gutes Wort einlegen.«

»Deine Worte sind vergiftet.« Morning Star schob Little Wolfs Hand von der Schulter und wandte sich zum Gehen. Little Wolf stieß einen Seufzer aus. Selbst wenn er auf seinen Bruder einredete, bis sich die Sonne schlafen gelegt hatte, würde er nicht von seinem Standpunkt abrücken, das spürte er. Mit dem Gefühl, Steine im Magen zu tragen, folgte er Morning Star.

»Brüder und Schwestern«, rief Morning Star in die Runde, die bereits neugierig darauf wartete, zu welchem Entschluss die beiden Brüder gekommen waren. »Sobald die Sonne ihren höchsten Punkt erreicht hat, werde ich mich auf den Weg zur Agency machen.« Er zeigte zum Himmel. »Alle, die krank sind und Medizin brauchen und alle, die keinen weiteren Tag auf der Flucht verbringen wollen, sollten mir folgen.«

So leicht, entschied Little Wolf, würde er sich nicht geschlagen geben. Zumal er davon überzeugt war, dass es falsch, ja sogar gefährlich war, sich ihm anzuschließen. »Mein Bruder bittet euch, mit ihm zu gehen und diesen Ort zu verlassen, an dem ihr sicher seid, an dem es genug Wild gibt, sodass wir keinen Hunger leiden müssen, und an dem wir uns nicht vor Soldaten fürchten müssen. Dort, wo er euch hinführen wird, werdet ihr essen, was andere euch geben, müsst um Erlaubnis bitten, wenn ihr eure Freunde besuchen wollt, und dürft nicht jagen. Das ist das Leben des weißen Mannes, nicht der *Tsitsitas*. Bleibt hier, meine Freunde, ich bitte euch darum. Bei mir seid ihr in Sicherheit, und wenn der Frühling erwacht, werden wir zum Powder River weiterziehen.«

Black Coyote beobachtete Little Wolf mit durchdringendem Blick und riss das Wort an sich. »Wir sind Krieger und keine alten Männern, denen man sagen muss, was sie zu tun und zu lassen haben. Wir werden unseren Weg gehen. Zur Hölle mit der Agency.« Er spie auf den Boden und ging, gefolgt von anderen jungen Kriegern, fort. Nur Morning Stars beide Söhne und eine Handvoll ihrer Freunde, darunter Fingernail, blieben zurück.

Bedrückt legte Woodenthigh seinem Vater die Hand auf die Schulter. Machtlos mussten sie zusehen, wie die jungen Männer sich mit fratzenhaften Gesichtern wild gestikulierend zusammenrauften. Little Wolf schüttelte den Kopf. »Ohne Morning Star werden sie gar nicht mehr zu bändigen sein. Und der Winter wird lang und hart, das spüre ich in meinen alten Knochen.«

»Es sei denn, die jungen Wilden hätten eine Aufgabe«, gab Woodenthigh zu bedenken. »Du sagtest doch, es gäbe genug Wild für alle. Wir brauchen Fleisch, und die Frauen benötigen Ersatz für das, was die Soldaten den Flammen übergeben haben.« Er hob einen Fuß und deutete auf seine löchrigen Mokassins.

»*Hou*!«, stimmte Little Wolf ihm lachend zu. »So machen wir es, mein Sohn.«

»Am besten, wir gehen es noch einmal durch«, sagte Zach an Caroline und Swallow gewandt, nachdem er sein Pferd auf Höhe des Kutschbocks dirigiert hatte. In wenigen Augenblicken würden sie nach Oberlin kommen, einer kleinen Stadt an der Grenze nach Nebraska. »Haltet die Köpfe gesenkt und sprecht mit niemandem, es sei denn, es lässt sich nicht vermeiden. Das gilt vor allem für dich, Swallow.«

Als eine Bö Caroline die Decke wegriss, die sie sich über den Kopf gelegt hatte, gab Zach ihr ein Zeichen, den Wagen vor das Geschäft neben der Schmiede zu lenken. »Warten Sie hier.« Dann drehte er sich noch einmal um. »Und wehe, Sie lächeln jemanden an.«

Schmunzelnd blickte Caroline Zach nach, bis er und sein Ross hinter der Schmiede verschwunden waren. Trotz der steifen Brise war es ein wunderschöner Herbsttag, und die Sonne schien vom azurblauen Himmel auf sie herab.

Plötzlich kicherte Swallow, der neben ihr saß. »Du aussehen wie Squaw, die Angst vor Ehemann.«

»Vielen Dank der Herr«, brummte Caroline, die Mühe hatte, die flatternde Decke unter Kontrolle zu halten.

»Was da stehen?«, fragte Swallow und zeigte auf das frisch geputzte Schaufenster des Geschäftes, vor dem sie standen. Bei dem Versuch, das Schild zu entziffern, das Kunden anlocken sollte, zog er die Stirn in Falten. »La ... Kri ....«

»Lakritz«, sagte Caroline langsam und betont.

Swallow wiederholte das Wort, um es sich einzuprägen. »Was sein Lakritz?«

»Du meinst wohl, was *ist* Lakritz?«, berichtigte Caroline ihn.

Swallow wiederholte die Frage, wie sie lauten müsste, in der Hoffnung, dass Caroline ihm eine Antwort gab.

Caroline, der das Wasser im Munde zusammenlief, so sehr liebte sie alles Süße, zermarterte sich das Gehirn, wie sie Swallow erklären sollte, was genau Lakritz war. Mit einem verschmitzten Lächeln schälte sie sich aus der Decke und kletterte vom Planwagen. »Komm mal mit«, sagte sie mit einem verstohlenen Blick zu Swallow. »Wenn wir uns beeilen, wird Zach nichts davon merken.«

Swallow hielt seinen Hut fest, sprang vom Planwagen und landete direkt neben ihr.

»Am besten, du überlässt mir das Reden«, sagte sie, nahm ihn bei der Hand und sah ihm fest in die Augen. »Ich hoffe, ich kann mich auf dich verlassen.«

Swallow nickte.

Als Caroline die Tür des Krämerladens aufstieß, umfing sie eine Vielfalt von Gerüchen, und sie fühlte sich in ihre Kindheit zurückversetzt. Mit einem Lächeln, das von einem Ohr zum anderen reichte, stellte sie sich vor den Verkaufstresen, auf dem eine Reihe von verführerisch gefüllten Glasbehältern stand, einer köstlicher als der andere.

»Was kann ich an einem so wunderhübschen sonnigen Morgen für Sie tun?«, fragte der Verkäufer überschwänglich, der ein gutes Geschäft witterte. »Wie wäre es mit einem Pfefferminzstäbchen für den kleinen Herrn, während sich die Frau Mama ein wenig umsieht?«

Als der Verkäufer Swallow neugierig ansah, versteckte er sich geschwind hinter Caroline.

»Sie müssen entschuldigen, aber mein Sam neigt zur Schüchternheit.« Mit einem knappen Lächeln nahm Caroline die Pfefferminzstange entgegen, griff hinter sich und reichte sie Swallow. »Wären Sie so nett, mir für fünf Cent Lakritz einzupacken? Ich hoffe doch, Sie haben frisches Lakritz.«

Eifrig nickend machte der Verkäufer sich ans Werk. »Gerade gestern frisch eingetroffen. Zum Glück ist die Sendung nicht einen Tag früher eingetroffen.«

»Wie darf ich das verstehen?«

»Weil sich sonst diese Lederhäute an meinen Sachen vergriffen hätten, als sie wie der Teufel durch das Dorf gejagt sind.«

Caroline griff hinter sich und drückte Swallows Hand, in der Hoffnung, dass er sein Schweigegelübde nicht brach. »Gab es Probleme?«, erkundigte sie sich so beiläufig wie möglich.

»Seien Sie beruhigt, Ma'am«, versicherte der Verkäufer ihr. »Wir haben unsere Methoden, um mit diesen Halunken fertig zu werden. Sehen Sie mal dort.« Er deutete auf den Balken über sich. »Unser Sheriff und sein Trupp haben den alten Bussard erwischt, der sich in einem Bach versteckt und merkwürdige Gesänge angestimmt hatte. Das haben sie bei mir aufgehängt, um den Siedlern Mut zu machen.« Er gluckste vor lauter Stolz über die Trophäe.

Carolines Mund wurde trocken, als sie auf den frischen Skalp eines älteren Cheyenne starrte, der von der Decke baumelte. Die dazugehörige Feder, die noch immer in den grauen Strähnen steckte, hatte zweifelsfrei Big Crow gehört – einem eher stillen Mann, dem die Kinder an den Lippen hingen, wenn er Geschichten erzählte.

»Wenn Sie wollen, dürfen Sie es berühren. Ich mache Ihnen und Ihrem Sohn einen guten Preis.«

»Danke, aber das wird nicht nötig sein«, stammelte Caroline und zog Swallow geschwind aus dem Laden.

»Was habt ihr beide denn da drin getrieben?«, hörte sie Zachs wütende Stimme hinter sich, während sie Swallow auf den Wagen half. »Hatte ich mich nicht klar und deutlich ausgedrückt?«

Swallow zeigte auf das Schaufenster und sagte: »Lakritz.« Dann schluckte er, und eine dicke Träne kullerte ihm über die Wange.

Auch Caroline musste schlucken und spürte das trügerische Brennen in den Augen. »Die Auswahl war ziemlich dürftig«, sagte sie mit belegter Stimme und hoffte, Zach würde die Sache damit auf sich beruhen lassen. Doch sie hätte es besser wissen müssen.

»Sie haben euch kein Lakritz verkauft?«

Bevor Caroline Zach davon abhalten konnte, stapfte er auf den Laden zu und riss die Tür auf, dass sie fast aus den Angeln geflogen wäre.

Wenige Minuten später kam er wortlos und mit wutverzerrtem Gesicht wieder heraus, schwang sich auf sein neu beschlagenes Pferd und ritt davon. Caroline setzte alsgleich den Planwagen in Bewegung, bis sie ihn eingeholt hatte. Aus den Augenwinkeln heraus erkannte Caroline, dass er die Lippen aufeinandergepresst hatte und Wut in seinem starr nach vorne gerichteten Blick loderte.

»Sie hatten recht. Dürftige Auswahl. Dreckiges Geschäft.« Den Blick zum Himmel gerichtet, fügte er hinzu: »Der Schmied meint, es gäbe bald Schnee. Viel Schnee.«

Caroline verstand, was Zach ihr mitzuteilen versuchte. Er wollte unter keinen Umständen die Nacht in der Stadt verbringen. »Meinen Sie wirklich, dass das nötig ist?«

»Sagen wir es mal so, der Hufschmied hat mir mehr Fragen gestellt, als ich zu antworten bereit war. Einige Meilen nördlich gibt es eine Schlucht, wo wir in Sicherheit sein dürften.«

»Wo Rest von Big Crow?«, platzte es aus Swallow heraus, als Caroline die Maultiere antrieb.

»Vermutlich haben sie ihn unweit des Baches vergraben«, log sie schweren Herzens. Aber es ging nicht anders. Sie musste es tun. Für Swallow. »Ich bin mir sicher, dass er schon tot war, als sie ihm den Skalp abgeschnitten haben«, sagte sie und nahm Swallow in den Arm. »Du erinnerst dich doch daran, dass er sehr krank war, nicht wahr? Er hatte ein langes und glückliches Leben, Swallow. Dort, wo er jetzt ist, gibt es keine Schmerzen.«

»Er glücklich sterben ohne Haare?«, murmelte Swallow und warf ihr einen entsetzten Blick zu. So, als hätte sie ihm befohlen, mit einem Stinktier zu spielen.

»Wenn man stirbt, spürt man keinen Schmerz mehr«, erklärte sie ihm. »Dein Geist schwebt empor zu *Heammawihio*, der Weisen Kraft des Himmels.«

Swallow nickte. »Er nehmen Schmerz von Big Crow, bevor Bleichgesicht ihm stehlen Skalp?«

»Ja«, sagte Caroline und hätte ihm gerne ein aufmunterndes Lächeln geschenkt. Doch ihr fehlte die Kraft.

»Wer nehmen meine Schmerzen?«, bohrte Swallow weiter nach. »Ich lieben Big Crow. Ich Schmerzen hier«, murmelte er und legte sich die Hand aufs Herz.

»Es tut mir leid, Swallow. Aber ich versichere dir, dass deine Schmerzen bald nachlassen und du mit einem sonnigen Gefühl an Big Crow zurückdenkst.«

»Woher du wissen?«, fragte Swallow skeptisch, den Blick erst auf ihre Brust, dann auf ihr Gesicht gerichtet. »Du auch Schmerzen?«

»Ja. Ich hatte auch schon mal große Schmerzen im Herzen. Als meine Mutter, mein Vater und mein Bruder Sam gestorben sind, Swallow.«

»Du mir geben Namen von toter Bruder?«, fragte Swallow, dem die Überraschung auf seinem Gesicht geschrieben stand. »Warum? Er gemacht etwas wie Held?«

»Ich habe ihn über alles geliebt«, antwortete Caroline. »Da du seinen Namen trägst, erinnerst du mich an ihn.«

Swallow gab ein undefinierbares Brummen von sich und verschränkte die Arme vor der Brust. »Ich nachdenken über deine Worte«, sagte er, starrte ins Leere und hüllte sich in tiefes Schweigen.

Zach bekam eine Gänsehaut, als er sein Gesicht und seinen Oberkörper mit kaltem Bachwasser bespritzte, um sich den Staub abzuwaschen, der sich im Laufe des Tages auf seiner Haut gesammelt hatte. Aber das war nicht der einzige Grund. Er hatte die eisige Erfrischung gebraucht, weil er sich wieder einmal über Caroline geärgert hatte. Jetzt, da sie in Nebraska waren, fernab jeglicher Siedlungen und Städte, trug sie wieder diese verhasste Indianerkluft. Jedes Mal, wenn er sie ansah, musste er sich auf die Zunge beißen.

Es konnte jetzt nicht mehr lange dauern, so schätzte Zach, bis sie auf Little Wolf stießen. Allerdings beschäftigte ihn seit geraumer Zeit die Frage, wie sie den Planwagen zum Versteck der Cheyenne bringen sollten, ohne verräterische Spuren zu hinterlassen. Außerdem neigte sich allmählich seine Geduld dem Ende entgegen. Er konnte in ihren Augen lesen, dass sie wusste, was er durchmachte. Immer wieder beobachtete er sie, wie sie ihm lange, nachdenkliche Blicke zuwarf. Eines Abends hatte er sie sogar dabei ertappt, wie sie sich bei seinem Anblick mit der Zunge über die Unterlippe gefahren war. Es war zum Schreien – diese Frau brachte ihn noch um den letzten Funken Verstand, der ihm geblieben war. Bei der Erinnerung daran, holte er mit dem Fuß aus und trat gegen den nächstbesten Stein. Sofort durchzuckte ihn ein stechender Schmerz. *Verdammt*! Blieb ihm denn heute auch gar nichts erspart? Erst die Neuigkeiten aus dem Camp Sheridan, die bereits über eine Woche alt waren. Es hieß, eine Gruppe Cheyenne, angeführt von Morning Star, wäre gefangen genommen worden. Augenscheinlich hatte er sich mit seinem Bruder überworfen und wollte zur Red-Cloud-Agency. Was er nicht wusste, war, dass die Agency in der Zwischenzeit umgezogen war. Er und seine Gruppe waren von Soldaten aufgelesen, gefangen genommen und ins Camp Robinson gebracht worden, wo sie bleiben sollten, bis die Regierung über ihr weiteres Schicksal entschied.

Morning Star zufolge hielten sich Little Wolf und der Rest des Stammes irgendwo in den Sandhügeln auf und planten, im Frühjahr nach Fort Keogh zu ziehen und sich dem dortigen Befehlshaber Lieutenant Clark, von den Indianern auch »White Hat« genannt, zu unterwerfen. Zach kannte Clark aus den Zeiten des Bürgerkriegs, hatte seine Karriere allerdings nicht weiterverfolgt. Wenn es stimmte, was er gehört hatte, war Clark den Cheyenne durchaus wohlgesinnt.

Insgeheim bezweifelte Zach jedoch, dass Clark sich gegen Sheridan auflehnen würde, wenn dieser entschied, dass die Cheyenne nicht bleiben durften. Zach hoffte, dass Sheridan ihn vorher um Rat frug. Aber bevor es so weit war, musste er Little Wolf nach den McCallister-Pferden fragen. Wenn er doch nur schon da wäre und keinen Planwagen, ein bockiges Frauenzimmer und einen neugierigen Jungen wie einen Klotz am Bein hängen hätte. Seine Unruhe und seine Verzweiflung wuchsen von Tag zu Tag. Genau wie die Sorge um Luke. Ob er überhaupt noch lebte?

Als hinter Zach ein Ast zerbarst, schoss er herum und zückte dabei beide Pistolen. »Swallow«, rief er und steckte die Pistolen zurück. »Du weißt genau, dass du dich nicht so anschleichen sollst.«

Swallow schleuderte ihm einen bösen Blick zu. »Ich nicht schleichen. Ich machen, wie du gesagt. Treten auf Zweig. Nächstes Mal Caroline selbst holen Wasser. Frauenarbeit«, schnaubte der Junge und schob sich an Zach vorbei. »Essen fertig. Sie sagen, du sollen kommen.«

»Herrschsüchtiges Weib ...«, murmelte Zach.

»Was dieses Wort herrsch-schüchtig?«

»Vergiss es schnell wieder«, antwortete Zach, als er sich ein frisches Hemd überstreifte. Er wollte nicht, dass Swallow dieses Wort in sein ständig erweitertes Vokabular aufnahm. Er nahm dem Jungen den Eimer Wasser ab und setzte ihn sich auf die Schulter. »Was gibt es denn heute zu essen? Bist du heute auf die Jagd gegangen?« Der Junge war mit unglaublichem Talent für Fallen gesegnet, und so langsam fand Zach Gefallen an Hasenbraten.

»Fasan«, antwortete der Junge mit stolzgeschwellter Brust. »Zwei. Ganz groß. Genug für alle.«

Mit einem Lächeln zerzauste Zach Swallow das Haar und sagte: »Ach ja, und der Bock, den ich letzte Woche erlegt habe, der zählt wohl gar nicht, oder wie?«

»Sehr groß«, hielt Swallow dagegen. »Nix schwer zu treffen. Fasan verstecken, fliegen in meine Gesicht. Du finden Pfeil, Fasan nicht mehr da. Sehr schwer.«

Zach gab sich geschlagen. »Das hast du gut gemacht, Swallow.«

»Ja, Swallow«, sagte eine fremde Stimme. »Gut gemacht.«

Mit einem Freudenschrei lief Swallow auf den Mann zu, der sich aus dem Schatten des Waldes vor ihnen löste. »Little Wolf.« Zach gab sich Mühe, sich seine Überraschung nicht anmerken zu lassen, vor allem, weil das Gesicht des Häuptlings von tiefen Sorgenfalten überzogen war – so, als läge ihre letzte Begegnung Jahre zurück. »Geht es Ihnen gut?«

»Uns geht es gut«, antwortete Little Wolf. »Und Ihnen?«

»Gut.« Swallow stellte sich wieder neben Zach, der ihm väterlich den Arm um die Schulter legte. »Schön, Sie zu sehen. Swallow hat genug davon, untätig auf dem Kutschbock zu sitzen, nicht wahr, mein Junge? Kommen Sie«, sagte Zach und deutete in die Richtung ihres Rastplatzes.

»Ich rieche Carolines Maistaler bis hierher. Was meinst du, Swallow, ob der Fasan auch für vier reicht?«

»Woodenthigh«, rief der Junge voller Freude und lief auf das Feuer zu, wo der Cheyenne in ein Gespräch mit Caroline vertieft war.

Während des Essens erklärte Little Wolf, dass seine Männer das Zubehör vom Planwagen auf Maultiere verladen würden, um es auf Umwegen in ihr Versteck zu bringen. Anschließend würde der Wagen zerlegt und zu Feuerholz verarbeitet, damit er keine Spuren hinterließ. Zach bot seine Hilfe an, doch Little Wolf bestand darauf, dass er den Weg mit verbundenen Augen zurücklegte. Zach schwieg, fühlte sich aber verraten Wie kam es, dass Little Wolf ihm Caroline und den Jungen anvertraute, ihm aber nicht über den Weg traute, wenn es um die genaue Position des Lagers ging?

Nachdem Little Wolf seine Pfeife gestopft und angezündet hatte, füllte er seine Lungen mit dem süßlichen Aroma und blies den Rauch erst nach oben, nach unten, in die vier Himmelsrichtungen und reichte sie anschließend Zach. »Was Sie nicht wissen, mein Freund, können Sie nicht verraten«, sagte er, als Zach ihm die Pfeife zurückgab.

»Da haben Sie auch wieder recht«, murmelte Zach und nickte Little Wolf steif zu. »Sind eigentlich alle Pferde von den Soldaten verbrannt worden?«

»Nein«, antwortete Little Wolf. »Einige von ihnen haben es überlebt. Warum fragen Sie?«

»Weil mir zwei Vollblutstuten aufgefallen sind – eine braune und eine gefleckte. Sie kamen mir bekannt vor.«

Little Wolf nickte. »Ich weiß, von welchen Pferden Sie sprechen. Sie sollten wissen, dass sie jetzt mir gehören.«

»Seit wann haben Sie sie?« Zach wunderte sich, dass sie in Little Wolfs Besitz waren. War es denkbar, dass er etwas mit Patricias Tod zu tun hatte?

»Noch nicht sonderlich lange«, entgegnete Little Wolf mit einem Lächeln. »Pretty Walker, meine Tochter, wettet gern. Lassen wir es dabei bewenden, dass sie eine Wette gewonnen hat.

»Und dann hat sie sie Ihnen geschenkt?«

Little Wolf schüttelte den Kopf. »Nicht geschenkt. Wir haben darum gespielt, und ich habe gewonnen.«

»Spielen Sie?«, fragte Woodenthigh und stieß Zach mit der Schulter an.

»Na ja«, antwortete Zach ausweichend. »Manchmal schon.«

Als Little Wolf das nächste Mal das Wort ergriff, tat er es mit großem Ernst in der Stimme. »Wie die Pferde allerdings zu den Cheyenne gekommen sind, kann ich nicht sagen. Es wäre mir jedoch eine Ehre, sie Ihnen als Dank dafür zurückzugeben, dass Sie sich mit so viel Einsatz um Caroline und Swallow gekümmert haben.« Der Häuptling hielt kurz inne und fügte dann hinzu: »Wen suchen Sie eigentlich? Und weshalb führt Sie Ihre Suche ausgerechnet zu den Cheyenne?«

Zachs Herz pochte wie wild, und als er Little Wolf in die Augen sah, wusste er, dass ihm nichts anderes übrig blieb, als die Wahrheit zu sagen. Er atmete tief durch. »Vor einigen Monaten ist meine Frau umgebracht und mein Sohn verschleppt worden, zusammen mit den Pferden.«

»Und dann haben Sie von Yellow Swallow gehört, dass er bei uns lebt«, fuhr Little Wolf fort, der sich nicht im Geringsten überrascht gab. »Ich wusste, dass Sie jemanden suchen, der Ihnen nahesteht.« Zachs verdutzter Gesichtsausdruck entlockte Little Wolf ein Schmunzeln. »Mein Sohn und ich werden uns ein wenig umhören.«

»Herzlichen Dank«, sagte Zach feierlich. »Ich weiß Ihre Hilfe sehr zu schätzen.« Als sein Herz jetzt raste, tat es das aus Freude darüber, dass er Luke scheinbar einen Schritt näher gekommen war.

Vierzehntes Kapitel

»Da bist du ja endlich!« Quiet Woman schloss Caroline so fest in die Arme, dass sie für einen Augenblick nach Luft rang. Sie war froh, dass Feather sie weniger kraftvoll herzte.

»Hast du schon gehört?«, fragte Feather mit besorgtem Gesichtsausdruck. Sie hatte dunkle Ringe unter den Augen und hier und da kahle Stellen am Kopf.

»Ich habe die Bahre gesehen«, sagte Caroline leise. Sie war sich sicher, dass die beiden von Short One sprachen, ihren Namen aber aus Gründen des Respekts nicht erwähnen wollten. Sie legte die Arme um die beiden, und die drei verharrten einige Momente sprachlos in dieser Geste der Trauer. Als sie sich wieder lösten, war Caroline nicht die Einzige, die sich eine Träne aus dem Augenwinkel wischte. »Wie ist es geschehen?«

Da Feather nicht in der Verfassung war zu sprechen, erzählte Quiet Woman Caroline von den Vorfällen. »Unser Ehemann war sehr traurig«, brachte Feather mühsam hervor. »Er gibt sich die Schuld daran, aber Morning Star hat sich wie immer in den Vordergrund gespielt. Er ist schuld an ihrem Tod.«

Caroline war erschüttert nach Luft. »Noch nie habe ich so feindselige Worte aus deinem Munde gehört, wenn es um die *Tsitsitas* geht, Feather.«

»Ich spreche nur die Wahrheit aus«, entgegnete Feather mit einem Funkeln in den Augen, das Caroline noch nie bei ihr gesehen hatte. Sie hoffte, dass Feather die Kraft, die hinter der Wut steckte, positiv zu nutzen wusste.

»Der alte Narr!« Feather schüttelte den Kopf und seufzte. »Ich wünsche ihnen viel Spaß mit ihm.«

»Er ist nicht mehr hier?« Caroline sah sich im Lager um, als würde Morning Star jeden Augenblick vorbeilaufen.

»Nein«, sagte Quiet Woman und schüttelte energisch den Kopf. »Er hat sich wie ein Elch in der Brunftzeit aufgeführt und wollte uns überreden, mit ihm zu gehen. Seine arme Familie hatte noch nicht einmal genug Zeit, sich die Füße ordentlich zu bandagieren, so überstürzt ist er aufgebrochen.«

Als Quiet Woman innehielt, um Luft zu holen, ergriff Feather das Wort. »Uns ist in der Zwischenzeit zu Ohren gekommen, dass sie bereits am ersten Tag den Soldaten in die Hände gelaufen sind. Aber was noch schlimmer ist ...«

»Die Agency ist umgezogen!« Quiet Woman stemmte sich wütend die Hände in die Hüften.

»Ach du meine Güte!« Carolines entsetzter Blick flog zwischen den beiden hin und her. »Die Nachricht hat Little Wolf bestimmt das Herz gebrochen.«

»Sehr sogar«, bekräftigte Feather mit einem traurigen Nicken. »Wir geben unser Bestes, um ihn aufzubauen, aber er verbringt viel Zeit alleine. Bullet Proof, einer der Späher, ist heute zurückgekehrt und hat berichtet, dass Morning Star und seine Leute nach Camp Robinson gebracht worden sind.« Sie stieß einen tiefen Seufzer aus. »Wenigstens sind sie im Warmen und müssen keinen Hunger leiden. Die Soldaten haben ihnen bestimmt Decken gegeben.«

»Bullet Proof meinte, die Soldaten hätten darüber gesprochen, sie in den Süden zurückzubringen.« Quiet Woman füllte eine Schöpfkelle mit Eintopf und reichte sie Caroline, zusammen mit einem Stück Wildbret. Obwohl die Nachrichten Caroline gehörig auf den Magen geschlagen waren, nahm sie die Gaben dankend entgegen.

»Elchfleisch«, sagte Quiet Woman mit einem breiten Grinsen, das ihre frechen Grübchen zum Vorschein brachte. »Ich habe dich vermisst«, setzte sie mit einem Seufzen hinzu.

»Und ich freue mich, dass ihr diesen Reichtum mit mir teilt.« Nachdem Caroline aufgegessen hatte, reichte sie die Kelle weiter an Feather. So schwer es ihr auch fiel, aber sie musste ihre beiden Freundinnen danach fragen, was sie über die Vorfälle in Kansas wussten, wollte aber behutsam ans Werk gehen. Sie betete darum, dass die Burschen sich Morning Star angeschlossen hatten.

»Wie gefällt euch denn das Winterlager? Sieht aus, als gäbe es hier genug Wild, um alle satt zu bekommen.«

»Ja«, antwortete Quiet Woman und spießte ein großes Stück Wildbret mit einem Messer auf. »Die Männer gehen praktisch jeden Tag auf die Jagd.« Kaum hatte sie zu Ende gesprochen, schob sie sich das saftige Stück Fleisch in den Mund. Sie war von Natur aus mit einem guten Appetit gesegnet.

»Sind eigentlich viele der jungen Wilden mit Morning Star gegangen?«, erkundigte sich Caroline, den Blick auf ein winziges Stück Fleisch gerichtet.

Da Quiet Woman noch kaute, antwortete Feather auf die Frage. »Die jüngeren Krieger sind hiergeblieben, mit Ausnahme von Morning Stars Söhnen, Small Fingernail und einer Handvoll anderer. Und das ist gut so. Morning Star hatte sie nicht mehr unter Kontrolle. Mein Mann hat ein größeres Geschick. Sie haben sich schlecht aufgeführt, in dem Land, dessen Boden mit Cheyenne-Blut getränkt ist. Aber jetzt benehmen sie sich wieder und machen sich auf die Suche nach Pferden. Hast du von den Unschuldigen gehört, die in Kansas umgekommen sind?«

»Ja«, sagte Caroline und lehnte die Kelle ab, die Quiet Woman ihr reichte. Bei der Erinnerung an die geschändeten Frauen schnürte es ihr die Kehle zu. Gingen die Plündereien und die Schändungen also doch auf Little Wolfs Konto? Caroline atmete tief durch, in der Hoffnung, ihr Magen möge sich wieder beruhigen.

»Geht es dir gut?«, wollte Feather wissen und musterte sie eingehend. Sie streckte die Hand aus und berührte Carolines Stirn. »Du bist blass und schwitzt. Am besten, du legst dich hin.«

»Gute Idee«, sagte Caroline und erhob sich mit langsamen Bewegungen. »Wo kann ich schlafen?«

»Komm!« Quiet Woman sprang auf und nahm sie beim Arm. »Wir zeigen dir, wo du wohnen wirst.«

»Geh langsam«, sagte Feather. »Sieh dir nur ihr Gesicht an.«

Caroline ging durch das Lager, so schnell es ihr die beiden erlaubten. Den neugierigen Blicken und dem

Getuschel schenkte sie dabei keine Aufmerksamkeit. Sie schälte sich aus Feathers eisernem Griff und legte die Hand auf den Knauf ihres Messers. Wenngleich sie keinen der jungen Männer entdecken konnte, fühlte sie sich ausgeliefert und schutzlos. Schlimmer als damals, als Little Wolf sie zu sich genommen hatte.

»Wir sind gleich da«, sagte Feather. »Hier werden du und dein Mann schlafen.«

Caroline blieb wie angewurzelt stehen. »Er ist nicht mein Mann, das wisst ihr genau, also hört auf damit.«

Feather kicherte und klopfte Caroline freundschaftlich auf den Rücken, während Quiet Woman fragte: »Wie heißt er eigentlich?«

»Zachary McCallister«, antwortete Caroline, während Feather sie an einer sich windenden Kette von Sandhügeln vorbeiführte, in die überall kleine Höhlen gegraben worden waren. Als Schutz gegen neugierige Blicke und den Wind dienten aus Ästen geflochtene Paneele. Neugierig warf Caroline einen Blick in die offen stehenden Höhlen, in denen die Frauen die Erdlöcher wohnlicher machten. Sie webten Rückenstützen aus Binsen, aus denen sie auch Schlafmatten und Teppiche herstellten. Antilope, Hirsch und Elch schien es in dieser Region im Überfluss zu geben. Zwischen den wenigen Bäumen waren Leinen gespannt, an denen Fleisch und Tierhäute zum Trocknen hingen.

Am Fuße zweier Höhlen, die ein wenig abseits der anderen lagen und so gegraben waren, dass sie einander gegenüberlagen, blieb Feather stehen. Einige der Cheyenne-Frauen hatten die beiden Erdlöcher hergerichtet und die Feuer im windgeschützten Vorbau bereits in Gang gebracht.

Caroline spürte, wie die Anspannung aus ihren Gliedern wich, und bedachte ihre Freundinnen mit einem dankbaren Lächeln, weil sie – wie immer – an ihre Bedürfnisse gedacht hatten. Sie hätte es nicht überlebt, wenn ihr und Zach eine gemeinsame Höhle zugedacht gewesen wäre.

»Für Zach?«, fragte sie und deutete auf das andere Erdloch.

»Du schläfst hier«, erklärte ihr Quiet Woman. »Sieh mal.« Sie zeigte Caroline, wie sie die Abdeckung aus Laub beiseiteschob und an einem Pfahl neben der Tür befestigte. »Wenn der Wind aus dieser Richtung kommt, weht er zu Zachary und nicht zu dir hinüber«, erklärte sie mit einem Augenzwinkern.

»Was würde ich nur ohne euch machen?«, seufzte Caroline und schloss die beiden nacheinander in die Arme. Sie wusste die Mühen ihrer Freundinnen zu schätzen, galt eine Frau ohne Mann bei den Cheyenne doch als unvollkommen, weil sie niemanden hatte, der für sie auf die Jagd ging.

Nachdem ihre Freundinnen sie alleine gelassen hatten, kroch Caroline in das geräumige und trockene Erdloch, schlug die Decke der Schlafstätte zurück und ließ sich bäuchlings auf die Felldecke fallen, so erschöpft war sie.

»Hat dieser Ort eigentlich einen Namen?«, drang Zachs Stimme am nächsten Morgen an ihr Ohr.

Caroline, die am liebsten noch weitergeschlafen hätte, antwortete mit einem Brummen.

Bei ihrem Anblick – sie war in den Kleidern, die sie gestern getragen hatte, ins Bett gefallen – musste er unwillkürlich grinsen. Ihr Rock war verknautscht und verdreht und das Haar vollkommen durcheinander. Zach wusste mittlerweile, dass Caroline eine Schlafmütze war, und bezweifelte nicht, dass sie in ihrem Leben mehr Sonnenaufgänge verschlafen als miterlebt hatte. Als sein Magen knurrte, fiel ihm wieder ein, dass es höchste Zeit war für ein Frühstück. »Wie heißt es so schön? Der frühe Vogel fängt den Wurm«, trällerte er.

»Von mir aus«, murmelte Caroline und machte auf der Stelle kehrt. »Ich mag eh keine Würmer.«

»Habe ich das richtig verstanden?«, rief Zach empört. »Sie wollen mich verhungern lassen?«

»Ja.«

»Na, Sie sind mir vielleicht eine charmante Nachbarin.« Zach legte den Arm um Swallows Schulter. »Was meinst du, sollen wir unsere Grazie noch ein wenig schlafen lassen?«

Swallow nickte und ging neben der Feuerstelle am Eingang der Höhle in die Knie, um die glühenden Kohlen wieder anzufachen. »Du machen Kaffee?«, fragte er Zach. »Das sie wird wecken.«

Zach blickte auf die schlafende Caroline. Er konnte ihr nicht verdenken, dass sie müde war. Die letzten Tage waren anstrengend gewesen, und es war die erste Nacht seit Beginn ihrer Reise, die sie in Sicherheit verbrachte. Zach beschloss, sie noch ein wenig schlafen zu lassen, und legte eine weitere Decke über ihre Beine.

»Swallow, wie wär's, wenn wir beide das Lager ein wenig näher erkunden?«, fragte Zach, der den Eindruck hatte, dass Swallow das Lager bereits kannte, weil er sich so selbstsicher bewegte.

»Was du wollen sehen?«, fragte Swallow und beobachtete Zach, wie er den Maisbrei anrührte.

»Ich würde gerne nach meinem Pferd sehen.« Zach versuchte, so ungezwungen wie möglich zu klingen, damit Swallow nicht ahnte, wie sehr er darauf brannte, endlich einen Blick auf die Pferde zu werfen.

Bevor die beiden sich nach dem Frühstück auf den Weg machten – sie hatten Caroline einen Teller hergerichtet und das Feuer geschürt, damit ihr nicht kalt wurde –, sah Zach noch einmal nach ihr. Im letzten Moment widerstand er dem brennenden Verlangen, neben ihr in die Knie zu gehen, ihr das Haar aus dem Gesicht zu streichen und ihre samtene Haut zu berühren.

Mit einem resignierten Seufzen bemerkte er, dass Carolines Bettlager groß genug war für zwei. Es war auch zu schade, dass er es niemals mit ihr teilen würde. Bei dem Gedanken, dass es kaum etwas Schöneres gab, als mit der Frau der eigenen Träume eng umschlungen in der Wärme zu liegen, während draußen ein Schneesturm wütete, wurde Zach ganz warm ums Herz. Gegen seinen Willen schnellten die passenden Bilder empor – wie sie einander liebkosten, flammende Küsse austauschten, sich in den Armen hielten und einander mit Liebe überschütteten. Zach schüttelte den Kopf und richtete sich zur vollen Größe auf. Mit dem Ergebnis, dass sein Kopf gegen die niedrige Höhlendecke knallte und sein Hut zu Boden segelte. Mit einem Grunzen hob er ihn auf. Das konnte ja ein toller Winter werden!

»Swallow!«, rief er und rang sich ein Lächeln ab. »Komm, wir gehen zu den Pferden.«

Das ließ Swallow sich nicht zweimal sagen und führte ihn zu einer Weide, die an einen Bachlauf grenzte. Die Pferde, die die Ruhe genossen und sich an dem satten Gras gütlich taten, störten sich nicht an Zach und Swallow, die sich ihren Weg durch die zusammengewürfelte Herde bahnten. Zach berührte hier eine Flanke und strich dort über eine Nase. Und dann fand er endlich, wonach er die ganzen Wochen gesucht hatte.

Liebevoll strich er den schlanken Hals der Gefleckten und erinnerte sich daran, wie er sie gemeinsam mit seinem Vater auf die Welt geholt hatte. Für den Bruchteil einer Sekunde fluteten Erinnerungen an eine unbeschwerte Zeit sein Herz. Als er den Schrecken des Krieges noch nicht ins Auge hatte sehen müssen.

Direkt hinter der Gefleckten graste die haselnussbraune Stute, von der sein Vater überzeugt gewesen war, sie würde eines Tages die besten Fohlen gebären, die auf ihrer Farm je das Licht der Welt erblickt hatten.

Zach knirschte mit den Zähnen. Er wurde das Gefühl nicht los, von der Bestie, die seine Frau abgeschlachtet hatte, in diesem Moment beobachtet zu werden. Er riss den Kopf herum, konnte aber niemanden entdecken. Dennoch war ihm, als röche er die Angst des Feindes, und gelobte sich, eben dieses Gefühl zu eigen zu machen. Wer auch immer hinter den Morden und der Verschleppung stand, würde nicht mehr zur Ruhe kommen, bis er ihn zwischen seinen Fingern zerquetschte.

So schnell ihre Füße sie trugen, lief Caroline zum Bach, das kostbare Stück Seife, das sie wie ihren Augapfel hütete, ein Handtuch und saubere Unterhosen fest an die Brust gedrückt. Die Sonne stand zwar bereits hoch am Himmel – es war schätzungsweise um die Mittagsstunde –, doch auf der anderen Seite des Sees hatte dichter Nebel die kalten, knorrigen Klauen nach einem Traubenkirschenbaum ausgestreckt, weil die Sonne ihm noch nichts hatte anhaben können. Caroline lief ein Schauer über den Rücken. Nachdem sie sich vergewissert hatte, dass niemand sie sah, setzte sie ihren Weg fort. Irgendwo auf der anderen Seite des Sees zerriss der Schrei eines Kranichs die Stille, gefolgt von den gellenden Antworten seiner Artgenossen. Der Kopf eines Hirsches blitzte kurz in einer Nebellücke auf, war aber so schnell verschwunden, wie er erschienen war. Der Hügel, der sich hinter einem Gebüsch erhob, bildete das westliche Ende des Tals und schwächte den Wind in den unbarmherzigsten Tagen des Winters ein wenig ab. Dieses grüne und fruchtbare Tal war wie ein Geschenk für die Cheyenne, eine Gabe von den Göttern des Himmels und der Erde.

Sosehr sie sich auch dagegenstemmte, musste sie daran denken, dass sie sich mit denselben Männern, die geplündert und geschändet hatten, dasselbe Wasser, dieselben Wege, dasselbe Lager teilte. Sie konnte einzig darauf hoffen, dass die strengen Gesetze der Cheyenne, die das Zusammenleben regelten, ihr Schutz böten. Außerdem vertraute sie Little Wolf.

Mit einem flauen Gefühl im Magen, das nichts Gutes verhieß, machte sie sich auf den Rückweg zu ihrer Höhle. Auf halber Strecke wäre sie fast mit Zach zusammengeprallt. Als sie ihm in die stürmischen Augen blickte, hinter denen blanke Wut tobte, zuckte sie zusammen.

»Haben Sie die Pferde gefunden?«, fragte sie schnell, um ihn auf andere Gedanken zu bringen. Erst jetzt merkte sie, dass Zach sie gar nicht bemerkt hatte und wortlos an ihr vorbeigelaufen wäre, wenn sie nicht das Wort an ihn gerichtet hätte.

»Ja.« Zach blieb stehen, und Caroline beobachtete erleichtert, wie seine Augen wieder weichere Züge annahmen. »Es sind zweifelsohne McCallister-Pferde«, sagte er mit schneidender Stimme. »Der Mann, der meine Frau auf dem Gewissen und meinen Sohn entführt hat, lebt hier«, zischte er und packte sie so unwirsch bei den Schultern, als hätte sie etwas mit seiner Familientragödie zu tun. »Ich werde ihn finden, und dann Gnade ihm Gott.«

»Sind Sie sich auch ganz sicher? Vergessen Sie nicht, dass die Pferde auch durch einen Verkauf, Tausch oder Diebstahl zu den Cheyenne gekommen sein können.«

»Ich bin mir meiner Sache mehr als sicher«, entgegnete Zach und ließ den Blick in die Ferne schweifen. »Ich werde das Gefühl nicht los, dass wir beobachtet werden. Von jemandem, der mir nicht wohlgesinnt ist.«

Caroline entschied, ihm nichts davon zu erzählen, dass sie das Gefühl zuweilen auch hatte. »Ich werde alles in meiner Macht Stehende tun, um Ihnen zu helfen, möchte Sie aber eindringlich bitten, keine voreiligen Schlüsse zu ziehen. Tun Sie mir und sich selbst den Gefallen und lassen Sie sich nicht zu Anschuldigungen hinreißen, die Sie nicht beweisen können.«

Little Wolf zog genüsslich an seiner Pfeife, bevor er sie Zach überreichte. Er spürte, dass der *veho* darauf brannte, ihm etwas mitzuteilen. Doch er musste lernen, dass es dazu nicht immer Worte bedurfte.

»Wie kann ich Ihnen behilflich sein, Ihren Sohn wiederzufinden?«, fragte Little Wolf, als Zach gerade den Mund voller Rauch hatte. Er wartete oft damit, eine Frage zu stellen, wenn sein Gegenüber ihm nicht unmittelbar antworten konnte. Das verschaffte dem Antwortenden ein wenig Zeit, über seine Worte nachzudenken und nicht das Erstbeste herauszuposaunen, das ihm in den Sinn kam. Zach schien verstanden zu haben, dass er sich Zeit lassen sollte, denn er hüllte sich in tiefes Schweigen und ließ den Rauch nur langsam entweichen.

»Ich habe die Pferde gesehen«, sagte er schließlich.

Little Wolf ließ Zach Zeit, seine Bemerkung zu untermauern.

»Sie gehörten einst meiner Familie.«

Es gefiel Little Wolf, dass Zach seine Worte sorgsam wählte. Schließlich war es keine leichte Aufgabe, einem Häuptling zu erklären, dass ein Stammesmitglied vermutlich das Leben einer unschuldigen Frau ausgelöscht hatte. Noch schwerer war es, eben diesen Häuptling darum zu bitten, dass der Mörder von jemandem bestraft wurde, der nicht zum Stamm gehörte. Da Little Wolf eine gewisse Sympathie für Zach hegte und da er Caroline und Swallow, und damit seinem Stamm geholfen hatte, gab er ihm die Gelegenheit, sich zu erklären.

Als er Black Crane zunickte, der auf der anderen

Seite des Feuers saß, erhob er sich wortlos und ließ die beiden alleine zurück.

»Sie suchen nach dem Mörder Ihrer Frau«, durchbrach Little Wolf die Stille und hielt die flache Hand in die Luft, damit Zach schwieg. »Sie gehen davon aus, dass derjenige, der Ihren Sohn verschleppt und Ihre Frau umgebracht hat, auch die Pferde zu uns gebracht hat.«

Zach nickte mit versteinerter Miene. Seine Augen, hinter denen aufgepeitschte Gefühle tobten, waren starr auf Little Wolf gerichtet. »Ich werde meinen Sohn finden, ob tot oder lebendig. Hiermit möchte ich offiziell um die Erlaubnis bitten, mich frei im Lager bewegen zu dürfen. Ich möchte, dass Ihr Stamm mich kennenlernt, sich mit mir vertraut macht, damit ich meine Fragen stellen kann.«

Little Wolf, der sichtlich beeindruckt war von Zachs Worten, ließ einige Augenblicke verstreichen, bevor er antwortete. »Ihr Plan in allen Ehren, aber meinen Sie nicht auch, dass diese Vorgehensweise sehr viel Zeit in Anspruch nehmen würde? Wie wäre es für Sie, wenn ich mein Volk befragte?«, warf Little Wolf ein. »Wie steht es mit Ihrem Sohn? Fürchten Sie nicht um seine Sicherheit?«

»Und ob!«, schoss Zach so vehement zurück, sodass Little Wolf erschrak.

Little Wolf dachte kurz darüber nach, ob er dieselbe Geduld aufbringen würde wie Zach, wenn es um sein Fleisch und Blut ginge. Er war sich nicht sicher.

»Die Pferde sind meine einzige Spur. Wenn ich ihr nicht nachgehe, werde ich Luke niemals finden. Wenn Ihre Schwestern und Brüder Ihnen gegenüber nicht ganz aufrichtig sind, weil Sie der Häuptling sind und sie Angst haben, bestraft zu werden? Ich sehe keine andere Möglichkeit, als das Vertrauen Ihres Stammes zu gewinnen, um meinen Sohn zu finden. Und wenn es Wochen dauert.«

Little Wolf nahm die Pfeife und tat einen kräftigen Zug. »Ich werde meinen Stamm wissen lassen, dass Sie kommen und gehen können, wie es Ihnen beliebt, und dass Ihnen keiner ein Haar krümmen oder Sie beleidigen darf«, versprach er, nachdem er den Rauch langsam ausgeatmet hatte, und bot Zach die Pfeife mit dem Mundstück voran dar.

Zach nahm sie nickend entgegen, zog aber nicht daran. »Eine Frage hätte ich allerdings noch.«

Aha!, dachte Little Wolf. *Jetzt wird er mich nach Caroline fragen. Wurde auch Zeit. Hatten meine Frauen also doch recht. Er mag sie.* Laut sagte er jedoch nur: »Ja.«

Zach schluckte kräftig und richtete dann mit brüchiger Stimme das Wort an ihn: »Was wird eigentlich aus Caroline und Swallow, sobald sie den Powder River erreicht haben?«

»Das werde ich entscheiden, wenn es so weit ist«, sagte Little Wolf gedehnt. »Ich möchte Ihnen gerne mehr über Caroline erzählen. Zum Beispiel, dass ich sie dem Häuptling der Kiowa abgekauft habe. Sie hat viel durchgemacht. White Bear hätte sie um ein Haar zu Tode geprügelt. Sie hat mit dem Tode gerungen, als sie zu uns kam. Meine Frauen haben sie liebevoll gepflegt. Es hat viele Monde gedauert, bis sie wieder bei Kräften war. Körperlich ist sie genesen, aber ich mache mir Sorgen um ihre Seele und ihr Herz.« Traurig schüttelte Little Wolf den Kopf und zuckte mit den Schultern. »Womöglich wird es niemals heilen.«

»Sie hat mir erzählt, dass sie sich nie zu Ihnen gelegt hat.«

»Außer meinen Frauen weiß niemand, dass sie nie mit mir das Lager geteilt hat. Und ich möchte auch, dass das so bleibt.« Er sprach so leise, dass Zach sich über das Feuer beugen musste, um ihn zu verstehen. »Sie haben ja selbst Narben gesehen.« Little Wolf hatte es im Rauch der Erkenntnis gesehen.

»Haben Sie ihr Ohr gesehen?«, fragte Zach, der sich längst nicht mehr über Little Wolfs Wissen wunderte.

»Ihr Ohr ist in einem entsetzlichen Zustand, aber nichts im Vergleich zu ihrem Herzen«, sagte Little Wolf und erhob sich. Ihre Unterredung war beendet.

Als Zach an Little Wolf vorbeiging, hielt der Häuptling ihn am Arm fest. »Mein Freund, ich wünsche Ihnen, dass sie bald Ihren Sohn finden. Wenn ich Ihnen helfen kann, so sagen Sie es mir. Und was die Pferde betrifft – spielen Sie nicht. Es könnte gut sein, dass Sie verlieren.«

»Vielen Dank.« Zach umfasste Little Wolfs ausgestreckten, sehnigen Unterarm. »Wenn nötig, komme ich gerne auf das Angebot zurück.«

»Es gibt nur eine Sache, bei der ich Ihnen nicht helfen kann. Für Carolines Herz gibt es nur eine Medizin. Vertrauen.«

Mit einem beklemmenden Gefühl in der Brust sah Little Wolf Zach nach. Wenn er den Mörder in seinem Lager fand und ihm offen entgegentrat, riskierte er den Tod. Wer würde den Cheyenne dann im Notfall helfen? Die Sonne ritt auf dem Wind mit scharfen Sporen, die Tage flogen nur so vorbei. Es galt jetzt, schnell zu handeln.

Den Blick ins Leere gerichtet, rauchte Little Wolf seine Pfeife zu Ende. Die Sorge um seinen Bruder wog schwer und zerrte an seinen Nerven. Am besten, er entsandte Bullet Proof zum Camp Robinson. Vorausgesetzt, dass Morning Star und die anderen wohlauf waren, würde er, auch wenn es ihm schwerfiel, seinen Bruder seinem Schicksal überlassen. Für den Fall, dass es ihm schlecht ging, hatte er auch schon einen Plan.

Fünfzehntes Kapitel

Es war Zach schleierhaft, aber aus unerfindlichen Gründen wachte er jeden Tag beim ersten Sonnenstrahl auf. So auch heute. Mit einem Schmunzeln beobachtete er Swallow, der sich in der Zwischenzeit bei ihm eingenistet hatte – natürlich, ohne vorher um Erlaubnis zu fragen. Eines Tages hatte er seine Decken mitgebracht und es sich bei Zach gemütlich gemacht, der alles andere als böse darum war. Im Gegenteil, er genoss die Gesellschaft des Jungen, auch wenn er das nicht ohne weiteres zugeben würde.

Wie an jedem Tag drehte Black Crane nach der morgendlichen Wäsche seine Runde durch das Lager und verkündete die Neuigkeiten. Die ersten beiden Ankündigungen bezogen sich auf die Kochfeuer und die Jagd, die dritte jedoch betraf Zach und Caroline: »Die zwei *veho,* die sich uns angeschlossen haben, werden bei uns bleiben, bis der Schnee getaut ist. Little Wolf bittet euch, sie herzlich in eurer Mitte aufzunehmen. Wer die beiden schlecht behandelt oder schlecht über sie redet, wird sich vor Little Wolf verantworten müssen.«

Nachdem Caroline mit ihrer Übersetzung fertig war, sah Zach sie mit einem breiten Grinsen an.

Als Swallow eine vorlaute Bemerkung darüber machte, dass Zach und Caroline doch noch ein Paar würden, packte Zach ihn bei den Schultern und zog ihn außer Hörweite. »Freundchen, es wird Zeit, dass wir uns mal unterhalten. Du weißt, dass Caroline und ich dich gerne bei uns haben.«

Swallow hob den Kopf und schaute Zach mit erstaunten Augen an. »Wirklich?«

Zach lächelte. »Wirklich.«

»Mir auch gefallen.« Swallow legte den Kopf auf die Seite und musterte Zach skeptisch. »Was ich sollen machen? Gewehr sauber machen, Pferde füttern, für Caroline jagen, Geschirr spülen, Wasser holen. Ich alles tun, um zu bleiben mit dich und sie.«

»Ruhig Blut, Junge«, besänftigte Zach, der vollkommen überrascht war. »Wir erwarten nicht, dass du diese Dinge alleine bewältigst, aber wir freuen uns natürlich, wenn du uns zur Hand gehst.«

»Ihr mich viel zu essen geben. Ich wieder stark.« Um zu zeigen, wie gut er sich erholt hatte, spannte er die Oberarme an.

»Swallow, wir möchten, dass du bei uns lebst, weil du dich wohlfühlst, nicht, weil du für uns arbeitest. Aber tu uns den Gefallen und sprich nicht darüber, dass Caroline und ich ein Paar werden könnten.« Zach schwieg kurz, während Swallow stumm nickte.

Zach wollte den Jungen nicht einschüchtern – im Gegenteil. Behutsam legte er ihm den Arm um die Schultern und führte ihn noch ein Stück weiter weg. »Ich brauche deine Hilfe, Swallow. Es könnte sein, dass einer der Cheyenne mir oder Caroline etwas Böses will. Wenn du hörst, dass jemand schlecht über uns spricht, würdest du es mir dann sagen?« Zach blieb stehen, ging in die Hocke und sah dem Jungen in die

Augen. »Würdest du das für uns tun? Für mich und Caroline? Auch wenn wir kein Paar sind?«

Swallow nickte und blickte ernst, die Hände zu Fäusten geballt und in die Oberschenkel gepresst. »Ich versprechen.«

Zach klopfte ihm auf den Rücken, tat einen tiefen Atemzug und sprach weiter: »Aber da wäre noch etwas. Du musst mir allerdings sagen, falls es dir unangenehm ist, ja?«

Swallow nickte und blickte fast wie ein erwachsener Mann.

»Ich muss herausfinden, wer die beiden Pferde, die erst Little Wolf gehört haben und die er mir geschenkt hat, als Erster zu den Cheyenne gebracht hat.« Zach tat es nur ungern, den Jungen für seine Nachforschungen einzuspannen, sah aber keine andere Möglichkeit, wenn er schnell an Antworten kommen wollte. Wenn sein Plan aufging, würden er und Swallow sich unter den Männern umhören, während Caroline den Frauen auf den Mund sah.

»Ich werden für dir herausfinden«, sagte Swallow andächtig. »Du mich lassen kümmern um Pferde, und ich angeben vor Freunden. Dann andere werden fragen, woher ich haben Pferde. Du verstehen?«

»Perfekt«, sagte Zach und zerzauste dem Jungen die blonden Locken. »Du kümmerst dich um die Pferde, gibst ihnen morgens und abends zu fressen, striegelst sie und sprichst mit ihnen. Pferde mögen es, wenn man mit ihnen redet.«

»Ich machen«, sagte Swallow mit ernstem Gesichtsausdruck und verschränkte wie ein gestandener Mann die Arme vor der Brust. »Du nicht werden bereuen.«

»Wunderbar«, sagte Zach erleichtert und ging mit Swallow zu den Pferden, die er unterhalb seiner Höhle angebunden hatte. »Wir werden sie hier behalten, für den Fall, dass es Ärger gibt. Beim Abendessen werden Caroline, du und ich uns dann austauschen, was wir in Erfahrung gebracht haben.«

Swallow nickte und bestürmte Zach mit Fragen über die Pflege der Pferde. Es brach Zach fast das Herz, wie begierig der Junge war, ihm zu helfen. Was Zach betraf, freute er sich darauf, die Abende gemeinsam mit Caroline am Feuer zu verbringen, wenn der Junge ins Bett gegangen war.

Aber vorher musste er mit ihr sprechen. Er wollte ihr ein Angebot unterbreiten, selbst wenn er vermutete, dass sie höchst unterkühlt darauf reagieren würde. Dennoch würde er es wagen. Er konnte nur gewinnen. Bei dem Gedanken daran huschte ein spitzbübisches Grinsen über sein Gesicht.

Sechzehntes Kapitel

Vertieft in den Anblick des atemberaubenden Sonnenuntergangs kuschelte Caroline sich tiefer in die Decke, die sie sich um die Schultern gewickelt hatte. Sie atmete tief durch und fühlte sich so glücklich wie schon lange nicht mehr. Sie hatte ein trockenes, warmes – wenn auch etwas spärliches – Zuhause, wusste ihre Freundinnen in der Nähe und genoss es, Zach und Swallow zu umsorgen. Die beiden waren mittlerweile unzertrennlich, hingen wie Pech und Schwefel zusammen. Caroline hatte fast den Eindruck, dass Swallow eine Art Ersatzsohn für Zach war und ihm über den Schmerz hinweghalf, dass er Luke noch immer nicht gefunden hatte.

In diesem Moment entdeckte Caroline ihre beiden Männer, die auf sie zugeschlendert kamen. Als Swallow ins Straucheln geriet, weil er einen Stein übersehen hatte, fing Zach ihn auf. Auf seine Bemerkung, die Caroline allerdings nicht hören konnte, stimmte Swallow sein helles und fröhliches Lachen an. Gemeinsam liefen sie zu den Pferden. Während Zach ihnen den Hals tätschelte, streichelte Swallow die Nüstern. Dann striegelten und fütterten sie gemeinsam die Tiere. Als sich ihre Wege trennten und Swallow sich fröhlich winkend verabschiedete, zog Caroline sich blitzschnell in ihre Höhle zurück, sank neben das Feuer und nahm die Mokassins in die Hand, die sie für Swallow nähte.

Als sie an den Nachmittag zurückdachte, den sie mit Feather und Quiet Woman verbracht hatte, keimte die altbekannte Nervosität auf, die sie immer dann ereilte, wenn die beiden mit ihr über Zach reden und sie überzeugen wollten, dass er wie gemacht wäre für sie. Jedes Mal fragten sie ihr Löcher in den Bauch und erinnerten sie daran, dass sie auch nicht jünger würde und dass einige jüngere Cheyenne-Frauen ein Auge auf Zach geworfen hatten – vor allem Pretty Walker, Little Wolfs attraktive Tochter mit den betörenden großen Augen. Bei dem Gedanken an Zach und Pretty Walker rammte Caroline die Ahle mit so viel Kraft ins Leder, dass sie sie sich in ihren Daumen bohrte.

»Verflixt«, entfuhr es ihr und lutschte an ihrem Daumen.

Genau in dieser Sekunde duckte Zach sich unter dem Höhleneingang hinweg. »Na, wer wird denn da so derbe fluchen?«

Caroline brummte etwas Unverständliches und nahm den Daumen aus dem Mund. »Von mir aus können Sie die Mokassins zu Ende nähen«, zischte sie und schaute ihren Daumen an, aus dem noch immer Blut quoll.

»Das ist keine so gute Idee, aber wie wäre es, wenn ich Ihnen ein wenig zur Hand ginge?«, schlug er freundlich vor, während er sich das Halstuch abnahm und es um ihren Daumen wickelte. Anschließend sank er neben sie auf die Erde. Er saß so nah bei ihr, dass sie ihm unter die Hutkrempe blicken konnte. Verstohlen musterte sie die dunkelgrauen Augen, den kleinen

Höcker auf seiner Nase, der vermutlich von einem Nasenbruch herrührte, sowie seine dunklen und dichten Bartstoppeln.

»Gefällt Ihnen, was Sie sehen?«, murmelte er mit belegter Stimme.

Beschämt wandte Caroline den Blick ab und rückte ein Stück von ihm weg, obwohl sie große Lust empfand, die Konturen seiner lächelnden Lippen nachzuziehen und mit der Fingerspitze seine Grübchen zu erforschen.

»Warum tun Sie das eigentlich immer?«, fragte er, nahm ihre Hand und legte sie auf seine Brust.

»Was denn?«, fragte Caroline, die seinen kräftigen Herzschlag unter ihren Fingern spürte.

»Naja, Sie rücken jedes Mal von mir ab, sobald ich in Ihrer Nähe bin«, raunte er, umfasste ihr Kinn und hob es in die Höhe.

»Sie wissen genau, warum«, antwortete Caroline mit so leiser Stimme, dass ihm nichts anderes übrig blieb, als wieder näher an sie heranzurutschen, um sie zu verstehen. Jetzt spürte sie die Wärme seines Atems auf ihrer Wange. Was gäbe sie darum, wenn sie ein wenig mutiger wäre. Dann nämlich würde sie den Kopf drehen und ihm einen Kuss rauben. Sollten Feather und Quiet Woman doch recht behalten? Brachte sie sich um die Chance ihres Lebens?

Natürlich könnte sie ein Leben ohne körperliche Liebe führen. Die Frage war nur, wollte sie das? Die Erinnerungen an die Qualen, was White Bear ihr zugefügt hatte, würden sie immer begleiten, aber sie könnte alles Erdenkliche tun, um ein positives Gegengewicht zu schaffen. Aber was wäre, wenn sie sich ihm hingab und ihr Leiden hinterher noch größer war? Oder noch schlimmer: Wenn er ihr das Herz brach, weil sich ihre Wege eines Tages unweigerlich trennen würden?

»Little Wolf hat ein Auge auf Sie geworfen«, sagte Zach ohne Vorwarnung, löste das Tuch von ihrem Daumen und untersuchte ihn eingehend. Und obwohl die Blutung versiegt war, ließ er nicht von ihrer Hand ab. »Auch wenn er sagt, dass es Ihnen freistünde, sich einen Mann ins Bett zu holen.«

Als Caroline ihn mit offenem Mund anstarrte, hob er ihr Kinn wieder in die Höhe.

»Er macht sich lediglich Sorgen um mich. Sie wissen genau, dass ich nie seine Frau war.«

»Nichtsdestotrotz haben Sie viel Zeit mit ihm verbracht und standen ihm nahe. Ich möchte nicht, dass er wütend wird, wenn wir uns ... nahe sind.«

»So, wie jetzt?«, fragte Caroline, die das Gefühl hatte, sein Körper und sein Atem würden sie umfließen.

»Nein, Darling, das ist noch lange nicht so nah, wie ich es mir wünsche«, raunte er. Als sein Atem das nächste Mal ihren Hals strich, drehte sie instinktiv den Kopf und hob einladend die Lider, was sie ihren ganzen Mut kostete.

Sie hatte nicht vergessen, dass sie ihm ein Versprechen gegeben hatte. Aber hatte sie wirklich die Kraft, sich weniger zugeknöpft zu geben? Konnte sie ihre Erinnerungen und ihre Furcht abschütteln, ihm erlauben, sie zu berühren? Als junges Mädchen hatte sie geglaubt, dass eine Frau einen Mann mit jeder Faser ihres Herzens lieben musste, bevor sie ihm erlauben durfte, sie zu küssen, zu berühren, zu halten. Sie war auf der ganzen Linie verwirrt. Und schließlich liebte sie Zach nicht. Oder doch? Würde sie sich selbst untreu werden, wenn sie sich ihm hingab, ohne ihn zu lieben?

Sei nicht immer so hasenfüßig!, schalt sie sich. *Wenn du diese Gelegenheit ungenutzt verstreichen lässt, wirst du womöglich nie herausfinden, ob du einen Mann lieben kannst. Versuch, ihm zu vertrauen.*

»Ich habe nachgedacht«, platzte es plötzlich aus ihr heraus.

»Nachdenken hat noch nie geschadet«, antwortete er schmunzelnd.

»Meine Freundinnen sind der Überzeugung, ich bräuchte dringend einen Mann, und so langsam glaube ich, dass sie recht haben.« Als Zach scharf den Atem einsog, beeilte sie sich mit ihrer Erklärung. »Ich bin mir nicht sicher, ob ich mit einem Mann zusammen sein kann, aber ich möchte es gerne ausprobieren. Und Sie wären perfekt, mir alles Wichtige über die körperliche Liebe beizubringen, weil sich unsere Wege unweigerlich trennen werden, sobald Sie mehr über Lukes Verbleib wissen.«

Zach, der die Stirn in Falten gelegt hatte, wirkte plötzlich verärgert. Doch Caroline ließ sich davon nicht aus dem Konzept bringen. Wenn sie jetzt nicht weitersprach, würde sie womöglich nie wieder den Mut aufbringen, dieses so heikle Thema anzuschneiden. »Was glauben Sie, wie viele Unterrichtsstunden Sie benötigen würden?«

»Unterrichtsstunden?«, fragte Zach erstaunt, woraufhin Caroline ein genervtes Schnauben ausstieß.

»Ja. Sie sollen mir Unterricht geben. Und ich gehe nicht davon aus, dass ich in einer einzigen Nacht alles lernen kann, was ich über die körperliche Liebe wissen muss. Bitte bedenken Sie, dass Sie äußerst behutsam ans Werk gehen müssen. Also, was meinen Sie? Wie viele Unterrichtsstunden sind Ihrem Ermessen nach notwendig?«

»Äh ... drei? Vier?«, antwortete Zach verlegen und zählte mit den Fingern mit, bevor er sie mit großen Augen ansah und ihr ein strahlendes Lächeln schenkte. »Vier dürften reichen.«

»Und Sie sind sicher, dass Sie mir in der Zeit die grundlegenden Dinge beibringen können?« Es war Caroline wichtig, dass er von Anfang an wusste, worauf er sich einließ. »Das, was bereits geschehen ist, zählt aber nicht mit, einverstanden?«

»Jawohl, Ma'am«, entgegnete Zach und musste sich das Lachen verkneifen, was auch Caroline nicht entging.

Doch irgendwas störte Caroline. Warum hatte er eigentlich noch gar nicht versucht, sie zu berühren? Und plötzlich merkte sie, dass sie darauf brannte, seine Hände zu spüren. Am besten sofort. Aus einem Impuls heraus stieß sie ihm den Hut vom Kopf. Als er die Hand hob, um sich durchs Haar zu fahren, fing sie seine Hand in der Luft ab. »Nein, lassen Sie mich.« Sie stützte sich auf die Knie, vergrub die Finger in seinen dunklen Strähnen und zog sein Gesicht zu sich. »Können wir bitte sofort anfangen?«, fragte sie mit rauchiger Stimme.

»Zu Befehl, Ma'am«, raunte er, zog sie mit einem kräftigen Ruck an seine Brust und bedeckte ihre Wange und ihren Hals mit warmen, weichen und liebevollen Küssen.

»Warten Sie«, keuchte Caroline und wollte ihn von sich schieben.

»Nein, ich habe lange genug gewartet«, keuchte Zach, der nicht willens war, sie freizugeben.

Caroline stemmte sich mit beiden Händen gegen seine Brust, den Blick starr in seine Augen gerichtet. »Was ist mit Swallow?«

»Er schläft heute bei einem Freund und wird erst morgen Abend wieder zurück sein.«

»Verstehe«, sagte Caroline, legte wieder die Arme um ihn und strich ihm einige Male über den Rücken und befingerte durch den Stoff seines Hemdes – den Mantel hatte er abgelegt – seine kräftigen Muskeln. Währenddessen glitten seine Finger in ihr Haar und lösten die Haarnadeln, bis sich ihr schweres, satt glänzendes Haar über ihre Schultern ergoss. Von Panik überwältigt, er könnte ihr linkes Ohr freilegen, schnellte ihre Hand in die Höhe, doch Zach fing sie ab und küsste jeden ihrer Finger.

»Sie sind wunderschön«, flötete er, ging vor ihr in die Knie und ließ den Blick über ihren Körper gleiten, als könnte er nicht genug von ihr bekommen.

Mit einem befangenen Kopfschütteln wandte sie den Blick ab und spürte, wie ihr die Röte ins Gesicht stieg. »Nein, ich habe Narben und mein Ohr ...«

Zach legte die Finger um ihr Kinn und zwang sie, ihn anzusehen. »Nein, Sie sind wunderschön.« Liebevoll, aber bestimmt zog er sie zu sich und versiegelte ihre Lippen mit einem brennenden und endlosen Kuss. Als er merkte, dass sie ins Schwanken geriet, hielt er sie.

Doch Caroline sehnte sich nach seiner Wärme. Sie

wollte ihn berühren und von ihm berührt werden, und deshalb presste sie ihre Brüste gegen seinen Oberkörper, um ihm so nah wie möglich zu sein.

Begleitet von einem wohligen Stöhnen intensivierte Zach den Kuss. Sein Mund wurde zunehmend begieriger, und seine Zunge wollte sich zwischen ihre Lippen schieben. Doch dann versteifte sich Caroline. Zach zog sich augenblicklich zurück und kostete die samtweiche Haut ihres Halses.

Dankbar für Zachs Feingefühl, entspannte Caroline sich wieder.

»Vertrauen Sie mir. Öffnen Sie Ihren Mund, Caroline«, flüsterte er. »Ich möchte Sie schmecken.«

»Darf ich bei der Unterrichtsgestaltung eigentlich mitsprechen? Darf ich sagen, wenn mir etwas nicht gefällt?«, fragte Caroline und lehnte sich nach hinten. Wenn sie sich schon ein Herz fasste, wollte sie wenigstens ein Mitspracherecht.

»Natürlich«, antwortete Zach und hob mit einem überraschten Blick die Brauen. »Mögen Sie es etwa nicht, wenn ich Sie mit der Zunge küsse?«

»Manchmal ja, manchmal nein«, räumte Caroline ein wenig verlegen ein. »Wenn Sie Ihre Zunge in meinen Mund stoßen, erinnert mich das an Dinge, die ich ... zu denen ich noch nicht bereit bin.«

»Verstehe«, sagte Zach und zog sie auf seinen Schoß. »Weniger Zunge«, murmelte er, beugte sich über sie und küsste sie noch leidenschaftlicher. Als er dieses Mal seine Zunge in ihren Mund gleiten ließ, öffnete sie sich für ihn, schob seine Zunge aber zurück, bis ihre in seinem Mund war. Mit einem Kichern löste sie den Kuss. »Ich glaube, ich habe so etwas schon einmal mit einem Jungen gemacht, den ich einst gekannt habe.«

»Welcher Junge?«, fragte er und mimte den Beleidigten, ehe er ihre Wangen, ihre Stirn und ihre Nasenspitze mit einer Flut von Küssen bedeckte.

»Sie müssen sich keine Sorgen machen«, sagte sie mit einem scheuen Lächeln.

»Aha, Sie meinen also, Sie könnten mich ärgern?«, fragte er und sah sie streng an. »Mir schwant, es wird Zeit, den Unterricht für heute zu beenden.«

»Wie schade«, antwortete sie. »Wenn ich es mir recht überlege, hat es mir doch ganz gut gefallen. Können wir nicht noch ein bisschen weitermachen?«

»Ihr Wunsch ist mir Befehl«, sagte er gedehnt, als er sich erhob und sie gleich sanft mit sich zog, um sie sogleich in die Arme zu schließen und zum Bett zu ziehen.

Nachdem er die Decken am Fußende ihres Schlafplatzes beiseitegeschoben hatte, legte er sie behutsam auf das Bett.

Caroline war bemüht darum, sich nicht zu rühren, während sein durchdringender Blick über ihren Körper glitt. Sie bekam eine Gänsehaut. Das Feuer in seinem Rücken ließ seinen Schatten an der Wand hünenhaft werden, und plötzlich waren sie wieder da, die grausamen Erinnerungen. Wenn er sich im nächsten Augenblick nach unten beugte, sie auf den Bauch drehte und ihr brutal den Rock in die Höhe schob? Ihre Atmung wurde flatterig, und ihre Finger suchten fieberhaft nach dem Messer, das sie stets griffbereit unter der Matratze versteckte.

»Entspannen Sie sich«, beruhigte Zach sie, der ihre

plötzliche Unruhe spürte. »Ich werde nichts tun, zu dem Sie nicht bereit sind.«

Mit betont langsamen Bewegungen ging er in die Hocke und streckte sich der Länge nach neben ihr aus. Dann stützte er sich auf dem Ellbogen auf, drapierte ihr Haar zu einem Fächer um den Kopf und legte den Arm, der nach dem Messer greifen wollte, neben ihrem Körper ab.

»Verlieren Sie sich bitte nicht in der Vergangenheit. Bleiben Sie hier bei mir«, säuselte er mit einem warmen Ausdruck in den mausgrauen Augen. »Haben Sie eigentlich eine Vorstellung davon, wie oft ich mir schon gewünscht habe, neben Ihnen auf Ihrem Bett zu liegen?« Zach beugte sich nach vorne, gab ihr einen hauchzarten Kuss auf die Wange und glitt gleichzeitig mit der Hand an ihrem Arm hinab, bis sich ihre Finger verflochten.

Nach und nach beruhigte sich Carolines aufgeregtes Herz wieder, und ihre Gliedmaßen erschlafften.

»Ein Ton von Ihnen genügt und ich höre auf«, raunte er ihr ins Ohr und beugte sich über sie.

Carolines Hand glitt um seinen Nacken und zog seinen Kopf in die Tiefe. Caroline hatte das Gefühl, die Glut seines Körpers würde sie jeden Augenblick versengen. Wie schon zuvor wollte sie ihm ganz nahe sein, ihn auf sich spüren. Eine völlig neue Erfahrung für jemanden wie sie, der sich lieber fern von Männern hielt.

»Zeigen Sie mir mehr, Zach«, keuchte sie und drängte sich ihm entgegen.

Das ließ Zach sich nicht zweimal sagen und eroberte stürmisch ihre Lippen. Erstaunt über sich selbst spürte Caroline, wie ungezügelte Leidenschaft durch ihren Körper pulsierte. Ihr war, als flösse flüssiges Feuer durch ihre Adern. Und plötzlich war es ihr ein Bedürfnis, sich für ihn zu öffnen und seine kecke Zunge in ihrem Mund zu spüren. Mit einem animalischen Stöhnen öffnete sie sich noch ein Stück weiter. Ein wenig irritiert merkte sie, wie er erst sein Bein über ihre Hüfte legte und dann nach und nach den Rest des Körpers nachholte.

Als seine felsenharte Erektion ihren Venushügel berührte, stieß Caroline einen gellenden Schrei aus. Mit geballter Kraft stieß sie ihn von sich, rollte sich auf die Seite und zog vollkommen verängstigt die Knie an.

»Es tut mir leid, Caroline«, sagte Zach ergriffen und rückte noch ein wenig weiter ab, um ihr zu signalisieren, dass er sie verstanden hatte.

»Sie müssen sich nicht entschuldigen«, stotterte sie. »Ich bin hier das Monster.« Mit ungelenken Bewegungen stellte sie sich hin. Sie hatte das Gefühl, die Luft in der Höhle reichte nicht für zwei. Sie musste raus. »Ich bringe es noch nicht einmal fertig, einen Mann zu küssen, ohne dass ... ohne dass ...«

Zach griff nach ihrem Arm und zog sie wieder neben sich. »Bitte, laufen Sie nicht vor mir weg.«

»D-das tue ich doch g-gar nicht«, stammelte Caroline, unfähig, ihm in die Augen zu sehen. Sie spürte, dass ihre Wangen wie Feuer brannten. Verstand er denn nicht, dass sie nicht vor ihm, sondern vor sich selbst und ihrer Unfähigkeit, einen Mann zu lieben, davonlief? »Es tut mir leid, dass ich Sie um diesen Gefallen gebeten habe.«

Wieder auf den Ellbogen gestützt, hob Zach ihr Kinn zärtlich in die Höhe und lächelte sie freundlich an. »Mir tut es nicht leid und ich werde nicht zulassen, dass Sie einen Rückzieher machen.«

»Ich war wirklich davon überzeugt, dass ich es dieses Mal schaffen könnte. Wie dumm, wie naiv von mir.«

»Nein, das war es keineswegs.« Zach setzte sich auf, zog sie in seine Arme und drückte sie fest an seine breite Brust.

»Das wiederum ist etwas, an das ich mich wirklich gewöhnen könnte«, seufzte sie und schlang als Wiedergutmachung die Arme um seine Taille.

»Das ist doch schon mal ein Anfang. Mal sehen, was als Nächstes kommt«, sagte er mit einem unterdrückten Glucksen.

»Jetzt machen Sie sich über mich lustig, Zach«, beschwerte Caroline sich, hob den Kopf und sah ihn an. »Wir wissen beide, dass wir keine gemeinsame Zukunft haben. Lassen Sie uns meinen albernen Vorschlag mit dem Unterricht einfach vergessen.«

»Ein Deal ist ein Deal«, protestierte Zach mit einem offenen Lächeln und herzte sie kurz, aber kräftig. »Und ich fordere mein Recht als Lehrer ein.«

Zach ließ seinen Worten einen zärtlichen Kuss folgen, während sich seine Hand um ihre Taille schlang.

Caroline gab sich dem Kuss hin, der weniger fordernd war als die vorhergehenden, und erlaubte es sogar, dass seine Zunge einen schnellen, gefühlvollen Ausflug machte. Selbst, als er langsam ihr Becken zu sich zog, ließ sie ihn gewähren.

»Vier Lehreinheiten«, flüsterte er mit butterweicher Stimme. »Die stehen mir zu.«

»Zählt diese mit?«, fragte sie mit erstickter Stimme, den Kopf unter sein Kinn geklemmt.

»Leider ja«, antwortete er mit einem tiefen Seufzer. »Es sei denn, Sie haben nichts Neues gelernt.«

»Doch. Und zwar, dass ich ein bemitleidenswertes, gehemmtes und hoffnungsloses Frauenzimmer bin«, brummte sie. »Es ist mir schleierhaft, warum Sie ausgerechnet mir etwas beibringen wollen.«

»Sie müssen schon ein wenig Geduld mit sich haben«, sagte er streng und strich ihr sanft über das Haar, ehe er sich erhob und sie mit sich in den Stand zog. »Vier Unterrichtseinheiten, mehr brauche ich nicht.«

Caroline wusste nicht, was sie von seiner Entschlossenheit zu halten hatte und machte ein verwirrtes Gesicht.

Wortlos küsste Zach ihre Nasenspitze und verließ die Höhle.

»Wann soll denn die nächste Unterweisung stattfinden?«, rief Caroline ihm nach, erhielt aber keine Antwort. Zach war fort. War einfach so gegangen.

Das Glanzlicht des Tages, so fand Zach, war, dass er Caroline wach küssen durfte. Mit Freude registrierte er, dass sie sich nicht wehrte. Im Gegenteil, er vermutete ganz stark, dass sie es insgeheim sogar genoss, auch wenn sie es niemals zugeben würde. Zach liebte es, wenn ihre langen dunkelgoldenen Wimpern leicht zitterten. Das war das Zeichen dafür, dass es nun nicht mehr lange dauern konnte, bis sie die Augen aufschlug.

»Ich habe gerade von frischem Kaffee und Maistalern geträumt«, flüsterte sie.

Zach streckte die Hände aus, um Caroline aufzuhelfen, und zog sie sogleich eng zu sich. Wie warm und weich sie war. »Die Sonne geht gleich schon wieder unter«, zog er sie auf. »Ich habe Ihnen frisches Wasser gebracht«, sagte er und deutete mit dem Kopf auf einen Holzeimer neben dem Höhleneingang. »Swallow und ich gehen zum Fluss, sind aber zum Frühstück wieder zurück«, hörte sie ihn noch sagen, dann zog er das Reisiggitter vor den Eingang.

Caroline murmelte noch etwas Unverständliches, das sich wie »Viel Spaß« anhörte.

Gut gelaunt und zu allen Schandtaten bereit, ging Zach zu Swallow und zerzauste dem Jungen in einer liebevollen Geste das Haar, dann brachen sie zum Fluss auf, um dem morgendlichen Reinigungsritual der männlichen Stammesmitglieder beizuwohnen.

Hoch über ihren Köpfen zogen Kraniche ihre Kreise, und die Brise aus westlicher Richtung wehte den Duft nach Wachholder zu ihnen herüber. Es würde ein schöner Tag werden. Am liebsten hätte Zach sich auf die Brust getrommelt, um seiner Lebensfreude Ausdruck zu verleihen, beherrschte sich aber und sog stattdessen die kühle und wohltuende Luft ein.

Sieben Tage waren seit Carolines erster Lehrstunde vergangen, und der Gedanke, dass er sie am Abend mit der zweiten überraschen würde, zauberte ein Lächeln auf seine Lippen. Er atmete noch einige Male tief ein, bis seine Brust zu bersten drohte, und merkte, dass Swallow, der neben ihm lief, dasselbe tat.

»Ein wundervolles Gefühl, nicht wahr?«, fragte er den Jungen und strich ihm über den Kopf.

Da Swallow den Atem noch immer in seinen Lungen gefangen hielt, nickte er. Dann ließ er die Luft mit einem lauten Geräusch entweichen. »Wetten, ich schneller?«, lachte er und sprintete los.

»Na warte, du Schlingel«, rief Zach und rannte ihm nach. Kurz vor dem Fluss hatte er Swallow eingeholt, schlang die Arme um ihn, warf ihn sich über die Schulter und lief mit ihm ins Wasser, wo er seinen Kopf unter Wasser tauchte, ehe er ihn auf eigenen Füßen wieder abstellte. »Das sollte dir eine Lehre sein, nicht noch einmal einfach so loszulaufen, junger Mann.«

Swallow strich sich das nasse Haar glatt und stapfte wortlos zu einem Busch, hinter dem er seine Blase entleerte.

»Sie mögen den Jungen.«

Zach drehte sich um und sah Little Wolf ins Gesicht, der den Blick auf Swallow gerichtet hatte.

»Sehr sogar«, antwortete Zach. »Er ist gewitzt, lustig und für sein Alter ausgesprochen klug.«

»Er stellte viele Fragen bezüglich Ihrer Pferde«, sagte Little Wolf, als er sich nach vorne beugte und seine Brust mit Wasser abrieb. »Manche sagen, er spricht Ihre Worte.«

Zach erstarrte. Er wollte auf keinen Fall, dass der Junge seinetwegen Ärger bekam. »Ich habe ihn lediglich gebeten, bei seinen Freunden nachzufühlen. Was genau hat er denn gemacht?«

Little Wolf sah noch immer zu Swallow, dessen helles Haar hinter dem kleinen Busch leuchtete. »Mein Volk sieht in ihm seinen Vater. Sie fürchten, er könnte die Soldaten anlocken. Die vielen Fragen beunruhigen sie ...« Little Wolf zuckte mit den Schultern.

»Das tut mir leid«, antwortete Zach, der sich am liebsten selbst einen Tritt verpassen würde. Wie hatte er so eigennützig sein können? Er hätte wissen müssen, wie die Cheyenne auf Swallows Fragen reagieren könnten. Er durfte ihn unter keinen Umständen in Gefahr bringen. Selbst dann nicht, wenn es um Luke ging. »Ich werde mit ihm reden und dafür sorgen, dass er sich zurückhält.«

»Das wird nicht mehr nötig sein«, sagte Little Wolf mit strenger Stimme. »Er wird ab sofort bei mir und meinen Frauen leben, auch wenn er sich dagegen sträuben wird. Er sagt, er wäre gerne bei Ihnen.«

»Und wir haben ihn gerne in unserer Mitte. Er ist uns sehr ans Herz gewachsen, müssen Sie wissen«, antwortete Zach und blickte in das faltige Gesicht des alten Häuptlings. »Caroline würde ihn vermissen, wenn er bei Ihnen wohnte. Genau wie ich.«

»Aber es ist das Beste für Swallow«, entgegnete Little Wolf und tat Zachs Worte mit einem Achselzucken ab. »Haben Sie wenigstens etwas über die Pferde herausgefunden?«

Zach nickte. »Woodenthigh hat mich gestern mit Little Hawk bekannt gemacht.«

»Ein guter Mann«, sagte der Häuptling und senkte ehrfürchtig den Kopf. »Ein großartiger Krieger.«

»Er kann sich daran erinnern, dass Small Fingernail ihm die Pferde geschenkt hat und dass seine Frau sie gegen Essen und Decken eingetauscht hat.«

Als Swallow im selben Moment schlitternd vor ihnen zum Stehen kam, ging Zach vor ihm in die Knie, sodass sie auf Augenhöhe waren. »Swallow, Little Wolf und ich haben uns unterhalten.« Zach hielt inne, als er sah, dass Swallow zum Häuptling der Cheyenne aufblickte. »Seine Frauen würden sich freuen, wenn du sie für einige Tage besuchst, und ich halte das für eine gute Idee.«

Swallows gelöster und glücklicher Gesichtsausdruck war wie weggeblasen. »Du mir nicht mehr brauchen für Pferde?«

»Natürlich werde ich deine Hilfe schmerzhaft vermissen, aber für ein paar Tage werde ich es schon irgendwie schaffen.«

Wortlos senkte Swallow den Blick.

»Das heißt doch nicht, dass wir dich nicht mehr mögen«, fuhr Zach fort und strich ihm über die Wange.

Swallow nickte und biss sich auf die zitternde Unterlippe. Dann sahen seine wässrigen Augen zu Little Wolf. »Wir gehen.«

»Einen Moment noch«, sagte Zach, dem ebenfalls zum Heulen zumute war. »Ich habe jetzt herausgefunden, was ich über die Pferde wissen wollte, Swallow, deshalb müssen wir jetzt keine Fragen mehr stellen. Aber du warst mir eine große Hilfe, ehrlich. Ohne dich hätte ich nie so schnell so viel erfahren.«

Als Swallow nickte, kullerten ihm zwei dicke Tränen über die geröteten Wangen. Zach zog den Jungen zu sich, schlang die Arme um seinen schmalen Körper und drückte ihn an seine Brust. Als sich die dünnen Finger des Jungen in seinen Rücken gruben, war ihm, als würde sein Herz aus der Brust gerissen.

»Ich nicht wollen gehen«, murmelte er mit erstickter Stimme.

»Little Wolf hält es aber für das Beste«, flüsterte

Zach. »Sobald es wieder sicherer ist, werde ich dich zurückholen.«

Swallow löste sich von ihm und wischte sich die Tränen aus den Augen. »Wirklich?«

Zach nickte. Als er abermals das Wort ergriff, hatte er das Gefühl, rostige Nägel verschluckt zu haben. »Warum kommst du uns nicht hin und wieder besuchen?« Er blickte zu Little Wolf empor, der ihm zunickte.

»Au ja«, sagte Swallow voller Verzückung. »Du sagen Caroline, ich bei Häuptling?«

»Natürlich.« Zach herzte ihn noch einmal, ehe er schweren Herzens von ihm abließ und ihn hinstellte.

»Warum läufst du nicht schon mal vor zu Feather?«, sagte Little Wolf zu Swallow.

Gemeinsam mit Zach sah er dem Jungen nach, wie er mit hängendem Kopf davontrottete. »Er wird sich wieder fangen.«

»Ich weiß«, entfuhr es Zach unbeherrschter, als es ihm selbst lieb war. »Wir werden ihn schmerzlich vermissen«, schob er schnell nach, um seinen groben Ton zu entschuldigen.

»Aber Swallow kann nicht Ihren Sohn ersetzen«, gab Little Wolf mit leiser Stimme zu bedenken. »Er wird immer ein Cheyenne bleiben. Sein Platz ist bei seinem Volk.«

»Wie können Sie das sagen?«, schoss Zach zurück, dessen Körper sich vor blinder Wut versteifte. »Sein Volk hasst ihn, behandelt ihn, als sei er ein schlechtes Omen, traut ihm nicht über den Weg und gibt ihm die Schuld daran, wenn etwas Schlimmes geschieht. Wie soll er da seinen Platz unter den Cheyenne finden?«

»In seinen Adern fließt Cheyenne-Blut. Mit der Zeit wird er lernen, mit seinem Schicksal umzugehen«, sagte Little Wolf mit gewichtiger Stimme.

»Er trägt aber genauso weißes Blut in sich«, hielt Zach dagegen und sah Little Wolf aus verengten Augen an. »Bei uns ist sein Vater ein Held. Er hat ein Recht darauf, zu erfahren, wer der Mann war, den Ihr Stamm so abgrundtief hasst. Wenn Ihnen Swallows Sicherheit am Herzen liegt, dann wäre es vielleicht das Beste, wenn er, Caroline und ich den Winter irgendwo anders verbrächten.«

Little Wolf zuckte die Achseln. »Die Entscheidung liegt bei Ihnen. Wären Sie denn bereit, die Verantwortung für die beiden zu übernehmen? Könnten Sie denn für seine Sicherheit garantieren?«

Zach erblasste. Little Wolf hatte recht. Er wäre gar nicht in der Lage, sich um Frau und Kind zu kümmern. Schließlich war er auf der Suche nach seinem Sohn. Es stand außer Frage, dass er mit ihnen im Schlepptau durch das Land zog.

Little Wolf, der allem Anschein nach aus Zachs Gesichtsausdruck Rückschlüsse auf seine Gedanken zog, nickte ihm zu. »Der Junge bleibt bei mir. Genau wie Sie.« Den Blick in den Himmel gerichtet, wandte er sich zum Gehen. »Es riecht nach Schnee. Viel Schnee. Es wäre ohnehin ein schlechter Zeitpunkt für eine Abreise.«

Zach sah in den strahlend blauen Himmel und schüttelte den Kopf. Abgesehen von der schwarzen Wolke, die sich gerade über seinem Kopf entladen hatte, waren weit und breit keine Schneewolken in Sicht. Konnte Little Wolf etwa hellsehen. Bei dem Gedanken, Caroline beichten zu müssen, dass er Swallows Sicherheit aufs Spiel gesetzt und ihn deshalb an Little Wolf verloren hatte, durchzuckte ihn ein gleißender Blitz. Zum einen konnte er die zweite Unterrichtsstunde jetzt vergessen, und zum anderen fand er die Vorstellung, neben einem vor Wut rasenden Frauenzimmer zu wohnen, eingeschneit zu sein, nicht besonders prickelnd.

Siebzehntes Kapitel

»Wo gehen wir denn hin?«, fragte Zach Swallow, als der Junge ihn einige Stunden später aus dem Lager in den Wald führte.

»Leise«, zischte Swallow, legte sich den Finger an die Kehle und tat, als schnitte er sie sich mit einer schnellen Bewegung durch. »Truthahnjagd.«

»Hast du Little Wolf wenigstens um Erlaubnis gefragt?«, flüsterte Zach und duckte sich.

»Seine Idee.« Swallow legte den Kopf auf die Seite, lauschte und fügte hinzu: »Er sagen, du mögen Jagd.«

Als der Ruf eines Truthahns durch das Unterholz schallte, machte Zachs Herz einen freudigen Sprung.

Im nächsten Augenblick fiel sein Blick auf einen schmächtigen, schmutzigen Jungen, der zwischen zwei Büschen hervorkroch, einen Krummdolch zwischen den Zähnen. Es dauerte einen Moment, bis Zach ihn wiedererkannte. Es war Black Coyotes Sohn, der sich seinerzeit um sein Bein geklammert hatte. Was machte dieser eigenartige Junge nur mit einer so gefährlichen Waffe?

Als der Junge Zach bemerkte, krabbelte er schnell in die andere Richtung. Der Zufall wollte es jedoch, dass sich sein Bein an einem Ast mit Dornen verfing und sich die seitlichen Schnürbänder der Wildlederhose lösten. Zach musste ein lautes Keuchen unterdrücken, als er sah, dass das Bein über und über mit Flecken und Blutergüssen überzogen war. Ohne lange nachzudenken, setzte Zach zu einem Hechtsprung an und bekam ihn gerade noch am Knöchel zu packen.

Wie eine Wildkatze trat der Junge um sich und kämpfte mit Leibeskräften darum, Zach abzuschütteln, ohne einen Ton von sich zu geben. Geistesgegenwärtig rammte er das Messer vor sich in den Boden und versuchte, sich daran nach vorne zu ziehen. Doch Zach war stärker.

»Was du da tun?«, rief Swallow.

Mit einem ohrenbetäubenden Lärm stoben Truthähne kreischend aus dem Unterholz. Die restlichen Jungen jagten ihnen nach, während Zach noch immer fassungslos auf das dünne und mit Blutergüssen übersäte Bein starrte.

Der Junge mit dem dunklen Haar witterte seine Chance, wirbelte um die eigene Achse und versetzte Zach mit dem freien Fuß einen kräftigen Tritt in die Kehle.

Wie betäubt ließ Zach von ihm ab.

Der Junge rappelte sich auf und verschwand im Schatten des Waldes.

»Fang ihn!«, rief Swallow, bevor er etwas in der Stammessprache der Cheyenne rief und die anderen Jungen ihm nacheilten.

»Nein!«, wollte Zach mit lauter Stimme rufen, bekam aber nur ein heiseres Krächzen zustande. Die Hand um die pulsierende Kehle gelegt, torkelte er benommen zum Fluss. Er brauchte dringend einen frischen Schluck Wasser. »Wir ... suchen ... ihn ... nachher.«

Swallow pfiff die anderen Jungen zurück und sah zu Zach, der sich die Kehle massierte. »Gemeiner ... kleiner ... Kerl«, röchelte er und packte Swallow bei den Schultern. »Geh und hol Little Wolf.«

Wenig später erschien der Häuptling der Cheyenne. »Was ist geschehen?«, fragte er besorgt und sah von Zach zu Swallow und wieder zurück. »Wer hat die Truthähne verscheucht?«

»Mein Fehler«, keuchte Zach. »Dieser Junge ...« Zach deutete auf den Traubenkirschenstrauch, wo er den Jungen zum letzten Mal gesehen hatte. Zachs Lippen bewegten sich, aber er brachte keinen Ton heraus.

Swallow ergriff an seiner Statt das Wort und berichtete dem Häuptling in seiner Muttersprache, was vorgefallen war. Zumindest nahm Zach das an.

Little Wolf sah mit zusammengekniffenen Augen in den Himmel, ehe er zu Zach blickte. »Wann war das?«

»Viertelstunde«, hauchte Zach.

»Swallow, richte Crane aus, dass ich dringend die Späher brauche.« Den Blick wieder gen Himmel gerichtet, fügte er hinzu: »Und beeil dich.«

Als Zach trotz gleißender Schmerzen ebenfalls nach oben sah, wusste er, warum Little Wolf in Sorge war. Über ihnen hingen dicke graue Schneewolken, die jeden Augenblick aufbrechen konnten.

»Ich hole ... Decken«, röchelte Zach und lief los, als Little Wolf nickte.

Als er wenig später wieder zurück war, hatten sich

bereits ein Dutzend Frauen und Männer am Fluss versammelt. Alle wussten, dass der Junge in Gefahr schwebte, weil der Sturm jeden Augenblick über sie hineinbrechen konnte und er viel zu spärlich bekleidet war, als dass er das Unwetter überleben würde.

Mit leiser Stimme teilte Little Wolf seinen Stamm in Gruppen ein und gab ihnen Anweisungen.

Als Black Coyote sich anschickte, ebenfalls aufzubrechen, hielt Little Wolf ihn mit starker, aber ruhiger Hand zurück. Zach verstand nicht, was der Häuptling dem Krieger zuraunte, sah aber, wie Black Coyote sich umdrehte und mit wütenden Schritten zurück ins Lager stapfte.

Kurz nachdem Little Wolf, Swallow und Zach sich in Bewegung gesetzt hatten, riss die Wolkendecke über ihnen auf. Als sie den Fuß eines Hügels am westlichen Ende des Tals erreicht hatten, peitschten ihnen dicke Schneeflocken um die Ohren. Die Sicht wurde zunehmend schlechter. »Bringen Sie Swallow zurück zum Lager«, rief Little Wolf gegen den immer stärker werdenden Wind an und deutete auf ein Dickicht am Kamm des Hügels. »Ich bin sicher, dass der Junge sich dort versteckt hat. Sobald ich ihn gefunden habe, komme ich nach.«

Zach wickelte eine zusätzliche Decke um Swallows schmale Schultern. Der Junge gab sich größte Mühe, die Kälte wie ein gestandener Mann zu ertragen, zitterte aber am ganzen Leib. »Zu gefährlich, sich zu trennen«, sagte Zach durch die zusammengepressten Zähne. Sein Hals fühlte sich mittlerweile taub an – ob von der Kälte oder dem Tritt, vermochte er jedoch nicht zu sagen. »Besser ist es, wir bleiben zusammen.«

Little Wolf nickte und gemeinsam erklommen sie den steilen Hügel. Sie nahmen Swallow zwischen sich, damit er nicht ins Straucheln geriet.

Es wurde ein beschwerlicher Aufstieg. Dicke Flocken trieben ihnen ins Gesicht und der Wind heulte ihnen um die Ohren. Als sie die Wachholderbüsche auf der Hügelkuppe erreichten, konnten sie kaum noch die Hände vor den Augen sehen.

Little Wolf blieb stehen und schüttelte den Kopf, als er sich umsah. Von dem Jungen keine Spur. »Wir kehren um«, entschied er.

Zach stellte sich hinter Swallow, um ihn vor dem schneidenden Wind zu schützen. Ein Blick in Little Wolfs Gesicht bestätigte das dumpfe Gefühl, das sich wie Blei in seiner Brust ausgebreitet hatte. Sie mussten die Suche abbrechen. Unter diesen Umständen hatte es keinen Sinn, weiter nach ihm zu suchen.

»Sie haben recht«, sagte Zach so aufmunternd, wie es ihm möglich war. »Vermutlich ist er längst wieder im Lager und schläft.«

»Ha!« Swallow reckte die Nase in die Luft. »Er nicht mutig wie ich.«

»Nicht einmal halb so mutig wie du«, sagte Zach und überzeugte sich davon, dass Swallow gut eingepackt war. »Am besten, ihr beide geht schon mal vor.«

Zach sah Little Wolf und Swallow nach, wie sie den Hügel halb hinunterrutschten, halb hinunterstolperten. Er wollte die Chance nutzen, den Jungen auf eigene Faust zu suchen, schließlich trug er die Schuld am Verschwinden des Jungen. Little Wolf, der wie Zach wusste, dass die Überlebenschancen des Jungen mit jeder Schneeflocke sanken, die sich am Boden niederließ, hatte ihm indirekt die Erlaubnis zur Weitersuche gegeben, indem er nichts gegen seinen Vorschlag einzuwenden hatte.

Zach legte die Hand über die Augen und spähte in alle Himmelsrichtungen. Keine Spur.

Als sein Blick noch einmal zu Little Wolf und Swallow zurückkehrte, die mittlerweile den Fuß des Hügels erreicht hatten, sah er, dass der Häuptling die Hände zu einem Trichter geformt hatte und ihm etwas zurief. Wenn er doch nur verstehen könnte, was der Häuptling ihm zu sagen versuchte.

Es dauerte einen Moment, bis ihm auffiel, dass der Häuptling den Arm ausstreckte und auf etwas zeigte. Zuerst konnte Zach nichts erkennen, sosehr er sich auch Mühe gab. Dann trug der Wind einen dünnen Schrei an sein Ohr, und sein Blick fiel auf eine Art Schneeverwehung. Da, etwas hatte sich bewegt.

Für den Bruchteil einer Sekunde konnte Zach eine kleine Hand erkennen, die sich durch die Schneedecke bohrte. Er lief sofort los, doch es kam ihm vor, als bräuchte er eine halbe Ewigkeit, bis er endlich an die Stelle kam, wo der Junge unter dem Schnee begraben lag. Er fiel auf die Knie, riss sich den Staubmantel vom Leib und wickelte den Jungen darin ein, nachdem er ihn vom Schnee befreit hatte. Dann hüllte er ihn in die letzte Decke, die er noch hatte, und sprach auf den durchgefrorenen Jungen ein. Der fremde Junge lebte, war aber zu schwach, um die Augen zu öffnen. Seine Brust hob und senkte sich unregelmäßig und schwach und seine Lippen waren blau. Er brauchte dringend Hilfe. Wenn er nicht sofort ins Lager kam, stand es schlecht um ihn.

Plötzlich hatte Zach eine Idee.

Er brach ein großes Stück Rinde von einem toten Baumstamm ab, der in der Nähe lag, und legte es auf den Boden neben dem Jungen. Nachdem er sich auf die Rinde gesetzt hatte, klemmte er den Jungen zwischen seine Beine ein, stieß sich mit den Händen ab und rutschte den Hügel hinunter. Zum Bremsen benutzte er die Fersen und zum Lenken das Gewicht seines Oberkörpers.

Den Wind in den Ohren, rauschte er den Hügel hinunter. Um ein Haar wäre er gegen einen Baum geprallt, konnte aber noch rechtzeitig den provisorischen Schlitten nach links lenken.

Nur eine Handbreit vor Little Wolfs Füßen brachte Zach den Schlitten zum Stehen. Zach nahm den fremden Jungen auf die Arme, Little Wolf tat dasselbe mit Swallow, der am Rande seiner Kräfte war. Wortlos liefen sie zurück ins Lager.

Kaum waren sie angekommen, trat Black Coyote vor Zach, der sich weigerte, ihm den Jungen auszuhändigen. Als Little Wolf mit leiser, aber sehr ernster Stimme auf den Krieger einredete, beobachtete Zach, wie dieser plötzlich erblasste.

Zach trug den Jungen bis zum Medizinmann, der ihn gemeinsam mit Black Coyotes Frau entgegennahm. Zach wollte den beiden folgen, um sicherzugehen, dass der Junge wieder zu Kräften kam, spürte aber, dass der Wunsch, es Black Coyote heimzuzahlen, überwog.

Gerade, als er seinen Plan in die Tat umsetzen konnte, klopfte ihm Woodenthigh auf den Rücken. »Gute Arbeit. Der Junge wird es bestimmt schaffen«, sagte er und deutete mit dem Kopf zu Caroline, die zwischen den anderen auf ihn wartete.

Zach beobachtete, wie Feather Swallow zu Little Wolfs Erdhöhle führte. »Am besten, wir gehen alle wieder zurück in die Wärme«, verkündete der Häuptling.

Als Zach sah, dass Bridge Black Coyotes Frau mit harschen Worten und Gesten des Erdlochs verwies, hätte er am liebsten applaudiert. Plötzlich legte sich eine Hand auf seinen Arm.

»Überlassen Sie es Little Wolf, Black Coyote zu bestrafen«, rief Caroline. »Was sich zwischen den beiden abspielt, können weder Sie noch ich verstehen.«

»Ich hoffe nur, Little Wolf weiß, was er tut.« In Zachs Stimme schwang tiefe Sorge um den fremden Jungen mit. »Ich hätte mich schon früher um ihn kümmern sollen«, sagte er, enttäuscht von sich selbst. »Er ist adoptiert, nicht wahr? Es wäre besser, er wüchse bei jemandem anders auf, der ihm Liebe schenkt und ihn gut behandelt.«

»Sie haben getan, was in Ihrer Macht steht«, versuchte Caroline ihn zu beruhigen. »Überlassen Sie den Rest Little Wolf. So etwas gehört zu seinen Aufgaben als Häuptling.«

»Sie haben recht«, sagte er mit einem letzten, langen Blick zu Bridges Erdloch, bevor er mit Caroline zu ihren Höhlen zurückkehrte.

Caroline nahm so viel Feuerholz, wie sie tragen konnte, während Zach nach den Pferden sah, denen er einen Unterstand in den benachbarten Sandhügel gegraben hatte, damit sie es trocken hatten. Sie hatte den Eintopf ein wenig verdünnt, der seit Stunden über dem Feuer brodelte. Sie schauderte und schickte ein stummes Dankesgebet zum Himmel, dass die drei wichtigsten Männer in ihrem Leben wohlbehalten zurückgekehrt waren.

Als ihr bewusst wurde, was sie gerade gedacht hatte, erstarrte sie. Wann waren ihr Zach und Swallow eigentlich so ans Herz gewachsen? Was wäre gewesen, wenn die beiden dem Sturm zum Opfer gefallen wären? Was hätte sie getan? Was hätte sie empfunden? Erstaunt musste Caroline feststellen, dass der Gedanke, ein Leben ohne die beiden zu führen, eine tiefe Traurigkeit in ihr hervorrief. Konnte es sein, dass sie die beiden liebte?

Liebte? Beide? Nervös lief sie trotz der beengten Verhältnisse vor dem Feuer auf und ab. Natürlich liebte sie Swallow, war er doch ein liebenswürdiger, hilfsbereiter Junge – auch wenn er ihr manchmal gehörig auf die Nerven ging.

Aber was hatte sie für ein Gefühl für Zach? Liebte sie ihn? Er war reizbar, launig, attraktiv, dickköpfig, herrisch, freundlich ... *freundlich*? Als Caroline nach einem Beispiel suchte, das die letzte Eigenschaft bekräftigte, fiel ihr der Tag ein, an dem er ihre Narben entdeckt hatte. Selbst nachdem er die Wahrheit erfahren hatte – zumindest einen Teil davon –, war er bei ihr geblieben, hatte sie nicht mit Fragen gelöchert oder sich zu abfälligen Kommentaren hinreißen lassen. Egal, was sie über ihn dachte, er war freundlich. So freundlich, wie attraktiv.

Mit einem warmen Gefühl in der Brust dachte sie an sein freches Grinsen, seine Grübchen und seine wundervollen grauen Augen, in denen sich seine Gefühle widerspiegelten. Sie mochte ihn. Sie bewunderte seine Stärke und seinen Mut und selbst die Art und Weise, wie er sich das Haar aus der Stirn strich. Aber liebte sie ihn auch? Das Einzige, das sie wusste, war, dass ihr Körper ihn begehrte. Das ja, aber Liebe? Er war ein Einzelgänger, ein Mann, der es liebte, umherzuziehen, dem seine Freiheit lieb und teuer war. Wenn seine bildschöne Ehefrau es schon nicht geschafft hatte, ihn an sich zu binden, was konnte dann eine mit Narben übersäte Frau ausrichten, die noch immer mit den Dämonen der Vergangenheit kämpfte?

Caroline verstand es selbst nicht, woher sie ihren Mut nahm, auf sein einmaliges Angebot nun doch einzugehen. Er wollte ihr helfen, die Erinnerungen an die Schändung und die Brutalität, die ihr widerfahren waren, zu vergessen und mit neuen, schönen Erinnerungen zu ersetzen. Zach war ein guter Mensch und würde alles tun, um sie zu unterstützen. Wenn sie jetzt die Hoffnung aufgab, ließ sie es zu, dass White Bear immer noch Macht über ihr Leben hatte. Und dies wollte sie nicht. Nie wieder!

* * *

Bereits beim Betreten der warmen und nach Essen duftenden Höhle spürte Zach, dass Caroline sich verändert hatte. Die Ereignisse des Tages hatten ihn viel Kraft gekostet, doch als sie ihm mit einem herzlichen Lächeln einen gefüllten Teller reichte, war er auf der Hut. Ihrem verstohlenen und verführerischen Blick entnahm er, dass er besser daran tat, seine Reserven wieder aufzufüllen. Wenn das Leuchten in ihren Augen nicht trügerischer Natur war, würde es eine himmlisch lange Nacht werden.

Später konnte er sich nicht mehr entsinnen, ob das Essen geschmeckt hatte. Das Einzige, an das er sich mit Sicherheit noch erinnern konnte, war, dass er Caroline gebeten hatte, den Abwasch auf den nächsten Morgen zu verschieben, bevor er sie in eine innige Umarmung gezogen hatte und sie einen leidenschaftlichen Kuss ausgetauscht hatten.

Er spürte, wie Caroline sich in seinen Armen zu Wachs verwandelte. Sie sank geschmeidig gegen ihn und verlor sich in dem Kuss. Und als er mit der Zungenspitze die Konturen ihres Mundes nachfuhr, öffnete sie sich ihm ohne Zögern. Es folgte ein erotischer Tanz ihrer beider Zungen, begleitet von einem sinnlichen Stöhnen aus Carolines Kehle.

Überrascht bemerkte Zach, dass die neue Caroline sich furchtlos gegen seine Erektion presste. Keuchend hielt er den Atem an und hob sie ein wenig in die Höhe, in der Hoffnung, sie würde nicht panisch werden. Im Gegenteil. Ihre Finger griffen um ihn herum, und ihre Finger strichen ihm sanft, aber verlangend über den Rücken.

»Sie sind so stark und Ihr Rücken so breit, dass ich Sie kaum mit meinen Armen umfassen kann«, hauchte sie.

»Versuchen Sie es weiterhin. Es fühlt sich wunderbar an«, antwortete er, glitt mit der Zunge über ihren Hals und rieb sich mit der Brust an ihr, als wollte er ihr noch näher kommen.

Mit einem ernsten Blick fragte sie: »Dürfte ich wohl Ihre Brust sehen?«

Der Röte ihrer Wange nach zu urteilen, musste Zach unbewusst ein verdutztes Gesicht gemacht haben. »Vergessen Sie es ganz schnell wieder, es war nur ein Gedanke.«

»Eine wundervolle Idee. Aber Sie müssen doch nicht fragen. Sehen Sie sich an, was Sie interessiert. Dazu bin ich ja hier.«

Carolines Brauen schossen in die Höhe und sie bedachte ihn mit einem fragenden Blick. »Ich darf mir alles ansehen?«

»Alles«, hauchte er. »Ich könnte mir vorstellen, dass Sie meine Zehen interessant finden.« Als sie ihm in die Seite zwickte, jaulte er auf. »Aua, das tat weh!«

»Das sollte es auch. Sie machen sich nämlich schon wieder lustig über mich«, schmollte sie und verzog den Mund.

Sachte beugte Zach sich zu ihr hinab und sog kurz an ihren Lippen. Als er von ihr abließ, riss Caroline die Augen auf. »Ich muss Sie warnen, Darling«, sagte er gedehnt. »Gleiches Recht für alle.«

»Wie meinen Sie das?« Mit gerunzelter Stirn verharrten Carolines Hände in der Bewegung.

»Sie haben mich doch gefragt, ob Sie meine Brust sehen dürfen«, erinnerte Zach sie. »Ich habe nichts dagegen, solange ich mir Ihre ansehen darf.«

»Moment mal, das haben Sie doch schon!«

»Habe ich das? Wann denn?« Zach war sich sicher, dass er ihre Brüste noch nicht gesehen hatte. Daran würde er sich mit Bestimmtheit erinnern.

»An dem Tag, als Sie mich beim Baden überrascht haben.«

»Als Sie ...« Und dann dämmerte es Zach. Tatsächlich, er hatte sie mit entblößten Brüsten gesehen, ihnen aber wegen des vernarbten Rückens kaum Beachtung geschenkt. Nachdenklich gab er ihr einen Kuss auf das Haar. »An den Morgen kann ich mich nur noch vage erinnern«, flüsterte er und schloss die Augen, als er spürte, wie Caroline sich wieder entspannte. »Würden Sie mir erlauben, sie noch einmal zu sehen? Hier und jetzt?«

Caroline hielt den Atem an, und es dauerte einen Augenblick, bis sie die Sprache wiederfand. »Ja, Sie dürfen«, sagte sie mit belegter Stimme, wich einen Schritt zurück und löste mit zitternden Fingern die Schleifen ihres Kleides.

Als ihr der Stoff über die Schultern glitt, bis er an ihren aufgerichteten Brustwarzen hängen blieb, beugte Zach sich wie betäubt nach vorne, liebkoste ihre Schultern und zupfte leicht am Gewand, bis es zu Boden glitt.

Obwohl Zach ein gestandener und erfahrener Mann war, schlug ihm das Herz bis in den Hals, als er die Hände unter ihre Brüste legte und in die Höhe hob. Wie weich und schwer sie waren. Und ihre Knospen erinnerten an verführerische Himbeeren. Zach konnte sich nicht zurückhalten und stülpte den Mund über eine der reifen Früchte. Erst nachdem er sie genüsslich zwischen den Lippen gerollt hatte, nahm er sie ganz in den Mund. Am liebsten hätte er die Augen geschlossen, um sich ganz und gar dem wunderbaren Gefühl in seinem Mund hinzugeben, entschied ab, ihr Gesicht im Auge zu behalten, für den Fall, dass ihre Ängste überhandnahmen.

Als sich ein lieblicher Laut Carolines Kehle entrang,

lief ein Gefühl der Erleichterung durch seine Glieder. Beschwingt hob er sie hoch, bis sich ihre Brüste auf der Höhe seines Mundes befanden. Caroline fuhr ihm mit den Fingern in das Haar und zog ihn näher zu sich, nötigte ihn fast, noch stärker an ihren aufgerichteten Brustwarzen zu saugen. Zach wusste nicht, wie lange sie das lustvolle Streicheln ihrer Brüste genießen konnte, aber als er sich löste, protestierte Caroline mit einem kehligen Stöhnen, das erst versiegte, als er sich ihr mit derselben Hingabe erneut widmete.

Wenn es nach ihm gegangen wäre, hätte er noch stundenlang an ihren vollen Brüsten saugen, lecken und zupfen können. Als er spürte, dass Caroline von einer unterschwelligen Unruhe erfasst wurde, ließ er schweren Herzens von ihr ab und stellte sie auf die Füße. Schnell wurde ihm bewusst, dass ihre Unruhe nicht auf Angst basierte, sondern auf Neugierde, denn sie knöpfte mit brennenden Wangen sein Hemd auf – ein Anblick, den er sein Lebtag nicht vergessen würde.

Es lag Zach auf der Zunge, Caroline danach zu fragen, was mit der verkrampften und verängstigten Frau geschehen war, die er kennengelernt hatte, doch er bekam keinen Laut heraus.

Blitzschnell hatte Caroline seine Brust entblößt, stellte sich auf die Zehenspitzen und benetzte sich die Lippen, ehe sie seine Brust mit brennenden Küssen bedeckte. Zach verdrehte die Augen und biss sich auf die Lippen, um nicht laut aufzustöhnen.

»Caroline«, raunte er, »Sie bringen mich noch um!«

»Das wäre das Letzte, was ich wollte«, antwortete

Caroline und fuhr mit der weichen Zunge über seinen glühenden Leib.

Zachs Herz blieb kurz stehen, und dieses Mal war er machtlos gegen das unaufhaltsame Stöhnen, das sich in den Tiefen seiner Brust formte. Die Spannung wich aus seinen Händen, und seine Finger glitten in ihr weiches, dichtes Haar, um die Haarklammern zu lösen. Caroline schüttelte sich, und die Haarpracht ergoss sich wie ein seidiger Wasserfall über ihren Rücken.

Ein mokantes Lächeln um die Lippen, riss Caroline Zach das Hemd aus der Hose, öffnete die letzten beiden Knöpfe und schob es ihm über die Schultern. Mit einem zufriedenen Gesichtsausdruck trat sie einen Schritt zurück und ließ ihren hungrigen Blick über seine muskulöse Brust gleiten.

»Dafür, dass es unsere zweite Unterrichtsstunde ist, gehen Sie aber schon ganz schön forsch an die Sache heran«, sagte Zach, nachdem er die Sprache wiedergefunden hatte. Er hatte große Freude daran, Caroline zu beobachten, wie sie ihn musterte. Als ihre Zungenspitze zwischen den Lippen hervorschoss, um ihre Oberlippe zu benetzen, wünschte Zach sich nichts sehnlicher, als sie noch einmal auf seiner Brust zu spüren. Als könnte sie Gedanken lesen, trat Caroline einen Schritt nach vorne, stellte sich auf die Zehenspitzen, legte den geöffneten Mund über die Mulde oberhalb seines rechten Schlüsselbeins und füllte sie mit ihrer verführerischen warmen Zunge. Zach legte Caroline die Hände auf die Schulter und sah zur Decke empor, die glücklicherweise an eben dieser Stelle nicht so tief hing. Er glaubte, ein Stöhnen zu hören, war sich aber nicht sicher, aus wessen Munde es gekommen war, so sehr hatte er sich in der sinnlichen Liebkosung verloren.

»Tue ich das?«, griff sie seine Bemerkung auf, legte die Hände auf seine muskulöse Brust und massierte sie kräftig.

Zach war froh, dass Caroline die Reaktion seines Gliedes nicht bemerkt hatte – ansonsten wäre sie mit einem gellenden Schrei freiwillig in den Schneesturm gelaufen. Als sie mit der Zunge über seine Brustwarze glitt, hielt er den Atem an und veränderte die Position seines Beckens, um den Druck von seinem knüppelharten Penis zu nehmen.

Verdammt! Wer war hier eigentlich der Lehrer? Zach spürte, dass er bereits dermaßen erregt war, dass es sofort mit Lektion Nummer zwei vorbei wäre, wenn sie auch nur in die Nähe seiner Erektion kam.

»Ich muss noch mal auf das Thema Schönheit zurückkommen«, flüsterte Caroline, hielt kurz inne, um sich die Lippen zu benetzen, und wandte sich anschließend seiner anderen Brustwarze zu.

Zach räusperte sich und krächzte: »Ich bin schon ganz Ohr.«

Als Zach spürte, wie ihre kühle Hand an seinem Bauch hinunterglitt, bekam er eine Gänsehaut, wie er es noch nie erlebt hatte. Diese Frau hatte wahrlich magische Hände.

»Sie sind derjenige, der mit Schönheit gesegnet ist«, raunte sie und schenkte ihm ein sehr inniges Lächeln.

»Falsch! Sie haben entschieden, dass Sie *nicht* hübsch sind.« Zach war selbst am meisten überrascht, zu welch weisen Worten er trotz der immensen Erregung fähig war. Dann hob er Caroline hoch und trug sie die wenigen Schritte zu ihrem Bett, wo er sie behutsam auf die Decken legte. Anschließend streckte er sich neben ihr aus, stützte sich auf den Ellbogen auf und erkundete mit den Fingern ihren Arm, ihre Taille und ihr Bein.

»Haben Sie für eine Nacht genug gelernt oder darf es noch ein kleiner Nachschlag sein?«, fragte er und legte seine Hand oberhalb ihres Knies ab.

»Bitte küssen Sie mich noch einmal«, bat Caroline und streckte die Arme nach ihm aus.

Zachs Herz machte einen Hüpfer. Trunken vor Freude darüber, dass Caroline ihm vertraute, beugte er sich über sie und schmeckte ihren Mund. Erst vorsichtig, dann fordernder, bis seine Zunge ihren Mund ausfüllte. Er löste den Kuss, aber nur, um sich auf den Rücken zu drehen, wobei er sie mit sich zog und sie so hielt, dass sich ihre Brüste auf der Höhe seines Mundes befanden. Kein Nachtisch war süßer, und Zach kostete von der lieblichen Speise, bis seine Arme zu erschlaffen drohten. Dann rollte er sie wieder auf den Rücken, drehte sich auf die Seite und übersäte sie mit hauchzarten Küssen. Es kostete ihn große Kraft, dem Impuls, ihren Unterrock in die Höhe zu schieben und über sie herzufallen, nicht nachzukommen.

Stattdessen glitt seine Hand unter den Stoff und über ihren Oberschenkel. Als er die Nässe zwischen ihren Beinen spürte, huschte ein Lächeln über sein Gesicht. Ehe er jedoch ihren Venushügel erreicht hatte, fing sie seine Hand ab.

»Vertrauen Sie mir.«

Doch Caroline hielt seine Hand eisern fest, und

Zach spürte, dass er zu weit gegangen war. Sie verspannte sich wieder.

»Habe ich etwas getan, das Sie nicht gutheißen können?«

Caroline schüttelte zwar den Kopf, sah ihn aber aus weit aufgerissenen Augen an.

»Ich werde Ihnen nicht wehtun, Caroline.« Zach wartete und beobachtete ihre Gesichtszüge. Zwar ließ sie kurz darauf von seiner Hand ab, doch Zach merkte, dass ihre Anspannung keinen Deut nachgelassen hatte.

Auch wenn es ihm schwerfiel, übte er sich in Geduld. Er durfte sie auf keinen Fall drängen. Nicht, wenn er ihr helfen wollte. Zach war längst nicht mehr nur daran gelegen, ihr eine Handvoll schöner Erinnerungen zu bescheren. Nein, er wollte mehr. Er wollte ihr Herz heilen, wollte ihr beibringen, was es bedeutete, einem anderen Menschen voll und ganz zu vertrauen. Und, wenn seine Rechnung aufging, was es hieß, jemanden zu lieben.

Mit leichten, zupfenden Küssen versuchte er sie zu beruhigen. So zärtlich er konnte, sog er an ihrer Unterlippe und fuhr mit der Zunge über ihren Mund, bis er ihr ein wohliges Stöhnen entlockte. Als sein Mund über ihre Brüste kreiste, wollte Caroline sich aufbäumen, doch Zach drückte sie zurück auf die Decke, während sich seine Finger ihren Weg zwischen ihre Schenkel und ihr feuchtes Schamhaar bahnten. Als Zachs Zeigefinger zwischen ihre Schamlippen glitt und nach der Knospe ihrer Weiblichkeit suchte und fand, öffnete Caroline ungläubig die Augen und klammerte sich an seinen Arm. »Was tun Sie da?«

»Ich verwöhne Sie«, antwortete er und raubte ihr einen weiteren Zungenkuss, während seine Finger alles dafür taten, sie zum Höhepunkt zu bringen.

Sie riss den Kopf zur Seite, um den Kuss zu unterbrechen, hielt aber die Augen geschlossen. Ihr ganzer Körper geriet in Bewegung, als sie ihr Becken an seiner Hand rieb. Dann presste sie die Oberschenkel gegeneinander und gab sich dem ersten Beben hin, das sie ergriff.

»Nicht ... aufhören!«, flehte sie ihn an. Woge um Woge brach über ihr zusammen, ließ sie am ganzen Körper beben, als sie Erlösung fand. »Zacha-riii-ah!«

Zach küsste ihre Augen, ihre Wangen, ihre Finger und brach neben ihr zusammen.

»Was war das?«, keuchte Caroline, als sie sich mit halb geschlossenen Augen und einem verträumten Gesichtsausdruck zu ihm umdrehte.

»Leidenschaft«, antwortete er, bemüht darum, nicht zu selbstgefällig zu klingen. Ein wenig unsicher auf den Beinen – schuld daran war seine heftige Erregung – stellte er sich hin, legte eine Decke über sie und warf sich sein Hemd über die Schultern. Auf leisen Sohlen verließ er die leise vor sich hinschnarchende Caroline und trat in den Sturm hinaus.

Mit taumelnden Schritten kämpfte er sich zu einem dünnen Baum vor, öffnete sich die Hose und hielt mit der einen Hand den Stamm umklammert, während er sich mit der anderen das schmerzende Glied rieb. In dem Moment, in dem sich sein heißer Samen in den kühlen Schnee ergoss, entfuhr ihm ein gewaltiger und roher Schrei der Befreiung, ehe er vor lauter Erschöpfung den Kopf hängen ließ.

Wäre der Wind nicht so stark, hätte Zach geschworen, ein einsamer Wolf auf der anderen Seite des Sees hätte seinen Schrei beantwortet. Mit langsamen Schritten kehrte Zach in Carolines Höhle zurück, schürte noch einmal das Feuer, entledigte sich seiner Kleider und kroch vorsichtig zu ihr unter die Decke.

Achtzehntes Kapitel

»Das war ja ein ziemlicher Lärm an eurem Ende des Lagers«, sagte Quiet Woman, blickte von dem Rehfleisch auf, das sie gerade röstete, und sah Caroline durchdringend an. »Alles in Ordnung?«

Caroline nestelte an dem Mokassin auf ihrem Schoß und wünschte sich, sie würde nicht immer so schnell erröten.

Quiet Woman kicherte, und Feather lachte.

Caroline ließ den Mokassin fallen, legte sich die Hände an die Wangen und kniff die Augen zusammen. »Wissen all die anderen etwa auch Bescheid?«

»Nein«, sagte Feather hastig. »Nur ...« Sie hielt inne und verzog das Gesicht, als sie Carolines ungläubigen Blick auffing. »Ja, jeder weiß es.«

Caroline wäre am liebsten im Erdboden versunken. Wie sollte sie den anderen je wieder in die Augen sehen? Jetzt dachten alle, sie hätten einander wie Mann und Frau geliebt, obwohl das gar nicht stimmte. Aber das würde bis in alle Ewigkeit ihr Geheimnis bleiben. Schließlich ging das niemanden von ihnen etwas an.

Behutsam lehnte Feather sich zu ihr herüber und nahm ihre Hand. »Und niemand findet es schlimm. Im Gegenteil.«

»Erzähl mal«, zwitscherte Quiet Woman mit engelsgleicher Stimme, die Caroline hellhörig werden ließ. »Wie war es?«

Caroline stellte sich hin. »Ihr seid furchtbar, ihr beiden, wisst ihr das eigentlich? Aus mir bekommt ihr nichts heraus. Ich kann schweigen wie ein Grab.«

Feather erhob sich ebenfalls und herzte Caroline kurz. »War es so gut, wie du es gehofft hattest?«

Caroline bedachte ihre Freundinnen mit bitterbösen Blicken. »Besser als gut«, sagte sie, nachdem sie sich wieder gefangen hatte. Quiet Woman sprang auf und stimmte gemeinsam mit Feather einen lauten Jubelgesang an.

»Das haben wir uns gedacht«, sagte Feather, die noch immer vor Freude hüpfte. »Wie sieht er aus?«

Caroline schloss die Augen und sank wieder zu Boden. Als sie die Ereignisse Revue passieren ließ, presste sie sich die Hände auf die Oberschenkel. »Zum Anbeißen.«

Die beiden Frauen zerrten sie wieder in den Stand und schlangen die Arme um sie. »Siehst du«, quietschte Quiet Woman. »Wir hatten recht. Außerdem strahlst du heute, wie du es noch nie getan hast. So, als würde in dir ein neues Feuer brennen. Das Feuer der Leidenschaft.«

Feather nickte. »Wir freuen uns, dass du einen Mann gefunden hast, den du lieben kannst.«

Carolines Lächeln bröckelte. Sie brachte es einfach nicht übers Herz, ihren Freundinnen davon zu erzählen, dass die wundervolle Nacht in Zachs Armen der Anfang vom Ende war. Dass sie ihn bald verlieren würde.

Schweigend warteten Quiet Woman und Feather darauf, dass Caroline etwas sagte.

»Ja, ich liebe ihn«, gestand sie schließlich mit erstickter Stimme. »Aber er liebt mich nicht und wird es vermutlich auch nie tun.« Von Nervosität getrieben, lief sie in der kleinen Höhle auf und ab. »Er gehört nicht zu den Männern, die davon träumen, eine Familie zu gründen. Er braucht das Abenteuer und die Herausforderung. Es wäre töricht von ihm, wenn er sich in jemanden wie mich verliebt. Vielleicht ist es so am besten.«

Die beiden Frauen tauschten kurz Blicke aus und nahmen Caroline in die Arme.

»Dein Schmerz ist auch unser Schmerz, kleine Schwester. Auf uns kannst du immer zählen«, versprach Feather. Caroline erwiderte ihre Umarmung.

»Es wird ein langer, kalter Winter,« sagte Quiet Woman und nickte. »Da kann noch viel passieren.«

»Sorgt euch nicht«, sagte Caroline mit aufgesetzter Fröhlichkeit und rang sich ein Lächeln ab. »Ich werde einfach nicht an den Frühling denken, sondern den Moment genießen, solange Zach noch da ist.«

»Gut«, sagte Feather und Quiet Woman gaben ihr – die eine von rechts, die andere von links – einen dicken Kuss auf die Wange.

»Zum Anbeißen?«, fragte Feather noch einmal mit einem anzüglichen Blick. »Das musst du uns erklären.«

»So wie ich's sage«, kicherte Caroline und bückte sich schnell nach dem Mokassin. Ihre Wangen hatten schon wieder Feuer gefangen.

Laute Rufe vor der Höhle unterbrachen die drei. Schnell liefen sie hinaus. Caroline stieß einen gellenden Schrei aus.

Zach kniete auf einem Knie mit dem Gesicht zu Bridges Höhle gerichtet. Hinter ihm stand Black Coyote mit einem Messer in der Hand. Gerade, als er es Zach in den Rücken rammen wollte, rollte dieser sich zur Seite, ließ seinen Fuß nach vorne schnellen und holte den Gegner von den Beinen. Mit verschlungenen Armen und Beinen rollten sie den Hügel hinab.

»Ruhig«, raunte Feather Caroline zu und legte ihr den Arm um die Schulter. »Lenk ihn nicht ab.«

Caroline biss sich auf die Zähne und sah voller Entsetzen zu, wie Black Coyote aufsprang. Nicht umsonst galt er als verschlagenster und heimtückischster Kämpfer der Cheyenne. Wie in Gottes Namen sollte Zach ihn nur besiegen?

Verdammt!, fluchte Zach und wich einem kräftigen Tritt aus, den seinen Kontrahent straucheln ließ. Black Coyote fiel auf die Knie, rappelte sich aber sogleich wieder hoch und schleuderte Zach ein Gemisch aus Schnee und Sand ins Gesicht.

Zach schüttelte den Kopf, doch der Sand brannte höllisch in seinen Augen. Er konnte kaum noch etwas sehen. In der Hoffnung, Black Coyotes nächstem Angriff zu entrinnen, rollte er sich zur Seite. Doch sein Plan ging nicht auf. Im selben Moment spürte er, wie sich eine Klinge in seinen Bauch bohrte und seinen Unterleib aufschlitzte. Sofort durchzuckte ihn ein gleißender Schmerz. Er presste sich die Hand auf die

Wunde, fiel auf die Knie und wartete auf den tödlichen Hieb in Rücken oder Hals.

Vor seinem inneren Augen tauchten verschwommene Bilder auf: Caroline, sein Sohn als Säugling, Swallow, Little Wolf, Woodenthigh, Josh und Abby. *Nein! Das durfte nicht passieren! Nicht jetzt*!, schrie sein Verstand. *Ich habe noch so viel zu erledigen. Es gibt Menschen, die auf mich zählen. Mein Sohn!*

Und dann hörte Zach ein Knallen. Kurz darauf fiel das blutverschmierte Messer neben ihn in den Schnee und Black Coyote stieß einen gellenden Schmerzensschrei aus und sank neben Zach zu Boden.

Zach sah, wie jemand nach dem Messer griff, und er versuchte zu verstehen, was geschehen war. Das Knallen war definitiv kein Schuss gewesen.

Eine Woge der Erleichterung rollte über Zach hinweg. Mit zitternden Gliedern setzte er sich auf, rieb sich den Sand aus den Augen und blinzelte zu Woodenthigh hoch, der ihm aufhalf.

Als Zach sah, dass Little Wolfs Peitsche die Luft zerschnitt und Black Coyote den Arm verletzte, wurde ihm klar, woher der Knall gekommen war.

An mehr konnte er sich nicht erinnern. Seine Beine gaben nach, und er versank in einem Meer von Schwärze.

Caroline war erleichtert, dass Zach die ganze Zeit geschlafen hatte, während sie die Wunde gesäubert und vernäht hatte, denn Bridge war nirgends zu finden gewesen. Woodenthigh und Little Hawk hatten ihm vorher so viel Whisky eingeflößt, dass es für eine Kuhherde reichte. Sie hatte Stunden gebraucht, um die

Wunde von dem feinen Sand zu befreien. Nachdem Bridge wieder aufgetaucht war, hatte er ihr versichert, dass Zach nicht in Lebensgefahr schwebte, es aber eine Weile dauern würde, bis er wieder genesen war. Seine Abwesenheit hatte er damit wiedergutgemacht, indem er Zach eine starke Heilpaste gemischt hatte.

»Zach in Ordnung?«, fragte Swallow, der plötzlich neben ihr stand.

Geschwind zog Caroline ihn in eine Umarmung. »Er hat eine schlimme Verletzung erlitten, aber er wird wieder gesund.«

»Wenn du brauchen etwas – Wasser, Fleisch, Holz für Feuer – du mich rufen. Ich immer in Nähe.«

Die Worte des Jungen legten sich wie ein warmer Mantel um Carolines Herz. »Das ist lieb, aber du bist kein kleiner Junge mehr, der Wasser und Holz holt. Die anderen würden sich bestimmt über dich lustig machen. Davon abgesehen würde Zach das nicht wollen. Meine Freundinnen, Quiet Woman und Feather, werden mir damit helfen, aber es wäre eine große Hilfe, wenn du dich um Zachs Pferde kümmern könntest. Außerdem brauche ich etwas Fleisch für den Suppentopf.«

Swallow plusterte sich auf. »Ich keine Angst vor andere, aber ich kümmern um Pferde und gehen jagen. Du wollen Truthahn oder Hase?«

»Beides, wenn es geht«, antwortete sie. »Aber ich dachte, die Truthähne wären nach dem gestrigen Vorfall alle geflüchtet.«

»Dumme Vögel. Sie zurückgekommen. Frische Spuren in Schnee. Ich jetzt gehen, erlegen fetten Truthahn.«

»Aber geh nicht alleine«, rief sie ihm nach, als er davonlief, um Pfeil und Bogen zu holen.

Caroline seufzte. Der Junge schien Zach ebenfalls zu lieben. Wenigstens hatten sie noch einander, bis Zach sie im Frühjahr zurückließ. Wenn die Wunde allerdings nicht bald heilen würde, könnte Zach sie nicht so schnell verlassen.

Seit vier Tagen litt Zach nun schon unter Fieberkrämpfen und sprach im Delirium. Caroline machte sich große Sorgen um ihren Reisegefährten, der auf ihren Wunsch in ihre Höhle gebracht worden war. Anfänglich hatte sie gedacht, er würde halluzinieren, doch es hatte sich nach und nach herauskristallisiert, dass er tatsächlich ein Berufssoldat war. Allerdings kein gewöhnlicher, sondern eine Art Geheimagent, der Landesverräter jagte, sich in Geheimbünde einschleuste und sie entlarvte.

Caroline versuchte, ihm nicht zuzuhören, weil es sie nichts anging, aber ihre Neugierde überwog zuweilen. Es schien ihn zu quälen, dass er während des Bürgerkrieges unzählige Menschen getötet hatte. Immer wieder schrie er auf, riss den Kopf zur Seite und weinte zuweilen wie ein kleines Kind.

Eines Morgens fiel Caroline das Lederbündel mit den Dokumenten in seiner Satteltasche ein. Wenn er nicht überlebte? Wen würde sie dann kontaktieren? Sie wusste nur, dass sein Bruder Josh und seine Frau Abby irgendwo in Virginia lebten und eine Pferdefarm besaßen. Wie stand es um Zachs militärische Kontakte? Wer war sein Vorgesetzter? Hatte er wirklich nur wegen seines Sohnes zu den Cheyenne gewollt oder war er womöglich im Auftrag der Regierung hier? Alles Fragen, die seine Unterlagen ihr womöglich beantworten konnten.

Zu guter Letzt entschied sie sich jedoch, noch einen Tag zu warten. Wenn morgen sein Fieber nicht gebrochen war, würde sie seine Höhle durchsuchen.

Am Nachmittag des nächsten Tages war Caroline so erschöpft, dass sie Feather bat, bei Zach Wache zu halten und ihm von der Wildbrühe einzuflößen.

Caroline schürte das niedrige Feuer, das sie in Zachs Höhle in Gang hielt, damit Bridge, Feather und Quiet Woman, die ihr zur Seite standen, sich hierher zurückziehen konnten. Gähnend trug sie die Satteltasche zum Bett und kroch unter die Decke. Ihr fielen schon die Augen zu, bevor sie sich mit dem Inhalt der Taschen vertraut machen konnte.

Als sie erwachte, war es draußen dunkel. Schnell entzündete Caroline eine Kerze, holte das Lederbündel hervor und begann zu lesen. Je länger sie las, desto größer wurden ihre Augen. Es war noch viel schlimmer, als sie angenommen hatte. Sie fand ein Telegramm, in dem Zach der Auftrag erteilt wurde, das Lager der Cheyenne zu unterwandern und sie zur Rückkehr zu bewegen. Das Schlimmste war, dass ihm bei der Wahl der Mittel freie Hand gelassen wurde.

Vermutlich wartet Zach so lange, bis er seinen Sohn gefunden hat, dachte Caroline verbittert. Es schmerzte, dass er sie in jeder Hinsicht nur benutzt hatte. Wutschnaubend suchte sie nach dem Namen seines Vorgesetzten. Es war niemand Geringeres als Generalmajor Philip H. Sheridan und Präsident B. Hayes.

Mit zitternden Händen legte Caroline die Papiere zurück und eilte in ihre Höhle, um Feather abzulösen.

»Sie müssen weiterkämpfen, Zach«, spornte sie ihn an, als wäre sie beim Militär, während sie seine glühende Haut mit einem wassergetränkten Lappen kühlte. »Ich bin nämlich noch nicht fertig mit Ihnen, mein Freund.«

Dank Old Bridge sank Zachs Fieber zwei Nächte später. Die Gewissheit, dass er leben würde, beruhigte Caroline ein wenig, doch sie fürchtete zugleich, dass das Delirium und die Bewusstlosigkeit bleibende Schäden hinterlassen haben könnten. Nervös lief sie neben seinem Lager auf und ab, die Arme um den Bauch geschlungen, um sich zu beruhigen. Wenn sie Bridges Worten glaubte, würde es nun nicht mehr lange dauern, bis Zach erwachte. Sie fürchtete sich vor dem Moment, wenn er nach dem Cheyenne-Jungen fragte. Bridge gab sich größte Mühe, doch der Junge erholte sich nur sehr langsam, lag teilnahmslos auf dem Lager und sprach mit keinem.

Mit einem tiefen Seufzer ging Caroline neben Zach in die Knie und betrachtete nachdenklich sein mit einem dünnen Schweißfilm überzogenes Gesicht und den Bart, der ihm gewachsen war. Dann nahm sie ein Tuch, tränkte es in kaltem, klarem Wasser und tupfte ihm die Stirn ab. Als seine Lider kaum merkbar zuckten, hielt sie die Luft an und griff nach seiner Hand.

»Los, Zach, wachen Sie auf«, sagte sie leise.

Zach blinzelte, öffnete die Augen einen Spalt breit,

fuhr sich mit der Zunge über die Lippen und krächzte: »Wasser.«

Caroline benetzte seine Lippen mit ein paar Tropfen, doch er riss ihr den Becher aus den Händen und leerte ihn in einem Atemzug. Er zitterte am ganzen Leib, so sehr strengte es ihn an, das Gefäß zu halten und den Kopf zu heben. Sobald er ausgetrunken hatte, ließ er sich zurückfallen. Als ihm die Augen wieder zufielen, nahm Caroline an, er wäre abermals eingeschlafen, und zog ihm die Decke bis unter das Kinn. Gerade, als sie sich erheben wollte, drückte er ihre Hand.

»Sie gehen schon?«, fragte er und öffnete langsam die Augen.

»Ich dachte, Sie würden wieder schlafen«, antwortete sie und erwiderte den Druck seiner Hand. »Wissen Sie, warum Sie hier liegen?«

Seine Augen fielen wieder zu, er atmete so tief ein, wie es ihm möglich war, und ließ die Luft langsam entweichen. »Messerkampf. Unfaires Manöver. Ich habe verloren.« Und dann öffnete er die Augen, so weit es ging. »Wie geht es dem Jungen?«

Mit einem Seufzen berichtete sie ihm, was sie wusste. »Wie sieht es aus, Swallow würde Ihnen bestimmt gerne einen Besuch abstatten. Er war einige Male hier, um sich nach Ihnen zu erkundigen. Ich habe den Eindruck, es belastet ihn etwas.«

»Ja, er soll kommen«, flüsterte Zach und versuchte verzweifelt, sich auf den Ellbogen aufzustützen. Als er merkte, dass er es nicht schaffte, gab er auf. »Wenn es ihm nichts ausmacht, dass ich wie ein nasser Sack Hafer hier liege, soll er kommen.«

Caroline machte Anstalten, sich zu erheben, doch

Zach hielt sie zurück. »Vorher hätte ich aber gerne gewusst, was Sie mir zu essen gegeben haben? Mein Magen fühlt sich so leer wie ein ausgehöhlter Baumstamm an.«

»Ich habe Ihnen hauptsächlich Brühe gegeben«, antwortete sie, erleichtert darüber, dass sein Verstand scheinbar keine Schäden erlitten hatte.

»Kein Wunder.« Er verzog das Gesicht und rieb sich den Magen. »Ich hätte Lust auf Eintopf mit großen Fleischbrocken.«

»Meinen Sie nicht, dass es für Fleisch noch ein bisschen früh sein könnte?«, fragte sie und schob seine Hand von der Wunde weg. »Warum nicht gleich noch einen Kaffee und Maistaler obendrauf?«

»Ich möchte Ihnen keine Umstände bereiten«, sagte er mit seinem typisch schiefen Grinsen, das er ihr immer dann schenkte, wenn er sie aufzog.

Wie der Zufall es wollte, hatte sie am Morgen eine frische Ration Eintopf gekocht, in der Hoffnung, er würde endlich aufwachen. Ungeachtet der Tatsache, dass sie wusste, wer er in Wirklichkeit war, und der widersprüchlichen Gefühle, die damit verbunden waren, stimmte es sie froh, dass er das Bewusstsein wiedererlangt hatte und dass sie sich ihm gegenüber vollkommen normal geben konnte. Sie würde so lange auf diesem schmalen Grat wandern, bis der richtige Moment gekommen war, ihre Karten auf den Tisch zu legen.

»Ich werde Swallow rufen und Little Wolf davon unterrichten, dass Sie wieder bei Bewusstsein sind.« Sie blieb stehen, drehte sich um und lächelte ihn an. »Es freut mich, dass es Ihnen besser geht.«

»Mir schwant, ich stehe tief in Ihrer Schuld. Wie

kann ich mich dafür erkenntlich zeigen?«, fragte er und warf ihr einen langen, auflodernden Blick zu, der über ihr Haar bis zu ihren Mokassins glitt und ihr ein gleißendes Gefühl in der Magengrube bescherte.

»Ich lasse mir etwas einfallen«, sagte sie, bemüht darum, so normal wie möglich zu klingen.

»Ich kann es kaum erwarten«, flüsterte er.

Nach Carolines Rückkehr half sie Zach beim Essen, Anziehen und es sich mit einer gut gepolsterten Rückenstütze am Feuer gemütlich zu machen. »Woher haben Sie dieses Prachtexemplar von Rückenstütze?«

»Sie gehört Ihnen. Ein Geschenk von Little Hawk und seiner Frau.«

»Warum? Weil ich Black Coyote eins auf die Nase gegeben habe und dafür um ein Haar abgestochen worden bin?«

»Weil sie sich Sorgen um Sie gemacht haben.«

»Wie wir alle«, bestätigte Little Wolf mit einer freudigen Miene, als er die Höhle betrat. »Mein Stamm weiß, dass Sie versucht haben, ihm zu helfen. Sie mögen es nicht, wie Black Coyote seine Dankbarkeit zeigt.«

»Hallo«, sagte Zach. »Caroline, hätten Sie noch etwas Eintopf und Maistaler?«

»Kaffee?«, fragte Little Wolf Caroline. Während der Häuptling es sich gemütlich machte, brachte Caroline ihm einen stark gesüßten Kaffee, wie er es gern hatte. Dann ließ sie die beiden alleine, damit sie sich ungestört unterhalten konnten. Sie hatte in Little Wolfs Blick gelesen, dass ihn etwas belastete, und sie wollte die beiden Männer daher allein lassen. Sie hoffte nur, dass es noch nicht zu früh war, Zach mit Problemen zu belasten und dass er keine Veranlassung sah, gegen die Cheyenne vorzugehen. Seitdem sie wusste, dass Zach für die Regierung arbeitete, sah sie das Lager, ihn und sich selbst in einem völlig anderen Licht.

Neunzehntes Kapitel

Little Wolf nahm einen kräftigen Schluck Kaffee. Es freute ihn, dass Caroline nicht vergessen hatte, wie er ihn bevorzugte. Während er trank, musterte er den *veho* auf der anderen Seite des Feuers. Seine Haut wirkte fahl, unter den Augen zeichneten sich dunkle Ringe ab, und seine Hände zitterten, als er den Becher an die Lippen setzte. Doch Bridge und Caroline würden alles tun, damit er wieder zu Kräften kam. Die Frage war nur, wie lange es dauern würde?

Die Cheyenne hatten keine Zeit zu verlieren. Das Schicksal des ganzen Stamm hing nämlich von diesem einzelnen *veho* ab.

»Kennen Sie Captain Wessells? Ihm untersteht Camp Robinson.« Little Wolf deutete mit der Hand in Richtung Nordwest, wo das Camp lag.

»Wessells?«

Little Wolf runzelte die Stirn, als Zach ihn mit ausdruckslosem Gesicht ansah. Er musste alles dafür tun, hinter die Fassade zu gelangen.

»Dem Jungen, den Sie vor dem Tod bewahrt haben, geht es so weit gut. Seine Wunden verheilen allmählich.« Little Wolf lächelte, als Zachs Maske fiel und den Blick auf ein wütendes Gesicht freigab.

»Ist er noch bei Bridge?«

Sehr gut, dachte Little Wolf bei sich. Das war es, er

würde den Jungen benutzen, um sein Gegenüber gefügig zu machen.

»Ja«, antwortete Zach und achtete darauf, keine Gefühle mehr zu zeigen. »Ich habe einen der Läufer zu den Sioux geschickt, um herauszufinden, ob der Junge noch Verwandte hat. Black Coyotes hat ein eiskaltes Herz. Er ist alles andere als ein guter Vater, möchte den Jungen aber unter keinen Umständen hergeben.«

»Gut.« Zach beugte den Oberkörper ein wenig nach vorne. »Wann kann ich den Jungen sehen?«

Little Wolf schüttelte den Kopf, als er beobachtete, wie der *veho* seinen geschwächten Körper weiter nach vorne zwang. »Ich halte das für keine gute Idee.«

»Wie meinen Sie das? Ich würde mich gerne mit ihm unterhalten, ihn ein wenig besser kennenlernen.«

Little Wolf begrüßte es, dass der Junge dem *veho* etwas bedeutete, wunderte sich aber gleichermaßen über sein Engagement. »Setzen Sie alles daran, schnell wieder zu Kräften zu kommen«, sagte Little Wolf. »Morning Star steckt in Schwierigkeiten.«

»Haben Sie mich deshalb gefragt, ob ich Wessells kenne?«

Little Wolf nickte. »Vielleicht ist Ihnen schon zu Ohren gekommen, dass er und einige andere Cheyenne gefangen genommen und ins Camp Robinson gebracht worden sind.« Little Wolf hielt kurz inne und schüttelte den Kopf, weil er die Entscheidung seines Bruders mehr denn je verurteilte. »Die Soldaten haben es auf ihre Gewehre abgesehen.«

»Was hat das alles mit meiner Genesung zu tun?«

»Ich wünsche mir, dass Sie mit Wessells reden. Bringen Sie ihn dazu, dass sie nach Red Cloud umsiedeln dürfen.« Little Wolf verschwieg absichtlich, dass er im Rauch der Erkenntnis schreiende Frauen, weinende Kinder und viel blutigen Schnee gesehen hatte.

»Haben Sie denn keine Angst, dass ich verraten könnte, wo Sie und Ihr Stamm sich versteckt halten?«

»Nein. Caroline, Swallow und der Sioux-Junge werden hierbleiben. Und Sie wissen, dass es den Soldaten einerlei ist, auf wen sie schießen.« Little Wolf wartete auf Zachs Reaktion und lächelte, als der *veho* ihn mit versteinertem Gesicht in die Augen starrte.

»Sie nehmen Sie also als Geisel?«

»Sie sind Soldat«, erwiderte der Häuptling achselzuckend. »Wir trauen keinem Soldaten.« Mit diesen Worten spülte er den Rest des Kaffees hinunter und erhob sich. »Sehen Sie zu, dass Sie schnell wieder zu Kräften kommen. Es steht schlecht um die Cheyenne, die Wessells in seiner Gewalt hat. Sie dürfen keine Zeit verlieren.« Er schüttelte Zach die Hand, weil sie sich so schnell einig geworden waren. Der *veho* war nicht auf den Kopf gefallen, aber es gab da etwas, das er noch nicht verstanden hatte.

Er war die einzige Geisel.

Zach spürte, wie mit jedem Tag, der ins Land zog, seine Kräfte zurückkehrten. Schmunzelnd nahm er zur Kenntnis, dass Woodenthigh oder Little Hawk Caroline mit dem besten Fleisch versorgten, damit Zach sich schnell erholte. Im gleichen Maße fiel ihm auf, dass Little Wolf alles dafür tat, ihn von den Cheyenne fernzuhalten, damit seine Nachforschungen über die Pferde ins Stocken geriet.

Zach hatte wohl keine andere Wahl, als seiner Bitte nachzukommen und nach Camp Robinson zu reiten. Es war ärgerlich, denn seine Suche dauerte ohnehin schon zu lange. Ursprünglich hatte er gehofft, in spätestens vier Wochen abzureisen.

Als Caroline ihn und Swallow am nächsten Tag in den Wald schickte, um eine Weihnachtstanne zu schlagen, kam ihm die Abwechslung wie gerufen. Die beiden alberten herum und veranstalteten sogar eine kleine Schneeballschlacht, bevor sie die Tanne nach Carolines Anweisungen am Fuße ihres Hügels aufstellten.

Mit glänzenden Augen hatte Caroline den Baum mit Schleifen, roten, grünen und blauen Popcorngirlanden und Kerzenstummeln dekoriert.

»Sie haben sich selbst übertroffen«, lobte Zach sie einige Stunden später, legte Caroline den Arm um die Schulter und drückte sie.

Caroline warf einen letzten kritischen Blick auf ihr weihnachtliches Kunstwerk und lächelte zu ihm auf. Jetzt fehlte eigentlich nur noch ein Engel auf der Tannenspitze und Swift Fox, wie sie den Sioux-Jungen getauft hatten. Er war wieder bei Kräften, und Zach hätte ihn gerne eingeladen, doch Little Wolf hatte es verboten. Zachs Versuche, ihn umzustimmen, waren alle im Sande verlaufen. In diesem Punkt zeigte sich der Häuptling von seiner unerbittlichsten Seite. Selbst Caroline verstand ihn nicht. Schließlich hatte Zach ihm das Leben gerettet.

Caroline straffte die Schultern. Gemeinsam mit Zach hatte sie beschlossen, Weihnachten zu feiern, um Swallow die Traditionen seines Vaters näherzubringen.

»Ja, ich bin auch zufrieden«, sagte Caroline, schmiegte sich an Zach und freute sich, als Swallow sich an ihre andere Seite stellte.

»Wuuunderschooon!«, ertönte es aus Swallows Mund, der nervös hin und her tänzelte. »Wir jetzt essen Kuchen?« Er wusste, dass Caroline sich für diesen Tag etwas Besonderes ausgedacht hatte, und konnte es kaum erwarten.

»Woher weißt du eigentlich, dass es zur Feier des Tages Kuchen gibt?«, fragte Caroline mit gespielter Empörung.

»Äh, könnte sein, dass ich so etwas erwähnt habe«, räumte Zach ein.

»Erst die Geschenke, dann der Kuchen«, erklärte sie mit gewichtiger Stimme. Plötzlich war sie sich ihrer Sache jedoch nicht mehr so sicher. War es klug, den Jungen mit dem Fest vertraut zu machen? Wenn sie fort waren, würde Swallow vermutlich nie wieder Weihnachten feiern. Wenn sie aber dem Jungen damit mehr schadeten als halfen? Kurz vor dem Betreten der Höhle nahm sie Zach beiseite. »Glauben Sie, wir tun das Richtige?«

»Was meinen Sie? Weihnachten?« Zachs Blick ruhte auf Swallow, der diverse Bündel in die Hand nahm und sie abtastete. »Ich weiß es nicht«, antwortete er. »Aber ich hoffe, dass es nicht sein einziges Weihnachten sein wird.«

»Aber im Reservat wird kein Weihnachten gefeiert.«

»Noch nicht, aber das kommt bestimmt noch.«

Caroline biss die Zähne aufeinander. »Sie wissen, was ich davon halte, den Indianern mit Gewalt die eigenen Traditionen aufzudrängen. Nichts. Woher nimmt sich ein Mensch das Recht, anderen zu vermitteln, dass das, was sie seit Jahrhunderten tun, falsch ist?« Sie schnaubte.

»Caroline«, raunte Zach und deutete mit dem Kinn auf den Jungen, »das ist jetzt nun wahrlich nicht der richtige Zeitpunkt für diese Auseinandersetzung.«

Caroline schleuderte ihm einen wütenden Blick zu, ließ ihre schlechte Laune aber in der kühlen Nachtluft zurück.

»Wir sollten lieber dafür sorgen, dass wir dem Jungen einen schönen Abend bereiten. Und uns selbst auch«, drängte Zach sie.

»Sie haben vollkommen recht«, stimmte sie ihm zu und rang sich ein weiteres Lächeln ab.

Wenig später saßen sie in der mollig warmen Höhle und öffneten Geschenke. Caroline und Zach gaben sich die größte Mühe, Swallow Weihnachtslieder beizubringen. Zum krönenden Abschluss gab es den versprochenen Plumpudding, den Caroline gezaubert hatte.

»Wer ist Weihnachten?«, fragte Swallow, dem mit seinen glänzenden braunen Augen und gekämmten blonden Locken etwas Engelsgleiches anhaftete. Um ihn herum lagen die Geschenke – eine neue Tunika und passende Mokassins von Caroline, ein neuer und größerer Bogen mit gefülltem Köcher von Zach. Swallow rieb sich den Bauch und gähnte herzhaft.

Caroline, die nicht wusste, was sie auf die Frage antworten sollte, begann schnell ein wenig aufzuräumen.

»Genau genommen ist es ein Geburtstagsfest«, erklärte Zach ihm. »Für einen ganz besonderen Menschen. Wenn man es genau betrachtet, habt ihr beide sogar eine gewisse Ähnlichkeit.«

»Er auch einen weißen Vater?«, wollte Swallow wissen.

»Das könnte man so sagen. Seine Mutter und sein Vater waren gerade auf einer Reise, als er auf die Welt kam. Sie fanden aber keine Herberge, und deshalb hat er in einem Stall das Licht der Welt erblickt.«

»Ich geboren in Tipi wie alle *Tsitsitas*.« Swallow funkelnte ihn an.

Caroline war gespannt, wie Zach sich da herauswinden würde.

»Das meine ich ja«, sagte Zach so beiläufig, als würden sie über einen Bekannten und nicht über Gottes Sohn sprechen. »Er hatte kein großes, vornehmes Haus und viel Geld oder ein Pferd wie die weißen Menschen. Er wurde in Armut geboren und blieb sein ganzes Leben arm. Und trotzdem feiern wir Weißen seinen Geburtstag, weil er der Welt Hoffnung gegeben hat.«

»Was ist das? Hoffnung?«, wollte Swallow wissen und ahmte Zachs Haltung nach, den Kopf auf das Kinn abgestützt.

Zach schmunzelte. »Puh, das ist eine ziemlich schwierige Frage. Hoffnung bedeutet, dass ein Mensch daran glaubt, dass die Dinge besser werden, dass die Sonne auch morgen wieder aufgeht und es nicht scheint, dass der dickste Truthahn deinen Weg kreuzt, dass die Cheyenne sicher den Powder River erreichen und sich dort ansiedeln können. Wer hofft, gibt sich mehr Mühe als andere.«

Swallow lächelte und nickte energisch. »Du hoffen, dass du finden Sohn.« Dann wandte er sich zu Caroline um. »Und du hoffen, dass du jemanden lieben.«

Caroline hatte das Gefühl, als hätte ihr jemand die Kleider vom Leib gerissen und tief in ihrem Inneren eine Wunde entblößt. Sie schlang blitzschnell die Arme um die Taille und kehrte den beiden wieder den Rücken zu, um ihren Schmerz zu verbergen. »Und ich hoffen auf Familie. Hoffen seien wie starke Medizin.«

Carolines Augen füllten sich mit Tränen. Swallow sollte nicht denken, er hätte ihre Gefühle verletzt. Als sie einen verstohlenen Blick über die Schulter warf, glaubte sie, auch in Zachs Augen ein feuchtes Glänzen zu erkennen. Sie beobachtete, wie er den Jungen zu sich zog und einen tiefen Atemzug tat. Dann schloss er flüchtig die Augen und sagte: »Ja, eine sehr, sehr starke Medizin. Und wir können uns glücklich schätzen, dass wir sie haben. Aus dem Grund feiern wir einmal im Jahr Christi Geburt.«

»Deshalb wir geschlagen Baum aus Wald?«, fragte Swallow und sah zu ihm auf. »Das mir gefallen am besten.«

»Ja, das gehört zu dem Fest dazu«, erklärte Zach und flüsterte dem Jungen etwas zu. Swallow nickte und flüsterte etwas zurück, bevor er Caroline, die sich wieder zu den beiden umgedreht hatte, ein breites Lächeln schenkte.

»Du nicht mehr müssen hoffen, Car-o-line.« Er sprang auf und schlang die Arme um ihre Taille. »Ich dich lieben.«

Jetzt konnte Caroline ihre Tränen nicht länger zurückhalten und erwiderte seine Umarmung.

Swallow blickte mit verdutztem Blick zu ihr auf. »Warum du weinen?«

»Weil du mich zu einem sehr glücklichen Menschen machst.« Sie herzte ihn so kräftig, dass dem Jungen für einen Augenblick der Atem stockte. »Möchtest du noch ein Stück Kuchen?«

»Kein Platz mehr«, sagte er und legte sich die Hand auf den Bauch.

Plötzlich ertönte ein lautes Zischen, und ein Schwall heißer Luft drückte die Abdeckung des Höhleneingangs in die Höhle und geradewegs ins Feuer. Zach sprang auf, um das Astgeflecht herauszuziehen. Nachdem er das Feuer mit Carolines Hilfe gelöscht hatte und die Abdeckung wieder an ihrem Platz anbringen wollte, fluchte er laut.

»Was ist los?«, fragte Caroline und schüttelte die Hände aus, die von einigen Funken getroffen waren.

»Sehen Sie mal dort.« Zach zeigte zum Fuß des Hügels. Kaum hatte Zach zu Ende gesprochen, lief Caroline den Hügel hinab. Der Weihnachtsbaum hatte Feuer gefangen. Doch schon nach wenigen Schritten war ihr klar, dass es keinen Sinn hatte, das Feuer zu bekämpfen. Der Baum brannte lichterloh.

Zach, der ihr gefolgt war, ging in der Nähe des Baums in die Knie und tauchte den Finger in eine kleine Pfütze. »Petroleum«, sagte er und drehte sich zu Caroline um. »Das war kein Unfall.«

Mit betretenem Schweigen sahen sie zu, wie der Baum in Flammen aufging. Caroline nahm der Anblick so sehr mit, dass sie fürchtete, nie wieder eine

Öllampe anzünden zu können, ohne an dieses entsetzliche Weihnachten zu denken.

In der Zwischenzeit hatte Swallow sich zu ihnen gesellt. Der Junge, der sich an Zachs Bein geklammert hatte, weinte bitterlich.

Caroline war so wütend, dass sie die Hände zu Fäusten geballt hatte. Wie konnte jemand etwas so Niederträchtiges tun? Sie wusste, dass die Cheyenne, auch wenn sie ein gespaltenes Verhältnis zu Swallow hatten, es nicht gerne sahen, wenn er so viel Zeit mit ihr und Zach verbrachte.

»Jemand nicht wollen, dass wir hoffen«, schluchzte Swallow.

Plötzlich war Caroline alles klar. Der brennende Baum war die Tat eines einzelnen, boshaften Herzens. Eines Herzens, das ihnen nicht wohlgesinnt war und womöglich noch Schlimmeres im Schilde führte.

Als könnte Zach Carolines innere Unruhe spüren, griff er nach ihrer Hand und drückte sie.

Caroline suchte nach Swallows Hand und tat dasselbe.

»Einen Baum kann man verbrennen«, rief Zach gegen das Knistern des Feuers an, »aber die Hoffnung, Swallow, die kann uns niemand nehmen. Sie wohnt tief hier drin.« Zur Untermalung seiner Worte legte er Swallow die Hand auf die schmale Brust. »Niemand kann sie uns rauben, es sei denn, wir lassen es zu.«

Zwanzigstes Kapitel

Zach fütterte Dämon eine letzte Handvoll Hafer. Ihm war jedes Mittel recht, die unvermeidliche Konfrontation mit Caroline hinauszuzögern. Aber Dämon brauchte die Extraportion Aufmerksamkeit, schließlich lag am nächsten Tag ein langer, eisiger Ritt vor ihnen. Woodenthigh hatte ihm eine Landkarte auf ein Stück Tierhaut gezeichnet und mehrfach betont, Camp Robinson läge nur einen halben Tagesritt entfernt. Nachdem es aber die ganze Nacht kräftig geschneit hatte, fürchtete Zach, dass er mindestens doppelt so lange bräuchte.

Das Problem war, dass er diesen Captain Wessells gar nicht kannte. Im Gegensatz zu Little Wolf war er sich nicht sicher, dass er, trotz seiner Papiere, etwas erreichen würde.

Nachdem Zach Dämon am Fuße des Sandhügels festgebunden und ihm noch einmal auf den Hals geklopft hatte, machte er sich auf die Suche nach Caroline. Er musste dringend noch einmal mit ihr sprechen, bevor er in aller Herrgottsfrühe aufbrach.

Als ihm beim Betreten Carolines gemütlich eingerichteter Höhle ihr verführerischer Duft entgegenschlug, beschleunigte sich sein Puls. Ja, er liebte sie. Das wusste er spätestens seit seiner fast tödlichen Begegnung mit Black Coyote. Aber er hatte sich schweren

Herzens dazu entschieden, ihr nichts davon zu sagen. Es wäre töricht, wenn er es ihr beichtete. Sie hatten keine Zukunft. Was konnte ein Mann wie er einer Frau wie Caroline schon bieten? Er war ein Herumtreiber, der sich von kalten Bohnen ernährte und auf der Erde schlief, wenn es sein musste.

»Welche Laus ist Ihnen denn über die Leber gelaufen?«, riss Caroline, die gerade das Essen zubereitete, ihn aus den Gedanken.

»Wie kommen Sie denn darauf?«, fragte Zach, nahm sich ihre Hand und küsste die Finger.

»Deshalb«, antwortete Caroline und legte den Finger auf die tiefe Sorgenfalte, die seine Stirn zierte. »Und deshalb.« Jetzt zeigte sie auf seinen verkniffenen Mund.

»Ich vermisse Ihre Grübchen«, raunte sie. »Wissen Sie eigentlich, dass Sie seit der Geschichte mit Black Coyote nicht mehr richtig gelacht haben? Haben Sie womöglich noch Schmerzen, von denen ich nichts weiß?«

»Nein, nein, seien Sie unbesorgt«, antwortete Zach, ließ sich neben dem Feuer nieder und stocherte mit einem langen Stock in der Glut herum. Er wünschte, er hätte ihr bereits früher von seiner Unterredung mit Little Wolf erzählt; an dem Tag, an dem er das Bewusstsein wiedererlangt hatte. »Kommen Sie und setzen Sie sich zu mir«, forderte er sie mit ernster Stimme auf und klopfte auf den Boden neben sich.

Mit leicht verdutzter Miene tat Caroline, worum er sie gebeten hatte, und richtete den Blick in die züngelnden Flammen. »Raus mit der Sprache. Was bedrückt Sie?«

»Ich werde morgen nach Camp Robinson aufbrechen, um im Dilemma mit Morning Star zu vermitteln. Ich treffe mich mit Captain Wessells. Little Wolf bat mich darum.«

»Warum schickt er ausgerechnet Sie?«, fragte Caroline und nahm die Schultern zurück. »Glaubt er, dass Wessells auf Sie hören wird, weil Sie weiß sind?«

Zach spielte kurz mit dem Gedanken, ihr reinen Wein über seine wahre Identität einzuschenken, brachte es aber nicht fertig, ihr in die Augen zu sehen und zu sagen: *Ich bin ein Soldat*. Stattdessen sagte er: »Möglicherweise. Ich werde auf jeden Fall mein Bestes geben. Wenn jemand stirbt, weil ich versagt habe, würde mich das mein Lebtag verfolgen.«

Einige nicht enden wollende Augenblicke sah Caroline Zach an. Dann räusperte sie sich und fragte: »Warum reden Sie um den heißen Brei herum, Zach? Ich spüre doch, dass da noch mehr dahintersteckt. Außerdem kenne ich Little Wolf besser als Sie. Er würde Sie niemals dort hinschicken, nur weil sie weiß sind. Er bittet Sie um Hilfe, weil er davon ausgeht, dass Sie etwas erreichen können. Er ist vermutlich verzweifelt.«

»Ja, genau!« Erleichtert griff Zach nach dem Anker, den Caroline ihm soeben zugeworfen hatte. »Er ist mittlerweile so verzweifelt, dass er nicht einmal davor zurückschreckt, mich zu entsenden.«

Caroline drehte den Kopf zur Seite, um sich zu sammeln. »Was gedenken Sie, Wessells über Little Wolf und das Lager zu erzählen? Er wird sie mit Sicherheit fragen, wo sich die Cheyenne versteckt halten.«

»Ich werde mich natürlich bedeckt halten«, versicherte er ihr. »Außerdem weiß er ja nicht, dass ich mich derzeit im Lager aufhalte.«

»Aber wenn er Sie doch fragt?«, gab Caroline zu bedenken, erhob sich und lief unruhig umher. »Und wenn Sie sich weigern und er Sie festnimmt, um es aus Ihnen herauszupressen?«

»So weit wird es bestimmt nicht kommen«, betonte Zach noch einmal, stellte sich hin und fing sie ab. Als er versuchte, sie in eine Umarmung zu locken, stieß sie ihn von sich. »Caroline, bitte. Sie machen aus einer Mücke einen Elefanten.«

»Und Sie versuchen, die Situation herunterzuspielen«, kam postwendend die Antwort.

Zach packte Caroline sachte bei den Schultern, beugte sich zu ihr hinunter und sah ihr direkt in die Augen. »Mir wird schon nichts zustoßen. In einer oder spätestens zwei Wochen werde ich wieder zurück sein.«

Caroline duckte sich unter seinen Händen hinweg und wich ein Stück zurück. »In zwei Wochen kann viel passieren, Zach. Ich bin mir nicht sicher, wie lange Swallow und ich hier noch in Sicherheit sind. Seit dem Brand ist die Stimmung zunehmend gereizter. Black Coyote und seine Bande werden von Tag zu Tag aufmüpfiger.«

»Haben sie Ihnen etwas angetan?«, fragte Zach bestürzt und schwor sich, dieser Bestie ein für alle Mal die Kehle durchzuschneiden, wenn er ihr auch nur ein Haar krümmte.

»Nein, aber Sie müssten mal sehen, wie er und die anderen jungen Krieger mich ansehen und wie sie Swallow behandeln. Glücklicherweise hat Bridge ein

Auge auf Swift Fox und lässt Coyote nicht in seine Nähe. Aber irgendwie werde ich das Gefühl nicht los, sie werden sich den Jungen bei der erstbesten Gelegenheit schnappen.«

Zachs Herz verkrampfte sich. Auch ihm war es bislang verwehrt geblieben, dem Sioux-Jungen einen Krankenbesuch abzustatten. Little Wolf hatte ihm zwar immer wieder versichert, dass es Swift Fox gut ging und er mit jedem Tag mehr Kräfte sammelte, aber er hätte sich gerne selbst ein Bild von dem Zustand des Jungen gemacht. So langsam hatte er das Gefühl, dass mit dem Jungen etwas nicht stimmte. Die Vorstellung, Coyote könnte den Jungen in seine Gewalt bringen, ließ ihn frösteln. »Sind Sie sich da ganz sicher?«

»Ja!«, rief sie, zuckte die Achseln und schüttelte den Kopf. »Nein. Ich weiß es nicht. Sie verhalten sich so eigenartig. Selbst Feather und Quiet Woman sind besorgt.«

Zach legte die Stirn in Falten. Wenn Little Wolfs Ehefrauen sich Sorgen machten, bedeutete dies, dass auch der Häuptling selbst ein schlechtes Gefühl hatte. »Ich werde vor meiner Abreise noch einmal mit Little Wolf sprechen. Wenn er mir nicht in die Hand versprechen kann, dass der Junge in Sicherheit ist, werde ich mich weigern, das Lager zu verlassen. Dann muss er sich etwas anderes einfallen lassen.«

Seine Antwort schien Caroline kaum zu beruhigen. »Trotzdem, das Ganze gefällt mir alles nicht. Ich denke noch immer, dass Sie mir etwas verheimlichen«, sagte sie.

»Ich werde vorsichtig sein«, antwortete er, ohne auf ihre Bemerkung einzugehen.

»Hab ich's mir doch gedacht«, rief sie ungehalten. »Was für ein Feigling sind Sie eigentlich? Können einer Frau noch nicht mal ins Gesicht sagen, dass Sie ihr faustdicke Lügen auftischen.«

»Ich habe Sie nicht angelogen«, schoss er zurück, auch wenn es ihm schwerfiel. Wenn er ihr die Wahrheit sagen würde, dann würde er sie für immer verlieren. »Glauben Sie mir denn wenigstens, dass ich Sie jede Sekunde, die ich nicht in Ihrer Nähe sein kann, vermissen werde?« Mit einem versöhnlichen Gesichtsausdruck streckte er die Hände nach ihr aus, doch Caroline wich zurück, als hätte er eine ansteckende Krankheit.

»Bleiben Sie bloß, wo Sie sind«, fauchte sie. »So leicht lasse ich mich nicht um den Finger wickeln. Was Sie vorhaben, ist leichtsinnig und gefährlich. Warum sollten Sie solch ein Risiko eingehen? Doch nur, wenn es noch andere Motive für Ihr Handeln gibt. Wenn etwas schiefgeht, kommen Sie bloß nicht bei mir angekrochen.«

»Hab schon verstanden«, brummte er, strich sich das Haar aus der Stirn und setzte sich den Hut auf. »Und ich Tölpel dachte, wir könnten vor meiner Abreise unsere dritte Stunde absolvieren. Aber wie mir scheint, sind Sie heute dazu nicht in der Stimmung.«

»Nicht in der Stimmung?«

Bevor Zach sich versah, segelte ein irdener Topf durch die Luft und schlug neben seinem Kopf ein.

»Sind Sie jetzt komplett verrückt geworden?« Zach riss schützend die Hände vor das Gesicht und fing das nächste Flugobjekt – eine Haarbürste – gekonnt in der Luft ab. »Das hätte böse ins Auge gehen können«, knurrte er und schleuderte die Bürste auf das Bett.

Als Caroline abermals Anstalten machte, ihn zu bewerfen, machte Zach einen Sprung nach vorne, packte sie unsanft beim Handgelenk, warf sie aufs Bett und presste sie mit seinem Gewicht in die Decken. Caroline kämpfte wie eine Wildkatze, fauchte, zappelte, trat um sich. Doch dann versiegte ihr Widerstand.

Zach musterte sie, aus Furcht, sie könnte von ihren alten, lähmenden Ängsten heimgesucht werden. In ihren Augen las er jedoch nichts als flammende Wut. Wut, die sich nur auf ihn bezog.

Zachs Blick wanderte über ihre geröteten Wangen hin zu ihren weichen, vollen Lippen. »Tu ... das ... nie ... wieder«, warnte er sie und untermalte jedes Wort mit einem Kuss, bis Caroline ein lautes Stöhnen entfuhr und sie sich ihm öffnete. Zach küsste sie, wie ein Mann eine Frau küsste, der wusste, dass er eine Weile fort sein würde und dass er von der Erinnerung an ihren Mund, ihren Geschmack, ihre Zunge und ihre Wärme zehren musste. Es war der erste Kuss der beiden seit längerer Zeit. Vielleicht würde es vorerst auch der letzte bleiben.

»Ich wünschte, ich könnte bleiben«, flüsterte Zach und sah ihr in ihre himmelblauen Augen. Dann hauchte er ihr einen Kuss auf die Nasenspitze. »Wirst du ein Auge auf Swallow und Swift Fox haben?«

»Natürlich«, erwiderte sie mit belegter Stimme und ließ sich von Zach in den Stand ziehen, aber nur, um sich sofort auf die Zehenspitzen zu stellen und die Arme um seinen Hals zu schlingen. »Aber du musst mir versprechen, dass du wiederkommst«, flüsterte sie und glitt durch sein Nackenhaar. »Es gibt noch so vieles, das ich lernen möchte.« Caroline gab ihm einen zaghaften Kuss, der mit jedem Herzschlag glühender wurde und Zachs Männlichkeit in Stein verwandelte.

Am liebsten hätte er sich hemmungslos an ihr gerieben, tat es aber aus Rücksicht auf ihre traumatischen Erlebnisse nicht. Sie hatte recht. Es gab in der Tat noch so viele Dinge, die er ihr beibringen wollte. Eins stand jedoch auch fest: Wenn er jetzt mit ihr schlief, würde er am Morgen nicht abreisen wollen.

»Ich werde bestimmt wiederkommen, Darling«, antwortete er und besiegelte sein Versprechen damit, dass er an ihrer Unterlippe knabberte. Als der Druck in seiner Hose zu groß wurde, stahl er sich aus der Höhle und ließ sich bäuchlings in die erste Schneebank fallen, die seinen Weg kreuzte, um sich abzukühlen.

Dieses Weibsbild brachte ihn noch ins Grab.

»Komm schon, Junge«, trieb Zach Dämon an, beugte sich, so weit es ging, nach vorne und rieb dem erschöpften Tier den Hals. Er war jetzt bereits einen vollen Tag und die halbe Nacht unterwegs. Schuld daran war der kräftige Nordostwind, der über das Land peitschte.

Im Winter waren die Great Plains der unwirtlichste Platz auf Erden, entschied Zach. Als er in der Ferne endlich die Lichter von Camp Robinson erblickte, erfüllte sich sein Herz mit Freude, auch wenn er seine rechte Seite kaum mehr spüren konnte.

Stunden später, so kam es ihm vor, ließ er sich auf einer freien Pritsche im Gemeinschaftsschlafsaal für

Soldaten nieder – die Offiziersquartiere waren belegt. Doch Zach war froh, überhaupt einen Platz zum Schlafen zu haben.

Es wurde eine kurze Nacht. Bei Sonnenaufgang ertönte das Signalhorn und riss die Soldaten aus dem Schlaf.

Trotz seiner bleiernen Glieder war Zach voller Tatendrang und machte sich auf direktem Wege zu Captain Henry Wessells auf. Als er nicht vorgelassen wurde, weil der Campleiter noch nicht gefrühstückt hatte, nutzte er die Zeit für einen Rundgang. Vielleicht war es keine schlechte Idee, wenn er sich vor dem Gespräch selbst einen Eindruck davon verschaffte, wie die Cheyenne untergebracht waren.

Was er jedoch sah, übertraf seine ärgsten Befürchtungen.

Die Cheyenne waren in heruntergekommenen, fensterlosen Baracken untergebracht und wurden streng bewacht.

»Haben sie heute schon etwas zu essen bekommen?«, erkundigte sich Zach bei einer Wache vor einem vernagelten Fenster.

»Kein Essen, kein Wasser, bis sie ihre Waffen abgeben und versprechen, nach Oklahoma zurückzukehren«, lautete die Antwort.

»Gilt das auch für die Frauen und die Kinder?«, fragte Zach, der sich am Riemen reißen musste, den jungen Kerl in Uniform nicht anzubrüllen.

Wessells und sein Frühstück konnten ihm gestohlen bleiben. Er brauchte Antworten. Schnell.

»Was zum Teufel geht hier vor sich? Warum müssen die Cheyenne darben?«, entfuhr es ihm mit schriller Stimme, nachdem er sich Zutritt zu Wessells Büro verschafft hatte.

»Was gibt Ihnen eigentlich das Recht, hier ohne Anmeldung hereinzuplatzen?« Wessells' Schneid überraschte Zach. Der hagere Captain war rund einen halben Kopf kleiner als er und immerhin der Rangniedere. Mit seinem buschigen Schnurrbart, der seinen verkniffenen Mund kaschieren sollte, erinnerte er Zach an ein Wiesel. Und auch sein ständiges Blinzeln und sein unruhiger Blick machten ihn nicht gerade sympathischer. Einem Mann wie ihm kam es nicht einmal in den Sinn, indianische Völker mit Respekt zu behandeln.

Am liebsten wäre Zach losgestürmt, um Morning Star und die anderen zu befreien. Er wusste aber, dass ihm die Hände gebunden waren und der Weg derzeit nur über Wessells führte. Zu allem Übel war das Camp noch nicht mit Telegrafenleitungen ausgerüstet. Deutlicher denn je spürte er, dass Little Wolfs Hoffnungen auf einen Kompromiss nichts als ein Hirngespinst waren.

Mit kontrollierten Bewegungen entledigte Zach sich seines Staubmantels und seines Huts und reichte beides dem Offiziersburschen, der bei der Tür saß. »Kaffee«, brummte er. »Schwarz. Eine Kanne.« Er stellte sich innerlich auf ein langes Gespräch ein. Dann nahm er auf einem Stuhl Platz, dem allem Anschein nach die Beine ein Stück abgesägt worden waren, damit der Besuch zum Captain aufblicken musste.

Nachdem Wessells sich ebenfalls niedergelassen hatte – er thronte regelrecht hinter seinem Schreibtisch –, bedachte er Zach mit einem milden Lächeln und sagte:

»So ist es besser. Jetzt können wir wie zivilisierte Menschen über alles reden.«

»Offiziersbursche«, bellte Zach, »bringen Sie mir einen anderen Stuhl.«

Der junge Soldat räusperte sich und warf einen nervösen Blick zu Wessells, dessen Gesicht nun verschlagene Züge annahm. »Die Stühle sind alle gleich«, flüsterte er.

»Prima«, sagte Zach, stellte sich hin und sagte mit lauter, sicherer Stimme: »Unter den Umständen ziehe ich es vor, zu stehen.« Er schenkte Wessells' finsterem Blick keine Beachtung und kam direkt zur Sache. »Wie sehen Ihre Pläne für die Cheyenne aus?«

Zach hörte Wessells zu, wie er sich über den Starrsinn der Cheyenne ausließ, dass sie sich seinen Befehlen widersetzten und dass er davon überzeugt war, dass sie noch Waffen in ihrem Besitz hatten.

Als Zach das Gefasel leid war, stützte er sich mit den flachen Händen auf dem Tisch auf, beugte sich nach vorne und zischte: »Sie erwarten, dass sie sich ergeben, nachdem Sie ihnen zwei Wochen lang Essen und Trinken verweigert haben? Verdammt, das Militär behandelt seine Hunde besser als Sie die Cheyenne!« Es juckte Zach in den Fingern, das Wiesel eigenhändig zu erwürgen. Er wünschte, er hätte die Befugnis, Wessells seines Amtes zu entheben und selbst die Leitung des Camps zu übernehmen.

»Ich verlange auf der Stelle ein Gespräch mit Morning Star. Unter vier Augen wohlgemerkt«, fauchte Zach und setzte sich auf die Ecke des Schreibtisches. Dass er dabei ein Tintenfass umstieß, störte ihn herzlich wenig.

»Nein«, entgegnete Wessells mit einem knappen Lächeln und beseitigte die Sauerei mit seinem Taschentuch. Dann lehnte er sich zurück und faltete genüsslich die Hände im Schoß. »Entweder ich bin dabei, oder es findet kein Gespräch statt.«

»In Ihrer Anwesenheit wird er nicht reden«, brummte Zach.

Wessells zuckte die Achseln und erhob sich. »Dann wird es kein Treffen geben.«

»In Ordnung«, gab Zach sich widerwillig geschlagen. »Lassen Sie ihn herbringen.«

Wenig später führten drei bullige Soldaten den an Händen und Füßen gefesselten Morning Star in Wessels' Büro. Auf seiner Schläfe prangte ein frischer Bluterguss. Als er Zach erblickte, legte sich ein zaghaftes Lächeln auf seine Lippen. Er streckte die Arme aus, um Zach zu begrüßen, doch ein Soldat verstellte ihm den Weg und stieß ihm mit dem Gewehrkolben gegen die Brust. Zach schob den Soldaten zur Seite und fing Morning Star auf, der das Gleichgewicht verloren hatte. Mit seinem Messer schnitt Zach dem Cheyenne die Fesseln durch und stützte ihn, bis er wieder alleine stehen konnte.

»Mein Bruder?«, flüsterte Morning Star.

»In Sicherheit«, antwortete Zach und schleuderte dem Soldaten einen bitterbösen Blick zu. »Wenn ihr noch ein einziges Mal Hand an diesen ehrwürdigen Mann anlegt, werdet ihr es bereuen, so wahr ich Major bin.«

Der Soldat nickte verschüchtert und verließ mit seinen beiden Kumpanen die Offiziersstube.

Zach führte Morning Star um Wessells' Pult herum und drückte ihn in den ausladenden Stuhl dahinter. Dann wies er den Offiziersburschen an, dem stellvertretenden Häuptling etwas zu trinken zu bringen, doch Morning Star lehnte ab. »Ich werde nicht trinken, solange mein Volk Durst leidet«, sagte er mit stolzer Stimme, den kalten Blick auf Wessells gerichtet, der wutschnaubend neben seinem Schreibtisch stand. »Warum haben Sie mich hierherbringen lassen? Ich habe meine Meinung nicht geändert. Die Jungen meines Stammes wollen es so. Sie werden kämpfen, und sie werden sterben, aber nicht in Oklahoma. Lieber sterben wir hier auf dem Boden unserer einstigen Heimat. Unser Blut wird an Ihren Händen kleben.«

»Reine Zeitverschwendung, wie ich mir schon dachte«, sagte Wessells zu Zach und befahl dem Offiziersburschen, Morning Star wieder abzuführen.

Der alte Cheyenne erhob sich langsam und packte Zachs Schulter. »Er hat recht, ich verschwende meine Zeit. Ich habe die Bleichgesichter angebettelt und angefleht, aber sie hören den Cheyenne schon lange nicht mehr zu. Trotzdem ehrt es Sie, dass Sie für uns Partei ergriffen haben.« Mit diesen Worten setzte Morning Star sich mit schweren Gliedern in Bewegung und verließ schlurfend das Büro. Nachdem Zach sichergestellt hatte, dass die Eskorte ihn nicht wieder fesselte, kehrte er zu Wessells zurück.

»Geben Sie ihnen zu essen«, verlangte er.

»Erst, wenn sie uns die Waffen aushändigen, die sie noch haben«, wiederholte Wessells seine Forderung und wischte mit einem neuen, gestärkten und strahlend weißen Taschentuch über den Stuhl.

»Angenommen, die Cheyenne sind in der Tat noch

im Besitz von Waffen, wie erklären Sie sich dann, dass sie sie noch nicht benutzt haben?«, versuchte Zach den Captain aus der Reserve zu holen. »Sie haben selbst gesehen, dass Morning Star sich kaum auf den Füßen halten kann, so geschwächt ist er. Was denken Sie, wie weit die Cheyenne kämen, selbst wenn sie Waffen hätten?«

»Wer atmen kann, kann auch schießen«, antwortete Wessells, ließ sich am Tisch nieder und wischte ihn sauber. »Wie dem auch sei, sobald es aufklart, werden die Lederhäute nach Oklahoma gebracht. Vor zwei Tagen ist die Dritte Kavallerie eingetroffen, um sie zu begleiten. Aber vorher wird ihnen in Kansas der Prozess gemacht.«

»Ich fasse es nicht!«, rief Zach. »Wer hat sich das denn nun schon wieder ausgedacht? Vor allem frage ich mich, wie die Cheyenne die lange Reise überstehen sollen, wenn sie nichts zu essen bekommen. Sie würden es nicht bis zur Grenze nach Kansas schaffen, geschweige denn bis nach Oklahoma.«

Wessells zuckte die Achseln. »Das ist nicht mein Problem.«

»Nicht Ihr ...« Zach ging um den Tisch herum. Zur Hölle mit dem Kriegsgericht, jetzt würde er diesem Pimpf endgültig den sehnigen Hals umdrehen.

»Wie kommt es eigentlich, dass Sie die Cheyenne so gut kennen?«, fragte Wessells und sah Zach mit seinen glänzenden Knopfaugen an. »Man könnte ja fast meinen, Sie hätten engen Kontakt mit dieser Sippschaft.«

»Darf ich Sie daran erinnern, dass ich Ihnen keine Rechenschaft schuldig bin, *Captain*? Ich unterstehe Sheridan und keinem anderen«, antwortete Zach gereizt und schritt zur Tür. Es war Zeit, zu gehen. Es gab nichts, das er für Morning Star tun konnte. Selbst Little Wolf und seine Krieger würden ihm nicht helfen können.

»Genau wie ich«, antwortete Wessells gelassen. »Ich tue nur, worum er mich gebeten hat.«

Zach, der die Klinke bereits in der Hand hatte, fuhr herum und stierte Wessells an. Ob er die Wahrheit sagte? Er kannte Sheridan, hatte jahrelang Seite an Seite mit ihm gearbeitet. Sein Bauch sagte ihm, dass Sheridan den Befehl gegeben haben mochte, die Cheyenne gefangen zu halten und nach Oklahoma zu bringen, dass er aber nie und nimmer mit der Durchführung seiner Order einverstanden wäre.

»Sie wissen, wo Little Wolf und seine Bande steckt, habe ich recht?« Wessells' Augen blitzten auf, als er die Schultern straffte und sich nach vorne beugte, als wollte er sein Gegenüber einschüchtern. »Jetzt geben Sie es schon zu.«

Zach erwiderte seinen funkelnden Blick. Nein, vor Wieseln hatte er sich sein Lebtag noch nie gefürchtet. »Ich überwintere in Ogallala und werde meine Suche nach Little Wolf fortsetzen, sobald das Wetter umschlägt. Seien Sie unbesorgt, ich werde nicht länger Ihre Gast*freundschaft* strapazieren.« Bis Wessells einen Boten nach Ogallala entsandte und dieser wieder zurück war, würden Tage vergehen.

Zach musste dringend Zeit gewinnen. Vielleicht sollte er nach Pine Ridge reiten und Red Cloud einschalten. Vielleicht konnte er in dieser prekären und festgefahrenen Situation vermitteln. Der Plan war dürftig, doch Zach fiel im Moment einfach nichts Besseres ein.

»Vermisst du ihn?«, fragte Feather und hob die Wurzel auf, die Caroline beim Korbflechten aus der Hand geglitten war.

»Nein«, antwortete Caroline empört. »Wie kommst du denn darauf?«

»Hast du vielleicht Blähungen?«, wollte Quiet Woman wissen.

Feather kicherte.

»Nein, habe ich nicht«, nuschelte Caroline und errötete. Hatte sie womöglich etwas getan, wofür sie sich schämen musste?

»Jetzt wird es bestimmt nicht mehr lange dauern«, sagte Quiet Woman und zwinkerte ihr zu. »Ist dir eigentlich aufgefallen, dass du immerzu seufzst?« Den Blick ins Leere gerichtet, ahmte sie Caroline nach und stieß einen bühnenreifen Seufzer aus.

Als Feather erneut kichern musste, schlug sie sich schnell mit der Hand auf den Mund.

Jetzt brannten Carolines Wangen lichterloh. »Du übertreibst«, fuhr sie Quiet Woman an. »Wie immer.«

»Und wie erklärst du dir das ständige Seufzen?«, schoss sie zurück. »Als du das letzte Mal aufgestöhnt hast, bin ich fast nach hinten umgekippt, so stark vermisst du ihn.« Um ihre Worte zu untermalen, schaukelte sie auf ihrem Allerwertesten.

»Ihr seid furchtbar«, gab Caroline sich geschlagen und fiel in das Gelächter mit ein. »Na gut. Ja, ich vermisse ihn. Er müsste längst wieder da sein, und ich mache mir große Sorgen. So, jetzt wisst Ihr Bescheid.«

»Ihm wird nichts geschehen«, versuchte Feather sie zu beruhigen und streichelte Caroline den Rücken. »Little Wolf ist davon überzeugt, dass er seine Sache gut macht und bald wieder bei uns ist.«

»Little Wolfs Erwartungen sind zu hoch, wenn ihr mich fragt«, murmelte Caroline und drehte die Wurzel, die heruntergefallen war, in den Händen. »Findet ihr nicht auch, dass die Spannung im Lager seit seiner Abreise größer geworden ist?«

Feather und Quiet Woman tauschten schnell vielsagende Blicke aus und schüttelten den Kopf. »Nein. Alles ruhig«, sagte Quiet Woman. »Bis auf letzte Nacht, als Little Wolf mich zu sich ins Bett geholt hat und ...«

»*Das* habe ich nicht gemeint«, fiel Caroline ihr ins Wort und riss die Hand in die Höhe, damit ihre Freundin aufhörte. Das Letzte, was ihr jetzt fehlte, war ein ausführlicher Bericht über eine Nacht voller Leidenschaft.

Plötzlich hörte sie, wie jemand von draußen ihren Namen rief.

»Achtung, Swallow kommt«, raunte Feather.

Die drei wickelten sich geschwind in Decken ein und eilten nach draußen, wo sie ein bleicher Swallow erwartete.

»Kommt!«, rief er Caroline zu. »Und Ihr auch«, wandte er sich an Feather und Quiet Woman. »Er Jungen holen.«

Sofort lief Caroline los. Als ihr die Decke von den Schultern rutschte, merkte sie es kaum. Sie raffte die Röcke und holte Swallow ein, der geradewegs auf Bridges Höhle zuhielt. Sie hätte es wissen müssen.

Little Wolf war auf Jagd, eine Gelegenheit, die Black Coyote sich nicht so leicht entgehen lassen würde. Ihre Hände tasteten nach dem Messer an ihrem Bein, auch wenn ihr bewusst war, dass sie keine Chancen gegen den Krieger hatte. Vielleicht gelang es ihr und ihren Freundinnen doch irgendwie, ihn hinzuhalten, bis Swallow die anderen Krieger verständigt hatte. Warum hatte Little Wolf ihr nur nicht geglaubt, als sie ihm von ihrer Befürchtung erzählt hatte?

Als sie vor Bridges Hügel ankamen, sahen sie, wie Black Coyote den Jungen fortschleifte. Swift Fox wehrte sich und stemmte die Fersen in den Schnee. Doch Black Coyote bereitete dem ein Ende, indem er ihm so heftig ins Gesicht schlug, dass der Junge das Bewusstsein verlor. Dann warf er ihn über die Schulter.

Jetzt zückte Caroline ihr Messer.

Black Crane verstellte Black Coyote den Weg. »Du hast nicht das Recht, dir den Jungen zu nehmen.«

»Und du kannst mich nicht daran hindern, alter Mann«, entgegnete Coyote verächtlich und verstärkte den Griff um die Beine des Jungen. »Dieser Junge gehört mir.«

»Gib ihn mir«, forderte Black Crane ihn mit schneidender Stimme auf. »Little Wolf hat entschieden, dass der Junge nicht mehr bei dir leben soll.«

»Geh mir aus dem Weg, du Greis«, schrie Coyote ihn an.

Black Crane warf einen kurzen Blick auf die Menschen, die sich in der Zwischenzeit eingefunden hatten. »Lass uns in meine Höhle gehen, und dann reden wir in Ruhe.« Er legte Black Coyote die Hand auf den Rücken. »Komm. Lass uns reden.«

Black Coyote wich seiner Berührung aus und zückte das Messer. »Wenn du mich noch einmal berührst, schneide ich dir die Hand ab.«

»Wie kannst du es wagen, die Hand gegen deinen Freund zu erheben?«, ertönte eine durchdringende und unnachgiebige Stimme.

Little Wolf war zurück. Mit großen Schritten löste er sich aus der Menge. Als Black Coyote die kleine Peitsche in seiner Hand bemerkte, ließ er von dem Jungen ab.

Im selben Moment ging er vor Little Wolf und Black Crane in die Hocke, um Kampfbereitschaft zu signalisieren. Blitzschnell zog Bridge den Jungen aus der Gefahrenzone und trug ihn zurück in seine Höhle.

»Ich bringe euch beide um, wenn Ihr mir den Jungen nicht sofort aushändigt«, brüllte Black Coyote und warf das Messer so zwischen seinen Händen hin und her, dass die Klinge zu einem silbernen Schweif verschwamm.

Mit gestrafften Schultern und ausgestreckten Armen tat Black Crane einen Schritt auf ihn zu. »Komm, lass uns reden.«

Als Antwort schoss Black Coyote in die Höhe, machte einen Satz nach vorne und bohrte das Messer in Black Cranes Brust.

Ein entsetztes Raunen ging durch die Menge, als Black Crane auf die Knie sankt, die Hand auf die Wunde gepresst. Durch seine Finger sickerte helles Blut. Sofort war Little Wolf zur Stelle, fing Black Crane ab und legte seinen Freund und langjährigen Gefährten behutsam auf die Erde. Als er ihm die Hand über den Mund legte und keinen Atem mehr spüren konnte, gab er Caroline ein Zeichen, sie möge zu ihm kommen.

Hastig verstaute Caroline das Messer und tastete Cranes Hals nach seinem Puls ab.. »Ich bin untröstlich«, sagte sie leise. »Er ist tot.«

Black Coyote reinigte indes sein Messer und kehrte den anderen den Rücken zu.

Die Peitsche dicht am Körper, erhob Little Wolf sich und trat hinter Black Coyote. »Du verlässt noch heute unser Lager«, befahl er ihm. »Nimm deine Frau und deine Freunde, wenn sie wollen. Hiermit verstoße ich dich aus dem Stamm der Cheyenne.«

Wortlos wandte Black Coyote sich von ihm ab und blickte zu Bridges Höhle.

Ehe Caroline wusste, was sie tat, hatte sie die Röcke hochgerissen, das Messer gezückt und sich Black Coyote in den Weg gestellt. »Du hast gehört, was Little Wolf gesagt hat. Geh.«

»Nicht ohne den Jungen.« Mit erhobenem Messer machte Black Coyote einen Schritt auf Caroline zu.

Fast zeitgleich zerriss das Surren von Little Wolfs Peitsche die Luft und ein Pfeil bohrte sich tief in Black Coyotes Hüfte.

Die Lippen zu einem gehässigen Grinsen verzogen, blickte Black Coyote auf den Schützen, der bereits den nächsten Pfeil eingelegt hatte. Es war Swallow.

»Hinfort mit dir«, wiederholte Little Wolf noch einmal mit lauter Stimme. »Der Junge bleibt bei mir.«

Black Coyote brach den herausragenden Teil des Pfeils ab und schleuderte den Umstehenden hasserfüllte Blicke zu. Als seine Frau auf dem Rücken seines Pferdes auftauchte – an einer Leine ein beladener

Esel – war klar, dass die Verschleppung des Jungen von langer Hand geplant war.

Mit lautem Kriegsgeheul schwang Black Coyote sich zu seiner Frau auf den Rücken des Pferdes, drückte ihm die Knie in die Flanken und preschte davon, wobei er um ein Haar noch eine ältere Cheyenne-Frau niedergetrampelt hätte. Wenig später folgten ihm seine besten Freunde.

Little Wolf schickte der Bande noch einen Krieger nach, um sicherzugehen, dass sie nicht auf Umwegen zurückkamen, um noch mehr Unheil anzurichten. In der Zwischenzeit hatten sich Little Hawk und einige Krieger um Black Cranes Leichnam gekümmert, und Little Wolf zitierte Caroline zu sich.

»Tu so etwas ja nie wieder! Wenn Swallow nicht geschossen hätte, wärst du jetzt womöglich tot.«

Caroline wurde kreidebleich, weil sie Little Wolf verärgert hatte.

»Hast du etwa geglaubt, er würde dich verschonen, weil du eine Frau bist? Du bist eine *veho*! Auf so eine Gelegenheit hat er doch nur gewartet.«

Caroline schüttelte sich und versuchte die vielen Gefühle, die in ihr emporstiegen, zu verdrängen. »Ich wollte doch nur das Kind retten«, verteidigte sie sich. »Und ein wenig Zeit gewinnen, damit du und die anderen etwas unternehmen könnt.«

Swallow hüpfte von dem Stein, auf dem er gestanden hatte, und lief auf sie zu. »Ich gut geschossen?«

Little Wolf nickte und fuhr ihm durchs Haar. »Sehr gut sogar. Verrat mir mal, wo du den Bogen herhast.«

»Zach mir gemacht. Zu Weihnachten«, sagte Swallow stolz und hielt ihn Little Wolf hin.

»Du hast mir das Leben gerettet«, sagte Caroline und schloss ihn in die Arme. »Das werde ich dir nie vergessen.«

»Natürlich ich dir Leben retten«, antwortete Swallow mit einem breiten Lächeln. »Ich dich doch lieben, Caroline.«

»Ich habe dich auch lieb, Swallow«, sagte sie. »Komm, wir sehen mal nach, wie es Swift Fox geht.«

Little Wolf reichte Swallow den Bogen zurück. »Nein. Ich werde mich selbst um den Jungen kümmern. Er braucht jetzt dringend Ruhe.«

Mit fragenden Blicken sahen Caroline und Swallow Little Wolf nach, wie er den Sandhügel erklomm und mit eingezogenem Kopf Bridges Höhle betrat. Gedankenverloren verschränkte Caroline die Arme, und dann dämmerte es ihr: Little Wolf und Bridge versteckten den Jungen. Die Frage war nur, warum.

Einundzwanzigstes Kapitel

Zach spürte, wie ihm der Schweiß auf die Stirn trat. Ein Gewehrschuss! Jemand hatte einen Schuss abgegeben. Frauen kreischten und ein Mann rief nach einem Arzt. Wie von der Tarantel gestochen, hastete Zach die Treppe hinauf und stürmte mit entsichertem Colt in die Theaterloge, von wo der Schuss gekommen war. Verdammt, der Schütze war entkommen, hatte sich über die Balustrade geschwungen. Zachs Blick schoss umher. Da, mitten auf der Bühne stand das Schwein, das Lincoln erschossen hatte.

»Aufstehen!«

Zach blickte sich verwirrt um. Wo kam auf einmal dieser Lärm her?

»Die Rothäute versuchen zu fliehen!«

Rothäute?, dachte er verwirrt. Hier im Ford Theater in Washington waren keine Indianer. Das wäre ihm aufgefallen.

Es dauerte einen Augenblick, bis Zach wieder bei klarem Verstand war und merkte, dass er lediglich geträumt hatte. Er befand sich noch immer im Camp Robinson, und die Aufregung der Soldaten schien daher zu rühren, dass die Cheyenne zu fliehen versuchten.

Sofort sprang Zach von der Pritsche und zog sich in Windeseile an. In der Ferne konnte er das Kriegsgeheul der Cheyenne und die Schreie der Frauen und Kinder hören, unter das sich Gewehrschüsse mischten. Wenige Augenblicke später stahl Zach sich aus dem Schlafsaal und betrat den Hof des Camps. Verdammt, der Mond schien hell am Himmel, das würde die Flucht der Cheyenne maßgeblich erschweren. Aber sie hatten keine andere Chance, das wusste auch Zach. Ihm war auch klar, wohin sie ihr Weg führen würde. Die Cheyenne hatten nur eine Chance: Sie mussten zum nahe gelegenen Fluss, ihn überqueren und in der zerklüfteten Felsenlandschaft dahinter Zuflucht suchen.

Zach huschte von Schatten zu Schatten, bis er die Baracke erreicht hatte, in der die Cheyenne eingepfercht gewesen waren. Wie es schien, hatten die Cheyenne die Wände an verschiedenen Stellen durchbrochen. Vor einer der Türen lag ein erschossener Soldat und unweit des Wachturms vier tote Cheyenne.

Nachdem Zach alles inspiziert hatte, umrundete er das Gebäude und heftete sich an die Fersen der Soldaten. Es war genau, wie er vorhergesagt hatte. Die Cheyenne liefen zum Fluss und hinterließen eine breite, blutige Schneise im Schnee.

Auf halber Strecke zum Fluss zählte Zach nicht weniger als zwanzig Tote – acht Krieger, alle anderen waren Frauen und Kinder. Mit zusammengepressten Lippen überprüfte Zach sein Gewehr und seine Munition. Sollte sich ihm die Gelegenheit bieten, so schwor er sich, würde er Wessells den Kopf von den Schultern pusten. Nur zu bedauerlich, dass er unmöglich von hinten das Feuer auf die Soldaten eröffnen konnte. Das wäre zu auffällig. Im Falle einer Untersuchung stünde er schlecht da. Nicht einmal Sheridan konnte ihm dann noch helfen. Er musste es irgendwie bewerkstelligen, auf selbe Höhe wie die Soldaten zu gelangen.

Als Zach den Fluss erreichte, entdeckte er, dass sich die Cheyenne in zwei Gruppen geteilt hatten, um von zwei Seiten schießen zu können.

Neben einem toten Soldaten sank Zach in die Knie und erleichterte die Leiche um Waffe und Munition. Wenige Meter flussabwärts sprang ihn plötzlich einer der Soldaten an, ließ aber gleich wieder von ihm ab, als er merkte, dass er es nicht mit einem Cheyenne zu tun hatte. »Sind Sie einer der Farmer aus der Gegend?«

»Ja«, log Zach. »Wo sind die Rothäute hingelaufen?«

»Sie verstecken sich auf der anderen Seite des Flusses, sie versuchen die Felsenwand zu überwinden«, antwortete der Soldat, drehte leicht den Oberkörper und wies auf die mannshohe Felswand auf der anderen Seite. Im selben Moment sauste Zachs Gewehrkolben auf seinen Kopf nieder. Wortlos sackte der Soldat in sich zusammen.

Zach beobachtete, wie sich eine Handvoll Cheyenne aus den Schatten eines gegenüberliegenden Felsvorsprungs lösten und hastig am Felsen hochkletterten. Als der Größte unter ihnen die Hand in die Höhe hielt, erkannte er, dass es sich um Morning Star handelte. Wenige Augenblicke später war er in einer Felsspalte verschwunden. »Viel Glück«, flüsterte Zach ihm zu und meinte es auch ehrlich.

Langsam pirschte Zach sich an die Stelle heran,

an der die Schießerei am heftigsten war. Als er eine Gruppe Zivilisten entdeckte, die auf alles schossen, was sich bewegte, gefror ihm das Blut in den Adern. Mit mahlendem Kiefer schlich Zach näher und suchte hinter einem Strauch Schutz, ehe er das Gewehr anlegte und schoss. Allerdings schoss er so, dass er nicht tötete, sondern nur verletzte. Beim dritten oder vierten Schuss löste sich die Gruppe freiwillig auf. Einige liefen in Richtung Nordwest, andere Richtung Süden.

Anschließend richtete Zach sein Augenmerk auf die größte der Verfolgergruppen, die aus Soldaten und Zivilisten bestand. Als sein Blick auf die andere Seite des Flusses fiel, verkrampfte sich sein Herz. Der steile und rutschige Hang war mit unzähligen toten oder verwundeten Cheyenne übersät. So schwer es Zach auch fiel, aber er konnte nicht viel tun, außer zu schießen, wenn sich die Gelegenheit bot, beispielsweise wenn sein Schuss im Krach der anderen Schüsse unterging. Es war lebenswichtig, dass er unerkannt blieb.

Als das Feuer abebbte und Zach merkte, dass er nichts mehr für die Cheyenne tun konnte, schlug er sich zu den Stallungen zurück, wo ihn Dämon mit einem leisen Wiehern begrüßte. Wenige Augenblicke später verließ er in gestrecktem Galopp das Camp. Er entschied, irgendwo in der Nähe unterzukommen, um die Entwicklung im Auge zu behalten und im Notfall einzugreifen.

Von tiefer Unruhe getrieben, lief Little Wolf um das Feuer in der Mitte des Lagers. Das Warten zermürbte ihn mit jedem Schritt, den er tat. Zu viele Tage waren seit Zachs Abreise vergangen. Er hatte schreckliche Dinge im Rauch der Erkenntnis gesehen. Blut und Elend. Die Sorge um seinen Bruder und die anderen legte sich wie ein eiserner Reif um sein Herz, er konnte weder schlafen noch essen.

Das raue Krächzen einer Krähe riss Little Wolf aus den Gedanken. Er hob den Kopf in Windeseile in die Höhe und lenkte seinen Blick nach Osten. Jemand näherte sich dem Lager. Jemand, den der wachhabende Späher kannte. Als das Krächzen abermals ertönte, verriet es Little Wolf, dass es sich um zwei Männer handelte. Wenig später gesellten sich Feather, Quiet Woman, Caroline, Woodenthigh und Bridge zu ihm ans Feuer.

Little Wolf ahnte nichts Gutes, als er den ersten Besucher entdeckte, der mit hängendem Kopf in Rufweite stehen blieb. Die Pose verriet, dass der Nahende schlechte Nachrichten überbrachte.

Mit schweren Gliedern bedeutete Little Wolf ihm, er möge näher treten. Als der Ankömmling, einer der Krieger der Cheyenne, die Decke lüftete, die sein Gesicht in Schatten getaucht hatte, ging ein Aufschrei durch die Reihen. Die eine Hälfte des Gesichtes war weggeschossen. Bridge sprang augenblicklich auf, um seinen Beutel mit den Verbänden zu holen, während Woodenthigh und Little Wolf dem entkräfteten Krieger halfen, am Feuer Platz zu nehmen. Feather wollte ihm eine Kelle Wasser reichen, doch er lehnte ab. »Erst ... erzählen.« In seinen leisen, gedehnten Worten schwang unendlicher Schmerz mit.

Ohne dass sie die anderen aufschrecken wollte, stieß Caroline einen Schrei aus und rannte in Richtung Osten.

Kaum war sie bei Zach angelangt, glitt er aus dem Sattel und wäre um ein Haar gestürzt, wenn sie ihn nicht gestützt hätte. Woodenthigh eilte ihr sogleich zu Hilfe und gemeinsam brachten sie Zach zum Feuer.

Als der verletzte Krieger Zach sah, wollte er abrücken, doch Feather beruhigte und überredete ihn, ihnen zu erzählen, was er erlebt hatte.

Caroline setzte sich neben Zach und übersetzte für ihn.

Der verwundete Krieger nahm sich trotz seiner Erschöpfung Zeit, alles von Anfang an zu erzählen – wie sie gefangen genommen wurden, was sie in den Baracken erleiden mussten und wie sie geflüchtet waren. Nachdem Bridge ihn verarztet hatte, berichtete er mit erstickter Stimme, dass die Soldaten und Zivilisten selbst vor den flüchtenden Frauen und Kindern nicht haltgemacht hatten. Ein entsetztes Raunen und wütendes Schnauben ging durch die Reihen.

Als er fertig war, ergriff Zach das Wort. »Über dreißig Tote«, berichtete er und starrte mit gläsernem Blick ins Feuer. »Noch einmal doppelt so viele sind verletzt. Zwei Wochen lang haben die Soldaten jeden Stein umgedreht. Unter der Führung von Small Fingernail haben eure Stammesbrüder eine Brustwehr errichtet, bevor es zu einem letzten Gefecht kam«, sagte er und hob den Blick. »Eure Brüder und Schwestern sind im Kampf für ihren Stamm gestorben. Im Kampf für die Freiheit und gegen die Unterdrückung. Fingernail starb als Letzter.«

»Was ist mit Morning Star?«, fragte Little Wolf, der mit dem Schlimmsten rechnete. Erstaunt merkte er, dass Zach ihm ein schwaches Lächeln schenkte. »Ich habe beobachtet, wie er sich vor den Soldaten in Sicherheit gebracht hat«, sagte er mit einem Achselzucken. »Mehr weiß ich leider nicht.«

»Es stimmt, was er sagt«, meldete sich der Verwundete zu Wort. »Morning Star ist als Einziger entkommen.« Dann schloss er die Augen und zählte mit leiser und sanfter Stimme die Namen der Toten auf.

Als der letzte Name verklungen war, erhob Little Wolf sich und verließ mit hängenden Schultern das Lager. Er erklomm einen steilen Sandhügel, in dessen Kuppe der Wind ein Loch gefressen hatte, und setzte sich hinein. In den letzten Tagen war er oft hierhergekommen, um nachzudenken und zu beten.

Schon bald, das wusste er, würde er eine Entscheidung treffen müssen. Es war an der Zeit, mit den Vorbereitungen für die Weiterreise zu beginnen. So schrecklich die Nachrichten auch gewesen waren, sie bestärkten ihn in seinem Vorhaben, seinen Stamm zum Powder River zu führen. Er tat es für sich und die anderen, die nicht mehr lebten. Und zuletzt auch für seinen Bruder, wo auch immer er jetzt stecken mochte.

Vorher würde er sich jedoch die Zeit nehmen, um die gefallenen Cheyenne zu betrauern und zu den Mächten über und unter ihm für das Wohl der wenigen *Tsitsitas* zu beten, die noch übrig waren.

Eine Woche später hatte Zach sich wieder ein wenig erholt, was nicht zuletzt an dem guten Essen und Carolines liebevoller Pflege lag. Allerdings täuschten kein noch so prasselndes Feuer und keine noch so heilende Salbe darüber hinweg, dass Zachs Seele Schäden genommen hatte. Er war ungewohnt still, fast schon in sich gekehrt und verbrachte viel Zeit mit Little Wolf.

Caroline machte sich große Sorgen, dass Zach seine eigentliche Mission aus den Augen verloren hatte. So schwer es ihr auch fiel, aber ihr blieb nichts anderes übrig, als abzuwarten, bis Zach das Gespräch mit ihr suchte.

Besonders machte ihr zu schaffen, auf seine Nähe und seine Küsse zu verzichten. Zwar spürte sie, dass er ihr zuweilen lange und flammende Blicke zuwarf, doch sobald sie ihn ansah, wandte er den Blick ab. Besonders schmerzte sie, dass er seit seiner Rückkehr in seiner Höhle nächtigte. Sie war mittlerweile so verzweifelt, dass sie ihm am liebsten gestanden hätte, dass sie sein Geheimnis kannte, ihn aber dennoch liebte.

»Caroline!«, rief Zach, der gerade den Hügel zu ihren Höhlen erklomm.

»Ist etwas passiert?«, fragte Caroline bestürzt und fing ihn am Eingang ab. Als sie an ihm vorbei nach unten blickte, pochte ihr Herz wie wild. Am Fuße des Hügels stand Swallow, einen Beutel mit seinen Habseligkeiten über die Schulter geschlungen und zwei Maultiere im Schlepptau. Erst jetzt bemerkte sie, dass das Lager in heller Aufruhr war.

»Brechen wir auf?«, fragte sie Zach.

»Ja, aber wir werden nicht mit den Cheyenne ziehen«, erklärte er ihr. »Die Späher haben Soldaten entdeckt, die auf dem Weg hierher sind. Little Wolf plant, weiter in den Norden zu ziehen. Allerdings ohne Swallow und Swift Fox. Seit dem Zwischenfall im Camp Robinson haben die beiden es noch schwieriger als vorher. Ich habe mich einverstanden erklärt, mich der beiden anzunehmen, und werde Little Wolf in Fort Keogh treffen, damit wir gemeinsam mit den Offizieren dort verhandeln können.«

Caroline nickte und suchte sofort ihre Sachen zusammen. »Richte Little Wolf aus, er kann drei der Packtiere haben«, sagte sie über die Schulter zu Zach.

»Ich habe ihm vier gegeben«, antwortete Zach.

»Vier?«, rief sie, drehte sich herum und stemmte sich die Hände in die Hüften. »Das sind *meine* Packesel, schon vergessen?«

»Darling«, antwortete Zach ruhig, trat vor sie und hauchte ihr einen Kuss auf die Wange. »Für Streitereien bleibt uns keine Zeit. Außerdem braucht er sie dringender als wir, würdest du mir da nicht zustimmen? Also, womit kann ich dir zur Hand gehen?«

Die nächste Stunde verbrachten die beiden damit, die Maulesel zu beladen. Da alles so schnell gehen musste, blieb Caroline nicht einmal mehr die Zeit, sich von Feather und Quiet Woman zu verabschieden.

Als Little Wolf ihnen Swift Fox brachte, sagte er zum Abschied: »Ich lasse euch holen, sobald die Zeit gekommen ist.« Mit einer Geste, die die beiden Jungen einschloss, sagte er an Zach gewandt: »Sie sind jetzt in Ihrer Obhut.«

Als Zach nicht reagierte, weil er damit beschäftigt war, einen der Maulesel zu beruhigen, packte Little Wolf ihn bei den Schultern und sah ihm fest in die

Augen. »Als Sie in Camp Robinson waren, habe ich in Erfahrung gebracht, dass es niemand Geringeres als Black Coyote war, der die Pferde zu uns gebracht hat. Die Krieger haben sich erst getraut, den Mund aufzumachen, nachdem ich Black Coyote verbannt habe.« Dann ließ er von Zachs Schultern ab und trat vor Swallow.

»Sei stark«, sprach er zu ihm. »Und pass gut auf Swift Fox auf. Er ist jünger als du und versteht vieles noch nicht.«

Swallow schossen augenblicklich die Tränen in die Augen. Mit einem beklemmenden Gefühl nickte er, griff nach Carolines Hand und hielt sie fest umklammert.

Zum ersten Mal, seitdem sie Little Wolf kannte, streckte er die Hand nach ihr aus und berührte ihr Gesicht. Es war vermutlich seine Art, sich von ihr zu verabschieden.

»Seid vorsichtig«, flüsterte Caroline und spürte die tiefen Gefühle, die sie für ihn hegte – Dankbarkeit und Ehrfurcht. »Möge der Tag, an dem sich unsere Wege wieder kreuzen, nicht mehr fern sein«, sagte sie mit erstickter Stimme und hauchte ihm einen Kuss auf die Wange.

Little Wolf nickte und ging vor Swift Fox in die Hocke. »Hab Geduld. Dein Tag wird kommen«, verkündete er feierlich.

Zu Carolines Überraschung nickte der Junge und umarmte Little Wolf. War dies womöglich das letzte Mal, dass sie Little Wolf sah? Es gab so vieles, das schiefgehen konnte. Geschwind schickte sie ein Stoßgebet gen Himmel, dass die Strapazen und die vielen

Opfer der Cheyenne sich lohnten und dass sie bald ihr Ziel erreichten.

Zach wollte nicht, dass die Jungen mit ansahen, wie die Cheyenne abreisten. Schnell half er Caroline und Swallow beim Aufsitzen auf die Stuten. Swift Fox bekam Carolines Pferd, und sie war höchst erstaunt, als sie sah, wie der Junge ritt, als wäre er auf dem Rücken eines Pferdes geboren.

Selbst Zach und Swallow stand die Anerkennung ins Gesicht geschrieben. »Sehr gut«, lobte Zach Swift Fox und strahlte, als hätte er ihm den Umgang mit Pferden beigebracht.

Wenig später brachen sie in Richtung Nordwesten auf. Caroline hatte Tränen in den Augen. Die Zeit hier war nicht immer einfach gewesen, aber sie hatte auch viele schöne Stunden verlebt.

»Ruht euch ein wenig aus«, sagte Zach später am Abend und wies auf das dürftige Nachtlager, das er und Caroline inmitten eines Hains errichtet hatten. Aus Angst davor, dass Black Coyote sich irgendwo in der Nähe aufhalten könnte, hatten sie nur ein winziges Feuer entfacht. Außerdem durften sie nicht vergessen, dass Zach sich bei seinem Besuch in Fort Robinson keine Freunde gemacht hatte. Trotzdem hoffte er, dass Sheridan ihm erst Gehör schenken und ihn dann erschießen würde. Sein plötzliches Verschwinden warf kein sonderlich gutes Licht auf ihn. Da spielte es nur eine untergeordnete Rolle, dass er fest davon überzeugt war, keiner der Soldaten könnte bezeugen, dass er bei der Verfolgung der Cheyenne gegen sie agiert hatte.

Als Zach sich zu Caroline gesellte, um das weitere Vorgehen zu besprechen, kam sie ihm zuvor.

»Swift Fox«, sagte sie kopfschüttelnd. »Es sieht aus, als hätte er noch nie einen Kamm gesehen. Ich finde, wir sollten ihm so schnell wie möglich die Haare schneiden und ihm auch gleich neue Kleider besorgen.« Sie senkte die Lider und stieß einen Seufzer aus. »Aber egal, was immer wir auch verändern, er wird nie wie ein Weißer aussehen. Dazu sind seine Haare und seine Haut viel zu dunkel! Wie sollen wir ihm den Schutz gewähren, den er verdient hat?«

»Wir machen, was auch immer du für das Beste hältst«, sagte Zach und zog sie in seine Arme.

Caroline legte die Wange an seine Brust, schloss die Augen und lauschte seinem kräftigen Herzschlag. Sie wurde sofort ruhiger und fühlte sich, als würde ihr eine Last von den Schultern genommen. »Wir stehen das gemeinsam durch«, raunte Zach in ihr Haar. »Wir haben doch bisher alle Herausforderungen ganz gut gemeistert, findest du nicht auch?«

»Mehr oder weniger«, flüsterte sie, legte den Kopf in den Nacken und lächelte zu ihm empor. »Herausforderungen hin oder her. Sehnst du dich nicht manchmal nach einem ganz normalen Leben?«

»Naja. Was ist schon normal?«, entgegnete er und spielte mit einer ihrer Haarsträhnen. »Das ist alles eine Frage der Einstellung. Was für dich normal ist – zum Beispiel den Winter in einer Höhle zu verbringen und monatelang über einem Feuer zu kochen –, ist für andere der absolute Albtraum.«

»Du hast recht«, antwortete Caroline und ließ den Blick zu seinen Lippen herabgleiten. »Wir haben so viel Zeit damit verbracht, Schwierigkeiten zu meistern, dass uns keine Zeit für das Lernen oder Lehren, geschweige denn für das Genießen geblieben ist.« Sie küsste Zach. Obwohl es ein flüchtiger, ein unschuldiger Kuss war, brach ein Feuersturm in seinem Herzen aus.

»Stimmt. Aber wehe du denkst jetzt, es hätte daran gelegen, dass ich dich nicht mehr begehrenswert finde«, sagte er und warf einen verstohlenen Blick auf die beiden Jungen, die tief und fest schliefen. »Tja, und jetzt werden wir nie wieder alleine sein.«

»Auch diese Aufgabe bewältigen wir«, sagte Caroline mit heiserer Stimme. Als ihre Lippen seinen Mund einfingen, schenkte sie ihm einen feurigen und verlangenden Kuss.

Zach wurde von seiner Leidenschaft übermannt. Seine geschmeidige Zunge schnellte vor und schob sich tief in ihren Mund hinein. Seine glühende Begierde erinnerte an ein ausgehungertes Raubtier. Als sie erregt auf seine Liebkosungen reagierte, war er außer sich vor Freude und hätte beinahe vergessen, was sie bereits durchgemacht hatte. Zach spürte Carolines Hingabe und ihr Vertrauen. War heute der Tag, an dem sie sich vereinen würden? O Gott, wie lange hatte er darauf gewartet.

»Caroline, wenn du das nicht willst, musst du es mir sagen«, keuchte er und zog einen Pfad von sengenden Küssen von ihren Lippen zu ihrem Hals.

»Zach, ich ...«

Plötzlich zerriss ein Schrei, der durch Mark und Bein ging, die nächtliche Stille. Zach und Caroline erstarrten.

Swift Fox lag wie zu Stein geworden auf seiner Decke, die Augen geschlossen und den Mund weit aufgerissen, um seiner Seelenpein Luft zu machen.

Sogleich war Zach bei ihm. Dass der Junge Qualen litt, zerriss ihm das Herz. Er fiel neben Swift Fox auf die Knie und sprach auf ihn ein, doch vergebens. Zach war ratlos, als er sich über den Jungen beugte.

»Reib seine Arme«, riet Caroline. »Ich habe den Verdacht, dass er dich nicht hören kann.«

»Aber er hasst es, wenn man ihn anfasst«, widersprach Zach.

Caroline sank auf der anderen Seite des Jungen auf die Knie, nahm seine Hand und streichelte sie. »Du musst mitmachen«, raunte sie Zach zu.

Etwas zögerlich nahm Zach seinen anderen Arm. So verharrten sie einige Minuten. Dann beruhigte Swift Fox sich, zog sich die Decke über den Kopf und rollte sich ein. Caroline wandte sich in der Zwischenzeit Swallow zu, der senkrecht auf seiner Decke saß.

»Hat er das auch im Lager gemacht?«, fragte Zach Caroline.

»Nicht, dass ich wüsste«, antwortete sie. »Es kann natürlich gut sein, dass Bridge ihm etwas gegen seine Albträume eingeflößt hat. Vielleicht sollten wir das auch in Erwägung ziehen.«

»Nein.« Der Gedanke daran, den Jungen unter Drogen zu setzen, bereitete Zach Übelkeit. »Er muss einen klaren Kopf bewahren. Für den Fall, dass wir vor Soldaten oder unfreundlichen Zivilisten fliehen müssen.«

»Da hast du auch wieder recht.«

Als Swift Fox abermals aufschrie, legte Zach sich

neben ihn und drückte ihn an sich. Es dauerte nicht lange, bis er wieder in den Schlaf sank.

Caroline reichte Zach eine zusammengerollte Decke als Kissen. Ehe sie ihre Hand zurückziehen konnte, küsste er ihre Finger zärtlich.

Zweiundzwanzigstes Kapitel

Nachdem Swift Fox mehrere Male ausgebüchst war, weil Caroline ihn baden wollte, gaben Zach und sie auf. Caroline musste nur in die Nähe der Schere kommen und schon schlug der seltsame Junge einen Haken und verschwand stundenlang. So auch jetzt. Sie hatten keinen blassen Schimmer, wo er sich aufhielt.

»Er muss Entsetzliches erlebt haben, als er mit diesem Bastard zusammengelebt hat«, meinte Zach, als sie wieder einmal nach ihm suchten.

Insgeheim bewunderte Caroline seine Geduld.

»Vielleicht hat er Angst vor mir«, überlegte Zach am übernächsten Tag. »Vielleicht sollten wir uns ein sicheres Versteck suchen und ich reite ein wenig umher, mache eventuell notwendige Besorgungen, um dir ein wenig Zeit mit dem Jungen zu geben. Möglicherweise fängt Swift Fox sich wieder.«

»Ich fürchte, aus der Einkaufstour wird nichts«, antwortete Caroline bedrückt. »Mein Geldbeutel ist fast leer, obwohl ich dich noch nicht einmal entlohnt habe. Vielleicht hättest du damals in Dodge City doch direkt zugreifen sollen.«

Mit ernstem Blick nahm Zach sie bei den Schultern und dirigierte sie zu einem Baum in der Nähe. »Ich bin nicht hinter deinem Geld her, Darling, sondern hinter dir«, beteuerte er mit einem breiten Grinsen.

Doch Caroline schob ihn von sich und stemmte sich die Hände in die Hüften. »Willst du damit andeuten, ich solle dich ausbezahlen, indem ich dir meinen Körper darbiete?« Caroline war sich sicher, dass er sie nicht hatte verletzen wollen, aber seine Worte hatten sich wie ein giftiger Stachel in ihr Bewusstsein gebohrt. Die Vorstellung, dass ihre gemeinsame Zeit sich dem Ende neigte, schürte ein Gefühl der Panik in ihr. »Ich werde das Geld auftreiben, und wenn es Jahre dauert. Aber du, Zach McCallister, wirst mich nicht mehr berühren. Heute nicht und morgen auch nicht. Nie wieder.« Heiße Tränen brannten ihr in den Augen, und bevor sie die Wangen hinabkullern konnten, raffte Caroline die Röcke und machte kehrt.

Plötzlich schwankte die Erde unter ihren Füßen. Hätte Zach sie nicht rechtzeitig mit seinen starken Armen aufgefangen, wäre sie zu Boden gestürzt. »Den Teufel werde ich tun.« Mit wutverzerrter Miene und finsterem Blick hob er sie in die Höhe und drückte sie an seine Brust.

»Lass mich hinunter, du Möchtegern-Revolverheld!«, fauchte Caroline und zappelte mit aller Kraft. »Ich bin doch nicht deine persönliche *Hure*!«

»Wenn du dieses Wort noch einmal in den Mund nimmst, küsse ich dich bis zur Besinnungslosigkeit«, drohte er ihr mit einem Augenzwinkern. »Oder habe ich dich je wie eine Hure behandelt?«

»Nein«, zischte sie.

»Vergiss nicht, dass *du* vom Thema Geld angefangen hast, und nicht ich. Oder habe ich dich je auf meine Bezahlung angesprochen?«

»Nein«, antwortete Caroline, dieses Mal mit weitaus weniger Schärfe in der Stimme. Er hatte recht.

»Schon besser«, flüsterte Zach und stellte sie auf die Füße, aber nur, um erneut die Arme um sie zu schlingen, sie abermals in die Höhe zu stemmen und ihr einen Kuss zu rauben, der inniger nicht sein konnte. Erst als es zu spät war, merkte Caroline, dass sie die Arme um seinen Hals geschlungen hatte. Sie spürte, dass Widerstand zwecklos war.

Als ihr ein kehliges Stöhnen von den Lippen perlte, wünschte sie sich nichts sehnlicher, als dass er ihr einen Kuss gab. Sie brannte förmlich darauf, dort fortzufahren, wo sie seinerzeit aufgehört hatten.

Hier draußen im Wald, fernab von allem, konnte sie ihrer Wut und ihrer Frustration entsagen und sich in den leidenschaftlichen Küssen verlieren, die sie austauschten. Caroline liebte es, wenn er seine Arme um sie schlang und sie so fest an sich drückte, als könnte er sich ein Leben ohne sie nicht mehr vorstellen. Würde sie sich jedoch so weit entspannen können, um sich ihm hinzugeben, wie andere Frauen es taten?

Panisch schob Caroline den Gedanken von sich und labte sich stattdessen an dem wohligen Gefühl, das der Kuss in ihr wachrief. Vielleicht lag das Geheimnis darin, der Stimme ihres Körpers mehr Gehör zu schenken. Mit jedem Herzschlag nistete sich die Wärme in ihren weiblichen Tiefen ein. Bevor Caroline wusste, wie ihr geschah, schürte sich der Wunsch, er möge sie zwischen ihren Beinen berühren.

Als spürte Zach ihr Verlangen, legte er ihre Beine um sein Becken und schob sie noch ein Stück höher, sodass sie die Fußknöchel hinter seinem Rücken überkreuzen konnte. Plötzlich fühlte Caroline sich verletzlich – zumal sie das spürte, weshalb sie ihn bereits einige Male von sich gestoßen hatte: seine erigierte Männlichkeit.

Caroline merkte, wie Zach die Hände unter ihr Gesäß schob, um sie zu stützen. Doch er drückte sie nicht nur an sich, sondern rieb sich auch zugleich an ihr. Es dauerte nicht lange, da war ihre Unterhose feucht. Der harte Kamm seiner Erektion pochte gegen ihre weibliche Pforte, wollte den Stoff entzweireißen, sich zwischen ihre empfindlichen Lippen drängen. Als seine majestätische Männlichkeit gegen ihre empfindliche Knospe drückte, entwich Caroline ein kehliges Stöhnen. Es tat nicht weh! Und das, obwohl sie ihm so nahe war. Jetzt trennte sie nur noch ein Hauch von Stoff, und ihr Körper würde ihn willkommen heißen. Ihr Herz hämmerte kräftig. Nun war es nur noch ein kleiner Schritt, bis sie eine neue Welt entdeckte.

Zach warf den Kopf in den Nacken, holte mit geschlossenen Augen tief Luft und ließ sie an seinem Körper hinuntergleiten, bis sie wieder Boden unter den Füßen hatte.

»Was ist los?«, flüsterte Caroline leicht verwirrt und legte den Kopf auf sein leicht verschwitztes Hemd. »Habe ich etwas falsch gemacht?«

»Nein, nicht im Geringsten. Du bist wunderbar«, keuchte er. »Einfach nur wunderbar.«

Zach neigte den Kopf und küsste sie, streifte ihre Lippen mit seinem Mund. Es war eigentlich nur die Andeutung eines Kusses, aber dennoch stark genug, um das Feuer in ihrem Innern anzufachen.

»Wenn ich mit dir schlafe, möchte ich mir Zeit dafür nehmen. Ein kurzes Stelldichein irgendwo in einem Wald war nicht gerade das, was mir vorschwebte.« Nachdem er tief durchgeatmet hatte, griff er nach ihrer Hand. »Die Jungen warten im Lager auf uns.«

Caroline warf ihm einen schiefen Blick zu. »Wie kommst du darauf?«

Zach zog sie liebevoll zu sich und legte ihr den Arm um die Taille. »Swallow war hier.«

»Was?« Caroline, die sein Becken ebenfalls umfasst hatte, sah entgeistert zu ihm auf. »Hat er uns gesehen?«

Zach grinste sie an. »Ich glaube nicht. Er hat sich den Bauch gerieben und auf das Lager gezeigt. Swift Fox war übrigens auch dabei. Die beiden scheinen hungrig zu sein.«

Sofort befreite Caroline sich von ihm, rührte sich aber nicht vom Fleck, sondern legte sich die Hände auf die lodernden Wangen. »Was sollen wir jetzt sagen? Wir hätten nach dem Jungen suchen sollen ... und jetzt hat uns Swallow zu allem Übel auch noch auf frischer Tat ertappt.«

»Swallow kann damit gut umgehen«, sagte Zach verschmitzt und rieb ihr den Oberarm. »Das habe ich aus seinem breiten Grinsen gelesen.«

»Ach du lieber Himmel«, stöhnte Caroline entgeistert.

»Es gibt nichts, wofür du dich schämen müsstest«, sagte Zach, führte ihre Hand an den Mund und sah sie mit einem warmen Ausdruck an. »Fühlst du dich wieder besser?« Zach deutete zuerst auf sie, dann auf sich selbst. »Unseretwegen, meine ich.«

Für den Bruchteil einer Sekunde gab sie sich dem

Traum hin, es gäbe ein »uns«. Sie schlang die Arme um ihn. »Im Moment schon«, sagte sie leise, »aber so langsam kommen mir Zweifel, ob wir je in den Genuss unserer letzten Unterrichtsstunde kommen werden.«

»O doch, das wirst du«, versicherte er ihr. »Darauf gebe ich dir mein Wort.«

Little Wolf schlenderte an der Reihe von Brustwehren entlang, die seine Krieger eben erst fertiggestellt hatten. Alles war, wie er es befohlen hatte. Er war zufrieden. Die Männer hatten schnelle und vortreffliche Arbeit geleistet und alle nötigen Vorkehrungen für den bevorstehenden Angriff getroffen.

Seine Brüder und Schwestern waren am Rande ihrer Kräfte. Sie wünschten sich nichts sehnlicher, als ein Leben in Eintracht und Frieden zu führen. Aber sie waren bereit, dafür zu kämpfen und zu sterben. Vor allem, weil sie endlich am Ziel ihrer Reise waren. An der Quelle des Powder River.

Der letzte Teil ihrer langen Reise war beschwerlicher und härter gewesen als alles, was sie bislang erlebt hatten. Es war einzig dem letzten eiskalten Aufbegehren des Winters und der kurz danach einsetzenden Schneeschmelze zu verdanken, dass die Soldaten sie nicht früher ausfindig gemacht hatten. Heute waren zwei Lakota-Späher zu ihnen gestoßen, um ihr neues und sicheres Zuhause zu begutachten und den harrenden Soldaten die Nachricht zu überbringen, dass sie sie erwarteten.

»Wir werden nicht das Feuer eröffnen«, beschloss Little Wolf und beobachtete, wie einer der Späher sich die Brustwehr, die vor dem Eingang einer Höhle stand, aus der Nähe betrachtete. »Aber wir werden kämpfen, wenn wir müssen.«

Die Späher nickten. »Wir werden es *White Hat* ausrichten.«

Little Wolf gesellte sich zu seinen Brüdern, die noch letzte Hand am Bollwerk anlegten, wenngleich sie hofften, dass es nicht zu einem Kampf kam, sondern »White Hat«, sein *veho*-Freund unter den Soldaten, ihnen zur Seite stand und half, sich hier ein neues Zuhause aufzubauen.

In gestrecktem Galopp ritten die Späher davon. »White Hat« wollte mit ihm sprechen, wollte ihn überreden, in sein Lager zu kommen. Little Wolf hatte den Spähern tief in die Augen gesehen, aber keine List entdecken können. Sein Herz sagte ihm, dass er dem *veho* vertrauen konnte.

Als er an die schicksalhaften Worte der Comanchen-Schamanin dachte – dass sie eines Tages in Freiheit würden leben können –, durchfluchtete ihn neue Hoffnung. Little Wolf fasste einen Entschluss. »Ihr wisst, was Ihr zu tun habt, falls ich nicht wiederkomme«, rief er Little Hawk zu, schwang sich auf den Rücken seines Pferdes und jagte den Spähern nach.

* * *

Zach hatte es sich gerade am Lagerfeuer gemütlich gemacht und beobachtete Caroline dabei, wie sie die beiden Jungen ins Bett brachte, als er nahende Pferdehufe hörte. In Windeseile waren alle auf ihrem Posten. Swift Fox schnappte sich seine Mokassins und sein Messer und ging in Deckung, während Swallow dasselbe mit seinem Bogen tat. Caroline angelte sich flugs eine Flinte und suchte zwischen den Pferden Schutz.

Zach hatte in der Zwischenzeit sein Gewehr entsichert und zielte in die Richtung, aus der die Reiter kamen.

»Ist da jemand?«, rief der erste Reiter, als er in den Lichtkegel des Feuers trat, und saß ab. Hinter ihm tauchten noch zwei weitere Reiter auf.

»Major Zachary McCallister?«, fragte der erste Ankömmling.

»Das bin ich«, antwortete Zach tonlos und hörte, wie Caroline nach Luft rang. Die drei Männer salutierten vor Zach, der den Gruß widerwillig erwiderte.

»Ich habe eine Nachricht für Sie, Sir. Von Lieutenant William P. Clark aus Fort Keogh.« Der Soldat schlug sich mit einem in Leder eingeschlagenen Schriftstück auf den Handteller.

»Alles in Ordnung«, rief Zach den anderen über die Schulter zu, und die Soldaten staunten, als plötzlich eine Frau und zwei Jungen auftauchten – alle bewaffnet und kampfbereit. »Ihr könnt die Waffen ablegen. Jungs, ihr geht zurück ins Bett. Uns steht ein langer Tag bevor.« Er wies auf die Schlafstätten am Boden und trat näher an das Feuer, bevor er das Lederbündel öffnete und sich die Zeilen durchlas, die an ihn adressiert waren.

»Gentlemen, Sie dürfen es sich gerne auf der anderen Seite des Feuers bequem machen. Haben Sie sich schon gestärkt? Es war bestimmt ein langer, kalter Ritt.« Er stellte Caroline die drei Soldaten mit Namen und Rang vor. Als sie ihnen Apfelspalten aus der Dose und Maistaler darbot, die eigentlich für das Frühstück vorgesehen waren, ließen sie sich nicht lange bitten und griffen beherzt zu.

Zach, den es innerlich zerriss, dass Caroline auf diese Weise erfahren musste, wer er war, packte sie sanft am Arm und zog sie vom Feuer weg.

»Du kannst dir deine Erklärungen an den Hut stecken. Ich weiß schon eine ganze Weile über dich Bescheid. Das Einzige, was mich interessiert, ist, warum du es so lange vor mir verborgen hast.«

»Woher ...«, setzte Zach an, stemmte die Hände in die Hüften und beugte sich so nah zu ihr, dass sie seinen warmen Atem spürte. »Warum hast du mir nie erzählt, dass du längst Bescheid weißt?«

»Warum hätte ich das tun sollen? Du wirst schon deine Gründe haben, warum du mir nichts von deiner militärischen Laufbahn erzählt hast.«

»Wie hast du es herausgefunden? Hast du etwa in meinen Satteltaschen herumgeschnüffelt?«

»Ich muss doch sehr bitten«, antwortete Caroline gereizt und verschränkte die Arme vor der Brust. »So etwas würde ich nie tun.«

»Hast du oder hast du nicht?«

Caroline schwieg einen Augenblick. »Ja«, gab sie schließlich zu und blickte ihm fest in die Augen. »Aber nur, weil du im Delirium so merkwürdige Sachen gefaselt hast. Wenn du's genau wissen willst, war ich in großer Sorge um dich und wollte wissen, wen ich im Fall eines Falles zu verständigen hätte. Du weißt schon, falls du ...«

Zach runzelte die Stirn und richtete sich zu seiner vollen Größe auf. »Daran hatte ich gar nicht gedacht.«

»Aber wenn du glaubst, du wärst damit aus dem Schneider, dann hast du dich geschnitten«, erklärte Caroline ihm und fuchtelte mit dem Finger vor seinem Gesicht herum. »Du hast mich benutzt, um zu den Cheyenne zu gelangen, hast dir mein Vertrauen erschlichen. Du ... du hinterhältiger, gemeiner Schuft.«

»Es stimmt, ich habe dich benutzt, um mit den Cheyenne in Kontakt zu treten«, sagte Zach achselzuckend. »Vielleicht beruhigt es dich, dass Little Wolf bereits seit einiger Zeit weiß, womit ich mein Geld verdiene. Er faselte etwas vom Rauch der Erkenntnis.« Zach wusste zwar noch immer nicht, was der Häuptling damit gemeint hatte, aber das war nicht das einzige Rätsel, das der Anführer der Cheyenne ihm aufgab.

»Hast du meinen Auftrag gelesen?«, fragte er mit starrem Blick.

»Ja«, antwortete sie leicht unterkühlt. »Aber so, wie ich die Situation einschätze, wirst du die Cheyenne nicht ausliefern, denn sie sind dir viel zu sehr ans Herz gewachsen. Du hegst vor allem Bewunderung und Respekt für Little Wolf.«

»Soll das heißen, du bist mir nicht mehr böse?«, fragte Zach, der spürte, wie die Anspannung, die sich in den letzten Wochen in ihm angestaut hatte, langsam abebbte.

»Wenn ich dir böse wäre, hätte ich es nie zugelassen, dass wir uns so nahekommen«, sagte sie kopfschüttelnd. »Auch wenn ich dich geküsst habe, heißt das noch lange nicht, dass du je mein absolutes Vertrauen genießen wirst.«

Zach stellte sich vor sie und zog sie an sich. »Das

wird sich ändern. Spätestens, wenn wir verheiratet sind.«

»Wie?« Caroline riss die Augen auf und starrte ihn ungläubig an.

Erfreut darüber, dass er sie aus der Reserve gelockt hatte, grinste Zach sie an. »Ich liebe dich, und wenn wir dieses Abenteuer überstanden haben, werde ich dich zur Frau nehmen.«

»Nein«, fauchte Caroline und riss sich los. »Das geht nicht.«

Einen Augenblick lang blieb Zach das Herz stehen. »Liebst du mich denn nicht?«, fragte er und wappnete sich, einen Korb zu bekommen. Besonders schmerzte ihn, dass Carolines Verstand und ihr Körper vollkommen verschiedene Sprachen sprachen.

»Doch, ich liebe dich«, murmelte sie.

Eine Woge der Erleichterung rollte über Zach hinweg, seine Knie wurden weich. Endlich hatte sie es zugegeben.

»Aber es würde nicht gut gehen zwischen uns«, fuhr Caroline schnell fort. »Wir sind zu verschieden. Ich sehne mich nach einem Zuhause, nach Sicherheit, und du bist ein Einzelgänger, bist ständig unterwegs, bereist das ganze Land, stürzt dich von einem Abenteuer ins nächste.«

»Und wenn ich all das für dich aufgäbe und sesshaft würde?«, fragte er und legte den Arm um ihre Taille. Wie konnte sie ihn von sich stoßen, wo sie doch gerade zugegeben hatte, dass sie etwas für ihn empfand? »Du liebst mich! Das hast du doch gerade selbst gesagt. Wenn wir zusammenhalten, weil wir uns lieben, können wir alles schaffen.«

»Das klingt sehr verlockend, aber wir können dennoch nicht heiraten.« Ein Ausdruck tiefen Bedauerns huschte über Carolines Gesicht, aber sie bewahrte Haltung. So, als hätte sie sich geschworen, dass aus ihm und ihr nie und nimmer ein Paar werden würde.

»Wenn du glaubst, dass ich so schnell aufgebe, dann hast du dich getäuscht. Wenn es sein muss, werde ich dich jeden Tag fragen, ob du meine Frau werden willst. Du weißt ja, wie hartnäckig ich sein kann. Zumal du keinen triftigen Grund anführen kannst, warum wir nicht heiraten können. Und schieb jetzt nicht deine Ängste vor.«

»Keine Sorge«, sagte sie und warf ihm einen flüchtigen Blick zu. »Seit heute Nachmittag weiß ich, dass ich keine Angst vor dem Akt haben muss.«

Zach stieß ein trockenes Lachen aus. »Dem Akt? Aus deinem Munde klingt es kalt und gefühllos. Aber vergiß nicht, wie dein Körper auf meine Berührungen reagiert hat. Angefleht hast du mich, ich möge weitermachen.«

»Ja, ich habe den heutigen Nachmittag genossen und war voller Hoffnung, dass ich und du eines Tages ... dass du ... das wir ...«

»Miteinander schlafen?«, flüsterte er dicht an ihrem Haar. Das Schaudern, das ihren Körper erfasste, hatte dieselbe Wirkung wie eine kühlende Salbe auf brennender Haut. Sie war ihm nicht gleichgültig. »Ich werde mein Versprechen halten, Caroline. Egal, was auch passieren mag, ich werde mit dir schlafen. Du wirst meine Frau werden. Am besten, du gewöhnst sich schon einmal an den Gedanken.«

Niedergeschlagen schüttelte Caroline den Kopf und

schob ihn sachte, aber bestimmt von sich. »Ich kann nicht.«

»Das werden wir ja sehen«, sagte er. »Heute Nacht, wenn du alleine und frierend unter deiner Decke liegst, wirst du an meine Worte denken.«

Und dann hielt Zach es nicht mehr aus und berührte ihre Lippen mit Zungenschlägen wie ein Verdurstender. Er begehrte diese Frau mit Haut und Haaren, so wahr er Major Zachariah McCallister war. Ohne sie war sein Leben sinnlos.

Caroline beobachtete, wie Zach am nächsten Morgen in aller Herrgottsfrühe sein Pferd sattelte. Es hatte den Anschein, als könnte er es gar nicht abwarten, von ihr wegzukommen. Brach er so überstürzt auf, um ihr Zeit zu geben, ihre Entscheidung zu überdenken? Oder war ihm daran gelegen, seinen Auftrag zu Ende zu bringen, um endlich die Suche nach seinem Sohn fortsetzen zu können?

»Wie lange du in Fort Keogh?«, fragte Swallow leicht besorgt.

»Ich weiß es nicht«, antwortete Zach und warf Caroline einen langen und vielsagenden Blick zu.

Caroline brach den Blickkontakt ab, aus Angst, in Tränen ausbrechen zu müssen, die ihr hinter den Lidern brannten. Nach dem leidenschaftlichen Kuss am Vorabend, der ihr beinahe das Herz aus der Brust gerissen hätte, hatte sie schweren Herzens entschieden, dass sich ihre Wege für immer trennen mussten.

Zach nahm Swallow bei den Schultern. »Pass gut auf die beiden anderen auf«, sagte er und richtete dann das Wort an Caroline.

»Auf Wiedersehen«, flötete sie und streckte ihm die Hand entgegen, als er vor sie trat. »Vielen Dank, dass du mir einen Heiratsantrag gemacht hast, vor allem, weil kaum die Chance besteht, dass mich je wieder jemand fragen wird. Aber ich habe entschieden, dass sich unsere Wege hier und jetzt trennen werden.«

Zach nahm sie unwirsch am Arm. »O nein, so leicht kommst du mir nicht davon. Wir werden heiraten. Es ist sinnlos, sich vor mir zu verstecken, Caroline, ich werde dich finden. Und wenn es das Letzte ist, das ich tue.«

»So so«, entgegnete Caroline kalt und blinzelte ihn an. »Du würdest also nicht davor zurückschrecken, mir nachzustellen?«

Zachs mahlte mit den Kiefern, und ein wehmütiger Ausdruck breitete sich in seinen hellgrau schimmernden Augen aus. »Sobald ich Luke gefunden habe, werde ich dich suchen«, versprach er und krönte seine Worte mit einem schwachen Lächeln. »Wenn ich das nächste Mal nach Virginia reise, dann nur mit dir an meiner Seite, als meine Ehefrau und als Lukes Stiefmutter.«

»Ich kann dich unmöglich heiraten, Zach«, wiederholte Caroline und ballte die Hände zu Fäusten. »Bitte hör auf, mich ständig zu fragen, ob ich deine Frau werden möchte.«

»Das kann ich nicht. Mein Herz verlangt es von mir«, antwortete Zach, legte den Kopf auf die Seite, musterte ihr Gesicht und gab ihr einen festen Kuss auf die Lippen, ehe er einen Schritt zurück machte. »Wenn du so weit bist, mir deine wahren Gründe für diese absurde Entscheidung darzulegen, lass es mich wissen.

An Dingen, von denen ich nichts weiß, kann ich nicht arbeiten. Wir sehen uns in Fort Keogh.«

»Nein, werden wir nicht«, ließ sie ihn mit strenger Stimme wissen. »Unsere Wege trennen sich an eben dieser Stelle. Ich möchte dich niemals wiedersehen, du starrköpfiger Esel!«

»Fragt sich nur, wer von uns beiden der Dickschädel ist«, seufzte Zach und setzte sich den Hut auf. »Natürlich werden wir uns wiedersehen. Und zwar eher früher als später.«

Zach legte ihr den Arm um die Schultern, gab ihr einen Kuss auf die Stirn und führte sie zurück zu den Soldaten und Swallow. Als wollte er seinen Worten mehr Nachdruck verleihen, kniff er ihr in den Allerwertesten und flüsterte: »Vergiss nicht, ich schulde dir noch eine Lehrstunde.«

Mit einem innerlichen Zittern sah Caroline Zach nach, wie er davonritt. Als er auf der Kuppe des Hügels angekommen war, hinter dem er gleich für immer verschwinden würde, lüftete er noch einmal den Hut, als würde er salutieren. Wütend stapfte sie zu dem kleinen Bach. Zach hatte sich nicht noch einmal umgedreht, war sich aber sicher gewesen, dass sie ihm nachsah.

Arroganter, halsstarriger, überheblicher, bewundernswerter Kerl.

Dabei hatte sie sich so viel Mühe gegeben, ihn von sich zu stoßen. Warum ließ er sie nicht einfach in Ruhe und ersparte sich den Ärger, einer Frau den Hof zu machen, die ihn nicht haben konnte? Vor allem einer Frau, die niemand anderes haben wollte.

Wenigstens ihr Geheimnis war in Sicherheit. Das

Einzige, was sie bedauerte, war, nun niemals zu erfahren, wie es wäre, ihn in sich zu spüren. Zum Glücke blieben ihr die Erinnerungen an seine Küsse und das körperliche Entzücken, das er ihr beschert hatte. So gerne sie auch von einer Zukunft mit ihm träumte, sie hatte die richtige Entscheidung getroffen. Es wäre unaufrichtig, mit ihm zu schlafen, ohne dass er von ihrem schlimmsten Geheimnis erfuhr. Einem Geheimnis, das sie nicht in Worte kleiden konnte.

Am Wasserlauf angekommen, ging Caroline in die Hocke, schlug ein kleines Loch in die Eisdecke, tauchte mit der Hand hinein und spritzte sich Wasser ins Gesicht. Das kühle und klare Wasser fühlte sich wunderbar, ja geradezu reinigend an. Sie wiederholte die Prozedur noch einige Male. Als ihr jemand auf die Schulter tippte, sprang sie auf und wirbelte herum.

Vor ihr stand ein schmächtiger, nackter und am ganzen Leib zitternder Junge, dessen Lippen blau waren. Seine blasse Haut war fleckig und an manchen Stellen gerötet, als wäre er kräftig abgerubbelt worden.

»Mir ist kalt«, bibberte er. »Kann ich jetzt meine neuen Kleider haben?«

»Deine neuen Kleider?« Fassungslos starrte Caroline den Jungen an. »Wer bist du? Wo kommst du her?«

Als der Junge grinste und sich kleine Grübchen in seinen Wangen bildeten, krampfte sich Carolines Herz zusammen.

»Luke McCallister.«

»Du bist Luke McCallister? Zachs Sohn?«, röchelte sie und packte ihn sanft bei den schmalen Schultern.

»Du warst die ganze Zeit hier bei uns?« Als er nickte, schüttelte sie ihn leicht. »Warum hast du dich nicht schon früher zu erkennen gegeben? Dein Vater hat sich große Sorgen um dich gemacht.« Beklemmung breitete sich in Carolines Brust aus. Warum hatte sie nicht darauf bestanden, den Jungen zu waschen oder ihm die Haare zu schneiden?

Luke wollte ihr antworten, doch seine Zähne schlugen so vehement aufeinander, dass er keinen Ton herausbrachte.

»Komm mit«, sagte sie, nahm ihn bei der Hand und eilte zurück ins Lager. »Ich habe so viele Fragen, aber vorher müssen wir dich waschen, dir die Haare schneiden und dir etwas Warmes anziehen.«

Bevor sie jedoch damit begann, informierte sie Swallow über die neue Entwicklung. Sogleich legte sich ein breites Grinsen auf Swallows Gesicht und er klopfte Luke auf die Schulter.

Als Caroline die Haare des Jungen wusch, war ihr Erstaunen groß. Genau wie seine Haut waren sie mit einer Art Tinktur gefärbt worden. Als sie fertig war und ihm die Haare geschnitten und frisiert hatte, war er kaum wiederzuerkennen. Black Coyote und seiner Frau war die Täuschung sehr gelungen.

»Und jetzt möchte ich alles genau wissen«, sagte Caroline und zog ihn in eine Umarmung. »Was ist passiert? Und warum bist du nicht einfach zu Zach oder mir gekommen?«

Mit Tränen in den Augen berichtete der Junge, wie Black Coyotes Bande den Liebhaber seiner Mutter getötet, seine Mutter geschändet und ebenfalls ermordet hatte, wie er sich in einem nahe gelegenen Gebüsch versteckt und alles mit angesehen hatte. Immer wieder hatte seine Mutter geschrien, er solle weglaufen. Doch seine Angst hatte ihn gelähmt. Und dann, als das Rufen seiner Mutter versiegt war, hatte er den Fehler gemacht, aus dem Gebüsch herauszuschauen. Black Coyote hatte ihn gesehen. Luke war zwar direkt losgerannt, aber Black Coyote hatte ihn eingefangen und ihn seiner Frau zum Geschenk gemacht, weil sie keine Kinder bekommen konnte. Gemeinsam hatten sie sich ausgedacht, dass sie ihn von den Sioux adoptiert hatten, ihm Haare und Haut gefärbt und in Kleider gesteckt, die sie einem toten Arapaho abgenommen und ihm auf den Leib geschneidert hatten.

Es zeigte sich, dass Black Coyote die Pferde durch einen Mittelsmann ins Lager geschmuggelt hatte, um sie sich eines Tages zurückzuholen. Bis Woodenthigh und Swallow Fragen über die Stuten gestellt hatten.

»Warum hast du damals am Arkansas-Fluss nicht mit deinem Vater gesprochen?«, wollte Caroline wissen und strich ihm einige abgeschnittenen Haare von der Schulter.

»Ich wusste gar nicht, dass er mein Vater ist«, sagte Luke achselzuckend. »Ich bin zu ihm gelaufen, weil er mich an Onkel Josh erinnert hat.«

»Haben sie dich damals auch schon geschlagen?«

»Black Coyote hat mich jeden Tag geschlagen, damit ich härter arbeite. Er meinte, alle männlichen Cheyenne würden so erzogen.« Luke sah zu Swallow, der mit dem Kopf schüttelte, und seufzte. »Er hat mich oft angelogen.«

»Hat seine Frau denn nichts dagegen unternommen,

dass er dich schlägt?«, fragte Caroline, die Black Coyote die Pest an den Hals wünschte.

»Sie war noch schlimmer. Um ihm zu gefallen«, sagte Luke und schauderte. »Als ich die Beine meines Vaters umarmt habe, wurde mir klar, dass es nicht Onkel Josh ist, der hat nämlich ein Holzbein. Black Coyote wusste, dass er mein Vater ist, und hat mir gedroht, ihn umzubringen, wenn ich etwas sage.« Mit kreisrunden Augen sah er zu Caroline auf. »Sie meinten, ich hätte Patricia verloren, könnte aber meinen Vater retten.«

»Patricia?«, fragte Caroline. »Hieß so deine Mutter?«

»Sie wollte immer, dass ich sie mit Vornamen rufe«, sagte er leise. »Vater hat uns nie besucht, weil ich so hässlich bin.«

Caroline rang nach Luft und erinnerte sich daran, was Zach ihr über seine Ehefrau erzählt hatte. Plötzlich schämte sie sich, weil sie angenommen hatte, er hätte aus Wut über seine Frau übertrieben. »Dein Vater liebt dich, Luke. Er macht sich wahnsinnige Sorgen um dich«, sagte Caroline und legte den Arm um ihn. »Du bist sehr tapfer gewesen. Dein Vater wird stolz auf dich sein, wenn er davon erfährt.«

»Ich habe Vater hereingelegt. Damals vor dem großen Sturm. Ich war gar nicht auf Truthahnjagd«, erzählte er und sah zu Swallow, der im Schneidersitz vor ihm saß. »Black Coyote hat gesagt, er würde mich umbringen. Da bin ich weggelaufen. Doch dann hat Vater mein Bein gesehen und ...« Er seufzte. »Als Old Bridge die vielen blauen Flecken gesehen hat, hat er Black Coyote verboten, mir zu nahe zu kommen. Seine

Frau durfte mich weiterhin besuchen. Als Bridge sah, wie sie meine Beine nachgefärbt hat, hat er sie rausgeschmissen und es Little Wolf erzählt. Dann haben die beiden lange geredet. Little Wolf hat gefragt, wer ich sei, und sie haben mich nicht mehr aus der Höhle gelassen. Der Häuptling wollte nicht, dass Vater von mir erfährt. Er sagte, Vater müsste erst etwas Wichtiges für ihn erledigen, bevor er ihm von mir erzählt. Als er mich mit euch fortgeschickt hat, habe ich viel geweint.«

»Du hast geweint?«, fragte Caroline. »Wolltest du denn gar nicht zu deinem Vater?«

Luke antwortete mit einem klaren und ungetrübten Blick. »Ich hatte Angst, dass Vater böse ist, weil ich im Sturm fortgelaufen bin. Und weil ich Patricia nicht gerettet habe.«

»Ach, Luke«, seufzte Caroline und schüttelte niedergedrückt den Kopf. »Du trägst doch keine Schuld am Tod deiner Mutter. Auch wenn dein Vater im Sturm nicht wusste, wer du bist, hat er sich große Sorgen gemacht, als du verschollen warst. Du musst mir glauben, er liebt dich von ganzem Herzen und wünscht sich nichts sehnlicher, als dich zu finden.«

Während sie Luke in den Armen hielt, um ihm ein wenig Trost zu spenden, dachte sie darüber nach, was der Junge über Little Wolf gesagt hatte. Es war unfassbar, dass Old Bridge und Little Wolf ihn benutzt hatten, um seinen Vater zu manipulieren.

»Little Wolf meinte, ich dürfte erst den Mund aufmachen, wenn wir in Sicherheit sind. Vater ist im Fort doch in Sicherheit, oder? Dort kann Black Coyote ihn nicht finden, oder? Und wir sind auch in Sicherheit, oder?«

»Ja, wir sind alle in Sicherheit«, versicherte sie ihm. »Du hast richtig gehandelt, weil du auf Little Wolf gehört hast«, sagte sie und schwor sich, Little Wolf eines Tages wegen seines Verhaltens zur Rechenschaft zu ziehen.

»Ma'am«, sagte einer der Soldaten, die zu ihrem Schutz zurückgeblieben waren, und trat auf sie zu. »Wünschen Sie, dass einer von uns nach Fort Keogh reitet und den Major davon unterrichtet, dass Sie seinen Sohn gefunden haben?«

»Das wird nicht nötig sein, Seargeant«, antwortete Caroline nach einer kleinen Pause. »Ich ziehe vor, es ihm selbst zu sagen.«

Ursprünglich hatte Caroline geplant, die erstbeste Kutsche oder den Zug zu nehmen und nach Dodge City zurückzukehren, nachdem sie die Jungen bei Little Wolf abgeliefert hatte.

Jetzt kam sie jedoch nicht umhin, Zach noch einmal unter die Augen zu treten.

Dreiundzwanzigstes Kapitel

Es war ein strahlend blauer Tag, an dem Little Wolf und sein Stamm Einzug in Fort Keogh hielten. Ihnen zu Ehren spielte die Kappelle der Zweiten Kavallerie, und die Menschen, die sich eingefunden hatten, um dem Einzug beizuwohnen, klatschten Beifall und jubelten, als die Cheyenne vorbeiritten.

Gemeinsam mit Zach und Lieutenant »White Hat« Clark bildete Little Wolf die Spitze des Zuges, der aus dreiunddreißig Kriegern, zweiundvierzig Frauen und fünfunddreißig Kindern bestand. Bei ihrem Ausbruch aus der Darlington-Agency waren es noch zweihundertachtundsechzig Cheyenne gewesen, von denen die Hälfte Morning Star gefolgt war.

Trotz der herben Verluste, die sie hatten hinnehmen müssen, dankte Little Wolf den Mächten des Himmels und der Erde für ihre Barmherzigkeit. Selbstverständlich schloss er auch die Comanchen-Schaminin in seine Gebete ein. Schließlich waren es ihre Worte, die ihn ermutigt hatten, diesen riskanten Schritt zu wagen.

Trotz des erhebenden Gefühls und der ausgelassenen Stimmung wusste Little Wolf, dass die Zukunft der Cheyenne alles andere als sicher war. »White Hat« hatte den Cheyenne nichts versprochen. Zach hatte Little Wolf klargemacht, dass er selbst das Gespräch mit den *veho*-Häuptlingen suchen musste. Schließlich konnte er ihnen am besten darlegen, warum sie hier, in der Nähe des Powder Rivers, leben wollten. Zach und »White Hat« hatten ihm aber ihre Unterstützung zugesichert.

Als ein ohrenbetäubender Knall ertönte, wurde Little Wolf aus seinen Gedanken gerissen. Die Frauen kreischten, und die Kinder verschanzten sich hinter den Erwachsenen. Erst als Little Wolf den vielen Fingern folgte, die in die Luft zeigten, verstand er, was geschah.

Die Soldaten hatten die Kanonen abgefeuert. Allerdings nicht, um die Cheyenne anzugreifen, sondern aus Freude darüber, dass es nun keinen Kampf zwischen den beiden Lagern geben würde.

Little Wolf sah zu Zach, der ihm zuzwinkerte und mit den Schultern zuckte.

Als sie die Mitte des Forts erreicht hatten, saß »White Hat« ab und gab den berittenen Cheyenne ein Zeichen, sie mögen ebenfalls absitzen und sich hinter ihn stellen. Dann räusperte er sich und hielt eine feierliche Rede, der Little Wolf jedoch kaum folgte, so tief war er in Gedanken versunken. Erst ganz zum Schluss lieh er »White Hat« sein Ohr und hörte, wie er sagte: »Und die Cheyenne haben sich ohne einen einzigen Schuss ergeben. Wir freuen uns, dass es weder auf ihrer noch auf unserer Seite Tote gegeben hat.«

Little Wolf runzelte die Stirn. Ja, sie hatten sich ergeben, in der Hoffnung, in Frieden leben zu können. Doch dann kam ihm ein entsetzlicher Gedanke. Nicht alle Nord-Cheyenne hatten sich ergeben. Irgendwo da draußen trieb Black Coyote sein Unwesen. Wenn sein schwarzes Herz die Pläne seiner Brüder und Schwestern im letzten Augenblick noch zunichtemachte?

Im selben Moment, in dem die Feierlichkeiten beendet waren, erklomm Little Wolf einen steilen Hügel, von dessen Kuppe aus er den Sonnenuntergang beobachten und meditieren wollte. Eingetaucht in das Licht der Abenddämmerung und umgeben von stetig länger werdenden Schatten, setzte er sich auf den Boden, entzündete seine Pfeife und bot sie den Mächten des Himmels und der Erde sowie den vier Windrichtungen dar. Die ganze Nacht verharrte er im Schneidersitz und meditierte. Er betete für sein Volk und für immerwährenden Frieden zwischen ihnen und den Bleichgesichtern. Und dass Black Coyote ihnen nicht gefährlich wurde.

Drei Tage nach der Ankunft der Cheyenne in Fort Keogh verließen Zach, Lieutenant Clark und eine Truppe Soldaten in aller Herrgottsfrühe das Fort.

Zach war jedoch alles andere als frohen Mutes. Eine Handvoll Soldaten, die die Umgebung patrouillierten, hatten einen halben Tagesritt entfernt ein kleines Lager ausfindig gemacht und vier Männer und zwei Frauen gezählt. Aus ihren Beschreibungen schloss Zach, dass es sich um Black Coyote und seine Bande handeln musste.

Selbst als das Lager umstellt war und dreißig Gewehrläufe auf Black Coyote gerichtet waren, brannte giftiger Trotz in den Augen des abtrünnigen Cheyenne. Erkannte dieser Kerl denn nicht, wann es Zeit war, sich endlich geschlagen zu geben?

Die Sonne hatte sich längst hinter den westlichen Hügeln schlafen gelegt, als »White Hat« und Zach sich auf die Suche nach Little Wolf machten, der sie an seinem Feuer willkommen hieß und sofort seine Pfeife entzündete und sie kreisen ließ.

Nachdem jeder einen Zug getan hatte, nickte »White Hat« Zach zu.

»Wir sind untröstlich, aber wir bringen schlechte Kunde«, durchbrach Zach die Stille.

Little Wolf las in Zachs Blick, wie erschöpft er war.

»Wir haben heute Black Coyote festgenommen. Das Schlimme ist, dass wir beim Durchsuchen ihrer Bündel auf zwei Soldatenuniformen gestoßen sind«, sagte Zach. »Und die passenden Skalps. Sie waren noch frisch. Es besteht kein Zweifel, dass er und seine Bande für die Morde verantwortlich sind.« Er seufzte und holte tief Luft. »Ich mache mir große Sorgen.«

Zach und »White Hat« tauschten einen langen Blick aus, ehe Zach niedergeschlagen wieder zu Little Wolf sah. »Der Vorfall könnte die Chancen der Cheyenne zunichtemachen, die Erlaubnis zu bekommen, hier zu leben.«

Unbändige Wut pulsierte durch Little Wolfs alten Körper, seine Hand tastete nach seiner Peitsche. Seine ärgsten Befürchtungen waren noch übertroffen worden. Black Coyote würde wohl nie aufhören zu plündern, zu morden und zu schänden. Ein Blick in Zachs Augen verriet dem Häuptling, dass er wusste, was in diesem Moment in ihm vorging.

»Wir sind genauso entsetzt wie Sie«, sagte »White Hat«. »Die Cheyenne müssen alles dafür tun, als friedliebendes Volk angesehen zu werden.« Er hielt kurz inne und blickte zu Zach, der ihm fast unmerklich zunickte. »Wir würden Ihnen gerne einen Vorschlag unterbreiten, Little Wolf. Wir halten es für das Beste, wenn Sie das Militärgericht einschalteten. Das dürfte die Siedlungsbehörde milde stimmen.«

»*Hou*!« Little Wolf nickte schnell. »Sie gehören euch! Verurteilen Sie sie, wie Ihre Gesetze es verlangen. Black Coyote und seine Bande gehören nicht mehr zu den Cheyenne, ich habe sie in die Verbannung geschickt.«

Bereits am nächsten Tag unterrichtete Zach General Miles, der Little Wolfs Entscheidung sehr begrüßte, und zwei Tage später wurden Black Coyote und seine Komplizen – die Frauen ausgenommen – im Schnellverfahren zum Tod durch den Strick verurteilt. Was die Frauen betraf, befand der Richter, es wäre Strafe genug, wenn sie zu den Cheyenne zurückkehrten und ihre Verachtung zu spüren bekamen.

»Sie haben das Richtige getan«, sagte Zach nach dem Prozess und schüttelte Little Wolf die Hand.

»Die Cheyenne werden Black Coyote nicht vermissen«, antwortete der Häuptling leise.

»Fühlen Sie sich stark genug, sich morgen General Miles und dem Siedlungskommittee zu stellen?«, wollte Zach wissen. »Es wird nicht einfach werden. Heute sind Regierungsvertreter aus Kansas eingetroffen. Sie verlangen, dass allen Kriegern der Prozess gemacht wird.«

»Aber die meisten, die an der Tragödie von Kansas beteiligt waren, sind mit Morning Star gegangen und in Camp Robinson ums Leben gekommen.«

»Lieutenant Clark und ich werden argumentieren, dass Ihre Krieger so gehandelt haben, um die vielen Frauen und Kinder zu rächen, die in Washita und am Sappa Creek letztes Jahr umgekommen sind. Außerdem gibt es viele Menschen, die dagegen protestiert haben, wie Ihr Bruder und seine Cheyenne in Camp Robinson behandelt wurden. Die erfreuliche Nachricht ist, dass Captain Wessells sich ebenfalls vor Gericht verantworten muss. Wir sind einigermaßen zuversichtlich, dass die Regierung Gnade vor Recht ergehen lassen wird. Die Armee ist es leid, die Cheyenne zu jagen, und die Zeitungen im Osten schreiben bereits über Sie. Die Bevölkerung steht auf Ihrer Seite.«

Little Wolf schüttelte den Kopf. Er verstand nicht ganz, was Zach ihm eigentlich sagen wollte. »Was genau bedeutet das für mein Volk?«

»Es bedeutet, dass sich viele wünschen, Sie könnten hierbleiben. Das sind doch gute Neuigkeiten, finden Sie nicht?«

»Wird denn der Große Vater auf sein Volk hören?«, gab Little Wolf zu bedenken. Als die Cheyenne sich das erste Mal ergeben haben, war er zu dem großen weißen Haus in Washington gebracht worden, in dem der Große Vater lebte. Die vielen Menschen hatten Little Wolf Angst gemacht. Es waren so viele gewesen, dass er sie nicht hatte zählen können. In dem Moment war ihm klar geworden, dass es das Klügste war, mit den Bleichgesichtern Frieden zu schließen, weil sie in der Überzahl waren. Seine Finger tasteten nach dem Kreuz, das der Große Vater ihm persönlich überreicht hatte. »Wenn das Volk zum Großen Vater gesprochen hat, wird meinem Stamm nichts geschehen.«

Zach klopfte ihm sachte auf den Rücken. »Vielleicht wird nun doch noch alles gut.«

Little Wolf erwiderte Zachs Lächeln und dachte daran, dass er nicht der Einzige war, dessen Träume womöglich doch noch in Erfüllung gingen. Erst am Morgen hatte er mit Caroline gesprochen. Nach einem langen Gespräch über Swift Fox und seine Motive, den Jungen zu verstecken, hatte sie ihn in ihre Pläne eingeweiht. »Das wünsche ich Ihnen auch, Zach McCallister.«

Mit zittrigen Fingern klopfte Caroline einige Stunden später an Zachs Tür, ehe sie sich die verschwitzten Hände am Rock abwischte. »Stell dich neben die Tür, Luke«, flüsterte sie. »Lass mich zuerst mit ihm reden.«

Luke, der ein wenig blass um die Nase war, nickte stumm. »Bist du sicher, dass er mich sehen möchte?«

Caroline hauchte ihm einen Kuss auf die Wange und strich ihm über die Wange. »Alles wird gut«, versicherte sie ihm. »Er liebt dich. Du wirst schon sehen.«

Wäre Patricia nicht längst tot, hätte Caroline ihr gerne die Augen dafür ausgekratzt, dass sie das Verhältnis zwischen Vater und Sohn so nachhaltig zerstört hatte.

Als sich die Tür öffnete, schreckte Caroline aus ihren Gedanken und starrte Zach mit großen Augen an. Es war das erste Mal, dass sie ihn in einer Uniform sah. Der gelbe Streifen an der Außennaht seiner Hose ließ ihn noch größer wirken, und das Jackett schmeichelte seinen breiten Schultern. Das Dunkelblau verlieh seinen grauen Augen etwas Stechendes, und sein feistes Grinsen brachte ihr Herz aus dem Takt.

»Caroline!«, rief er und zog sie mit einer schnellen Bewegung zu sich. »Hat man dich gut untergebracht? Wenn nicht, knöpfe ich mir den Quartiermeister vor und ...«

»Nein, nein, alles bestens, Zach«, antwortete Caroline und stellte erleichtert fest, dass sein Anblick ihr nicht die Stimme verschlagen hatte. »Die Jungs und ich sind geradezu königlich empfangen worden. Du hättest mal sehen müssen, wie Swallow über das Essen hergefallen ist.«

Zach lachte. »Dieser Bengel ist seinem Vater ähnlicher als er ahnt. Aber wo sind denn nur meine Manieren geblieben? Bitte, nimm doch Platz.«

Zach führte Caroline zu einem gemütlichen Ledersessel und lächelte sie an, als sie sich mit langsamen Bewegungen hinsetzte.

»Kann ich dir etwas zu trinken anbieten? Einen Sherry vielleicht?«

»Nein danke. Ich bin gekommen, weil ...«

»Hast du es schon gehört?«, fiel Zach ihr vor lauter Aufregung ins Wort. »Die Cheyenne dürfen vorübergehend in Fort Keogh bleiben. Das ist doch schon mal ein kleiner Erfolg, findest du nicht? Wenn alles glattgeht, wird der Kongress die Mittel bewilligen, in der Nähe ein Reservat einzurichten. Und jetzt halt dich fest. Morning Star ist gesichtet worden. Bei seiner Tochter, die mit einem Lakota verheiratet ist. Er ist ziemlich verstört und macht sich große Vorwürfe, dass so viele seinetwegen den Tod gefunden haben. Er wird bald wieder hier sein.«

»Little Wolf wird ihm bestimmt verzeihen«, sagte Caroline, rang die Hände und dachte voller Ungeduld daran, dass Luke vor der Tür wartete. »Du fragst dich bestimmt, warum ich dich heute aufgesucht habe.«

Zach, der gerade den Sherry einschenkte, hielt inne und drehte sich zu ihr um. »Warum sollte ich? Ich sollte mich lieber fragen, warum du mir nicht böse bist, dass ich dich nach deiner Ankunft nicht gleich besucht habe. Dafür möchte ich mich auch in aller Form entschuldigen, aber ich habe im Moment eine Reihe von Terminen, auf die ich keinen Einfluss habe. Die Generäle möchten alles über meinen Aufenthalt bei den Cheyenne erfahren. Wenn ich mit meinen Berichten fertig bin, kann ich mich endlich wieder um meine privaten Dinge kümmern und ...«

»Genau darüber wollte ich mit dir sprechen«, fiel Caroline ihm ins Wort, weil er ihr das passende Stichwort geliefert hatte. »Über dein Leben und wie es weitergeht.« Als Carolines Blick das stattliche Bett streifte, zog sich ihr Magen zusammen.

Mit einem offenen Lächeln um die Lippen und einem Glas Sherry in der Hand, stellte Zach sich vor sie. »Nein, lass mich raten. Du hast deine Meinung doch noch geändert und willst mich heiraten? Jetzt, da die Cheyenne in Sicherheit sind?«

Caroline schüttelte so vehement den Kopf, dass sich eine ihrer Haarnadeln löste. »Nein, ich bin mehr denn je davon überzeugt, die richtige Entscheidung getroffen zu haben. Ich bin gekommen, um dir jemanden vorzustellen.« Sofort sprang sie auf und lief zur Tür. »Natürlich nur, wenn du nichts dagegen hast?«

»Nicht doch, warum sollte ich?«, antwortete Zach,

»Und wegen der anderen Sache. Eines Tages werde ich dich davon überzeugen, dass ich genau der Richtige für dich bin.« Dann drehte er sich um und stellte den Sherry auf dem Pult vor dem Fenster ab und sah nach draußen.

Caroline öffnete indes die Tür und lugte um die Ecke zu Luke, der wie versteinert an der Wand stand, die blassen Lippen fest aufeinandergepresst. Er war so bleich im Gesicht, dass Caroline sich Sorgen machte und ihm liebevoll die starren Arme rieb. »Atme, Luke, atme.«

Luke blinzelte sie an und rang laut nach Luft.

»Noch mal«, wies sie ihn an, erleichtert darüber, dass sein Gesicht allmählich wieder an Farbe gewann. »Du machst das prima.«

Caroline schob ihn sanft, aber bestimmt in den Raum.

Sofort drehte Zach sich um und begrüßte den fremden Jungen. »Hallo!«, sagte er freundlich, ging leicht in die Hocke und lächelte Luke an. »Wen haben wir denn hier? Bist du ein Freund von Swallow?«

»Ja, das ist er. Er ist unter anderem Swift Fox.«

Caroline sah, wie blass Zach plötzlich wurde.

Mit einem liebevollen Lächeln und andächtigem Unterton sagte Caroline: »Darf ich dir deinen Sohn vorstellen. Lucas McCallister.«

Zach schoss in die Höhe und riss die Augen auf. »Ich fasse es nicht. Das kann doch unmöglich wahr sein.«

»Vater?«, fragte Luke und machte einen zögerlichen Schritt nach vorne. Weiter sollte er jedoch nicht kommen. Zach stürmte auf ihn zu, fiel auf die Knie und zog ihn fest und liebevoll an sich. Als Caroline Tränen auf Zachs Wange rollen sah, schnürte sich ihr der Hals zu.

Nachdem sie Zach in knappen Worten davon unterrichtet hatte, was Luke widerfahren war, stahl sie sich aus dem Raum und zog die Tür leise hinter sich zu.

»Ich liebe euch beide«, flüsterte sie und lief den Flur hinunter.

Wenige Stunden später trommelte eine Wache an Zachs Tür und unterrichtete ihn röchelnd davon, dass die Cheyenne-Gefangenen Selbstmord begangen hatten. Black Coyote und seine Bande hatten sich erhängt. Einer nach dem anderen. Alle mit demselben Lederband. Als die Wache mit ihrem Bericht zu Ende war, entließ Zach ihn mit einer ungeduldigen Handbewegung und goss sich, sobald die Tür ins Schloss gefallen war, einen doppelten Whisky ein. Dann ging er mit leisen Schritten zum Bett, auf dem Luke schlief, und zog ihm die Decke bis zum Hals.

Wenige Tage später nach der Zusammenführung von Vater und Sohn blieb Zach vor dem Gemischtwarenladen am anderen Ende des Forts stehen. Luke und Swallow hatte er vorsichtshalber mitgebracht. Mit nervösen Fingern holte Zach seine Taschenuhr hervor und warf einen hastigen Blick aufs Ziffernblatt. Obwohl es gerade erst zehn Uhr in der Früh war, fühlte Zach sich vollkommen gerädert. So, als hätte er die ganze Nacht im Sattel eines bockigen Pferdes verbracht. Wer hätte auch ahnen können, dass es so anstrengend sein würde, Luke und Swallow dazu zu bewegen, sich die Sonntagsanzüge anzuziehen und sie auch anzubehalten.

»Du kalte Füße?«, fragte Swallow und riss sich am Kragen, als bekäme er kaum noch Luft.

»Nein«, antwortete Zach und öffnete den obersten Knopf von Swallows Hemd. »Nein, ich habe keine kalten Füße.«

Swallow schüttelte den Kopf. »Was du machen, wenn sie sagen Nein? Wenn sie dich wieder nicht wollen?«

»Streu du nur Salz in meine Wunden«, murmelte Zach und wünschte sich, er hätte die Jungen nicht mitgebracht. Doch dann erinnerte er sich daran, dass er es mit Absicht getan hatte, um Carolines Herz in einem letzten verzweifelten Versuch doch noch zu erweichen.

»Komm schon, Vater«, sagte Luke und stieß Swallow mit dem Ellbogen an. »Sie hat doch gesagt, dass sie dich liebt.«

»Ja, das hat sie«, sagte Zach und schluckte gegen die aufsteigende Nervosität an. »Aber eine Frau sagt nicht immer das, was sie denkt, oder denkt, was sie sagt.« Er schüttelte den Kopf. *Verdammt*! Jetzt hatte er sich selbst in die Enge getrieben.

Mit einem Seufzen öffnete Zach die Ladentür und ließ den Jungen, die sofort auf die Gläser mit den Süßigkeiten stürzten, den Vortritt. »Nachher, Jungs«, sagte er mit einem angestrengten Flüstern. »Sobald wir mit ihr geredet haben.«

»Sir«, sagte der Händler hinter dem Tresen und lächelte ihn an.

»Wir sind hier, um mit Miss Caroline Whitley zu sprechen. Sie arbeitet heute doch, nicht wahr?«

Mit einem breiten Grinsen zwinkerte der Krämer Zach zu. »Jawohl, tut sie, Major McCallister. Sie finden Sie hinten im Lager«, sagte er und wies auf eine Tür am anderen Ende des Verkaufsraums.

Zach nickte ihm kurz zu und setzte sich in Bewegung. Auf halber Höhe blieb er stehen und wandte sich den beiden Jungen zu. »Lasst mich bitte zuerst mit ihr sprechen«, sagte er. »Ihr bekommt eure Chance, das verspreche ich euch.«

»Vater«, antwortete Luke kopfschüttelnd, »sie hat dir gesagt, dass sie uns liebt. Sie wird *uns* auch mitheiraten, vergiss das nicht. Du willst doch etwa nicht, dass sie ihre Meinung ändert, wenn sie es herausfindet, oder?«

»Er recht haben«, kam Swallow seinem Freund zu Hilfe und nickte Luke zu. »Ich mit ihm.« Dann legte er Swallow den Arm um die Schulter. »Wir zusammen.«

Zach verdrehte die Augen. Dies würde vermutlich der abstruseste Heiratsantrag werden, den sein Vaterland je erlebt hatte. Auf der anderen Seite konnte er Luke nicht widersprechen. Der Junge war alles andere als auf den Kopf gefallen. Zach war ein Stein vom Herz gefallen, dass er nicht allzu viel von seiner Mutter mit auf den Weg bekommen hatte.

Das Trio wollte sich gerade wieder in Bewegung setzen, als Caroline auf sie zukam. »Was sehe ich denn da? Und wie schick ihr euch alle gemacht habt«, sagte sie verwundert.

Als Zach beobachtete, wie sich eine kleine Falte zwischen ihren Augenbrauen bildete, schwante ihm nichts Gutes. Eine Falte auf Carolines Stirn besagte, dass sie etwas Beunruhigendes dachte, und dies bedeutete nichts Erfreuliches für ihn und sein Anliegen.

»Die Frage ist nur, warum ihr euch so herausgeputzt habt? Man könnte fast meinen, ihr ginget zu einer Hochzeit. Oder einer Beerdigung.« Plötzlich schnappte Caroline laut nach Luft und sah Zach an. »Ist jemand gestorben?«

»Nein«, sagte Zach schnell, damit sie sich keine unnötigen Sorgen machte. »Alle sind wohlauf. Wir ...«

»Wir unterwegs zu Hochz...« Swallow warf Luke einen bösen Blick zu, weil er ihm einen Stoß in die Rippen versetzt hatte, und dann Zach, der ihm einen Klaps auf den Rücken gegeben hatte.

»Noch ist es nicht so weit«, flüsterte Luke so laut, dass es nicht zu überhören war.

Zach wusste sich nicht anders zu helfen und verdrehte die Augen.

Caroline unterdrückte ein Lächeln.

»Doch, es stimmen!«, wehrte Swallow sich, ergriff Carolines Hand und sah zu ihr empor. »Zach gefunden Luke, deshalb nicht mehr bei Armee, aber auch nicht zurück nach Virginia. Er gekauft viele Land hier, für Pferde. Und uns. Du wollen sein seine Frau?«

»Wie bitte?«, krächzte Caroline. »Du hast die Armee verlassen?«

»Ja, das habe ich«, antwortete Zach grinsend und zog Swallow zu sich. »Ich habe den Dienst quittiert und ganz in der Nähe einige Hektar Land gekauft, um Pferde und Rinder zu züchten. Und Kinder großzuziehen. Genauer gesagt, diese beiden Prachtexemplare«, sagte er stolz und legte einen Arm um jeden Jungen.

»Jetzt fehlt eigentlich nur noch ein kleines Mädchen, das deine Haare und deine Augen hat.«

Mit klopfendem Herzen wartete Zach auf Caro-lines Antwort.

Und auch den Jungen war die Aufregung anzumerken. Swallow wippte mit leuchtenden Augen und glühenden Wangen von einer Seite zur anderen. »Küss ihn schnell. Gebetsmann schon in Hotel und Zug sonst fahren ohne uns.«

Zach stieß einen Seufzer aus und erblasste. Sein Herzschlag verlangsamte sich, und sein Körper sank in sich zusammen. Den einzigen klaren Gedanken, den er fassen konnte, war, dass Swallow in den nächsten zwei Wochen nur trockene Kanten Brot zu essen bekam.

Caroline sah zu Zach hinauf. »Habe ich das richtig verstanden? Im Hotel wartet ein Pfarrer auf uns? Auf uns alle?« Sie stieß ungeduldig mit dem Fuß auf den Boden und wartete auf eine Antwort.

Während die beiden Jungen eifrig nickten, lächelte Zach verhalten.

Als Caroline das freudige Leuchten in Lukes Augen entdeckte, wurde ihr ganz warm ums Herz.

Zach hingegen las in Carolines Augen, dass sie ihm längst eine kräftige Ohrfeige verpasst hätte, wenn sie mit ihm alleine gewesen wäre.

»Jungs«, säuselte Caroline so zuckersüß, dass es Zach kalt den Rücken hinunterlief, »lauft zu Mister Lambert und sagt ihm, ich hätte jedem von euch eine Lakritzstange erlaubt. Er soll es von meinem Lohn abziehen.«

Das ließen sich die beiden nicht zweimal sagen und stürmten los.

Caroline zitierte Zach mit einer strengen Geste zu sich. »Mitkommen«, sagte sie und machte auf dem Absatz kehrt.

Mit hängendem Kopf trottete Zach hinter ihr er. Er hatte es sich selbst zuzuschreiben, dass er sich in dieser misslichen Lage befand.

Kurz bevor Caroline die Tür zum Lager öffnete, gab sie Mr. Lambert ein Zeichen, um ihn wissen zu lassen, wo sie zu finden war. Er nickte und durchbohrte Zach mit mitfühlenden Blicken.

Kaum war die Tür ins Schloss gefallen, legte Caroline los: »Wie kannst du es wagen, die Jungen für deine eigenen Zwecke so zu missbrauchen?«

Caroline lief mit geballten Fäusten in dem winzigen und überfüllten Raum auf und ab. Immer wenn sie sich um die eigene Achse drehte und der Saum ihres Rockes gegen die herumstehenden Fässer oder Regale schlug, musste Zach unwillkürlich an Little Wolfs Peitsche denken.

Als sie das nächste Mal in Zachs Reichweite kam, packte er sie unsanft an den Handgelenken. »Warum bist du so wütend? Die Jungen waren so aufgeregt und wollten unbedingt dabei sein, wenn ich dir von meinen Plänen erzähle.« Zach stöhnte und ließ wieder von ihr ab. »Ich habe dir doch gesagt, dass ich dich heiraten möchte. Ich liebe dich, und du hast gesagt, dass du mich liebst. Was hindert uns also daran, es miteinander zu versuchen? Liegt es an den Jungen? Passt es dir vielleicht nicht, fremde Kinder großzuziehen?«

»Was denkst du«, rief Caroline entrüstet. »Ich liebe die beiden, als wären sie meine eigenen. Und dich auch.«

Hoffnung flutete Zachs Herz. Gerade, als er den Mut aufbrachte, sie zu berühren, hob Caroline die Arme in die Höhe.

»Ich kann dich unmöglich heiraten.«

»Warum denn nicht?«, blaffte Zach sie an. Er unternahm nicht einmal den Versuch, seine Stimme unter Kontrolle zu halten.

»Weil ich dich liebe«, antwortete sie, drehte sich um und flüsterte: »Und weil du etwas Besseres verdient hast.«

»Das ist doch lächerlich«, entgegnete Zach, streckte abermals die Hände nach ihr aus, damit sie ihn ansah. »Eine bessere Frau als dich kann es für mich nicht geben. Ich will nur dich und keine andere. Du bist wagemutig, beherzt und unerschrocken. Und schürst in mir den Wunsch, danach zu streben, ein besserer Mensch zu werden. Außerdem bist du die schönste Frau, die ich kenne. Dass die Jungen dich abgöttisch lieben, das weißt du selbst.«

Carolines Wangen glühten, dennoch schüttelte sie verzagt den Kopf. »Ich kann dich nicht heiraten. Du verdienst jemanden, der dir geben kann, was du verdienst. Und das bin ich nicht.«

Caroline drehte sich abermals weg und zog die Schultern hoch, als würde sie sich gegen einen Hieb wappnen. »Ich ... ich kann keine Kinder bekommen«, flüsterte sie mit erstickter Stimme.

Zach erstarrte, es dauerte eine Weile, bis er verstanden hatte. »Soll das heißen, dass du unfruchtbar bist?«

»Nein«, sagte sie, brachte es aber nicht übers Herz, ihm in die Augen zu sehen. Stattdessen lenkte sie ihren

Blick auf den Schreibtisch, der unter den Papierstapeln durchzubiegen drohte. Als sie abermals das Wort ergriff, klang ihre Stimme brüchig und rau: »Ich bin ... meine Weiblichkeit ist zu Schaden gekommen. White Bear hat mich geschwängert. Als er es herausfand, hat er mich zu sich geholt, mich geschlagen und mir so lange in den Bauch getreten, bis ich eine Fehlgeburt hatte. Irgendwann hörten die wochenlangen Blutungen auf. Seitdem blute ich gar nicht mehr, wenn du weißt, was ich meine. Nach den Prognosen in Dodge City kann ich nie wieder schwanger werden.«

Als sie ihm einen Blick über die Schulter zuwarf und er den tiefen Schmerz in ihren Augen las, bekam er eine Gänsehaut.

»Außer mit dem besagten Arzt habe ich noch nie mit jemandem darüber gesprochen. Eigentlich hatte ich nicht vor, dich damit zu behelligen, aber du hast ja keine Ruhe gegeben. Warum stimmst du meinem Nein nicht endlich zu?«

Zach spürte, wie ihm siedend heiße Wut in den Leib fuhr. Wut, die der Bestie galt, die Caroline so viel Leid zugefügt, sie erniedrigt hatte, wie es keine Frau verdient hatte. Mehr denn je brannte Zach darauf, Caroline davon zu überzeugen, ihnen als Paar eine Chance einzuräumen. Ihm war jedoch auch bewusst, dass sie ihm in ihrer derzeitigen Gemütsverfassung kein Gehör schenken würde. Er würde sich etwas anderes einfallen lassen müssen. Es gab nur ein Heilmittel auf der Welt, das Carolines geschundenes Herz und ihre zerstörte Seele noch retten konnte: wahre Liebe.

Was gäbe er darum, wenn er sie endlich überzeugen könnte, sich ihm hinzugeben, um ihr zu beweisen, was bedingungsloses Vertrauen bedeutete, wie schön ein sexuell erfülltes Leben sein konnte. »Ist das dein letztes Wort?«, durchbrach er die entstandene Stille.

Caroline nickte und schlang die Arme um die Taille. Als sie ihn endlich ansah, lang ein Ausdruck der Entsagung auf ihrem Gesicht.

»Ich verstehe«, antwortete Zach und vermittelte ihr den Eindruck, als würde er sich mit ihrer Entscheidung abfinden. »Die Enttäuschung der Jungen wird groß sein. Aber nicht annähernd so groß wie meine.«

»Was wirst du ihnen sagen?«, fragte Caroline.

»Mir wird schon etwas einfallen«, antwortete Zach und beugte sich betont langsam zu ihr herunter, um ihr genug Zeit zu geben, sich von ihm abzuwenden, falls ihre Ängste es von ihr verlangten. In ihrer Nähe füllte er seine Lungen mit ihrem unverwechselbaren Duft und genoss die Wärme ihres Körpers.

»Auf Wiedersehen, Caroline«, raunte er und hauchte ihr einen Kuss auf die Wange.

»Auf Wiedersehen, Zach.«

Die wenigen Schritte von dem stickigen Lagerraum bis hinaus auf die Straße, wo die Jungen bereits auf ihn warteten, kamen Zach wie eine halbe Ewigkeit vor. Wenn er die Frau seines Herzens nicht verlieren wollte, musste er schnell handeln.

Vierundzwanzigstes Kapitel

Als der Tag sich dem Ende entgegenneigte, fühlte Caroline sich wie ausgehöhlt. Sie hatte mit unzähligen Kunden geplauscht, sie beraten und angelächelt, konnte sich aber so gut wie an nichts mehr erinnern, seitdem sie Zach »Auf Wiedersehen« gesagt hatte.

Obwohl sie das Richtige getan hatte, selbst wenn es schmerzhaft gewesen war, blieb das erwartete Gefühl der Erleichterung aus. Im Gegenteil: Sie fühlte sich so, als wäre sie mitten in der Nacht in der sturmgepeitschten Prärie ausgesetzt worden und irrte nun orientierungslos umher.

Und dennoch, es wäre unredlich gewesen, Zachs Angebot anzunehmen. Früher oder später würde er ihr zum Vorwurf machen, dass sie keine Kinder bekommen konnte.

Sobald sie mit dem Kehren des Ladens fertig war, wollte sie nur in ihr Pensionszimmer zurück und sich ins Bett kuscheln.

»Miss Whitley?«

Caroline spürte, wie ihr der Besen aus der Hand genommen wurde. Sie blickte auf und sah Mr. Lambert ins Gesicht. »Draußen ist ein Gentleman, der Sie gerne sprechen würde.«

Carolines Blick flog zur Ladentür. Obwohl es verhältnismäßig dunkel war, erkannte sie Zach sofort. Er trug noch immer seinen schwarzen Anzug und fingerte nervös an seinem Hut. »Ich ... ich kann nicht«, flüsterte sie und hatte das Gefühl, keine Luft mehr zu bekommen. »Tun Sie mir den Gefallen und schicken Sie ihn fort.«

»Das habe ich bereits versucht, Ma'am, aber er besteht darauf, mit Ihnen zu sprechen.« Mr. Lambert warf Zach einen flüchtigen Blick zu. »Warum gehen Sie nicht zu ihm und hören sich an, was er zu sagen hat? Den Rest schaffe ich auch alleine. Sie hatten einen schwierigen Tag und sehen müde aus. Wissen Sie was, ich gebe Ihnen den morgigen Tag frei. Zur Erholung«, bot er ihr verlegen an und legte ihr die Hand auf den Rücken.

Caroline holte schnell ihr Schultertuch und ihr Ridikül aus dem Lager, bevor sie zu Zach hinausging.

»Ich kann das nicht, Zach. Es ist alles zwischen uns gesagt.«

Zach lächelte auf sie hinab und breitete die Arme aus. »Ich bin lediglich gekommen, um dich zu fragen, ob du Lust hast, einen kleinen Nachtspaziergang mit mir zu machen.«

Carolines Blick tastete Zachs Gesicht ab, doch sie konnte nichts entdecken, das ihr Anlass zur Sorge gab. »Wo sind Luke und Swallow?«

»Die beiden schlafen heute bei Little Wolf. Er will mit ihnen vor Sonnenaufgang ausreiten.« Zach wandte sich von dem abendlichen Lärm und den Lichtern des Forts ab und lief in Richtung eines kleinen Wasserlaufs. »Ich wollte die Gelegenheit nutzen, noch ein letztes Mal ein wenig Zeit mit dir zu verbringen. Würdest du mir die Ehre erweisen?«, rief er ihr über die Schulter zu.

Caroline nickte und schloss zu ihm auf.

Zach nahm ihre Hand und legte sie in seine Armbeuge. Sie wollte sich ihm gleich wieder entziehen, doch Zach legte schnell seine Hand über ihre Finger.

Bleierne Stille senkte sich über die beiden und Caroline musste mehrmals schlucken, weil sie nicht wusste, was sie sagen sollte.

»Habe ich dich heute Vormittag richtig verstanden? Du wirst Luke und Swallow aufziehen?«, fragte sie, froh darüber, dass ihr endlich etwas eingefallen war.

Zach nickte. »Little Wolf hat zugestimmt, solange gewährleistet ist, dass Swallow hin und wieder Zeit bei den Cheyenne verbringt.«

»Swallow blüht richtig auf, er wirkt so gelöst und glücklich. Besonders freut mich, dass sich zwischen ihm und Luke eine dicke Freundschaft entwickelt hat.« Der Kloß in Carolines Hals wurde mit jedem Wort kleiner, und der Schmerz in ihrer Brust ließ auch nach. »Swallow erwähnte etwas davon, dass du mit dem Zug fahren würdest. Hast du ihn jetzt meinetwegen verpasst?«

»Ja. Ich hatte gehofft, dass ...« Für den Bruchteil einer Sekunde verstärkte er den Druck seiner Finger. »Wollten wir nicht mehr über meine Hoffnungen und Gefühle sprechen?«

»Stimmt«, murmelte Caroline und spürte, wie das Hämmern in ihrer Brust nachließ.

»Ich werde nach Virginia fahren, damit Josh und Abby sich selbst davon überzeugen können, dass Luke lebt. Außerdem benötige ich Vieh und einen Zuchthengst für meine Ranch.«

»Du hast also allen Ernstes vor, hierzubleiben und

eine Ranch zu gründen?«, hörte Caroline sich fragen. »Warum?«

»Ich bin es leid, im Namen der Gerechtigkeit kreuz und quer durch das Land zu reisen. Ich bin müde geworden. Es ist Zeit, sesshaft zu werden und eine Familie zu gründen. Lieutenant Clark wurde nach Arizona versetzt, und die Cheyenne können einen Fürsprecher brauchen, wenn sie hier Fuß fassen wollen.«

»Glaubst du wirklich, dass die Regierung es dir gestatten wird?«, fragte Caroline, ohne auf seine Bemerkung über die Familienplanung einzugehen. »Soweit ich weiß, haben sie bislang jedes Versprechen gebrochen, das sie den Cheyenne gegeben haben. Was macht dich glauben, dass es dieses Mal anders ist?«

»Little Wolf und die Entschlossenheit der Cheyenne haben die Kommission beeindruckt. Und solange sie sich nichts zu Schulden kommen lassen, was jetzt nach Black Coyotes Tod sehr wahrscheinlich ist, stehen ihre Chancen gut.«

Schweigend liefen sie weiter. Caroline dachte darüber nach, wie groß die Freude der Cheyenne sein musste, wenn sie hier im Norden leben durften. Ihre Reise war lang und beschwerlich gewesen, und sie hoffte inständig, dass sie sich bald von den Strapazen erholten.

Als Caroline den Blick hob, entdeckte sie auf der anderen Seite des Baches, inmitten einer Baumgruppe, ein erleuchtetes Tipi.

»Ein Geschenk der Cheyenne«, erklärte Zach leise und musterte Caroline von der Seite. »Feather und Quiet Woman haben mir geholfen, es aufzustellen.«

»Für mich?«, fragte Caroline, überwältigt von der

Großzügigkeit der Geste. Sie wusste aus eigener Erfahrung, wie viel Geduld und Schweiß es kostete, ein Zelt zu nähen und aufzustellen.

»Für uns«, verbesserte Zach sie, trat vor sie und nahm ihre Hände.

Plötzlich sah Caroline Zachs Bitte, mit ihm einen Spaziergang zu machen, und das Geschenk ihrer Freundinnen mit anderen Augen. Mit dem Gefühl, einer heimtückischen List zum Opfer gefallen zu sein, wich sie zurück und schüttelte den Kopf. Bei dem Gedanken daran, zu welchem Zweck das Tipi errichtet worden war und was sich womöglich darin abspielen könnte, schoss ihr die Röte in die Wangen. Sosehr Caroline auch versuchte, diese obszönen Gedanken abzustreifen, desto stärker wurden sie. Zu allem Übel gesellten sich auch noch die Erinnerungen an die sinnlichen Stunden mit ihm und an die Ekstase, die er ihr beschert hatte, dazu.

»Ich kann nicht!«, raunte sie und riss sich los. »Ich könnte dich unmöglich wieder verlassen, wenn wir ...«

»Ich habe dir ein Versprechen gegeben«, sagte Zach, »und ich habe nicht vor, wortbrüchig zu werden. Vorausgesetzt, du erlaubst es mir. Wenn du morgen früh deine Meinung über mich und die Hochzeit nicht geändert hast, lasse ich dich ohne Widerstand ziehen.«

Caroline wich abermals einen Schritt zurück, doch ihre Augen wurden immer wieder magisch von dem einladenden Tipi angezogen. Als Zach sich hinter sie stellte, war ihr, als finge ihr Körper Feuer. Sie spürte seinen sengenden Atem auf ihrem Gesicht, und seine

Hände hinterließen durch den Stoff ihres Kleides eine glühende Spur auf ihren Schultern.

Carolines Verstand warnte sie, sie solle die Beine in die Hand nehmen und das Weite suchen. Als Zach sie jedoch wortlos hochhob und mit ihr durch den Bach watete, entflammte jede Faser ihres Körpers.

»Nicht denken«, flüsterte er, stellte sie hin und fuhr mit den Lippen über ihren Hals. »Gib dich deinen Gefühlen hin.«

»Zach, bitte«, protestierte Caroline und versuchte vergebens, ihn von sich zu schieben.

»Bitte gib mir eine Chance, Caroline«, raunte er mit einem flehenden Ausdruck in den Augen und fing ihre Wangen ein. »Dann haben wir beide etwas, das uns in kalten Nächten warm hält.«

Als Zach merkte, dass Caroline noch immer nicht über ihren Schatten springen konnte, obwohl ihre Augen in Flammen standen, versuchte er es mit einer anderen Taktik. »Wo ist die hitzige, energische Frau geblieben, die ich kennengelernt habe? Die Caroline, die hoch erhobenen Hauptes in einen lärmenden Saloon gestürmt ist und mit einer Börse voller Gold gewedelt hat? Wo ist die Frau, die eine grausame Gefangenschaft, eine Versklavung und Folter überstanden hat? Das ist die Frau, die ich liebe. Die Caroline, die keine Angst hat, sich zu nehmen, wonach ihr der Sinn steht. Die Caroline, die weiß, dass das Leben aus einer Reihe von Risiken besteht und die nicht davor zurückschreckt? Wohin ist diese Caroline entschwunden? Wann hat sie damit begonnen, sich hinter ihren Ängsten, ihrer Unsicherheit zu verstecken und sich dafür zu entschuldigen, wer und was sie ist oder nicht ist? Was hast du zu verlieren, Caroline? Ich stehe vor dir. Ein Mann, der dich liebt und begehrt und sich danach verzehrt, dir ganz nah zu sein, auch wenn ihm nur eine einzige Nacht mit der Frau seiner Träume vergönnt ist. Wenn du mich jetzt fortschickst, wirst du dich dein Leben lang fragen, was aus uns hätte werden können. Du wirst austrocknen wie ein Samen, der niemals eingepflanzt wird. Gib dir einen Ruck, spring über deinen Schatten. Tu es einfach!«

Zachs so leidenschaftlich vorgetragenes Plädoyer für die Liebe raubte Caroline den Atem. Und dann, wie ein Blitz aus heiterem Himmel, durchzuckte sie die Einsicht, dass er recht hatte. Ja, er hatte recht. Mit jedem Wort. Sie hatte es zugelassen, dass ihre Ängste und Hemmungen ihr Leben bestimmten, hatte etwas getan, das kein guter Reiter jemals tun sollte. Sie hatte die Zügel aus der Hand gegeben. Doch das würde sich jetzt ändern, gelobte sie sich.

»Zeig es mir«, raunte sie und hörte den Widerhall ihrer Worte in ihrem Kopf und in ihrem Herzen. »Ich möchte es wissen. Heute Nacht.« Gerade, als Caroline die Hände nach ihm ausstrecken wollte, zog er sie zu sich und raubte ihr einen glühenden, von Leidenschaft getriebenen Kuss.

Als er, sehr zu ihrem Bedauern, den Kuss löste und ihr fest in die Augen sah, hatte Caroline das Gefühl, als könnte sie bis in die Tiefen seiner Seele blicken, und erkannte, dass seine Gefühle für sie so echt waren wie der Bach, das Tipi und der Mond, der sein silbernes Licht durch eine Wolkenlücke auf sie herabschickte. Plötzlich war Caroline von Scham erfüllt, dass sie ihm nicht schon früher eine Chance gegeben hatte, sie mit in das Reich der Liebe zu nehmen.

»Du hast mir gefehlt«, flüsterte er, führte sie zum Tipi, schlug den Eingang zurück und ließ ihr den Vortritt.

Feather und Quiet Woman hatten sich selbst übertroffen. Im hinteren Bereich stand ein breites Bett, beladen mit unzähligen weichen Decken und Kissen. An jeder Zeltstange hingen getrocknete Prärierosen, die die Luft mit einem betörenden Geruch erfüllten. Es war atemberaubend. Die beiden hatten selbst an frisches Wasser und Speisen gedacht.

Zach ließ Caroline ein wenig Zeit, sich alles genau anzusehen, wich aber keinen Zoll von ihrer Seite.

Je länger sie sich umsah, desto wärmer wurde ihr. Wie mit einer Selbstverständlichkeit öffnete sie die Knöpfe des hochgeschlossenen Kleides bis auf den letzten Knopf unterhalb ihrer Taille. Sie drehte sich zu Zach um und sah ihn an. Plötzlich schien es ihr, als wäre er seit ihrer Begegnung am Morgen gealtert. Sein Gesicht wirkte schmaler, seine Züge kantiger. Wangen und Kinn stachen hervor und seine Augen schienen tiefer zu liegen und dunkler geworden zu sein, während seine Stirn zerfurchter und seine Augenbrauen buschiger wirkten. »Bist du krank?«, fragte sie besorgt und legte die Hand um seine Wange. Erst jetzt merkte sie, dass er sich vor nicht allzu langer Zeit rasiert haben musste, so weich und geschmeidig fühlte sich seine Haut an.

Zach griff nach Carolines Hand und küsste ihren Handteller. »Nein, ich habe mir lediglich große Sorgen gemacht.«

»Wegen der Cheyenne?«

»Nein, nicht wegen der Cheyenne«, antwortete Zach und betrachtete sie, als versuchte er, sich jede noch so kleine Kleinigkeit ihres Gesichts einzuprägen. So, als sähen sie einander nie wieder. »Ich war einzig deinetwegen in Sorge. Seit Wochen haben wir kaum ein Wort gewechselt, geschweige denn Zeit miteinander verbracht. Mir ist, als würdest du mir allmählich entgleiten, ohne dass ich etwas dagegen unternehmen kann.« Verzweifelt schloss er kurz die Augen. »Aber jetzt sind wir ja hier. Alleine. Und ich gedenke, jeden Moment zu genießen.«

Carolines Schuldgefühle meldeten sich zurück. Ja, sie hatte ihre Freundinnen, die anderen Cheyenne und die Jungen gemieden, aber es war ihr nie in den Sinn gekommen, dass ihm ihre Abwesenheit so sehr zusetzen würde. »Es tut mir leid, Zach. Es war nie meine Absicht gewesen, dir Schmerzen zuzufügen.«

»Kein Wort mehr«, flüsterte Zach und ließ seine Hände zwischen ihr Kleid und ihren Körper gleiten. Seine Finger legten sich kurz um ihre Taille und wanderten anschließend langsam in die Höhe. Ein wohliger Schauer erfasste Caroline und sie stieß einen lauten Seufzer aus, denn sie liebte seine zärtlichen und zugleich derben Berührungen. Als sich seine Hände unter ihre Brüste schoben, legte Caroline den Kopf in den Nacken, schloss die Augen und gab sich seinen lodernden Küssen hin.

Carolines Finger glitten durch sein dichtes Haar. Es war unbeschreiblich schön, seine begierigen Lippen auf ihren Knospen zu spüren. Bei Gott, wie sie diesen Mann liebte. Und das nicht nur wegen des Wohlbehagens, das seine einfühlsamen Berührungen ihr bescherten. Sie liebte sein Wesen und war dankbar für seine Geduld mit ihr, die er nie aufgegeben hatte. Sie musste verrückt sein, wenn sie zuließe, dass eine andere Frau in den Genuss seiner Verführungskünste, seines gestählten Körpers und seines liebenswerten Wesens käme. Er hatte ihr die Welt zu Füßen gelegt, und was hatte sie getan? Hatte ihn Tag für Tag vor den Kopf gestoßen und ihm eine Abfuhr nach der anderen erteilt. Wie konnte sie glauben, sie sei nicht gut genug für ihn, da er doch ganz anderer Meinung war? Sie war diejenige, die ein Problem mit sich hatte. Er hingegen liebte sie so, wie sie war, mit Haut und Haaren.

Als Zachs Lippen sich um Carolines Brustwarzen schlossen und er sanft an ihnen sog, fühlte sie sich so geschwächt, als könnte sie sich nicht mehr lange auf den Beinen halten. Was zärtlich begann, wurde schnell fordernder. Er sog, knabberte und leckte an ihren aufgerichteten Knospen. Es dauerte nicht lange, da spürte Caroline ein heftiges Ziehen zwischen den Beinen. Mit einem hingebungsvollen Stöhnen zog sie seinen Kopf näher an sich, wollte, dass er sie ganz begehrte. Zach rieb sich an Carolines Unterleib.

Sie brannte darauf, ihn zu berühren, wie er es tat, und seine erhitzte Haut zu spüren. Mit hektischen Fingern nestelte sie an den Knöpfen seines Hemdes, um auf schnellstem Wege seine Brust zu entblößen, und riss ihm den Hemdschoß aus der Hose. Als Caroline wie ein mannstolles Frauenzimmer Zachs breite, behaarte und muskulöse Brust hungrig liebkoste, hörte sie ein kehliges Stöhnen. Ohne von ihren Brustwarzen abzulassen, hob er sie in die Höhe und trug sie zum

Bett, wo er sie behutsam ablegte. Dann löste er sich von ihr, aber nur, um sich das Hemd vom Leib zu reißen und sich anschließend wieder ihren prallen Brüsten zuzuwenden und dort fortzufahren, wo er aufgehört hatte. Im Nu stellte sich das brennende Ziehen zwischen ihren Beinen wieder ein. Als er ihr die Schenkel mit dem Knie spreizte, ließ sie ihn gewähren. Sie war so erregt, dass sie sachte das Becken in die Höhe schob.

»Ruhig Blut, meine kleine wilde Stute«, raunte Zach und rollte ihre linke Brustwarze noch einmal kräftig zwischen Daumen und Zeigefinger. »Uns bleibt doch noch die ganze Nacht.« Mit diesen Worten schälte er sie aus dem Kleid und schob es ihr über das Becken, wobei er gleich auch den Unterrock raffte. Anschließend streckte er sich der Länge nach neben ihr aus und ließ seinen hungrigen Blick über ihren nackten Körper schweifen.

»Wie zierlich du bist«, raunte er und streichelte ihr sanft über die Taille. »So wunderschön.« Sichtlich fasziniert strichen seine Finger über ihr Becken und ihre Oberschenkel. »Wenn du errötest, tust du es gleich am ganzen Körper«, bemerkte er, als ihr Körper auf seine sanfte Berührung reagierte.

»Das liegt daran, dass du mich ziemlich durcheinanderbringst«, keuchte Caroline und schloss die Augen, während sich seine Finger genüsslich zur Innenseite ihrer Schenkel tasteten. Als Caroline spürte, wie geschickt sie ihr Schamhaar durchkämmten, riss sie ungläubig die Augen auf. Ein Effekt, der sich zusätzlich verstärkte, als Zach seinen Mund auf ihren Venushügel presste. »Zach! Was tust du denn da?«, röchelte sie halb entsetzt, halb ekstatisch.

»Ich möchte später in Erinnerungen schwelgen«, nuschelte er, hob den Kopf und betrachtete sie mit einem wehmütigen Blick, der sich wie ein brennender Pfeil in ihr Herz bohrte. »In sinnlichen Erinnerungen an die vielleicht schönste Zeit meines Lebens. Dazu muss ich jede Geruchsnuance untersuchen, von deinem lieblichen Honig kosten und dein Innerstes erforschen.«

»Honig?«, fragte Caroline ungläubig.

»Ich weiß, wie dein Mund, dein Hals und deine betörenden Brüste schmecken, aber das reicht bei weitem nicht. Ich will dich mit allen Sinnen erfahren.«

»Du meinst doch nicht etwa ...?« Carolines Stimme klang dünn und nervös.

»Schluss mit der Fragerei«, tadelte Zach sie liebevoll, schob sich nach oben, löste ihre Haarnadeln und drapierte ihre seidige Pracht um ihre Schultern. »Schon besser. Lass dich einfach fallen.«

»Ich werde es versuchen«, presste Caroline hervor, weil Zach seine entblößte Brust auf ihre gelegt hatte. Seine Brusthaare kitzelten, und sie genoss es, ihn so nah bei sich zu spüren.

»Ich kann gar nicht genug von dir bekommen«, hauchte Zach und drückte ihre Brüste aneinander, sodass sich ihre Knospen einander fast berührten und ließ seine Zunge erst um die eine, dann um die andere kreisen, zupfte erst rechts und dann links, bis Carolines Augenlider flatterten. Im Anschluss daran küsste er sich seinen Weg bis zu ihrem Leib hinab und ließ seine Zunge um ihren Nabel kreisen. »Und? Hast du Spaß?«, fragte Zach und hob schelmisch die Brauen.

»Spaß?«, erwiderte Caroline mit bröckelndem Lächeln. »Wenn mir jemand gesagt hätte, dass das hier Spaß machen würde, hätte ich ihm nie geglaubt.«

Zach stemmte sich ein wenig in die Höhe, sodass sein Gewicht nicht auf Caroline lastete, beugte aber den Kopf und verwickelte ihren Mund in einen leidenschaftlichen Kuss. »Du denkst schon wieder zu viel«, raunte er an ihren Lippen, ehe er ihren Mund erforschte, als wäre dies der erste Kuss, den sie austauschten.

Verwundert musste Caroline sich eingestehen, dass sie es mochte, wenn er über ihr thronte. Als wäre es das Natürlichste auf der Welt für sie, spreizte sie die Beine, um es ihm ein wenig gemütlicher zu machen.

Untermalt von einem sonoren Stöhnen, glitt Zachs Erektion tiefer und drängte sich trotz Hose der feuchten Öffnung zwischen ihren Beinen entgegen.

Und prompt versteifte Caroline sich. »Es wird wehtun, nicht wahr?«

»Nein. Und selbst wenn, dann nur ein winziges bisschen«, versprach Zach ihr. »Ich werde vorsichtig sein, das verspreche ich dir.«

»Bitte sei sehr vorsichtig«, sagte Caroline mit flehender Stimme. »Wärst du so nett, die Hose abzulegen. Ich möchte ihn sehen und vielleicht anfassen.«

Als Caroline Zach sanft in das Gesäß zwickte, kniete er sich hin. So schnell konnte Caroline gar nicht gucken, wie er sich seiner Beinkleider und seiner Unterhose entledigt hatte.

Caroline hatte die Augen auf seine Erektion geheftet. Sein Penis war riesig! Viel größer als der von White Bear. »Bist du dir sicher, dass er nicht zu groß ist?«

»Sei vollkommen unbesorgt«, raunte Zach und küsste sie flüchtig auf den Mund. »Ich verspreche dir in die Hand, dass du keinen Gedanken mehr daran verschwenden wirst, wenn es so weit ist.«

»Wie kannst du dir da so sicher sein?«, fragte sie mit einem skeptischen Blick.

»Vertrau mir einfach«, beruhigte Zach sie und versiegelte Carolines Lippen mit einem Kuss, der an Leidenschaft nicht mehr zu überbieten war. Zeitgleich schloss er ihr Becken mit seinen Schenkeln ein und presste sie zusammen.

Gegen ihren Willen entfuhr Caroline ein höchst sinnliches Stöhnen, Zach zog eine Spur flammender Küsse über ihren Hals und ihre Schultern. Bei ihren Brüsten angekommen, legte er eine Pause ein und labte sich ein weiteres Mal an ihren köstlichen Himbeeren.

Plötzlich wurde Caroline von einem gleißenden Verlangen erfüllt, das nur befriedigt werden konnte, wenn er sie zwischen ihren feuchten Schamlippen berührte. Ekstatisch warf Caroline den Kopf hin und her und hätte am liebsten laut aufgeschrien.

Als Zach sich mit derselben Hingabe, die er ihren Brüsten hatte angedeihen lassen, ihren Bauchnabel mit der Zunge erforschte, glitten seine Finger wie zufällig in ihre feuchten Locken. Nur wenig später spürte Caroline, wie sich seine Lippen ihren Weg zu ihrem Venushügel bahnten. Ohne, dass sie sich bewusst war, was sie tat, schnellte ihr Becken in die Höhe. Sie brannte förmlich darauf, an ihrem empfindlichsten Punkt von ihm berührt zu werden. Er war der einzige Mensch auf Erden, der das Feuer zwischen ihren Beinen zu löschen vermochte, und mit einem Mal konnte sie es gar nicht mehr abwarten, an eben diesem verborgenen Ort von ihm berührt zu werden.

In heller Vorfreude auf das, was gleich hoffentlich kommen würde, setzte ein Zucken in Carolines Muskeln ein und sie spürte, wie ihr Körper in Vorbereitung auf den wundervollen Höhepunkt weitere Flüssigkeit ausschüttete.

Doch Zach ließ sie zappeln und streichelte stattdessen erst einmal ausgiebig die Innenseiten ihrer Schenkel. Dabei verging sie vor Sehnsucht danach, dass er die Knospe zwischen den Beinen berührte, sie streichelte und mit der Zunge liebkoste.

Ein wohliger Schauer durchzuckte Carolines Körper, als Zachs Finger sich endlich bis zu ihren Schamlippen vorgewagt hatten, sie teilte, bis das Kleinod zwischen ihren Schenkeln sichtbar wurde.

Caroline glaubte, jeden Augenblick ohnmächtig zu werden, als seine warmen Lippen das Reich zwischen ihren Beinen eroberten und über ihre empfindsame Knospe strichen.

Ein spitzer Schrei löste sich von ihren Lippen, als sein Mund abermals ein Stück tiefer glitt und den Eingang zu ihrer Lustgrotte küsste. Caroline war, als hätte ihr letztes Stündlein geschlagen. Doch alles Bitten, Betteln und Flehen half nicht, Zach ließ sich nicht aus der Ruhe bringen.

Nach einem weiteren Kuss glitt Zachs Finger zwischen ihre mittlerweile geschwollenen und pulsierenden Lippen und dehnte sie in Vorbereitung auf sein zum Bersten geschwollenes Glied.

Als Caroline seine Zunge fühlte, wusste sie nicht, ob sie sich schockiert oder entzückt geben sollte. Für sie stand nur eins fest: Die Gefühle, die Zach mit diesem Spiel in ihr wachrief, waren schillernd und faszinierend.

Es dauerte eine Weile, bis Caroline ihren Mut zusammennahm und die Augen wieder öffnete. Sie spürte, dass der Anblick seines dunklen Schopfes zwischen ihren Schenkeln die Empfindungen noch mal so intensiv werden ließ. Binnen Sekunden wurde sie von demselben Beben erfasst, das Zach ihr schon einmal bereitet hatte, und als sein Kopf wieder auftauchte, war sein Gesichtsausdruck ein Spiegel ihrer Gefühle.

Seine Augen erstrahlten in einem dunklen, stürmischen Grau und seine glänzend feuchten Lippen, auf denen ein befriedigter Ausdruck lag, leuchteten in einem satten Rotton.

Benommen, wie Caroline war, bemerkte sie erst einige Augenblicke später, dass Zach über ihr thronte, sein Becken zwischen ihre Oberschenkel lavierte und mit seinem geschwollenen Glied ihren Venushügel berührte.

Mit einem wohligen Stöhnen nahm Caroline ihn in sich auf und spürte, wie er sie von innen heraus dehnte, ohne ihr jedoch Schmerzen zuzufügen.

Als sich Carolines Finger um Zachs Arme schlangen, musste sie erstaunt feststellen, dass ein leichtes Zittern durch seine Muskeln ging. Mit Spannung beobachtete Caroline Zachs Gesicht, während er tiefer und tiefer in sie drang.

Nie hätte sie gedacht, wie wunderbar es sich anfühlen könnte, einen Mann in sich zu spüren. Ein Gefühl, das dadurch bekräftigt wurde, dass Zach ihre Beine in die Höhe schob und ihre Knie noch ein wenig weiter nach außen drückte, wodurch er noch einmal ein ganzes Stück tiefer in sie rutschte.

»Alles in Ordnung?«, keuchte er mit angespannten Gesichtszügen.

Caroline merkte, dass sich Schweißperlen oberhalb seiner Brauen gebildet hatten. Die Ellbogen noch immer neben ihrem Oberkörper abgestützt, raubte er ihr einen Kuss, während er sein Becken vor und zurück bewegte und ihr höchst wundersame und bislang unbekannte Gefühle bescherte.

»Du hattest recht«, keuchte sie. »Es tut gar nicht weh. Wie lange wird es eigentlich dauern?«

Als Zach daraufhin leise lachen musste, konnte Caroline die Erschütterungen bis in die Tiefen ihres Unterleibes spüren. Ihr war, als würde ihr Körper von gleißenden Blitzen heimgesucht. Ihr Puls begann zu rasen.

»Aber Darling, wir stehen doch noch ganz am Anfang unserer wundersamen Reise«, ließ Zach verlauten und zog sich quälend langsam aus ihr heraus. Allerdings nur, um im selben Moment wieder in sie zu stoßen.

Caroline sog mit einem lauten Geräusch den Atem ein, als sie von weiteren Lichtblitzen heimgesucht wurde. »Tu das noch mal«, bat Caroline ihn mit heiserer Stimme.

Als Zach ihrer Bitte nachkam, hob Caroline das Becken, um ihn willkommen zu heißen.

Zach stieß ein tiefes Brummen aus, presste seine Stirn gegen ihre und pumpte rhythmisch mit dem Becken, sodass sie seine volle Länge und Breite spürte.

Es tut ja gar nicht weh!, schoss es ihr immer wieder

durch den Kopf und mit jedem Stoß schlug ihr Herz etwas schneller.

Caroline ließ sich vom Rhythmus seiner langsamen, aber kraftvollen Bewegung leiten und hob immer wieder kraftvoll das Becken in die Höhe.

»Sachte und langsam, Darling«, raunte Zach und stellte ihre Füße neben sein Becken und zeigte ihr, wie sie sich an ihn klammern sollte, um sich seinem Tempo anzupassen.

In immer schneller werdendem Rhythmus jagte Zach glühende Ströme durch ihren Körper, bis er seine Hand unter ihr Gesäß schob und sie im richtigen Moment anhob, um seinen Stoß zu empfangen.

Zach pumpte schneller und schneller, bis ein Meer aus gleißenden Lichtfunken auf sie herabschneite und jene süßen Flammen in ihr loderten und einen Schrei der Ekstase entfachten. Im selben Moment steuerte auch Zach das Licht der Erlösung an.

Erschöpft und heftig keuchend erschlaffte Zachs Oberkörper, und er fiel auf Caroline. »Ich liebe dich, Caroline«, säuselte er und küsste sie.

Caroline genoss es, von dem Gewicht seines verausgabten Körpers niedergedrückt zu werden, und schlang mit wild pochendem Herzen die Arme um ihn.

Als Zach aus dem Schlaf schreckte, dachte er erst, er läge alleine im Bett und hätte seine innige Begegnung mit Caroline nur geträumt. Als er jedoch ihren Atem spürte und ihr helles Haar erblickte, das sich über seinen Arm ergoss, wusste er, dass er nicht geträumt hatte. Sein Traum war Wahrheit geworden.

Er sah auf die schlafende Caroline herab, die in seinen Armen lag, und das Herz drohte ihm zu zerspringen. Nur mühsam widerstand er dem Drang, sie in eine kräftige Umarmung zu ziehen. Wenn es nach ihm ginge, würde er sie nie wieder gehen lassen. Aber er war ein Mann, der zu seinem Wort stand. Wenn sie am Morgen gehen wollte, würde er ihr keine Steine in den Weg legen.

Am besten wäre es jedoch, wenn er ihr begreiflich machen könnte, dass das Band der Liebe, das sie einte, etwas höchst Seltenes war. Vielleicht half es, wenn er ihr erklärte, dass er noch nie so tiefe Gefühle für einen anderen Menschen gehegt hatte, seinen Sohn eingeschlossen, wenngleich er ihn so sehr liebte, dass es fast schon schmerzte. Mehr denn je spürt er, dass Caroline ein Teil seiner Seele, seiner Selbst war, ohne den er nur bedingt lebensfähig war.

Und dann hatte er eine Idee. Wenn sie schon in Bälde ihres Weges zog, so wollte er keine weitere Minute ungenutzt verstreichen lassen.

Behutsam rollte Zach Caroline auf den Rücken, kniete sich neben sie, bündelte ihr Haar und ließ es wie flüssiges Gold durch seine Finger rinnen. Anschließend bedeckte er ihre Wange, ihre Augenbrauen, ihren Nasenflügel und ihren Halsansatz mit Küssen, wobei er erstaunt feststellte, dass sie jedes Mal die Hüften hob. Er probierte es noch einmal und siehe da, sie wiederholte die Bewegung. Angespornt durch ihr unbewusstes Verhalten, setzte er sich rittlings auf sie, sodass sich sein Schwanz in dem Tal zwischen ihren Schenkeln bettete. Dann, in freudiger Erwartung ihrer Reaktion, liebkosten seine Lippen ihren Hals.

Doch Caroline reagierte nicht so, wie er es sich erträumt hatte. Mit einem erstickten Schrei schreckte sie auf und schlug sofort um sich, als ginge es um ihr Leben.

Geistesgegenwärtig gab Zach Caroline frei, die sich im Nu auf die Seite drehte, die Beine anzog und ihn aus weit aufgerissenen Augen anstarrte.

Die Erkenntnis, dass er die positive Stimmung, die sie beide ergriffen hatte, durch ein unbedachtes Manöver zerstört hatte, traf Zach zutiefst.

Es vergingen einige Minuten, bis sich Carolines Atmung wieder einigermaßen stabilisiert hatte. Als sie sich aufrichtete und in seinem Schoß Schutz suchte, stand Zach die Überraschung ins Gesicht geschrieben.

»Es tut mir leid«, sagte Caroline mit leiser Stimme. »White Bear hat mich stets von hinten genommen. Manchmal bin ich aufgewacht, weil er ...« Ein Zittern lief durch ihren Körper hindurch und ließ sie jäh verstummen.

»Vertraust du mir?«, fragte Zach, der nicht eher Ruhe geben würde, bis Caroline von ihren bösen Geistern erlöst war. Als sie ängstlich nickte, sagte er: »Leg dich mal auf den Bauch.«

Caroline starrte ihn einen Moment lang an, ehe sie mit steifen Bewegungen tat, worum er sie gebeten hatte.

»Und jetzt schließ die Augen«, wies er sie mit sanfter Stimme an.

Zach wusste, dass er sich behutsam herantasten musste. Jetzt zählte vor allem, dass sie sich entspannte. Dazu glitten seine Finger langsam durch ihr

Haar, bis er es auf ihrem Rücken ausbreitete und glatt strich.

Als Nächstes massierte Zach ihre Schultern und strich an ihren Armen entlang.

Mit derselben Aufmerksamkeit widmete er sich anschließend ihren Zehen, ihren Füßen, der gesamten Länge ihres Beins und zum Schluss ihrem festen, formvollendeten Gesäß, was von Caroline mit einem wohligen Seufzen bedacht wurde.

Als Zach ihr Haar beiseiteschob, wollte Caroline prompt nach vorne robben. Doch Zach hielt sie sanft, aber bestimmt zurück und sprach mit leiser Stimme auf sie ein, bis sie sich wieder beruhigt hatte.

Statt an den Schmerz zu denken, den sie erlitten hatte, oder daran, dass sie um ein Haar gestorben wäre, küsste er ihre Narben, glitt von einer zur nächsten und liebkoste sie. Als Zach aufblickte, glaubte er, Tränen zwischen Carolines glänzenden Wimpern zu erkennen.

Als er ihr linkes Ohr freilegte, wollte sie den Oberkörper nach oben stemmen, doch Zach drückte sie sanft nach unten, hauchte einen Kuss auf ihr verstümmeltes Ohr und bedeckte es mit einer liebenvollen Geste.

Er kniete sich neben sie und zog sie in eine Umarmung. Als die Tränen flossen, wog er sie sachte, um ihr zu signalisieren, dass er mit ihr fühlte und immer für sie da war; dass es in Ordnung war, zu weinen.

Nachdem sie sich wieder beruhigt hatte, strich er ihr das Haar aus dem geröteten Gesicht, küsste ihre nassen Wangen und flüsterte: »Wenn es mir vergönnt wäre, würde ich deine Narben jeden Tag küssen, vor allem die auf deiner Seele. Da das aber nicht geht, bleibt mir wohl oder übel nichts anderes übrig, als dir zu zeigen, wie groß meine Liebe für dich ist, indem ich dich noch einmal verführe.«

»Gehst du weg?«, fragte Caroline und sah ihn mit gerunzelter Stirn und einem süffisanten Lächeln um die Lippen an. »Könnte ich nicht vielleicht mitkommen?«

Zach sah sie verdutzt an, bis er verstanden hatte. »Nein!«, rief er. »Ich gehe nirgends hin. Nicht ohne dich, meine ich natürlich.« Hoffentlich hatte er sie richtig verstanden.

Caroline antwortete ihm mit einem freudestrahlenden Lächeln, das das Tipi zum Leuchten brachte. Für den Bruchteil einer Sekunde war ihm, als hörte er die leisen Töne einer Flöte.

»Jetzt sag nicht, du hättest deine Meinung geändert«, fragte er. »Wenn ja, musst du mich heiraten.«

Sie zog eine Augenbraue in die Höhe. »Das war aber kein besonders romantischer Antrag.«

»Du wirst mich doch heiraten, oder?«, sagte er, in dem Wissen, dass er sich um Kopf und Kragen redete. Doch es war ihm einerlei, er hatte nichts zu verlieren. »Ohne dich ist mein Leben sinnlos. Du bist mein Herz, meine Seele. Ohne dich hat das Leben keine Würze, empfinde ich nichts als aufregend oder interessant, nicht einmal Luke oder Swallow.«

»Kannst du mir noch einmal verzeihen, Zach?« Caroline warf Zach die Arme um den Hals, küsste ihn und setzte sich rittlings auf ihn. »Meine Angst war grenzenlos, aber du hast mir gezeigt, dass es keinen Grund gibt, mich zu fürchten. Meine Liebe für dich ist weiter als die Prärie und tiefer als der tiefste Canyon. Ich wünschte, ich könnte die Gefühle, die ich für dich hege, in die richtigen Worte kleiden. Aber das Wörterbuch muss erst noch geschrieben werden. Ich liebe dich so sehr, dass es hier wehtut.« Sie drückte sich die Hand auf die linke Brust. »Ich hätte nie zu hoffen gewagt, dass es jemand auf Gottes Erden gibt, der mich begehrt, geschweige denn jemand so Wunderbares wie dich.« Sie schickte ihm einen flammenden Blick voller Begierde. »Ich liebe deine Zielstrebigkeit, dein Verantwortungsbewusstsein, deine Augen, dein Lächeln, deine Grübchen …« Sie streckte die Hand aus und schob ihm eine Haarsträhne aus der Stirn, die sich dorthin verirrt hatte. »Ja, selbst dein widerspenstiges Haar. Wenn ich daran denke, einen weiteren Tag ohne dich verbringen zu müssen, würde ich sterben. Bitte verzeih mir, dass ich so angstbesessen war und dir nicht von Anfang an vertraut habe.«

»Dir sei hiermit vergeben«, antwortete Zach und gab ihr einen langen und leidenschaftlichen Kuss. Seine Arme glitten an ihrer Taille hinunter zu ihren Hüften und zwischen ihre Beine. »Und um es dir zu beweisen …«, sagte er und drang mit einem Finger tief in sie, bis sie feucht wurde und vor Sehnsucht nach weiteren innigen Berührungen lechzte. Und dann, als sich ihre Finger tief in seine Haut gruben, legte er sie auf seine pochende Erektion und zeigte ihr, wie zielstrebig er tatsächlich sein konnte.

Fünfundzwanzigstes Kapitel

Entgegen allen ursprünglichen Plänen, die Zach gehabt hatte, verbrachten er und Caroline noch zwei weitere Tage in dem Tipi und liebten einander, wann immer ihnen der Sinn danach stand. Caroline ließ keine Gelegenheit aus, Zachs muskulösen Körper zu erforschen und zu bewundern. Es war, als wollte sie die Zeit, die sie verloren hatte, aufholen.

Irgendwann am ersten Tag, in einem besonders intimen Moment, hielt Caroline inne, weil sie meinte, gedämpfte Stimmen vor dem Zelt gehört zu haben. Und sie sollte recht behalten. Wenig später entdeckten Zach und sie, dass Feather und Quiet Woman ihnen einen gerösteten Hasen und einen Korb voller Maistaler gebracht hatten. Zach nutzte die Gelegenheit, Caroline beizubringen, dass ein Mensch essen und einen anderen zugleich lieben konnte.

Nie hätte Caroline sich träumen lassen, dass es so befreiend und gleichzeitig belebend sein konnte, einen Mann zu lieben. Mit seiner einfühlsamen und ungezwungenen Art schaffte Zach es, dass sich Carolines Ängste immer seltener einstellten. Caroline schwebte förmlich und hatte das Gefühl, sie könnte die ganze Welt umarmen.

So schwer es ihnen auch fiel, kamen sie am zweiten Tag überein, dass es an der Zeit wäre, eine Pause einzulegen. Als Caroline abermals das Getuschel ihrer Freundinnen vernahm und kurz darauf einen Tiegel mit einer verführerisch duftenden Salbe entdeckte, stahl sich ein Lächeln auf ihre Lippen. Sie ahnte, wozu die Salbe gedacht war, und stellte überrascht fest, dass auch Zach es wusste.

Gegen Mittag des zweiten Tages verließen die beiden das Tipi. Caroline schlug vor, dass sie sich kurz trennten, damit sie Mr. Lambert davon unterrichten konnte, dass er sich eine neue Verkäuferin suchen musste. Zach würde in der Zwischenzeit mit dem Priester sprechen. Vorher jedoch, da waren sich beide einig, sollten Luke und Swallow erfahren, dass sie ein Paar waren.

Als sie die beiden in der Obhut von Feather und Quiet Woman fanden, stellte sich schnell heraus, dass sie längst Bescheid wussten. Aufgeregt und laut jubelnd liefen die beiden auf sie zu, umarmten sie und sprangen aufgeregt umher.

Little Wolf, Woodenthigh und viele andere Cheyenne gesellten sich zu ihnen, und die ganze Zeit, in der sie Glückwünsche und gute Ratschläge entgegennahmen, hielt Zach Caroline fest im Arm.

»Wir jetzt steigen ein in Zug?«, wollte Swallow wissen, nachdem sich die Aufregung wieder ein wenig gelegt hatte.

»Bald«, versicherte Zach ihm und lächelte Caroline an. »Erst lassen wir unsere Liebe offiziell besiegeln.«

»Wirst du jetzt meine neue Mutter?«, fragte Luke, der ruhig vor ihr stand.

Caroline beugte sich zu ihm und sah ihm in die Augen. »Ich weiß, dass ich dir deine richtige Mutter niemals ersetzen kann, Luke, aber ich werde mein Bestes geben.«

Luke schlang die Arme um sie und herzte sie kräftig. »Ich mag dich schon jetzt mehr als sie.«

Caroline erwiderte die Umarmung, während sie gegen die Tränen ankämpfen musste, die ihr unter den Lidern brannten. »Ich liebe dich auch.«

Als sie sich wieder aufrichtete, den einen Arm um Luke, den anderen um Zachs Taille, stand plötzlich Little Wolf vor ihr. »Es ist gut, dass du diesen Mann heiratest und die Vergangenheit hinter dir lässt. Mein Herz füllt sich mit tiefer Freude, weil es dir jetzt so gut geht.« Er drückte sich mit der Faust gegen das Herz und nickte.

Caroline lächelte und gab ihm einen Kuss auf die Wange. »Danke, Little Wolf. Danke für alles, was du und deine Frauen für mich getan habt«, sagte sie mit erstickter Stimme. »Ihr habt mir das Leben gerettet, das werde ich euch nie vergessen.«

Little Wolf lächelte zurück und bedeutete Quiet Woman, sich zu ihnen zu gesellen. Feather stellte sich auf die andere Seite. »Meine Frauen sind glücklich, dass du in der Nähe wohnen wirst«, sagte er und legte den Arm um Quiet Woman. »Sie hier kann dir viel darüber erzählen, wie man einen Mann glücklich macht.«

Feather wollte gerade protestieren, doch Little Wolf besänftigte sie mit einem schnellen Blick und sagte: »Und Feather natürlich auch.«

Caroline fiel in das Lachen der beiden Frauen ein und staunte wieder einmal darüber, wie gut sich die beiden Frauen verstanden, die in gewisser Weise auch

Konkurrentinnen waren. Sie selbst konnte es sich nicht vorstellen, Zach mit einer anderen Frau zu teilen. Ihre neu gewonnenen Erfahrungen halfen ihr jedoch, den Lebensstil der Cheyenne noch besser zu verstehen und ihren Freundinnen nun noch größere Hochachtung entgegenzubringen.

»Vielen Dank für das wundervolle Tipi und dass ihr Zach geholfen habt, es für mich herzurichten«, sagte sie an Feather und Quiet Woman gewandt, als sie endlich einen Augenblick für sich hatten. Bei dem Gedanken daran, was sie alles in dem Tipi erlebt hatte, schoss ihr die Röte ins Gesicht.

»Kein Grund zur Schüchternheit«, sagte Feather und streichelte Caroline die Wangen. »Wir verstehen dich gut. Wir wissen, wie es ist, mit einem Mann frisch zusammenzusein, auch wenn das bei uns schon viele Monde zurückliegt.« Sie warf Quiet Woman einen stichelnden Blick zu.

Quiet Woman schnaubte. »Feather vergisst gerne einmal, dass sie älter ist als ich und Little Wolfs zweite Frau.«

»Haltet ein«, rief Caroline schnell. »Ich kenne die Diskussion und weiß, dass sie den ganzen Tag dauern kann. Seid mir nicht böse, aber ich möchte, so schnell es geht, wieder zu meinen Männern zurück. Ich bin gekommen, um euch zu sagen, dass ihr von Anfang an recht hattet. Ich hätte schon früher auf euch hören sollen, aber meine Ängste hatten mich fest im Griff. Wie kann ich euch je dafür danken?«

Quiet Woman blickte sich verstohlen um, ehe sie sich vor Caroline stellte, und fragte: »Ist er noch immer so ... welche Worte hast du doch gleich benutzt?«

Grinsend beugte Caroline sich nach vorne, legte die Arme um die beiden und zog sie näher. »Zum Anbeißen«, flüsterte sie. »Ich könnte ihn mit Haut und Haaren fressen.«

Quiet Woman und Feather seufzten wie aus einem Munde und Quiet Woman murmelte: »*Hou*!«

Als die Laute einer Flöte an ihre Ohren drangen, richteten sich die drei schlagartig auf.

»Habt ihr das gehört?«, fragte Caroline und ließ den Blick umherwandern, konnte aber niemanden entdecken, der auf einer Flöte spielte.

Quiet Woman blickte nicht weniger überrascht, doch Feather lächelte. »Eine fröhliche Weise. Das ist doch gut, oder?«

Caroline zuckte die Achseln, kehrte in Zachs Arme zurück und gab ihm einen schnellen, aber bedeutungsvollen Kuss.

Swallow stöhnte und murmelte: »Müsst ihr immer küssen?« Dann brummte er, als Luke ihm mit dem Ellbogen in die Seite stieß.

Zach und Carolines Trauung fand eine Woche später statt. Doch es war keine gewöhnliche Eheschließung. Ihre Liebe wurde von einem Priester und einem Schamanen der Cheyenne besiegelt. Während der Bräutigam von Kopf bis Fuß in Schwarz gekleidet war, trug die Braut ein Kleid aus feinstem Wildleder, das beinahe wie Seide glänzte, so oft war es gebürstet worden.

Sah man einmal von dem gestärkten Hemd und der roten Fliege ab, war Luke haargenau wie sein Vater gekleidet. Swallow hingegen trug wie Caroline ein Gewand aus Wildleder, dazu einen Cowboyhut mit einer langen Truthahnfeder.

Feather und Quiet Woman übergaben die Braut den Segnenden und die beiden Jungen Zach. Das ganze Fort wohnte der Zeremonie bei, der ein ausgelassenes Fest folgte. Bei Morgengrauen fühlte Zach sich wie ein ausgewrungener Teppich, und Carolines Wangen waren vom vielen Küssen wund.

Mit der Hilfe von Woodenthigh und seinen Freunden sahen sie zu, dass sie sich aus dem Staub machten. Woodenthigh erklärte sich bereit, Zachs Pferd zu holen. Mit lautem Jubeln und Kreischen, das die Soldaten zu ihren Waffen greifen ließ, kehrte er im Galopp zurück. Mit einem verängstigten Ausdruck in den Augen glitt der Cheyenne vom Pferd und reichte Zach die Zügel.

Zach hob Caroline in die Höhe, stellte den Fuß in den Steigbügel und zog sich und seine Frau langsam in den Sattel.

»Wie grazil du dich bewegen kannst«, sagte Caroline und ließ den Arm von seinem Nacken gleiten.

»Hat dir das gefallen?«, antwortete Zach mit einem lüsternen Blick. »Mir fielen da noch ein paar Dinge ein, mit denen ich dir meine Geschmeidigkeit zeigen könnte.«

»Das will ich doch auch stark hoffen.« Caroline lehnte sich zurück, als Zach das Pferd antrieb und sie der Menge zuwinkten. Die beiden Jungs liefen noch ein Stück neben ihnen her, ehe sie, Arm in Arm, zu Feather und Quiet Woman zurückkehrten. Es war nun schon eine Woche her, dass Zach und sie miteinander geschlafen hatten, und erstaunt stellte Caroline fest, wie sehr sie das Liebesspiel bereits vermisste.

»Ich muss dir etwas zeigen«, sagte Zach und zog ein zusammengefaltetes Stück Papier aus seiner Westentasche.

»Es ist zu dunkel zum Lesen«, antwortete Caroline und verengte die Augen.

»Kein Problem, ich kann den Text auswendig. Es ist ein Telegramm von Josh: *Glückwünsche zur Vermählung. STOP. Wusste, du würdest Luke finden. STOP. Freue mich darauf, Caroline nächsten Monat kennenzulernen. STOP. Habe Sohn und Tochter adoptiert. STOP. Grüße, Josh.*«

»Oh, Zach«, sagte Caroline und lächelte zu ihm hinauf. »Ich freue mich riesig, dass sie die beiden Kinder adoptiert haben. Ich hatte schon ein schlechtes Gewissen, dass wir Abby und Josh Luke wegnehmen könnten.«

Zach herzte sie. »Ich auch. Sie werden Luke vermissen, aber jetzt haben sie endlich eigene Kinder, um die sie sich kümmern können.«

»Ich kann es kaum abwarten, die beiden kennenzulernen und dein Heim zu sehen.« Caroline legte die Wange an seiner Brust ab und drückte seine Taille. »Ich bin fast glücklich.«

»Fast?«, entgegnete er mit tiefer Stimme, die in seinem Brustkorb unter ihrem Ohr ertönte. Caroline schob ihr Gesäß nach hinten, bis sie seine Männlichkeit spürte, die mit jedem Atemzug steifer wurde. Als Zachs Herzschlag sich beschleunigte, lächelte Caroline.

»Ich werde es dich wissen lassen, wenn es so weit ist.« Sie rieb ihren Hintern an ihm und tat, als bräuchte sie Zeit zum Nachdenken. »Eine Sache gäbe es da noch.« Sie streckte den Oberkörper und flüsterte ihm etwas ins Ohr.«

Mit einem lauten Freudenschrei gab Zach dem Pferd die Sporen, bis sie das verwaiste Tipi erreicht hatten. Caroline war verblüfft, wie schnell Zach ihr die Kleider vom Leib riss. Sie setzte sich rittlings auf ihn, um die Kontrolle über das Liebesspiel zu übernehmen. Sein kehliges Stöhnen klang wie Musik in ihren Ohren.

Später, sehr viel später, schmiegte sie sich schweißgebadet und mit zerzaustem Haar an ihn. »Jetzt«, sagte sie und legte die warme Wange auf seiner Schulter ab.

»Jetzt?«, keuchte er, weil er nicht wusste, was sie ihm damit sagen wollte.

»Jetzt bin ich der glücklichste Mensch auf Erden.« Caroline ging das Herz auf, als sie in seine klaren grauen Augen sah.

Zach schob ihr das klamme Haar aus der Stirn und gab ihr einen Kuss. »Genau wie ich.«

Und irgendwo in der Ferne hörten sie eine einsame Flöte, die ein fröhliches Lied anstimmte.

Jennifer Blake

»Wenn man Jennifer Blake liest, fühlt man die Schwüle einer stillen Julinacht in den Sümpfen New Orleans und hat die überwältigende Würze der Südstaatenküche auf der Zunge.« **Chicago Tribune**

978-3-453-49006-2

978-3-453-49007-9

978-3-453-49008-6

HEYNE